日本の古典をよむ 2

日本書紀 上

小島憲之・直木孝次郎・西宮一民
蔵中 進・毛利正守［校訂・訳］

小学館

写本をよむ

佐佐木《ささき》本 日本書紀（断簡）

養老四年（七二〇）奏上された『日本書紀』の現存最古の写本（九世紀書写）の一つ。紙背《しはい》には空海の漢詩を集めた『遍照発揮性霊《へんじょうほっきしょうりょう》集《しゅう》』（真済編）が記されている。巻第二「神代」の一書《いっしょ》（異伝部。下巻解説参照）を記す断簡である。本書では正文部のみを取りあげたので、この写本の箇所は残念ながら収録していないが、非常に貴重な写本であることから、ここに掲載した。 個人蔵

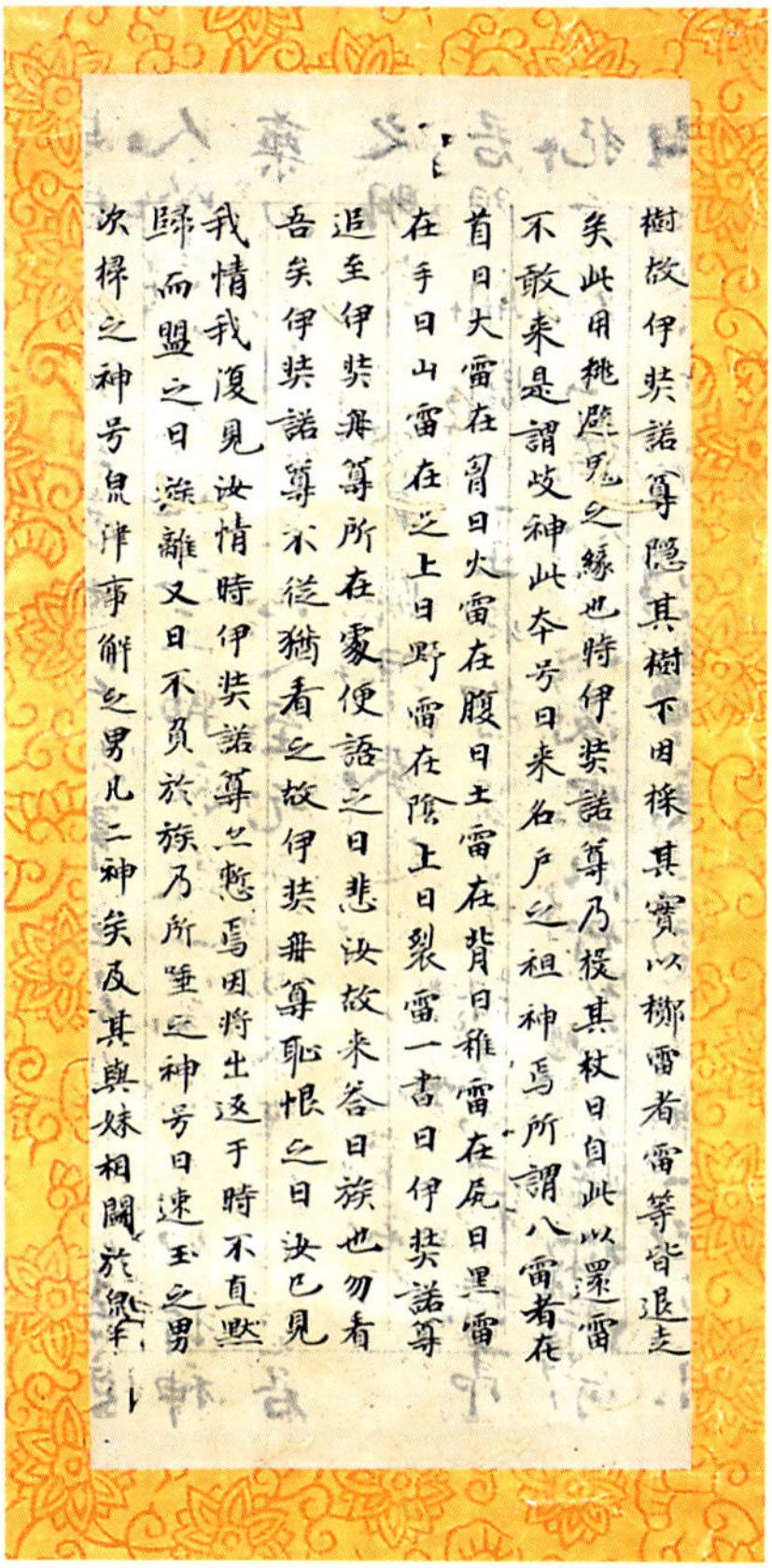

樹故伊奘諾尊隠其樹下因採其實以擲雷者雷等皆退走
矣此用桃避鬼之縁也時伊奘諾尊乃投其杖曰自此以還雷
不敢来是謂岐神此本号曰来名戸之祖神焉所謂八雷者在
首曰大雷在胸曰火雷在腹曰土雷在背曰稚雷在尻曰黒雷
在手曰山雷在足上曰野雷在陰上曰裂雷一書曰伊奘諾尊
追至伊奘冉尊所在處便語之曰悲汝故来答曰族也勿看
吾矣伊奘諾尊不従猶看之故伊奘冉尊恥恨之曰汝已見
我情我復見汝情時伊奘諾尊亦慙焉因将出返于時不直黙
歸而盟之曰族離又曰不負於族乃所唾之神号曰速玉之男
次掃之神号泉津事解之男凡二神矣及其與妹相闘於泉平

本書二二頁に載る素戔嗚尊《すさのおのみこと》の追放の後に載る「一書」の一部で、伊奘冉尊《いざなみのみこと》の死や黄泉国《よみのくに》から伊奘《いざな》諾尊《きのみこと》が逃げ帰る話が記される。冒頭一行目の訓読を以下に記す。

樹《き》。故《かれ》、伊奘諾尊《いざなきのみこと》、其《そ》の樹の下《もと》に隠《かく》れ、因《よ》りて其の實《み》を採《と》りて雷《いかづち》に擲《な》げたまひしかば、雷等《いかづちども》皆退《みなしりぞ》き走《に》げぬ。

書をよむ

「写経」――国を挙げての識字運動

石《いし》川《かわ》九《きゅう》楊《よう》

今でも多くの寺院で写経会が行われているが、写経が『日本書紀』の成立に寄与したという話を記す。

漢文で書かれた日本最古の正史『日本書紀』は、『古事記』におくれること八年、七二〇年に完成した。東アジアの歴史書の一角に、『日本書紀』を納めることによって、歴史書をもったひとつの国(地方)の独立を宣言したのである。『日本書紀』成立の背景には、六六三年の白村江《はくすきのえ》の敗戦と百済《くだら》の滅亡がある。敗戦によって、大陸や半島との従来の緊密なつながりが絶たれ、独立を余儀なくされたのである。

その成立までには、『漢書』『後漢書』『三国志』『梁《りょう》書』『隋《ずい》書』『芸文類聚《げいもんるいじゅう》』『文選《もんぜん》』、意外にも仏典「金光明最勝王経《こんこうみょうさいしょうおうきょう》」等々、様々な漢籍の学習があった。「金光明最勝王経」(3)の教養が『日本書紀』の文体(表現)に投影されており、『日本書紀』の成立を実現させた背後には、飛鳥・奈良時代の写経の力があったといえる。当時の写経は、国を挙げての識字運動であった。その書き手、いわゆる写経生は倭人《わじん》(日本人)にとどまらなかった。記録に見えるだけでも、「金・漢・辛・王・韓・呉・高・張・秦・林・楊」などの姓の東アジアの知識人が汎《ひろ》く集結していた。ちなみに、森博達《ひろみち》氏が解き明かしたように『日本書紀』もまた、倭人と東アジア人の合作である。

わが国現存最古の写経は六八六年に書かれた「金《こん》

1

2

3

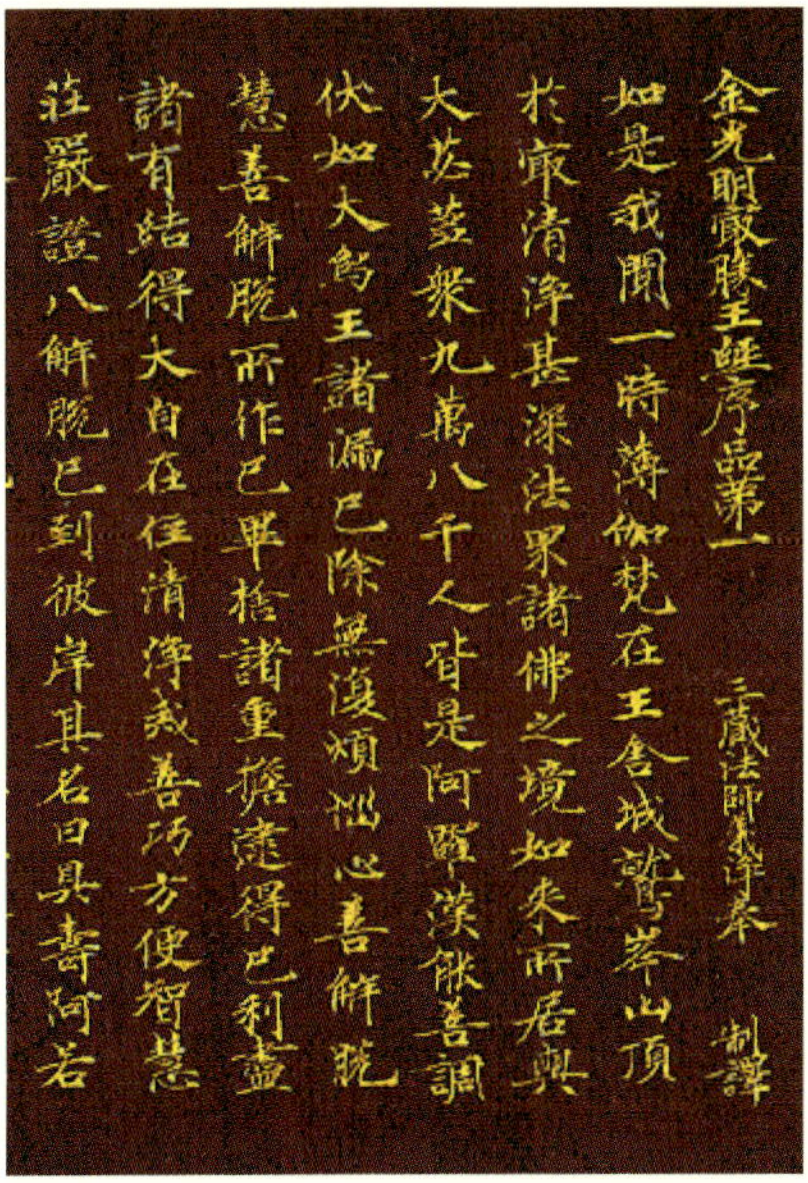

1 ——「金光明最勝王経」帙《ちつ》

部分・正倉院宝物

2 —— 写経が行われた川原寺の跡

奈良県高市郡明日香村・国史跡
欽明天皇十三年「仏教公伝」記事(p.278)に、仏像と経論が献上されたとあるので、日本にはこの頃経典が入ってきていた。その後、日本書紀における最古の写経の記録が、天武天皇二年の、川原寺で一切経を書写したとの記事である(『日本書紀下・風土記』p.169)。

3 ——「金光明最勝王経」

部分・国宝・奈良国立博物館蔵
金光明最勝王経は、北インドで成立した大乗経典の漢訳「金光明経」を、唐の義浄が新訳したもの。聖武天皇の代には諸国で書写され国分寺の塔に安置された。帙(1)は正倉院宝物。経(3)は備後国(広島県)のものと伝う。

剛場陀羅尼経《ごうじょうだらにきょう》」（4）である。この書は初唐代（七世紀）の楷書《かいしょ》の名手、欧陽詢《おうようじゅん》や欧陽通《おうようとう》の書に酷似しており（5）、すでにこの頃大陸中央の文化状況と連動するまでの段階に至っていたことがわかる。その具体例としては、横画に対し縦画の上部が長く突き出す、偏《へん》と旁《つくり》が接近するひきしまった構成、字画末尾を右上に払いあげる隷書《れいしょ》風の姿、などが挙げられる。

そして奈良時代に入り、七一二年の「和銅《わどう》五年長《なが》屋王願経《やおうがんきょう》」（6）ともなると、大陸中央となんら遜色《そんしょく》のない堂々たる写経が誕生している。起筆・終筆・転折（横筆から縦筆への方向転換部）をいささかもおろそかにせず、一点一画は張り詰め、絶妙な均衡をもつ偏・旁と、まさに大陸中央の写経と見まがうばかりの字姿だが、あえていえば、右はらいの先の短かさに、過度の緊張や極度の自制が見られ、後進・新生国としての気負いが感じられないわけではない。

このような国を挙げての写経による一大識字運動によって、日本の文化（文字化）力は、ついに大陸中央にほぼ並ぶまでに至った。そしてここに、『日本書紀』という国史（東アジア内での地方史）をもち、大陸を中央とする東アジア内の一地方国として、律令日本が、小さいながらも立ち上がったのである。

さて、大陸において書は、六朝《りくちょう》時代から隋、唐にかけて大きな変貌《へんぼう》を遂げた。六朝時代に隷書体（たとえば日本紙幣に印刷された文字）から草書体が独立し、草書体が画数を増やして行書体となり、さらにその行書体が石刻文字の姿をもつことで楷書体が生まれた。初唐代に完成した楷書は、漢字の一画を書くとき「トン（起筆）・スー（送筆）・トン（終筆）」という三拍子で立体的に筆を運ぶ（これを「三折法《さんせつほう》」という）。この背後には、東アジアにおける三次元立体意識の成立があった。まず唐が立体的にそびえ立ち、ここからふるいおとされた日本が唐をまねて律令日本として立ち、その中間の朝鮮半島でも統一新羅《しらぎ》が立ち、しばらく後に、その北に渤海《ぼっかい》が立つことになったのである。

（書家）

5

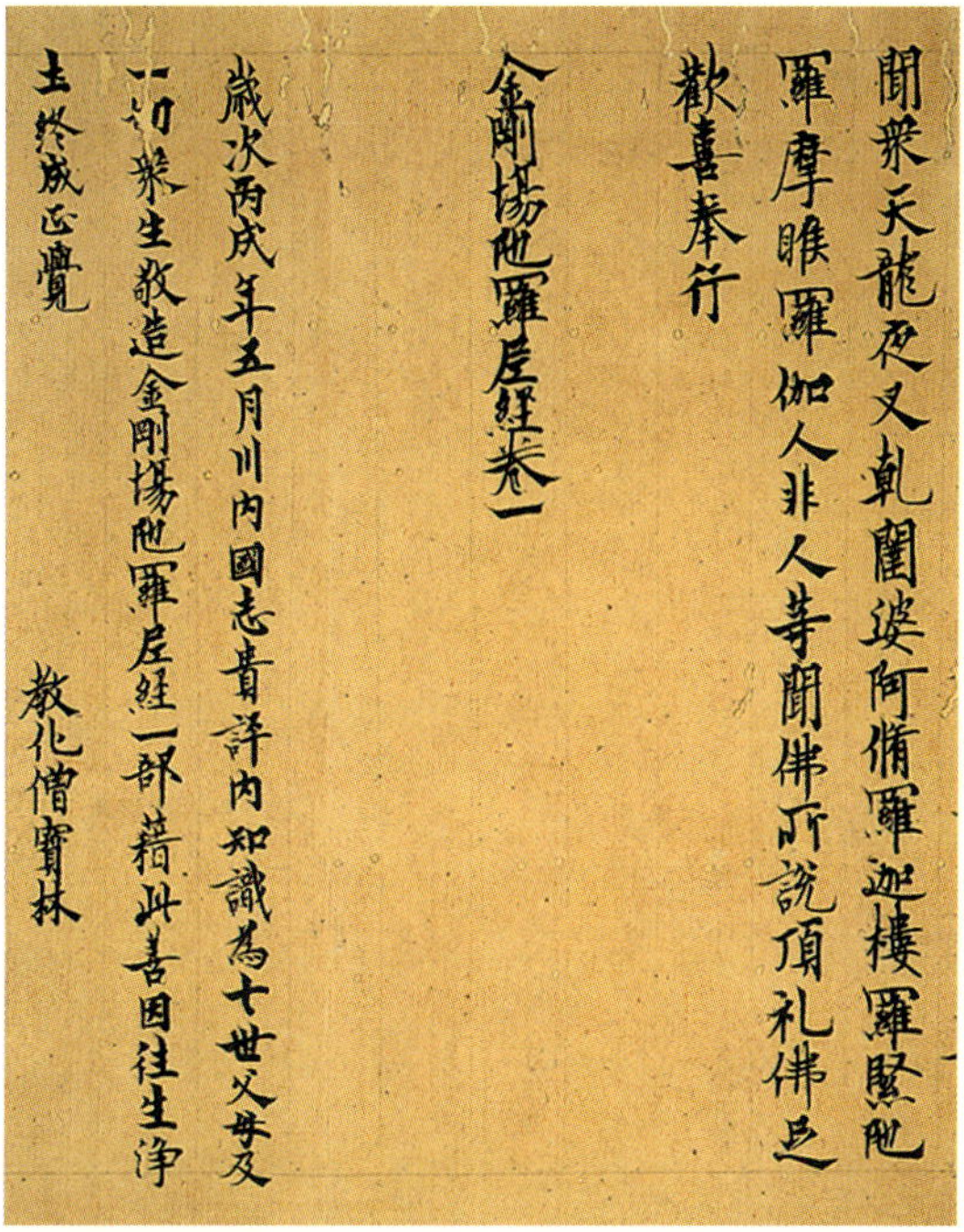
聞衆天龍夜叉乾闥婆阿脩羅迦樓羅緊那
羅摩睺羅伽人非人等聞佛所説頂礼佛足
歡喜奉行
金剛場陀羅尼経巻一
歳次丙戌年五月川内國志貴評内知識為七世父母及
一切衆生敬造金剛場陀羅尼経一部藉此善因往生浄
土終成正覺
教化僧寳林

6

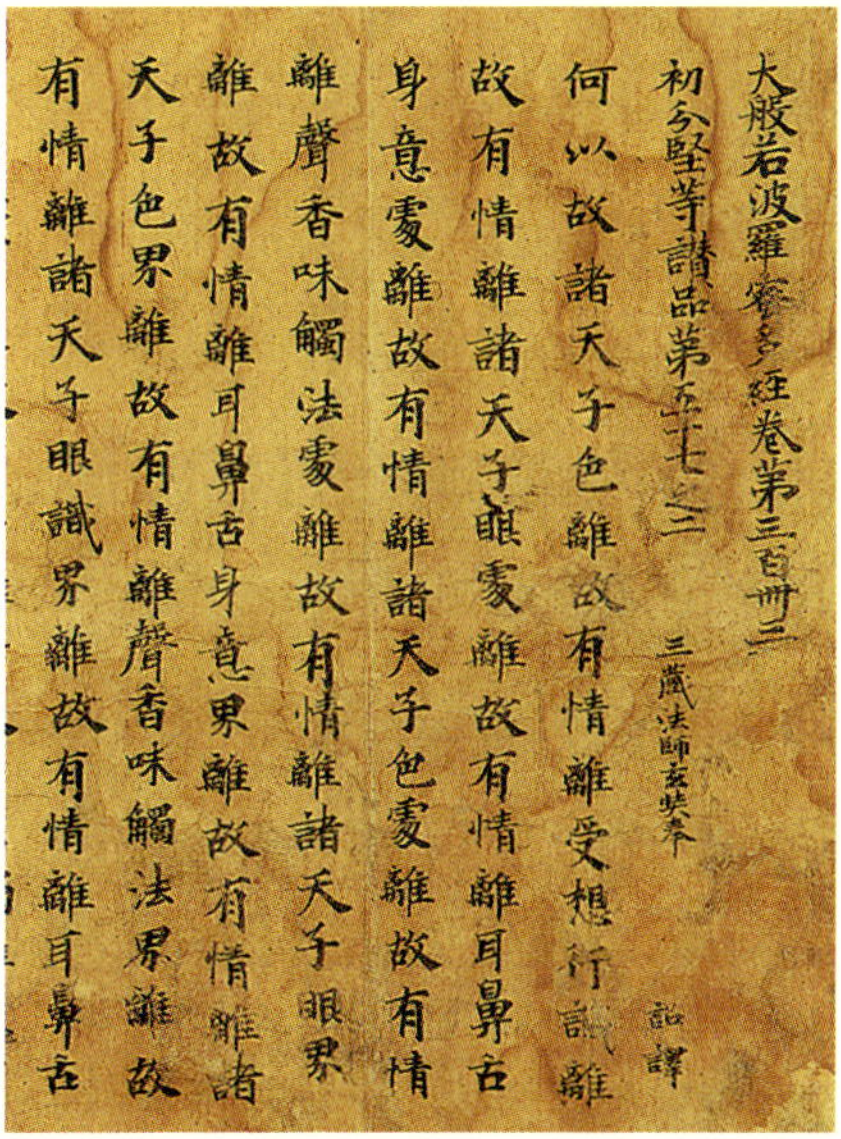
大般若波羅蜜多経巻第三百卌三
初分堅等讃品第五十七之二　三蔵法師玄奘奉　詔譯
何以故諸天子色離故有情離受想行識離
故有情離諸天子眼處離故有情離耳鼻舌
身意處離故有情離諸天子色處離故有情
離聲香味觸法處離故有情離諸天子眼界
離故有情離耳鼻舌身意界離故有情離諸
天子色界離故有情離聲香味觸法界離故
有情離諸天子眼識界離故有情離耳鼻舌

4

4——日本最古の写経

「金剛場陀羅尼経」部分・国宝・文化庁蔵
河内国志貴評（大阪府藤井寺市付近）の信徒が教化僧・宝林に導かれ686年に書写。

5——欧陽通の字との比較

右の「善」「化」「一」は上の金剛場陀羅尼経の字。左の「善」「化」「三」は欧陽通の字。

6——長屋王による「大般若経」

「大般若経巻第三百四十三」（和銅五年長屋王願経）部分・重文・五島美術館蔵
権勢を誇った大貴族長屋王が、707年に崩じた文武天皇（長屋王妃の兄）を悼んで712年に書写させた、奈良時代前期における最高水準の写経。もと六百巻のうち二百巻余が現存。

美をよむ

仏教としての仏像

島《しま》尾《お》 新《あらた》

百済《くだら》の聖明王《せいめいおう》は、欽明《きんめい》天皇のもとに釈迦《しやか》の仏像を一体そして幡蓋《ばんがい》と経典のいくつかを贈る。「仏教は難しいけれど、実に素晴らしいものだ」とのメッセージを添えて。それらを手にした天皇は群臣に問う。「西蕃《せいばん》の献《たてまつ》れる仏《ほとけ》の相貌《さうばう》、端厳《たんげん》にして全《また》く未《いま》だ曾《かつ》て看《み》ず。礼《ゐやま》ふべきや以不《いな》や」（本文二八一頁）。よく知られた「仏教公伝」の場面である。それが起きた年次については『書紀』の記す五五二年ではなく、五三八年とするのが通説となっている。

「こんな神々しいお顔は見たことがない。さて拝むべきものかどうか」。なんと素直な感想と問いなのだろう。この台詞《せりふ》を吐く前に、天皇は百済の使者から簡単な仏教についての説明を聞いたようだ。しかしその教義についての質疑もなく、一緒に送られてきた経典を紐解《ひもと》いた様子もない。記されるのは、ただきらぎらしい仏の顔への感動のみである。もっとも「端厳」ということば自体は『書紀』の筆者の用語、「金光明最勝王経《こんこうみようさいしようおうきよう》」から採られたらしい。しかし、その詮索《せんさく》は措《お》いて、文意を取る方が気分がでる。

天皇が見たのは、おそらく小さな金銅仏である。この頃の日本は、まだ黄金の国ジパングではない。中国や朝鮮の工芸品に使われた豊富な金に比べれば、日本のものは実にまずしい。だから体中が金色《こんじき》に輝く仏像に驚くのは当然なのだが、それだけではないだろう。天皇は彫られた顔の美しさに感動し、そこに自分たちのものとは異なる「神」を見た。仏教とは、まずなによりも仏像だったのだ。

これが宗教美術の威力である。経典に通暁するわけではない多くの人々にとって、それらは深遠なる思想の表象ではない。まさしく宗教の一部、ときにはそのイメージの中核だった。宮廷すら掘っ立て柱

3　2　1

法隆寺献納宝物 四十八体仏より

東京国立博物館蔵

四十八体仏は明治11年に法隆寺から皇室に献納された小金銅仏群の総称。30cm前後の小さな像は、貴人の個人的な念持仏だったと考えられている。

Image : TNM Image Archives

1･2――朝鮮半島渡来の金銅仏

三国時代･6 ～7世紀･重文
「如来および両脇侍立像」(左)と「如来立像」。

3――飛鳥様式の金銅仏

「観音菩薩立像」 飛鳥時代･7世紀･重文
聖徳太子や蘇我氏が仏教を庇護して以降、7世紀には、多くの小金銅仏が朝鮮からもたらされ、また国内で制作された。

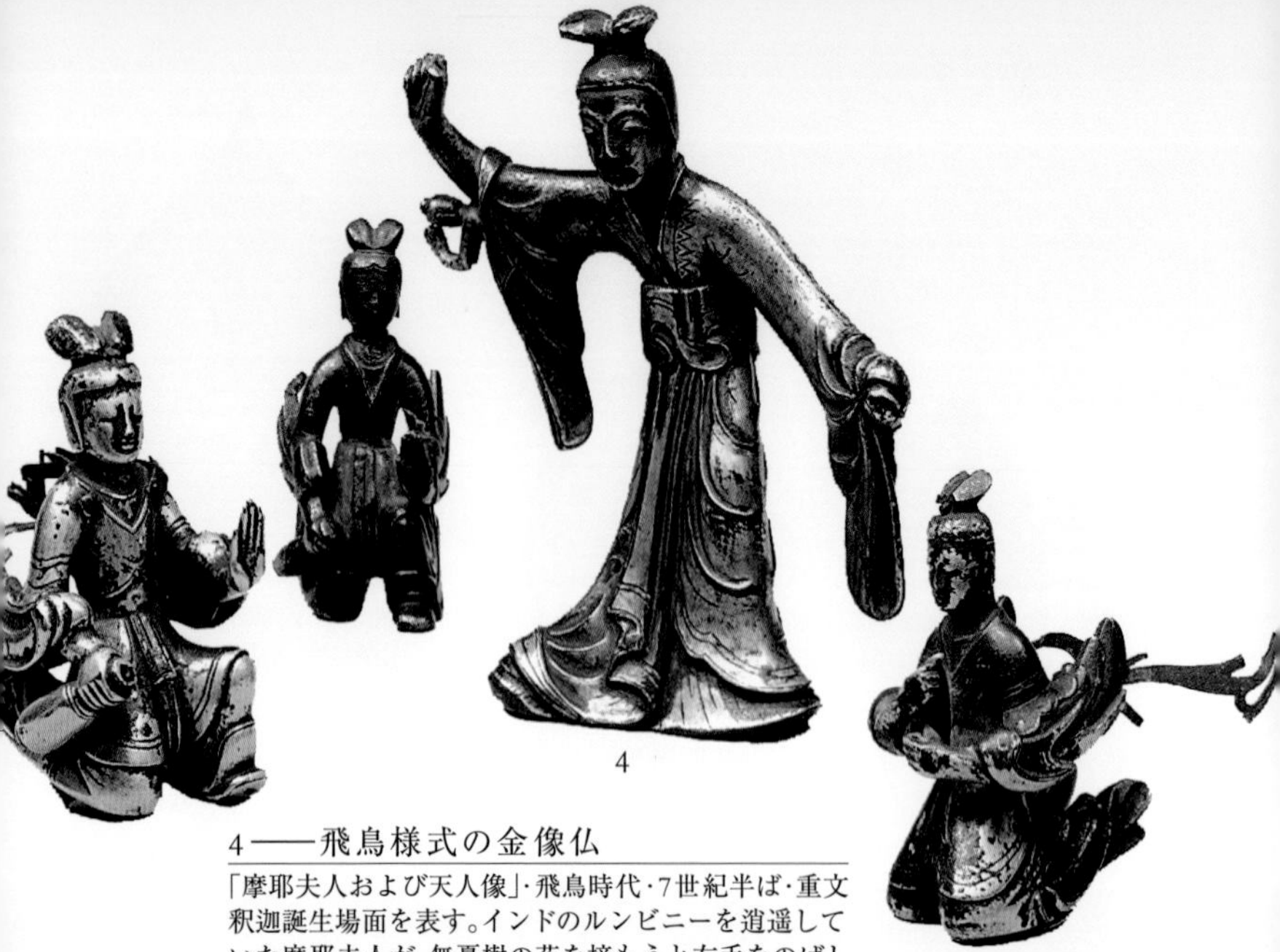

4——飛鳥様式の金像仏

「摩耶夫人および天人像」・飛鳥時代・7世紀半ば・重文
釈迦誕生場面を表す。インドのルンビニーを逍遥していた摩耶夫人が、無憂樹の花を摘もうと右手をのばしたところ、脇から釈迦が生れたという伝説による。

だった時代に現れた瓦葺《かわらぶ》きの大寺院も、まさしく新興の宗教のイメージそのものだったろう。

『書紀』に戻れば、天皇は釈迦の像を遥《はる》か昔にインドで生きた教祖の代替物とは見ていない。仏像は仏そのものでもあった。その仏のイメージは、当然にも日本の神の干渉を受けている。本書では割愛したが、敏達《びだつ》天皇十三年には蘇我馬子《そがのうまこ》が病気になって石仏を拝む話が出てくる。彼の病を占った卜部《うらべ》は仏像のことを「父の神」と呼んでいる。馬子の父稲目《いなめ》は、欽明天皇の得た仏像を小墾田《おはりだ》の家に安置した人である。ここでは神と仏とは素直に重ね合わされているかに見える。欽明天皇の場合にも、金銅仏を見ての感動は、そのますーっと「礼ふべきや以不や」に繋《つな》がっている。神のイメージがとてつもなく違うものだったらこうはいかないだろう。仏は神に似ていたのだ。この時代には、まだ神の像はなかったと言われている。しかしその姿は心の中に生き生きと思い浮かべられていたように思える。

（美術史家）

日本書紀

上

装丁　川上成夫
装画　松尾たいこ
本文デザイン　川上成夫・千葉いずみ
解説執筆・協力　中嶋真也（駒澤大学）
コラム執筆　安田清人・佐々木和歌子
編集　土肥元子
編集協力　三猿舎・松本堯・兼古和昌・原八千代
校正　中島万紀・小学館クォリティーセンター
写真提供　牧野貞之・高槻市教育委員会
小学館写真資料室

はじめに――歴史を作る使命感と喜びに溢《あふ》れた書

『日本書紀《にほんしょき》』は奈良時代初め、養老《ようろう》四年（七二〇）に奏上された書物です。神々の時代から持統天皇までの日本の歴史を、三十巻にわたって描きます。和銅《わどう》五年（七一二）にできた『古事記《こじき》』とともに古代日本を今に伝える貴重な書です。『古事記』は上中下の三巻で成るのに対し、『日本書紀』は三十巻になります。歌集ではありますが、四千五百首以上の歌を残す『万葉集《まんようしゅう》』でも二十巻ですから、『日本書紀』の規模の大きさがうかがえましょう。

巻の構成を見ておきましょう。巻第一と二は神代《じんだい》を取り上げ、巻第三の神武《じんむ》天皇以降、一巻に一天皇紀を配するのを原則とし、編年体で記述されています。巻と天皇紀を一覧にしておきます。

一　神代上　　二　神代下　　三　神武
四　綏靖《すいぜい》・安寧《あんねい》・懿徳《いとく》・孝昭《こうしょう》・孝安《こうあん》・孝霊《こうれい》・孝元《こうげん》・開化《かいか》　　五　崇神《すじん》　　六　垂仁《すいにん》
七　景行《けいこう》・成務《せいむ》　　八　仲哀《ちゅうあい》　　九　神功皇后《じんぐう》　　十　応神《おうじん》　　十一　仁徳《にんとく》

十二　履中《りちゆう》・反正《はんぜい》　十三　允恭《いんぎよう》・安康《あんこう》　十四　雄略《ゆうりやく》　十五　清寧《せいねい》・顕宗《けんぞう》・仁賢《にんけん》
十六　武烈《ぶれつ》　十七　継体《けいたい》　十八　安閑《あんかん》・宣化《せんか》　十九　欽明《きんめい》　二十　敏達《びだつ》
二十一　用明《ようめい》・崇峻《すしゆん》　二十二　推古《すいこ》　二十三　舒明《じよめい》　二十四　皇極《こうぎよく》
二十五　孝徳《こうとく》　二十六　斉明《さいめい》　二十七　天智《てんじ》　二十八　天武《てんむ》　上
二十九　天武　下　三十　持統《じとう》

本書には巻第二十二「推古紀」までを収めています。『古事記』全三巻に記されている範囲に相当します。巻第二十三「舒明紀」以降は下巻でお楽しみください。

『日本書紀』が書かれた当時は、平仮名や片仮名といった日本語を示すための専用の文字はなく、渡来の文字、漢字を用いていました。使う文字は漢字のみでも、日本語を記そうとした場合と、当時の東アジアの公的な文体、中国古典語の文法に拠って記そうとした場合とがありました。『古事記』や『万葉集』は前者に該当しますが、『日本書紀』は後者に属します。漢字文献であれば中国古典の表現を利用することは当然の文学的営みでした。殊に後者、いわゆる漢文体を用いる場合、その影響は必至であります。『日本書紀』を為すにあたって範としたことが確実な中国の史書『漢書《かんじよ》』や『後漢書《ごかんじよ》』にはない「神代」が、『日本書紀』冒頭の二つの巻を占めることは、天皇の起源が神代にあるという大和朝廷の考え方の反映であり、この書を読む上での重要な方向性を示唆するものでしょう。さまざまな伝承があったと思われる神話を天皇の歴史につながるよう、統一的な物語にし、それを正格の漢文で記すという営みに携わった人々の使命感、知的好奇心の高まりは想像するに余りあり、大きな喜びであったと思われます。

『日本書紀』に記された内容がどこまで史実なのか明らかにするのは難題です。発見される文字資料の状況を踏まえると、五世紀以降、文字での記録が行なわれたと考えられます。しかし、文字史料を元に記したとしても、さまざまな事情で改竄《かいざん》された場合もあるかもしれません。史実かもしれない、創作かもしれない、誇張かもしれない等々、思いをめぐらすのも『日本書紀』の楽しみ方の一つかもしれません。

天地《てんち》開闢《かいびゃく》から始まる神話、神武天皇の大和平定、日本武尊《やまとたけるのみこと》の活躍とその死、神功皇后と託宣、仁徳紀での皇后磐之媛《いわのひめ》の嫉妬、雄略天皇と一言主神《ひとことぬしのかみ》、欽明朝での仏教の公伝、推古朝での聖徳太子の諸々の事績など興味深い話が満載されています。本書を通じ、古代日本を味わってみてください。

（中嶋真也）

目次

日本書紀 下 風土記の内容

凡例

◎本書は、新編日本古典文学全集『日本書紀』①②③（小学館刊）の中から、著名な記事の現代語訳と原文の訓読文を選び出し、全体の流れを追いながら読み進められるよう編集したものである。巻第一から巻第二十二までを上巻（本書）に、巻第二十三から巻第三十までを下巻（「日本書紀 下・風土記」）に収録した。

◎天皇紀に載る天皇はすべて見出しに掲出したが、中には、現代語訳と原文訓読文を掲載せず、概略を記したのみの天皇もある。その場合は見出しに（概略）と記した。

◎本文は、現代語訳を先に、原文訓読文を後に掲載した。

◎原文（漢文）、割注、一書は省略した。一書とは、巻第一・二の神代巻に、異伝として紹介されている話であるが、本書ではそれを割愛し、正文のみを掲載した（下巻「日本書紀 下・風土記」巻末解説三〇三頁参照）。

◎収録した箇所のうち、途中を略した場合は、原文訓読文の省略箇所に（略）と記した。また、年次記事をすべて略した場合は、（…年の条、略）と記した。

◎現代語訳でわかりにくい部分には、（ ）内に注を入れて簡略に解説した。

◎巻第二十二（推古紀）以降、現代語訳の年号に西暦を付した。また、文脈理解上、一書の内容を知っておいたほうがよいところなどをはじめ、段末に補注（＊付き）を付した箇所が若干ある。

◎本文中に文学紀行コラム「日本書紀の風景」を設けた。

◎巻頭の「はじめに」、本文最初の「あらすじ」は、中嶋真也（駒澤大学）の書き下ろしによる。

日本書紀　上

小島憲之・直木孝次郎・西宮一民
蔵中 進・毛利正守［校訂・訳］

巻第一――巻第二十二 ❖ あらすじ

天と地が分れる時、国常立尊《くにのとこたちのみこと》など三神が生じた。続いて生まれた八神の中、伊奘諾尊《いざなきのみこと》・伊奘冉尊《いざなみのみこと》が大《おお》八洲国《やしまくに》、天照大神《あまてらすおおみかみ》・月夜《つくよ》見尊《みのみこと》・素戔嗚尊《すさのおのみこと》などを生んだ。素戔嗚尊は乱暴で天から追放され、出雲国《いずものくに》で八《や》岐大蛇《またのおろち》を退治した。奇稲田《くしいなだ》姫《ひめ》と結婚し、大己貴神《おおあなむちのかみ》を生み、根国《ねのくに》へ行く〔巻第一〕。葦原中国《あしはらのなかつくに》平定のため大己貴神と国譲りの交渉をし、天照大神の孫天津《あまつ》彦彦火瓊《ひこひこほのに》瓊《に》杵尊《ぎのみこと》は高千《たかち》穂峰《ほのたけ》に天降《あまくだ》った。その子、彦火《ひこほ》火《ほ》出《で》見尊《みのみこと》（山幸《やまさち》）と海神の娘豊玉姫《とよたまひめ》の間に彦《ひこ》波瀲《なぎさ》武《たけ》鸕鷀《う》草葺不合尊《かやふきあえずのみこと》が生まれた〔巻第二〕。

彦波瀲武鸕鷀草葺不合尊の第四子、後の神武《じんむ》天皇は日向国《ひむかのくに》から東征に出た。天照大神の遣わす頭《や》八《た》咫烏《からす》に導かれるなどして大和を平定し、橿原《かしはら》に都を定め、即位した〔巻第三〕。神武天皇崩御後、綏靖《すいぜい》天皇、安寧《あんねい》天皇、懿徳《いとく》天皇、孝昭《こうしょう》天皇、孝安《こうあん》天皇、孝霊《こうれい》天皇、孝元《こうげん》天皇、開化《かいか》天皇と皇位は受け継がれた〔巻第四〕。崇《す》神《じん》天皇の時に疫病が流行したが三輪《みわ》山の大物主神《おおものぬしのかみ》を祀《まつ》ることで治まった〔巻第五〕。垂仁《すいにん》天皇の時、その后狭《さ》穂《ほ》姫《びめ》の兄狭《さ》穂《ほ》彦《びこ》は謀反を企てたが、兄妹の死で失敗に終わる。天皇の弟倭 彦命《やまとひこのみこと》の死をきっかけに、殉死の制度をやめ、陵に埴輪《はにわ》を置くことが始まった〔巻第六〕。

景行《けいこう》天皇は熊襲《くまそ》を平定し、「倭《やまと》は国のまほらま……」などと詠じた。しかし熊襲はまた背き、天皇の子日本 武 尊《やまとたけるのみこと》が征討した。続いて東国で反乱が起こり、日本武尊が平定したが、道中、妻の弟橘媛《おとたちばなひめ》を失い、帰路伊《い》勢国《せのくに》で崩じた。天皇崩御後、成務《せいむ》天皇が即位した〔巻第七〕。成務天皇には子がなく、日本武尊の子が仲哀《ちゆうあい》天皇として皇位を継承した〔巻第八〕。仲哀天皇の后、神功《じんぐう》皇后は神のことばを受けて熊襲を討伐し、新羅《しらぎ》を攻め、降伏させた。中国の歴史書『魏志《ぎし》』が引かれ、皇后は卑弥呼《ひみこ》に重ねられている〔巻第九〕。仲哀天皇と神功皇后の子、応神《おうじん》天皇の時に王仁《わに》が来朝し、典籍を講じた〔巻第十〕。

仁徳《にんとく》天皇は善政を行い、人民は豊かになり、炊飯の煙も上がるようになった。天皇と皇后磐之媛命《いわのひめのみこと》とは他の女性をめぐって歌を詠み交わす〔巻第十一〕。仁徳天皇の子、履中《りちゆう》天皇と反正《はんぜい》天皇が皇位を継承した〔巻第十二〕。允恭《いんぎよう》天皇の時、皇太子木梨軽皇子《きなしのかるのみこ》が同母妹軽大娘皇女《かるのおおいらつめのひめみこ》と通じた。允恭天皇崩御後、第二子の穴穂皇子《あなほのみこ》は軽皇子を自害に追い込み、安康《あんこう》天皇として即位した〔巻第十三〕。雄略《ゆうりやく》天皇は人を処刑することが多かった。葛城山《かずらきやま》において一言主神《ひとことぬしのかみ》に出会い、ともに猟を楽しんだ〔巻第十四〕。清寧《せいねい》天皇、顕宗《けんぞう》天皇、仁賢《にんけん》天皇が皇位に就いた〔巻第十五〕。武烈《ぶれつ》天皇は刑罰の判定を好み、残虐でもあった〔巻第十六〕。武烈天皇には子がなく、応神天皇の五世の孫が継体《けいたい》天皇となった。筑紫国造磐井《つくしのくにのみやつこいわい》の反乱を物部《もののべの》大連麁鹿火《おおむらじあらかひ》に鎮圧させた〔巻第十七〕。継体天皇の子、安閑《あんかん》天皇、宣化《せんか》天皇が即位した〔巻第十八〕。

欽明《きんめい》天皇十三年、百済《くだら》の聖明王が仏像など献上し、仏教が伝わったが、崇仏派の蘇我《そが》氏と排仏派の物部《もののべ》氏らの対立が生まれた〔巻第十九〕。敏達《びだつ》天皇の時、蘇我氏と物部氏の対立は深まった〔巻第二十〕。用明《ようめい》天皇元年、穴穂部皇子《あなほべのみこ》は物部守屋《もりや》とともに天皇の暗殺を試みるが、蘇我馬子《うまこ》に阻止された。天皇崩御後、守屋は穴穂部皇子を擁立しようとするが、馬子は皇子と守屋一族を殺害した。崇峻《すしゆん》天皇が即位したが、その発言に恐れた馬子に殺されてしまう〔巻第二十一〕。欽明天皇皇女で敏達天皇后であった推古《すいこ》天皇が即位し、厩戸豊聡耳皇子《うまやとのとよとみみのみこ》（聖徳太子）を皇太子とし、政務を任せた。仏教が興隆した。皇太子は冠位十二階や憲法十七条を定め、小野妹子《おののいもこ》を隋《ずい》に派遣した。馬子と協議し、天皇記と国記を作った〔巻第二十二〕。

巻第一　神代《じんだい》　上

一　天地開闢《てんちかいびやく》と神世七代《かむよななよ》

昔、天と地が分れず、陰の気と陽の気も分れず、混沌《こんとん》として未分化のさまはあたかも鶏の卵のようであり、ほの暗く見分けにくいけれども物事が生れようとする兆候《きざし》を含んでいた。その澄んで明るい気が薄くたなびいて天となり、重く濁った気が停滞し地となるその時、清く明るい気はまるく集まるのがたやすいが、重く濁った気は凝り固まるのが困難である。そのために、天がまずできあがり、地は遅れて定まるところとなった。かくして後に、神がその中に生れた。

そこで、次のようにいわれている。天地が開ける初めの時は、洲《す》や島が浮び漂うこと、ちょうど泳ぐ魚が水の上に浮いているようなものであった。その時、天と地の中にある一つの物が生れた。形は萌《も》え出る葦《あし》の芽のようで、そのまま神となった。国常立尊《くにのとこたちのみこと》（恒久なる国土の神）と申す。次に国狭槌尊《くにのさつちのみこと》（若々しい土地の神）。次に豊斟渟尊《とよくむぬのみこと》（豊かな水の神）。合せて三柱の神である。この三神は陽の道のみを受けて生れた。よって、この純粋な男性を作ったわけであるという。

次に神がある。埿土煑尊《うひじにのみこと》（防塞の男神）・沙土煑尊《すひじにのみこと》（同女神。以下、男女の対偶神）。次に神がある。大戸之道尊《おおとのじのみこと》（防塞の男神）・大苫辺尊《おおとまべのみこと》。次に神がある。面足尊《おもだるのみこと》（男根の偶像化）・惶根尊《かしこねのみこと》（女陰の偶像化）。次に神がある。伊奘諾尊《いざなきのみこと》（誘い合う男神）・伊奘冉尊《いざなみのみこと》。

以上合せて八柱の神である。この八神は陰の道と陽の道が相交じってできた。それで男女の両性をなしているのである。国常立尊から伊奘諾尊・伊奘冉尊まで、これを神世《かむよ》七代《ななよ》という。

古《いにしへ》に天地《あめつち》未《いま》だ剖《わか》れず、陰陽《めを》分《わか》れず、渾沌《こんとん》にして鶏子《とりのこ》の如《ごと》く、溟涬《めいけい》にして牙《きざし》を含《ふふ》めり。其《そ》の清陽《せいやう》なる者《もの》は、薄靡《たなび》きて天《あめ》に為《な》り、重濁《ぢゆうだく》なる者は、淹滞《とどこほ》りて地《つち》に為《な》るに及《いた》りて、精妙《せいめう》の合摶《がふせん》すること易《たやす》く、重濁の凝竭《ぎようけつ》するこ

と難《かた》し。故《かれ》、天《あめ》先《ま》づ成《な》りて地《つち》後《のち》に定《さだ》まる。然《しか》して後《のち》に神聖《しんせい》其の中《なか》に生《な》れり。故曰《かれいは》く、開闢《ひらく》る初《はじ》めに、洲壌《くにつち》の浮漂《うかびただよ》へること、譬《たと》へば游魚《あそぶうを》の水上《みづのうへ》に浮《うか》べるが猶《ごと》し。時に天地の中に一物《ひとつのもの》生れり。状葦牙《かたちあしかび》の如《ごと》く、便《すなは》ち神《かみ》に化為《な》る。国常立尊《くにのとこたちのみこと》と号《まを》す。次に国狭槌尊《くにのさつちのみこと》。次に豊斟渟尊《とよくむぬのみこと》。凡《すべ》て三神《みはしらのかみ》なり。乾《けん》道《だう》独《ひと》り化《な》す。所以《このゆゑ》に此《こ》の純男《ひたを》を成《な》すといふ。

次に神有り。埿土煑尊《うひぢにのみこと》・沙土煑尊《すひぢにのみこと》。次に神有り。大戸之道尊《おほとのぢのみこと》・大苫辺尊《おほとまべのみこと》。次に神有り。面足尊《おもだるのみこと》・惶根尊《かしこねのみこと》。次に神有り。伊奘諾尊《いざなきのみこと》・伊奘冉尊《いざなみのみこと》。凡《すべ》て八神《やはしらのかみ》なり。乾坤《けんこん》の道、相参《あひまじ》りて化《な》る。所以《このゆゑ》に此《こ》の男女《をとこをみな》を成《な》す。国《くにの》常立尊《とこたちのみこと》より、伊奘諾尊・伊奘冉尊まで、是《こ》を神世《かむよ》七代《ななよ》と謂《い》ふ。

二 磤馭慮島《おのごろしま》での聖婚と大八洲国《おおやしまくに》の誕生

伊奘諾尊《いざなきのみこと》・伊奘冉尊《いざなみのみこと》は天浮橋《あまのうきはし》（天地の間にかかる梯《はし》）の上に立たれ、相談して、「下界の底の方に、もしや国はないだろうか」と仰せられて、すぐに天之瓊矛《あまのぬほこ》（玉飾りの矛）を差し下ろして探《さぐ》られると、事実青海原《あおうなばら》があった。その矛の先からしたたり落ちた潮《しお》が凝り固まって一つの島となった。名付けて磤馭慮島《おのごろしま》（自ずから凝り固まった島）という。

二柱《ふたはしら》の神は、そこでこの島にお降《くだ》りになり、夫婦の交わりをして洲国《くに》を生もうとされた。そこで磤馭慮島を国中《くになか》の御柱《みはしら》（国の中央に立てる心霊の宿る柱）として、そして陽神《おかみ》伊奘諾尊は左から廻《めぐ》り、陰神《めかみ》伊奘冉尊は右から廻られた。国の御柱をそれぞれ分れて廻り、御柱の向こう側で出会われた。その時、陰神がまず唱えて、「ああうれしい。よい少男《おとこ》に遇《あ》って」と仰せられた。陽神は悦《よろこ》ばないで、「私は男なのだ。まず男の私が唱えるのが道理だ。どうして女のお前がそれに反して先に声をかけたのか。これはまったくよくないことだ。改めて廻ろう」と仰せられた。

そこで二柱の神はさらにもう一度御柱の向こう側で出会われた。今度の行為は陽神がまず唱えて、「ああうれしい。よい少女《おとめ》に遇って」と仰せられた。そこで陰神に尋ねて、「お前の身に何かできているところがあるか」と仰せられた。陰神は答えて、「我が身に一つの雌《め》の根元（女性であることの根元）というところがあります」と仰せられた。陽神は、「我が身にもまた雄《お》の根元（男性であることの根元）というところがある。我が身の根元のところをお前の身の根元のところに合せようと思う」と仰せられた。そうして陰神と陽神とは初めて交合して夫婦となられた。

お産をする時になって、まず淡路洲《あわじのしま》（淡路島）を胞《え》（胎児を包む膜）として生んだ。が、二柱の神の心にはうれしくないところがあった。それで、名付けて淡路洲（吾恥《あはじ》＝生み損ないで恥をかいた）という。そこですぐ大日本豊秋津洲《おおやまととよあきづしま》（本州）を生んだ。次に伊予二名洲《いよのふたなのしま》（四国）を生んだ。次に筑紫洲《つくしのしま》（九州）を生んだ。次に億岐洲《おきのしま》と佐度洲《さどのしま》（隠岐島と佐渡島）とを双児に生んだ。人間界で、時に双児を生むことがあるのは、これにならってのことである。次に越洲《こしのしま》（北陸道）を生んだ。次に大洲《おおしま》（山口県屋代島か）を生んだ。次に吉備子洲《きびのこしま》（岡山県の児島半島）を生んだ。これによって、初めて大八洲国《おおやしまくに》の名が起ったのである（大日本豊秋津洲から吉備子洲までで八島。淡路洲は含まれない）。さてまた対馬島《つしま》・壱岐島《いきのしま》とあちらこちらの小島は、みな潮の泡が凝り固まってできたものである。または水の泡が凝り固まってできたともいう。

伊奘諾尊《いざなきのみこと》・伊奘冉尊《いざなみのみこと》、天浮橋《あまのうきはし》の上に立たし、共《とも》に計《はか》りて曰《のたま》はく、「底下《そこつした》に、豈国無《もしくにな》けむや」とのたまひ、廼《すなは》ち天之瓊矛《あまのぬほこ》を以《も》ちて、指《さ》し下《おろ》して探《さぐ》りたまひ、是《ここ》に滄溟《あをうなはら》を獲《え》き。其《そ》の矛の鋒《さき》より滴瀝《しただ》る潮《しほ》、凝《こ》りて一島《ひとつのしま》に成《な》れり。名《なづ》けて磤馭慮島《おのごろしま》と曰《い》ふ。

二神《ふたはしらのかみ》、是《ここ》に彼《そ》の島に降《くだ》り居《ま》し、因《よ》りて共に夫婦《いもせ》と為《な》り、洲国《くに》を産生《う》まむと欲《おもほ》す。便《すなは》ち磤馭慮島を以ちて国中《くになか》の柱《みはしら》として、陽神《をかみ》は左より旋《めぐ》り、陰神《めかみ》は右より旋りたまふ。国の柱を分《わか》れ巡《めぐ》りて、同じく一面《ひとつおもて》に会ひたまふ。時に陰神先《ま》づ唱《とな》へて曰《のたま》はく、「憙哉《あなうれしゑや》、可美少男《うましをとこ》に遇《あ》ひぬること」とのたまふ。陽神《をかみ》悦《よろこ》びずして曰はく、「吾《われ》は是男子《これをのこ》なり。理《ことわり》先《ま》づ唱《とな》ふべし。如何《いかに》ぞ婦人《たわやめ》の反《かへ》りて言先《ことさき》だつるや。事既《ことすで》に祥《よ》からず。以《も》ちて改《あらた》め旋《めぐ》るべし」とのたまふ。

是《ここ》に二神却《かへ》りて更《また》相遇《あ》ひたまふ。是《こ》の行《わざ》は、陽神先づ唱《とな》へて曰はく、「憙哉《あなうれしゑや》、可美少女《うましをとめ》に遇《あ》ひぬること」とのたまふ。因《よ》りて陰神《めかみ》に問ひて曰はく、「汝《な》が身《み》に何《なに》の成《な》れるところか有《あ》る」とのたまふ。対《こた》へて曰はく、「吾《あ》が身に一《ひとつ》の雌元《めのもと》の処《ところ》有り」とのたまふ。陽神の曰はく、「吾が身にも雄《をの》元《もと》の処有り。吾が身の元の処を以《も》ちて、汝《な》が身の元の処に合《あは》せむと思欲《おも》ふ」とのたまふ。是《ここ》に陰陽《めを》始《はじ》めて遘合《みとのまぐはひ》し夫婦《いもせ》と為《な》りたまふ。

産《こう》む時に及至《いた》り、先《ま》づ淡路洲《あはぢのしま》を以ちて胞《え》と為《な》す。意《みこころ》に快《よろこ》びざる所《ところ》なり。故《かれ》、名《なづ》けて淡路洲と曰《い》ふ。廼《すなは》ち大日本豊秋津洲《おほやまととよあきづしま》を生《う》む。次に伊予二名洲《いよのふたなのしま》を生む。次に筑紫洲《つくしのしま》を生む。次に億岐洲《おきのしま》と佐度洲《さどのしま》とを双生《ふたごにう》む。世人《よのひと》或《ある》いは双生むこと有るは、此《これ》に象《かたど》れるなり。次に越洲《こしのしま》を生む。次に大洲《おほしま》を生む。次に吉備子洲《きびのこしま》を生む。是《これ》に由《よ》りて、始《はじ》めて大八洲国《おほやしまくに》の号《な》起《おこ》れり。即《すなは》ち対《つ》馬島《しま》・壱岐島《いきのしま》と処々《ところどころ》の小島《をしま》とは、皆是潮沫《みなこれしほなわ》の凝《こ》りて成《な》れる者《もの》なり。亦《また》は水沫《みなわ》の凝りて成れるとも曰《い》ふ。

三 天照大神《あまてらすおおみかみ》、月夜見尊《つくよみのみこと》、素戔鳴尊《すさのおのみこと》の誕生

次に海を生んだ。次に川を生んだ。次に山を生んだ。次に木の祖《おや》句句廼馳《くくのち》を生んだ。次に草の祖草野《かやの》姫《ひめ》を生んだ。またの名を野槌《のつち》（野の精霊）という。

やがて伊奘諾尊《いざなきのみこと》と伊奘冉尊《いざなみのみこと》は相談して、「我々はすでに大八洲国《おおやしまくに》と山川草木《さんせんそうもく》とを生んだ。どうして天下の主《きみ》たる者を生まないでいられようか」と仰せられた。そこで一緒に日の神（天照大神《あまてらすおおみかみ》）をお生みになった。これを大日孁貴《おおひるめのむち》（太陽である女神）と申す。この御子は輝くこと明るく美しく、天地四方の隅々まで照り輝いた。それで二柱の神は喜んで、「我が子は数多くいるけれども、まだこのように神秘的で霊妙な御子はいなかった。長くこの国に留めるべきではない。当然速やかに天上に送って、天界の政事《まつりごと》を授

けるべきだ」と仰せられた。この時、天と地とがまだそんなに遠く隔たっていなかった。そこで、天《あめ》の御柱《みはしら》を伝って天上にお上げ申しあげられた。次に月の神（月夜見尊《つくよみのみこと》）をお生みになった。その神の美しい光は日の神に次ぐものであった。そこで日の神と並んで治めるのがよかろう、ということで、また天上に送られた。次に蛭子《ひるこ》（足の麻痺《まひ》した子）をお生みになった。この子はとうとう三年経《た》っても脚が立たなかった。それで、天《あま》磐櫲樟船《いわくすぶね》（天界の頑丈な樟《くす》の船）に載せて、風のまにまに棄《す》ててしまわれた。次に素戔《すさの》鳴尊《おのみこと》（荒々しく激しい神）をお生みになった。この神は勇ましく強く、そして残忍な性質であった。また常に大声で泣いてばかりいた。そのために国内の人民を多く早死させ、また青々と木の茂った山を枯山《かれやま》に変えてしまった。そこで、その父母の二柱の神は素戔鳴尊に勅《みことのり》して、「お前はまったくひどい乱暴者だ。よってこの天下に君臨してはならない。もう遠く根国《ねのくに》（木の根のある地底の国）に行ってしまえ」と仰せられて、とうとう追放なされた。

＊一書は、伊奘冉尊の死や、伊奘冉尊を追って伊奘諾尊が黄泉《よみ》の国を訪れた話、その穢《けが》れをすすぐことによって神が誕生した話などを載せる。

次に海を生む。次に川を生む。次に山を生む。次に木《き》の祖《おや》句句廼馳《くくのち》を生む。次に草《かや》の祖《おや》草野姫《かやのひめ》を生む。亦《また》は野槌《のつち》と名《まを》す。

既《すで》にして伊奘諾尊《いざなきのみこと》・伊奘冉尊《いざなみのみこと》共に議《はか》りて曰《のたま》はく、「吾《われ》已《すで》に大八洲国《おほやしまくに》と山《やま》川草木《かはくさき》とを生めり。何《いかに》ぞ天下《あめのした》の主者《きみたるもの》を生まざらむ」とのたまふ。是《ここ》に共に日神《ひのかみ》を生みたまふ。大日孁貴《おほひるめのむち》と号《まを》す。此《こ》の子《みこ》光華《ひかり》明彩《うるは》しく、六合《くに》の内《うち》に照《て》り徹《とほ》る。故《かれ》、二神《ふたはしらのかみ》喜《よろこ》びて曰《のたま》はく、「吾《あ》が息《こ》多《おほ》しと雖《いへど》も、未《いま》だ此《かく》の若《ごと》く霊異《くすびにあや》しき児《みこ》有《あ》らず。久しく此の国に留《とど》むべからず。自当《まさ》に早《すむやけ》く天《あめ》に送《おく》りて、授《さづ》くるに天上《あめ》の事《こと》を以《も》ちてすべし」とのたまふ。是《こ》の時に、天地《あめつち》相去《あひさ》ること未《いま》だ遠《とほ》からず。故、天柱《あまのみはしら》を以ちて、天上《あめ》に挙《あ》げまつりたまふ。次に月神《つきのかみ》を生《う》みたまふ。其《そ》の光彩《ひかり》日《ひ》に亜《つ》げり。以ちて日に配《なら》べて治《し》らすべし。故、亦天《またあめ》に送りたまふ。次に蛭児《ひるこ》を生みたまふ。已《すで》に三歳《みとせ》と雖《いへど》も、脚猶《あしなほ》し立たず。故、天磐櫲樟船《あまのいはくすぶね》に載《の》せて、風の順《まにま》に放棄《はなちす》てたまふ。次に素戔鳴《すさのを》尊《みこと》を生みたまふ。此《こ》の神勇悍《ようかん》にして忍《にん》に安《やす》みすること有り。且常《またつね》に哭泣《な》くを以ちて行《わざ》と為《な》す。故、国内《くぬち》の人民《ひとくさ》を多《さは》に以ちて夭折《わかじに》せしめ、復青山《またあをやま》を枯《からやま》に変《か》へしむ。故、其の父母《ちちはは》二神、素戔鳴尊に勅《みことのり》したまはく、「汝甚《なれはなは》だ

──無道《あづきな》し。以ちて宇宙《あめのした》に君臨《きみ》たるべからず。固当遠《もとよりとほ》く根国《ねのくに》に適《まか》れ」とのりたまひ、遂《つひ》に逐《やら》ひたまふ。

四 素戔鳴尊《すさのおのみこと》と天照大神《あまてらすおおみかみ》の誓約《うけい》

さて、素戔鳴尊《すさのおのみこと》は請うて、「私は今勅命を承って根国《ねのくに》に赴こうと存じます。そこで、しばらく高天原《たかまのはら》（天照大神《あまてらすおおみかみ》が主宰する天上の国）に参上し、姉上にお逢《あ》いして、その後に永久に退出しようと思います」と申しあげた。伊奘諾尊《いざなきのみこと》はお許しになった。そこで素戔鳴尊は高天原に昇り、天照大神のもとに参上された。この後に伊奘諾尊は神としてのご事業をすべて終えられて、あの世に行かれることになった。そこで隠れ住む御殿を淡路国《あわじのくに》に構えて、静かに長久にお隠れになった。

初め素戔鳴尊が天に昇られる時に、大海原は激しく揺れ動き、山や岳はすさまじく鳴り轟《とどろ》いた。これはつまりその神の本性からの剛猛さがそうさせたのである。

天照大神はもとよりその神の暴悪《あらあら》しいことを知っておられ、参上する際の猛烈な様子を聞かれるに及んで、顔色を変えて驚かれ、「我が弟がやって来るのはさだめし善良な心からではあるまい。思うに、きっと国を奪おうとする意志があるのだろう。そもそも父母である伊奘諾尊《いざなきのみこと》・伊奘冉尊《いざなみのみこと》はすでに子供たちにご委任になって、各々その領分を所有せしめられた。どうして自分の赴くべき国を棄《す》てておいて、強引にこの高天原を狙《ねら》おうとするのか」と仰せられて、すぐさま髪を結んで髻《みずら》（男子の束ね髪）とし、裳《も》を縛って袴《はかま》として（男装して）、八坂瓊《やさかに》の五百箇御統《いおつみすまる》（大きい玉を数多く紐《ひも》に通して輪にしたもの）を髻・鬘《かずら》（髪飾りをつけた髪）や腕に巻き付け、また背に千箭《ちのり》の靫《ゆき》（千本もの矢が入る矢入れ）と五百箭《いおのり》の靫とを負い、臂《ひじ》には稜威《いつ》（厳しさを示す）の高鞆《たかとも》（弓を射る時の防具）を着け、弓筈《ゆはず》を振り立て、剣の柄《つか》を堅く握りしめて、大地をも踏み抜いて股《もも》までめり込ませ、堅い土を沫雪《あわゆき》のように蹴散《けち》らかし、稜威《いつ》の雄誥《おたけび》をし、稜威の嘖譲《ころい》（叱り責めること）を発して、じかに詰問された。

素戔嗚尊は答えて、「私には初めから邪心はありません。ただ前から父母の厳しいご命令がありましたので、永久に根国《ねのくに》に行こうと存じます。もし姉上にお目にかからないでは、私はどうして行くことができましょうか。そういうわけで、雲や霧を踏み渡り、遠くから参上いたしました。思いもよりませんでした、姉上が反対に激怒していらっしゃろうとは」と仰せられた。そこで天照大神はまた問うて、「もしそうならば、何をもってお前の潔白な心を明らかにするか」と仰せられた。答えて、「お願いです、姉上と一緒に誓約《うけい》（正邪当否の占い）をいたしましょう。誓約の最中で必ず御子を生むことにしましょう。もし私の生む子が女ならば、邪心があるとお思いください。もし男ならば潔白な心であるとお思いください」と仰せられた。

そこで天照大神は、素戔嗚尊の十握剣《とつかつるぎ》（約一メートルの直刀）を求め取られて、三つに打ち折り、天真名井《あまのまない》（天上界にある聖泉）にすすいでがりがりと嚙《か》み砕き、吹き棄《す》てる息の狭霧《さぎり》で生んだ神を、名付けて田心姫《たこりひめ》と申す。次に湍津姫《たぎつひめ》。次に市杵島姫《いちきしまひめ》。合せて三柱の女神である。こういう次第で素戔嗚尊は、天照大神の髻《みずら》・鬘《かずら》や腕に巻き付けておられる八坂瓊《やさかに》の五百箇御統《いおつみすまる》を求め取って、天真名井にすすいで、がりがりと嚙《か》み砕き、吹き棄《す》てる息の狭霧《さぎり》で生んだ神を、名付けて正哉吾勝勝速日天忍穂耳尊《まさかあかつかちはやひあまのおしほみみのみこと》（正しく吾は勝った、勝利の敏速な霊力のある、天上界の、稲穂の霊威の神）と申す。次に天穂日命《あまのほひのみこと》（稲穂の神）。次に天津彦根命《あまつひこねのみこと》。次に活津彦根命《いくつひこねのみこと》。次に熊野櫲樟日命《くまののくすひのみこと》。合せて五柱の男神である。この時に天照大神は勅《みことのり》して、「子が生れたもとになった物根《ものざね》（生じた根源）をたずねると、八坂瓊《やさかに》の五百箇御統《いおつみすまる》は私のものである。だから、その五柱の男神はすべて私の子である」と仰せられ、ただちに引き取って養育された。また勅して、「その十握剣《とつかつるぎ》は、素戔嗚尊のものである。だからこの三柱の女神はすべてお前の子である」と仰せられ、すぐに素戔嗚尊にお授けになった。この女神たちは筑紫《つくし》の胸肩君《むなかたのきみ》（宗像《むなかた》大社を奉斎する豪族）らが祭る神である。

是《ここ》に素戔嗚尊《すさのおのみこと》、請《こ》ひて曰《まを》さく、「吾今《われいま》し教《みことのり》を奉《うけたまは》りて根国《ねのくに》に就《まか》りなむとす。故《かれ》、暫《しばら》く高天原《たかまのはら》に向ひ、姉《なねのみこと》と相見《あひまみ》えて、後《のち》に永《とこしへ》に退《まか》りなむと欲《おも》ふ」とまをす。勅許《ゆる》したまふ。乃《すなは》ち天《あめ》に昇詣《まゐのぼ》りたまふ。是《こ》の後に伊奘諾尊《いざなきのみこと》、神功《あやしきわざ》既《すで》に畢《を》へ、霊運《たまうつ》り遷《かむあが》りましなむとしたまふ。是《こ》を以《も》ちて幽宮《かくれみや》を淡路《あはぢ》の洲《くに》に構《つく》り、寂然《しづか》に長《とこしへ》に隠《かく》れましき。（略）始《はじ》め素戔嗚尊《すさのをのみこと》天に昇《のぼ》ります時に、溟渤《おほきうみ》之《これ》を以《も》ちて鼓盪《とどろきただよ》ひ、山岳《やまをか》之《これ》が為《ため》に鳴呴《なりほ》えき。此則《これすなは》ち神性《かむさが》雄健《たけ》きが然《しか》らしむるなり。

天照大神《あまてらすおほみかみ》、素《もと》より其《そ》の神の暴悪《あらくあ》しきことを知《し》ろしめし、来詣《まゐく》る状《さま》を聞《きこ》しめすに至り、乃《すなは》ち勃然《さかり》に驚《おどろ》きたまひて曰《のたま》はく、「吾《わ》が弟《おと》の来《きた》ること、豈善意《あによきこころ》を以ちてせむや。謂《おも》ふに国を奪《うば》はむとする志《こころざしあ》有らむか。夫《そ》れ父母《ちちはは》、既に諸子《もろもろのみこたち》に任《ことよ》さし、各《おのもおのもそ》其の境《さかひ》を有《たも》たしめたまふ。如何《いかに》ぞ就《ゆ》くべき国を棄置《すてお》きて、敢《あ》へて此《こ》の処《ところ》を窺窬《うかか》ふや」とのたまひ、乃ち髪《みかみ》を結《ゆ》ひて髻《みづら》とし、裳《みも》を縛《まつ》ひて袴《はかま》とし、便《すなは》ち八坂瓊《やさかに》の五百箇《いほつ》御統《みすまる》を以ちて、其の髻《みづら》・鬘《かづら》と腕《ただむき》とに纏《まつ》ひ、又背《またそびら》に千箭《ちのり》の靫《ゆき》と五百箭《いほのり》の靫とを負《お》ひ、臂《ひぢ》に稜威《いつ》の高鞆《たかとも》を著《つ》け、弓彇《ゆはず》を振起《ふきおこ》し、剣柄《たかみ》を急握《とりしば》り、堅庭《かたには》を蹈《ふ》みて股《むかもも》を陥《おとしい》れ、沫雪《あわゆき》の若《ごと》くに蹴散《くゑはららか》し、稜威《いつ》の雄誥《をたけび》を奮《ふる》はし、稜威《いつ》の嘖讓《ころひ》を発《おこ》して、俓《ただ》に詰問《なじ》りたまひき。

素戔嗚尊対《こた》へて曰はく、「吾《あれ》、元《もと》より黒心《きたなきこころ》無《な》し。但《ただ》し父母《ちちはは》已《すで》に厳《いつく》しき勅《みことのり》有《あ》れば、永《とこしへ》に根国《ねのくに》に就《まか》りなむとす。如《も》し姉《なねのみこと》と相見《あひまみ》えずは、吾何《あれなに》ぞ能《よ》く敢《あ》へて去《まか》らむ。是《ここ》を以《も》ちて、雲霧《くもきり》を跋渉《ふみわた》り、遠《とほ》くより来参《まゐき》つ。意《おも》はざりき、阿姉翻《なねのみことかへ》りて起《い》厳《か》顔りたまはむとは」とのたまふ。時に、天照大《あまてらすおほ》神《みかみ》復問《またと》ひて曰はく、「若《も》し然《しか》らば、何《なに》を以《も》ちてか爾《なむぢ》が赤心《きよきこころ》を明《あか》さむとする」とのたまふ。対《こた》へて曰はく、「請《こ》はくは姉《なねのみこと》と共《とも》に誓《うけ》はむ。夫《そ》れ誓約《うけひ》の中《みなか》に、必ず子《みこ》を生むべし。如《も》し吾《あ》が生まむ、是女《これをみな》ならば、濁心《きたなきこころ》有りと以為《おも》ほすべし。若《も》し是男《をのこ》ならば、清心《きよきこころ》有りと以為ほすべし」とのたまふ。是《ここ》に天照大神、乃《すなは》ち素戔嗚尊の十握剣《とつかつるぎ》を索《もと》め取らし、打ち折《を》りて三段《みきだ》に為《な》し、天真名井《あまのまなゐ》に濯《すす》ぎ、齰然《さがみ》に咀嚼《か》みて、吹き棄《う》つる気噴《いふき》の狭霧《さぎり》に生める神、号《なづ》けて田心姫《たこりひめ》と曰《まを》す。次に湍津姫《たぎつひめ》。次に市杵島姫《いちきしまひめ》。凡《すべ》て三女《みはしらのひめかみ》なり。既《すで》にして素戔嗚尊、天照大神の髻《みづら》・鬘《かづら》と腕《ただむき》とに纏《ま》かせる八坂瓊《やさかに》の五《い》百箇《ほつ》御統《みすまる》を乞《こ》ひ取《と》り、天真名井《あまのまなゐ》に濯ぎ、齰然《さがみ》に咀嚼《か》みて、吹《ふ》き棄《う》つる気噴《いふき》の狭霧《さぎり》に生める神、号けて正哉《まさか》吾《あ》勝勝速日天忍穂耳尊《かつかちはやひあまのおしほみみのみこと》と曰《まを》す。次に天《あま》穂日命《のほひのみこと》。次に天津《あまつ》彦根命《ひこねのみこと》。次に活津《いくつ》彦根命《ひこねのみこと》。次に熊野櫲《くまのく》樟《す》日命《ひのみこと》。凡《すべ》て五男《いつはしらのひこかみ》なり。是《こ》の時に天照大神、勅《みことのり》して曰《のたま》はく、「其の物根《ものざね》を原《たづ》ぬれば、八坂瓊《やさかに》の五百箇《いほつ》御統《みすまる》は、是吾《これあ》が物《もの》なり。故《かれ》、彼《そ》の五男神《いつはしらのひこかみ》は、悉《ことごとく》に是吾《これあ》が児《こ》なり」とのたまひ、乃《すなは》ち取りて子養《ひだ》したまふ。又勅《またみことのり》して曰はく、「其の十握剣《とつかつるぎ》は、是素戔嗚尊の物なり。故、此《こ》の三女神《みはしらのひめかみ》は、悉に是爾《なむち》が児なり」とのたまひ、便《すなは》ち素戔嗚尊に授《さづ》けたまふ。此則《これすなは》ち筑紫《つくし》の胸肩君《むなかたのきみら》等が祭《まつ》れる神、是《これ》なり。

五

素《す》戔《さの》嗚《おの》尊《みこと》の乱行と追放

この後、素戔嗚尊《すさのおのみこと》の行為は乱暴の極みであった。なぜなら次のようなことがあったからだ。天照大神《あまてらすおおみかみ》は、天狭田《あまのさだ》（狭小な田）・長田《ながた》（細長い田）をご自分の田としておられた。その時、素戔嗚尊は、春には重播種子《しきまき》（種播きした上にまた種を播く）をしたり、またその田の畔《あぜ》を壊したりした。秋には天斑駒《あまのふちこま》（天上界の斑毛《まだらげ》の馬）を放って、田の中に伏せさせたりして農事の妨げをした。また天照大神が新穀を召される新嘗《にいなえ》のちょうどその時をうかがい、ひそかにその新嘗の御殿に大便をして神聖さを汚した。

また天照大神がちょうど神衣を織って斎服殿《いみはたどの》（神聖な機織《はたおり》の御殿）におられるのを見はからって、天斑駒を逆剝《さかは》ぎにし、御殿の屋根瓦に穴をあけて投げ入れた。その時、天照大神は驚かれ、機織《はたおり》の梭《ひ》（横糸を通す道具）で突いて身を傷つけられた。このことによって、天照大神は立腹し、天石窟《あまのいわや》に入られ、磐戸《いわと》を閉じて籠《こも》ってしまわれた。それで、国中がいつも闇《やみ》ばかりとなり、昼夜の交代の別も分らなくなった。

その時、八十万《やそよろず》の神たちは、天安河辺《あまのやすのかわら》（天上の多くの洲《す》のある河原）で会合し、その祈るべき方法を協議した。すると思兼神《おもいかねのかみ》（深謀遠慮の神）は、深謀遠慮をめぐらされ、結局、常世《とこよ》（不老長生の国）の長鳴鳥《ながなきどり》（鶏）を集めて互いに長鳴きをさせ、また手力雄《たちからおの》神《かみ》（手の力の強い神）を磐戸の側に隠れ立たせ、そうして、中臣連《なかとみのむらじ》の遠祖天児屋命《あまのこやねのみこと》と忌部《いみべ》の遠祖太玉命《ふとたまのみこと》は、天香山《あまのかぐやま》の五百箇真坂樹《いおつまさかき》（聖域を示す、よく茂った木）を根ごと掘り取って、上の枝には八坂瓊《やさかに》の五百箇御統《いおつみすまる》を掛け、中の枝には八咫鏡《やたかがみ》（大きな鏡）を掛け、下の枝には青い幣《ぬさ》と白い幣を掛けて、皆一緒にご祈禱《きとう》申しあげた。また猨女君《さるめのきみ》の遠祖天鈿女命《あまのうずめのみこと》（髪飾りをした女神）は手に茅《ちがや》を巻いた矛を持ち、天石窟戸《あまのいわやと》の前に立って、巧みに俳優《わざおぎ》（滑稽なしぐさや踊り）をした。また天香山の真坂樹を鬘《かずら》（髪飾り）とし、蘿蔓《ひかげのかずら》を手繦《たすき》にして、庭火《にわび》を焚《た》き、桶《おけ》を伏せ、顕神明之憑談《かむがかり》（神がかり）した。

この時、天照大神がお聞きになって、「私はこのごろ石窟《いわや》に籠っている。だから豊葦《とよあし》原中国《はらのなかつくに》は必ず長い夜ばかりが続いているはずだと思うのに、どうして天鈿女命《あまのうずめのみこと》はこのように喜び楽しんでいるのだろうか」と仰せられて、御手で細目に磐戸《いわと》を開けて外をうかがわれた。その時、手力雄神《たちからおのかみ》はすぐ天照大神の御手をお取りし、引いてお出し申しあげた。ここに中臣神《なかとみのかみ》・忌部神《いみべのかみ》はただちにしめ縄を引いて境界とした。そして請《こ》うて、「二度とこの中にお還《かえ》りなさいますな」と申しあげた。

そうして後に諸神は、罪過を素戔嗚尊《すさのおのみこと》一身に帰して、大量の賠償を罰として科し、厳しく督促してついに徴収した。髪を抜いてその罪を償《つぐな》わせた。別の伝えでは、その手足の爪《つめ》を抜いて償わせたという。こういう次第でとうとう天上から追放してしまわれた。

是《こ》の後《のち》に、素戔嗚尊《すさのをのみこと》の為行《しわざ》甚《はなは》だ無状《あづきな》し。何《いかに》といへば、天照大神《あまてらすおほみかみ》、天狭田《あまのさだ》・長田《ながた》を以ちて御田《みた》としたまふ。時に素戔嗚尊、春には重播種子《しきまき》し、且《また》其の畔《あ》を毀《はな》つ。秋には天斑駒《あまのふちこま》を放《はな》ち、田の中に伏《ふ》せしむ。復《また》天照大神の新嘗《にひなへ》きこしめさむとする時を見て、則《すなは》ち陰に《ひそかに》新宮《ひなへのみや》に放戻《くそま》る。

又天照大神の方《まさ》に神衣《かむみそ》を織《お》りて斎服殿《いみはたどの》に居《ま》しますを見て、則ち天斑駒を剝《さかはぎ》にし、殿《おほとの》の甍《いらか》を穿《うか》ちて投げ納《い》る。是の時に、天照大神驚動《おどろ》き、梭《ひ》を以ちて身を傷《いた》ましめたまふ。此《これ》に由《よ》りて発慍《いか》りて、乃《すなは》ち天石窟《あまのいはや》に入《い》りまし、磐戸《いはと》を閉《さ》して幽居《こもりま》す。故《かれ》、六合《くに》の内常闇《うちとこやみ》にして、昼夜《ひるよる》の相代《あひかはるわき》も知らず。

時に八十万神《やそよろづのかみたち》、天安河辺《あまのやすのかはら》に会合《つど》ひて、其《そ》の禱《いの》るべき方《すべ》を計《はか》る。故《かれ》、思兼神《おもひかねのかみ》、深く謀《はか》り遠《とほ》く慮《おも》ひ、遂《つひ》に常世《とこよ》の長鳴鳥《ながなきどり》を聚《あつ》め、互《たがひ》に長鳴《ながなき》せしめ、亦《また》手力雄神《たちからをのかみ》を以ちて磐戸《いはと》の側《わき》に立てて、中臣連《なかとみのむらじ》が遠祖天児屋命《とほつおやあまのこやねのみこと》、忌部《いみべ》が遠祖太玉命《ふとたまのみこと》、天香山《あまのかぐやま》の五百箇真坂樹《いほつまさかき》を掘《ねこじ》にして、上枝《ほつえ》には八坂瓊《やさかに》の五百箇御統《いほつみすまる》を懸《か》け、中枝《なかつえ》には八咫鏡《やたかがみ》を懸け、下枝《しづえ》には青和幣《あをにきて》白和幣《しろにきて》を懸け、相与《あひとも》に其の祈禱《いのり》を致《いた》す。又猨女君《またさるめのきみ》が遠祖天鈿女命《あまのうずめのみこと》、則《すなは》ち手に茅纏《ちまき》の

六 素戔嗚尊《すさのおのみこと》の八《や》岐《またの》大蛇《おろち》退治

矟《ほこ》を持ち、天石窟戸《あまのいはやと》の前《まへ》に立ち、巧《たくみ》に俳優《わざをき》を作《な》す。亦《また》天香山の真坂樹を以ちて鬘《かづら》とし、蘿《ひかげ》を以ちて手繦《たすき》として、火処焼《ほところや》き、覆槽置《うけふ》せ、顕神明《かむが》之憑談《かり》す。

是《こ》の時に天照大神《あまてらすおほみかみ》聞《きこ》しめして曰《のたま》はく、「吾《あれ》、比《このごろ》石窟《いはや》に閉居《こもりを》り、豊葦原《とよあしはらの》中国《なかつくに》は必ず長夜《とこよ》為《ゆ》くらむと謂《おも》へるを、云何《いかに》ぞ天鈿女命《あまのうずめのみこと》は如此《かく》噱楽《ゑら》くや」とのたまひ、乃《すなは》ち御手《みて》を以《も》ちて細《ほそ》めに磐戸《いはと》を開《あ》けて窺《うかか》ひたまふ。時に手力雄神《たちからをのかみ》、則《すなは》ち天照大神の手《みて》を承《う》け奉《まつ》り、引きて出《いだ》し奉《まつ》る。是《ここ》に中臣神《なかとみのかみ》・忌部神《いみべのかみ》、則ち端出之縄《しりくめなは》を以ちて界《さか》ふ。乃《すなは》ち請《こ》ひて曰さく、「復《また》な還幸《かへりい》りましそ」とまをす。

然《しか》して後《のち》に諸神《もろもろのかみたち》、罪過《つみ》を素戔嗚尊《すさのをのみこと》に帰《よ》せて、科《おほ》するに千座置戸《ちくらおきと》を以ちてし、遂《つひ》に促《せ》め徴《はた》る。髪を抜きて、其の罪《つみ》を贖《あか》はしむるに至《いた》る。亦曰《またいは》く、其の手足の爪《つめ》を抜きて贖ふといふ。已《すで》にして竟《つひ》に逐降《やら》ひき。

さて素戔嗚尊《すさのおのみこと》は天上から出雲国《いずものくに》の簸伊川《ひいかわ》（島根県東部を流れ、宍道湖に注ぐ川）の川上に降《くだ》り着かれた。その時、川上で人の泣く声が聞えた。そこで、泣き声を尋ね求めて行かれると、一人の老人と一人の老婆がいて、間に一人の少女を坐《すわ》らせて、撫《な》で慈《いつく》しみながら泣いていた。素戔嗚尊は問うて、「お前らは誰か。どうしてそのように泣いているのか」と仰せられた。答えて、「私は国神《くにつかみ》（国土神）で、脚摩乳《あしなずち》と申します。我が妻は手《て》摩乳《なずち》と申します。この童女《おとめ》は私の子です。奇稲田姫《くしいなだひめ》（稲田の守護神）と申します。泣いている訳は、もともと私の子は八人の少女がおりましたが、年ごとに八岐大蛇《やまたのおろち》のために呑《の》まれてしまいました。今またこの娘が呑まれようとしています。逃げる術《すべ》もありません。それで、泣き悲しんでいるのです」と申しあげた。

素戔嗚尊は勅《みことのり》して、「もしそういうことならば、お前は娘を私に献上しないか」と仰せられた。答えて「仰せのとおり献上いたします」と申しあげた。そこで素戔嗚尊はすぐさま奇稲田姫を湯津爪櫛《ゆつつまぐし》（神聖な櫛）に化身させて、御髻《みみずら》にお挿しになった（巫女の霊力による護身のため）。そして脚摩乳・手摩乳に命じて幾度も繰り返し醸《かも》した上等な酒を造らせ、併せて仮設の棚を八つの間《ま》数《かず》作らせ、各々に一つずつの酒桶《さかおけ》を置いて、酒を満たさせて八岐大蛇《やまたのおろち》が来るのを待っておられた。

その時が到来して、はたして大蛇がやって来た。頭・尾がそれぞれ八つある。眼は赤《あか》ほおずきのようであり、松や柏《かや》が背に生え、八つの丘、八つの谷の間に這《は》いわたるという大きさである。酒を見つけると、頭を各々一つずつの酒桶に入れて飲み、酔って眠ってしまった。その時、素戔嗚尊《すさのおのみこと》は身に帯びておられた十握剣《とつかつるぎ》を抜いて、ずたずたにその大蛇をお斬《き》りになった。尾の部分に至ると剣の刃が少し欠けた。そこで、その尾を切り裂いてご覧になると、中に一つの剣があった。これがいわゆる草薙剣《くさなぎのつるぎ》である。素戔嗚尊は、「これは霊剣だ。どうしてあえて私物としておけようか」と仰せられ、ただちに天《あまつ》神《かみ》に献上された。

そうして後に素戔嗚尊は婚姻の場所を求めに出かけて、ついに出雲《いずも》の清地《すが》（島根県雲南市大東町須賀）にお着きになった。そこで言葉に出して、「私の心は清々《すがすが》しい」と仰せられた。そこに宮殿を建てられた。そして尊《みこと》と姫は結婚し、御子大己貴神《おおあなむちのかみ》（のちの大《おお》国主神《くにぬしのかみ》）をお生みになった。それで勅《みことのり》して、「我が子の宮の宮司《つかさ》は脚摩乳《あしなずち》・手《て》摩乳《なずち》である」と仰せられた。そこで二柱《ふたはしら》の神に名をお与えになって、稲田宮主神《いなだのみやぬしのかみ》という。こういう次第で素戔嗚尊はとうとう根国《ねのくに》に行かれた。

＊一書は、大己貴神《おおあなむちのかみ》の国作りなどの話を載せる。

是《こ》の時に素戔鳴尊《すさのをのみこと》、天《あめ》より出雲国《いづものくに》の簸《ひ》の川上《かはかみ》に降《くだ》り到《いた》ります。時に川上に啼《ね》哭《な》く声《こゑ》有るを聞《き》く。故《かれ》、声を尋《たづ》ねて覓《ま》ぎ往《ゆ》きませば、一《ひとり》の老公《おきな》と老婆《おうな》と有り、中間《なか》に一《ひとり》の少女《をとめ》を置《す》ゑ、撫《かきな》でつつ哭《な》く。素戔鳴尊問《と》ひて曰《のたま》はく、「汝等《なむぢら》は誰《たれ》ぞ。何為《なにす》れぞ如此《かくのごとく》哭く」とのたまふ。対《こた》へて曰《まを》さく、「吾《われ》は是国神《これくにつかみ》、脚摩乳《あしなづち》と号す。我《わ》が妻《め》は手摩乳《てなづち》と号す。此《こ》の童女《をとめ》は是吾《これあ》が児《こ》なり。奇稲田姫《くしいなだひめ》と号す。哭《な》く所以《ゆゑ》は、往時《さき》に吾《あ》が児八箇《やたり》の少女《をとめ》有りしを、毎年《としごと》に八岐大蛇《やまたのをろち》が為《ため》に呑《の》まれき。今《いま》し此の少童《をとめ》呑まれなむとす。脱免《まぬか》るるに由無《よしな》し。故《かれ》、以ちて哀傷《かなし》ぶ」とまをす。

素戔鳴尊勅《みことのり》して曰《のたま》はく、「若《も》し然《しか》らば、汝《なむぢ》、女《むすめ》を以ちて吾《あ》に奉《たてまつ》らむや」とのたまふ。対《こた》へて曰《まを》さく、「勅の随《まにま》に奉らむ」とまをす。故《かれ》、素戔鳴尊、立《たちどころ》に奇稲田姫を化《とりな》して湯津爪櫛《ゆつつまくし》にし、御髻《みみづら》に挿《さ》したまふ。乃《すなは》ち脚摩乳《あしなづち》・手摩乳《てなづち》をして八醞《やしほをり》の酒を醸《か》み、并《あは》せて仮庪《さずきや》八間《ま》を作り、各《おのもおのも》一口《ひとつ》の槽《さかふね》を置き、酒を盛《も》らしめて待ちたまふ。

期《とき》に至《いた》りて、果《はた》して大蛇《をろち》有《あ》り。頭《かしら》・尾《を》各《おのもおのも》八岐《やまた》有り。眼《め》は赤酸醤《あかかがち》の如《ごと》く、松柏《まつかへ》、背上《そびら》に生《お》ひて、八丘《やを》・八谷《やたに》の間《あひだ》に蔓延《はひわた》れり。酒を得《う》るに及至《いた》り、頭《かしら》各《おのもおのも》一《ひとつ》の槽《さかふね》を飲《の》み、酔《ゑ》ひて睡《ねぶ》る。時に素戔嗚尊、乃《すなは》ち帯《は》かせる十握剣《とつかつるぎ》を抜《ぬ》き、寸《つだつだ》に其《そ》の蛇《をろち》を斬《き》りたまふ。尾に至り剣《つるぎ》の刃《は》少《すこ》しく欠けたり。故《かれ》、其の尾を割《さ》き裂き視《みそこなは》せば、中に一《ひとつ》の剣有り。此所謂草薙剣《これいはゆるくさなぎのつるぎ》なり。素戔嗚尊の曰《のたま》はく、「是《これ》、神《あや》しき剣なり。吾《われ》、何《いかに》ぞ敢《あ》へて私《わたくし》に以ちて安《お》かむや」とのたまひ、乃《すなは》ち天神《あまつかみ》に上献《たてまつりあ》ぐ。

然《しか》して後《のち》に、行《ゆきゆ》き婚《みあはし》せむ処《ところ》を覓《もと》め、遂《つひ》に出雲《いづも》の清地《すが》に到《いた》りたまふ。乃ち言《ことあげ》して曰はく、「吾《あ》が心清々《すがすが》し」とのたまふ。彼処《そこ》に宮《みや》を建てたまふ。乃ち相与《あひとも》に遘合《みとのまぐはひ》して、児大己貴神《みこおほあなむちのかみ》を生みたまふ。因《よ》りて勅《みことのり》して曰はく、「吾《あ》が児《みこ》の宮の首《つかさ》は、脚摩乳《あしなづち》・手摩乳《てなづち》なり」とのたまふ。故《かれ》、号《な》を二《ふたはしらの》神《かみ》に賜《たま》ひて、稲田宮主神《いなだのみやぬしのかみ》と曰《い》ふ。已《すで》にして素戔嗚尊、遂《つひ》に根国《ねのくに》に就《い》でます。

巻第二　神代《じんだい》　下

一　葦原中国《あしはらのなかつくに》の平定と皇孫《こうそん》降臨《こうりん》

天照大神《あまてらすおおみかみ》の御子正哉吾勝勝速日天忍穂耳尊《まさかあかつかちはやひあまのおしほみみのみこと》は、高皇産霊尊《たかみむすひのみこと》（神聖な生成霊力の神）の御娘栲幡千千姫《たくはたちぢひめ》を娶《めと》って、天津彦彦火瓊瓊杵尊《あまつひこひこほのににぎのみこと》（天地に親しく、神聖な日の御子である、豊穣の神）をお生みになった。そこで皇祖高皇産霊尊はとくに寵愛《ちょうあい》し貴んで養育された。こうして、この皇孫天津彦彦火瓊瓊杵尊を立てて葦原中国《あしはらのなかつくに》の君主にしようと思われた。ところが、その国には蛍火《ほたるび》のように妖《あや》しく光る神や、五月頃の蠅《はえ》のようにうるさく騒ぐ邪神がいた。また、草や木もみな精霊を持ち、物を言って無気味な様子であった。

そこで、高皇産霊尊は多くの神々を召し集めて、問われるには、「私は葦原中国の邪神を除き平定させようと思う。誰を遣わしたらよかろう。汝《なんじ》ら諸神よ、知っているところを隠さず申せ」と仰せられた。皆は、「天穂日命《あまのほひのみこと》（一二五頁参照）こそ傑出した神です。この神をお遣わしになってみてはいかがでしょうか」と申しあげた。そこで高皇産霊尊はこれら諸神の意見に従って、天穂日命を葦原中国の平定のために遣わされた。ところがこの神は、大己貴神《おおあなむちのかみ》（大国主神《おおくにぬしのかみ》）におもねり媚《こ》びて、三年たってもいっこうにご報告申しあげなかった。そこで、その子の大背飯三熊之大人《おおせいみくまのうし》を遣わされた。この神もまたその父に従って、とうとうご報告申しあげなかった。

そこで高皇産霊尊はさらに諸神を集めて、遣わすべき神を尋ねられた。皆は、「天国玉《あまつくにたま》の子の天稚彦《あめわかひこ》（天上界の世継ぎ）は勇壮な神です。試みてごらんなさい」と申しあげた。そこで高皇産霊尊は、天稚彦に天鹿児弓《あまのかこゆみ》と天羽羽矢《あまのははや》を授けて遣わされた。だが、この神もまた誠実ではなかった。葦原中国《あしはらのなかつくに》に到着するとすぐに顕国玉《うつしくにたま》（大国主神の別名）の娘下照姫《したでるひめ》を娶《めと》って、そのまま住み着いて、「私も葦原中国を統治しようと思う」と言って、ついにご報告を申しあげなかった。

さて高皇産霊尊は、天稚彦が久しく報告しないのを不審に思われて、無名雉《ななしきぎし》（名の無い雉《きじ》）を遣わして様子を伺わせられた。その雉は飛び降《くだ》って、天稚彦の門の前に植わっている神聖な杜木《かつら》の梢《こずえ》にとまった。すると、それを天探女《あまのさぐめ》（秘密を探る女）が見つけて、天稚彦に告げて、「不思議な鳥が来て、杜《かつら》の梢にとまっております」と言った。天稚彦は高皇産霊尊から賜った天鹿児弓・天羽羽矢を取って、雉を射殺《いころ》した。その矢は雉の胸を深く貫き通って、高皇産霊尊の御前に届いた。そこで、高皇産霊尊はその矢をご覧になり、「この矢は昔、私が天稚彦に授けた矢である。見ると血が矢に染《し》みている。思うに国神《くにつかみ》と戦って血がついたのであろうか」と仰せられた。そして、その矢を取って下界に投げ返された。その矢は落下して行って、そのまま天稚彦の仰向けに寝ている胸に命中した。その時、天稚彦は新嘗《にいなめ》の祭事中に寝ているところであった。その矢が命中してたちまち死んだ。これが、世の人のいわゆる「反矢《かえしや》恐るべし」ということの由縁である。

天照大神《あまてらすおほみかみ》の子《みこ》正哉《まさか》吾《あ》勝勝速日《かつかちはやひ》天忍穂耳尊《あまのおしほみみのみこと》、高皇《たかみ》産霊尊《むすひのみこと》の女《みむすめ》栲幡千《たくはたち》千《ぢ》姫《ひめ》を娶《めと》り、天津《あまつ》彦彦火《ひこひこほの》瓊瓊杵尊《ににぎのみこと》を生《う》みたまふ。故《かれ》、皇祖《みおや》高皇産霊尊、特《こと》に憐愛《うつくしび》を鍾《あつ》めて崇養《あがめひだ》したまふ。遂《つひ》に皇孫《すめみま》天津彦彦火瓊瓊杵尊を立てて、葦原《あしはらの》中国《なかつくに》の主《きみ》とせむと欲《おもほ》す。然《しか》れども彼《そ》の地《つち》に、多《さは》に螢火《ほたるび》なす光る神と蠅声《さばへ》なす邪神《あしきかみ》と有《あ》り。復《また》、草木《くさき》咸《みな》能《よ》く言語《ものいふこと》有り。

故、高皇産霊尊、八十諸神《やそもろかみたち》を召集《めしつど》へて、問ひて曰《のたま》はく、「吾《われ》、葦原中国の邪鬼《あしきもの》を撥《はら》ひ平《む》けしめむと欲《おも》ふ。誰《たれ》を遣《つかは》さば宜《よ》けむ。惟《これ》、爾《なむぢ》諸神《もろもろのかみたち》、知《し》れらむをな隠《かく》しそ」とのたまふ。僉曰《みなまを》さく、「天穂日命《あまのほひのみこと》、是《これ》神の傑《すぐれたるもの》なり。試《こころ》みたまはざるべけむや」とまをす。是《ここ》に衆《もろもろ》の言《こと》に俯順《ふししたが》ひ、即《すなは》ち天穂日命を以《も》ちて往《ゆ》き平《む》けしめたまふ。然れども此《こ》の神、大己貴神《おほあなむちのかみ》に佞媚《おもねりこ》び、三年《みとせ》に比及《いた》るまでに、尚《なほ》し報聞《かへりことまを》さず。故、仍《よ》りて其《そ》の子《こ》大背飯三熊之大人《おほせひみくまのうし》（略）を遣《つかは》す。此《これ》、亦還《また》其《そ》の父《ちち》に順《したが》ひ、遂《つひ》に報聞《かへりことまを》さず。

故《かれ》、高皇産霊尊《たかみむすひのみこと》、更《さら》に諸神《もろもろのかみたち》を会《つど》へ、遣すべき者を問ひたまふ。僉曰《みなまを》さく、「天国玉《あまつくにたま》の子《こ》天稚彦《あめわかひこ》、是壮士《これたけきひと》なり。試《こころ》みたまへ」とまをす。是《ここ》に高皇産霊尊、天稚彦に天鹿児《あまのかこ》弓《ゆみ》と天羽羽《あまのはは》矢《や》とを賜《たま》ひて遣したまふ。此《こ》の神も忠誠《まめ》ならず。来到《きた》りて即《すなは》ち顕国玉《うつしくにたま》の女子《むすめ》下照姫《したでるひめ》を娶《めと》り、因《よ》りて留住《とどま》りて曰《いは》く、「吾《われ》も葦原中国《あしはらのなかつくに》を馭《し》らむと欲《おも》ふ」といひ、遂《つひ》に復命《かへりことまを》さず。

是《こ》の時に高皇産霊尊、其《そ》の久しく来報《かへりことまを》さざるを怪《あや》しび、乃《すなは》ち無名雉《ななしきぎし》を遣し伺《うかか》はしめたまふ。其の雉《きぎし》飛び降《くだ》り、天稚彦が門前《かどさき》に植《た》てる湯津杜木《ゆつかつら》の杪《すゑ》に止《とま》る。時に天探女《あまのさぐめ》見て、天稚彦に謂《かた》りて曰《いは》く、「奇《あや》しき鳥来《とりきた》り、杜《かつら》の杪《すゑ》に居《を》り」といふ。天稚彦、乃ち高皇産霊尊の賜《たまは》りし天鹿児弓・天羽羽矢を取り、雉を射て斃《ころ》す。其の矢、雉の胸を洞達《とほ》りて、高皇産霊尊の座前《みまへ》に至る。時に高皇産霊尊、其の矢を見して曰《のたま》はく、「是《こ》の矢は、昔我《わ》が天稚彦に賜《たま》ひし矢なり。血、其の矢に染《し》む。蓋《けだ》し国神《くにつかみ》と相戦《あひたたか》ひて然《しか》るか」とのたまふ。是に、矢を取り、還《かへ》し投下《なげくだ》したまふ。其の矢落下《おちくだ》り、則《すなは》ち天稚彦が胸上《たかむなさか》に中《あた》る。時に天稚彦、新嘗《にひなへ》して休臥《いねふ》せる時なり。矢《や》に中《あた》り立《たちどころ》に死《みまか》る。此《これ》、世人《よのひと》の所謂《いはゆる》「反矢畏《かへしやおそ》るべし」といふ縁《えに》なり。

天稚彦《あめわかひこ》の妻下照姫《したでるひめ》は、大声で泣き悲しみ、その声は天に届いた。この時、天国玉《あまつくにたま》はその泣く大声を聞いて、天稚彦がすでに死んでしまったことを知り、すぐに疾風《はやち》を遣わして、死体を天上に持って来させ、さっそく喪屋《もや》（葬送までの間、遺体を安置しておく建物）を造って殯《もがり》を行った。その所役は、川雁《かわかり》を持傾頭者《きさりもち》（呪具を持つ者か）と持帚者《ははきもち》（喪屋の掃除人）とし、また雀《すずめ》を舂女《つきめ》（米をつく女）とした。そうして八日八夜の間、大声で泣き悲しんで歌い続けた。

これより以前、天稚彦が葦原中国《あしはらのなかつくに》にいた時、味耜高彦根神《あじすきたかひこねのかみ》（雷神）と親交があった。それで、味耜高彦根神は天に昇って喪を弔った。その時この神の顔かたちは、まさしく天稚彦の生前の容貌そのままであった。そこで、天稚彦の親族妻子はみな、「我が君は死なずにまだ生きておられたのだ」と言って、帯にすがりつき、喜んだりひどく泣いたりした。その時に、味耜高彦根神は激怒して顔を真っ赤にして、「朋友の道として弔うのが道理だ。だからこそ、穢《けが》らわしいのもいとわず、遠くからやって来て哀悼の意を表しているのだ。その私をいったいどうして死人と間違えたのか」と言って、即座に腰に帯びた剣の大葉刈《おおはがり》（大きな刃の刀）を抜いて、喪屋を切り倒してしまった。これがそのまま地上に落ちて山となった。今の美濃国《みののくに》の藍見川《あいみがわ》の川上にある喪山《もやま》が、これである。世の人が生者を死者と間違えることを忌み嫌うのは、これがその由縁である。

天稚彦《あめわかひこ》が妻《め》下照姫《したでるひめ》、哭《な》泣き悲哀《かなし》び、声天《こゑあめ》に達《いた》る。是《こ》の時に天国玉《あまつくにたま》、其《そ》の哭《な》く声を聞き、則《すなは》ち夫《そ》の天稚彦已《すで》に死《みまか》れるを知り、乃《すなは》ち疾風《はやち》を遣し、尸《かばね》を挙《あ》げて天《あめ》に致《いた》さしめ、便《すなは》ち喪屋《もや》を造《つく》りて殯《もがり》す。即《すなは》ち川雁《かはかり》を以《も》ちて持傾頭《きさり》者《もち》と持帚者《ははきもち》とし、又《また》、雀《すずめ》を以ちて舂女《つきめ》とす。而《しか》して八日八夜《やかやよ》、啼《な》哭き悲

しび歌ふ。
是《これ》より先《さき》に天稚彦、葦原中国《あしはらのなかつくに》に在《あ》りしときに、味耜高彦根神《あぢすきたかひこねのかみ》と友善《むつま》しかりき。故《かれ》、味耜高彦根神天《あめ》に昇《のぼ》り喪《も》を弔《とぶら》ふ。時に此《こ》の神の容貌《かたち》、正《まさ》に天稚彦が平生《いけりしとき》の儀《よそほひ》に類《に》たり。故、天稚彦が親属《うがら》妻子《めこ》皆《みな》謂《い》はく、「吾《あ》が君《きみ》猶《なほ》し在《まし》ましけり」といひ、衣帯《おび》に攀牽《よぢかか》り、且《かつ》喜び且《かつ》慟《まと》ふ。時に味耜高彦根神、忿然《いかり》作色《おもほて》りして曰《いは》く、「朋友《ともがき》の道《みち》、理《ことわり》相弔《あひとぶら》ふべし。故、汚穢《けがらは》しきに憚《はばか》らず、遠《とほ》くより赴《おもぶ》き哀《かな》しぶ。何為《なにす》れぞ我《われ》を亡者《うせにしひと》に誤《あやま》てる」といひ、其《そ》の帯《は》ける剣《つるぎ》大葉刈《おほはがり》を抜《ぬ》きて、喪屋《もや》を斫仆《きりふ》せつ。此即《これすなは》ち落ちて山に為《な》る。今《いま》し美濃国《みののくに》の藍見川《あゐみがは》の上《かみ》に在《あ》る喪山《もやま》、是《これ》なり。世人《よのひと》、生《いける》を以《も》ちて死《しにたる》に誤《あやま》つことを悪《い》む、此其《これそ》の縁《えに》なり。

この後、高皇産霊尊《たかみむすひのみこと》はさらに神々を召集して、葦原中国《あしはらのなかつくに》に遣わすべき者を選定された。神々はみな、「磐裂根裂神《いわさくねさくのかみ》の子の磐筒男《いわつつのお》・磐筒女《いわつつのめ》が生んだ子経津主神《ふつぬしのかみ》（刀剣神）、この神がよいでしょう」と申しあげた。この時、天岩窟《あまのいわや》に住んでいる神稜威雄走神《いつのおはしりのかみ》の子甕速日《みかはやひの》

神《かみ》、その甕速日神の子熯速日神《ひのはやひのかみ》、その熯速日神の子武甕槌神《たけみかづちのかみ》（雷神および刀剣の神）がいた。この武甕槌神が進み出て、「どうして経津主神だけがひとり大夫《ますらお》で、私は大夫でないのか」と申しあげた。その語気は非常に激しかった。そのため、経津主神にこの神を副《そ》えて、葦原中国の平定にお遣わしになった。

経津主神と武甕槌神の二柱《ふたはしら》の神は、出雲国《いずものくに》の五十田狭《いたさ》の小汀《おはま》（出雲市大社町の地）に降《くだ》って来て、十握剣《とつかつるぎ》を抜き、逆さまに大地に突き立てて、その剣の切先《きつさき》に趺坐《あぐら》をかいて坐《すわ》り、大己貴神《おおあなむちのかみ》に問うて、「高皇産霊尊は皇孫を降らせ、この国に君臨させようとお思いだ。そこでまず我々二神を遣わされ、邪神を駆除《はら》い平定せしめんとされたのだ。あなたの考えはどうだ。国を譲るか否《いな》か」と言われた。すると大己貴神は答えて、「私の子に尋ね、その後にご返事いたしましょう」と申しあげた。この時その子の事代主神《ことしろぬしのかみ》（託宣を司る神）は、出雲国の三穂《みほ》の碕《さき》（島根半島東端の美保関）に遊びに出て、魚釣りを楽しんでいた。そこで熊野《くまの》の諸手船《もろたぶね》（櫂《かい》が多く速く走る船）に、使者の稲背脛《いなせはぎ》（諾否を問う使者の名）を乗せて遣わし、高皇産霊《たかみむすひ》の勅《みことのり》を事代主神に伝達し、またその返事を尋ねさせた。その時、事代主神は使者に語って、「今天神《あまつかみ》のご下問の勅がありました。我が父はお譲り申しあげるでしょう。私もまたそれと異なることはございません」と言った。そこで海中に幾重もの蒼柴籬《あおふしかき》（祭壇）を造り、船枻《ふなだな》を踏み傾けて退去した。使者はそういう次第で、戻ってこの事を報告した。

それで大己貴神は、我が子の言葉をもって二柱の神に、「私の頼みにしていた子もすでに国をお譲り申しあげました。それで、私もお譲り申しましょう。もし私が抵抗したならば、国内の諸神も必ず同様に抵抗するでしょう。今、私がお譲り申しあげるならば、誰ひとりとして、従わない者はまったくないでしょう」と申しあげた。そして大己貴神はかつてこの国を平定した時に杖《つえ》としていた広矛《ひろほこ》を、二柱の神にお授けして、「私はこの矛でもって国の平定という功を成し遂げました。天孫がもしこの矛を用いて国を治められたならば、必ず天下は平安になるでしょう、今から私は百足《ももた》らず八《や》十隈《そくまで》（遠い隅の方。幽界か）に隠れましょう」と仰せられた。言い終ってとうとう隠れてしまわれた。そこで二柱の神は帰順せぬ諸々の邪神たちを誅伐《ちゅうばつ》して、ついに復命した。

是《こ》の後《のち》に高皇産霊尊《たかみむすひのみこと》、更《さら》に諸《もろもろの》神《かみたち》を会《つど》へ、葦原中国《あしはらのなかつくに》に遣《つかは》すべき者《かみ》を選《えら》ひたまふ。僉曰《みなまを》さく、「磐裂根裂神《いはさくねさくのかみ》の子《こ》磐筒男《いはつつのを》・磐筒女《いはつつのめ》が生《う》める子経津主《ふつぬしの》神《かみ》、是佳《これよ》けむ」とまをす。時に天石窟《あまのいはや》に住《す》める神、稜威雄走神《いつのをはしりのかみ》の子甕速日《みかはやひの》

神《かみ》、甕速日神の子熯速日神《ひのはやひのかみ》、熯速日神の子武甕槌神《たけみかづちのかみ》有《あ》り。此《こ》の神進《すす》みて曰《まを》さく、「豈唯経津主神《あにただふつぬしのかみ》のみ独《ひと》り丈夫《ますらを》にして、吾《われ》は丈夫に非《あら》ざらむや」とまをす。其の辞気《ことばいきざし》慷慨《はげ》し。故《かれ》、以ちて即《すなは》ち経津主神に配《そ》へ、葦原中国を平《む》けしめたまふ。

二神《ふたはしらのかみ》、是《ここ》に出雲国《いづものくに》の五十田狭《いたさ》の小汀《をはま》に降到《くだりいた》り、則《すなは》ち十握剣《とつかつるぎ》を抜《ぬ》き、倒《さかしま》に地《つち》に植《う》ゑ、其の鋒端《さき》に踞《あぐ》みて、大己貴神《おほあなむちのかみ》に問《と》ひて曰《のたま》はく、「高皇産霊尊、皇孫《すめみま》を降《くだ》し、此の地《つち》に君臨《きみとしたま》はむと欲《おもほ》す。故、先《ま》づ我二神《われふたりのかみ》を遣して、駆除《はら》ひ平定《しづ》めしむ。汝《なむぢ》が意何如《こころいか》に。避《さ》りまつるべきや不《いな》や」とのたまふ。時に大己貴神対《こた》へて曰《まを》さく、「我《あ》が子に問ひ、然《しか》して後《のち》に報《かへりことまを》さむ」とまをす。是の時に、其の子事代主神《ことしろぬしのかみ》遊行《いでま》し、出雲国《いづものくに》の三穂《みほ》の碕《さき》に在《あ》り、釣魚《つり》するを以ちて楽《たのしび》とす。（略）　故、熊野《くまの》の諸手船《もろたぶね》を以ちて、使者稲背脛《つかひいなせはぎ》を載《の》せ遣して、高皇産霊《たかみむすひ》の勅《みことのり》を事代主神に致《いた》し、且報《かつかへりことまを》さむ辞《ことば》を問《と》はしむ。時に事代主神、使者《つかひ》に謂《かた》りて曰《いは》く、「今《いま》し天神《あまつかみ》、此《こ》の借問《と》ひたまふ勅有《みことのりあ》り。我《わ》が父《ちち》は避《さ》り奉《まつ》るべし。吾《あ》も違《たが》ひまつらじ」といふ。因《よ》りて海中《わたなか》に八重蒼柴籬《やへのあをふしかき》を造《つく》り、船枻《ふなのへ》を蹈《ふ》みて避《さ》りぬ。使者既《つかひすで》に還《かへ》り報命《かへりことまを》す。

故《かれ》、大己貴神《おほあなむちのかみ》、則《すなは》ち其《そ》の子《みこ》の辞《こと》を以《も》ちて、二　神《ふたはしらのかみ》に白《まを》して曰《まを》さく、「我《あ》が怙《たの》めりし子《こ》、既《すで》に避去《さ》りまつりぬ。故、吾《あ》も避《さ》りまつらむ。如《も》し吾防禦《あれふせ》かましかば、国内《くぬち》の諸　神《もろもろのかみたち》必ず同じく禦《ふせ》かむ。今し我《あれ》避《さ》り奉《まつ》らば、誰《たれ》か復敢《またあ》へて順《まつろ》はぬ者有らむや」とまをしたまふ。乃《すなは》ち国平《くにむ》けし時に杖《つ》けりし広矛《ひろほこ》を以ちて、二神に授《さづ》けまつりて曰《のたま》はく、「吾《あれ》、此《こ》の矛《ほこ》を以ちて卒《つひ》に治《をさむる》功《いさをし》有り。天孫《あめみま》、若《も》し此の矛を用《も》ちて国を治《をさ》めたまはば、必ず平安《さき》くましまさむ。今し我《あ》は百足《ももた》らず八十隈《やそくまで》に隠去《かく》りなむ」とのたまふ。言訖《ことを》へて遂《つひ》に隠《かく》ります。是《ここ》に二神、諸《もろもろ》の順《まつろ》はぬ鬼神《かみたち》等を誅《つみな》ひ、果《つひ》に以ちて復命《かへりことまを》しき。

さて、高皇産霊尊《たかみむすひのみこと》は真床追衾《まとこおうふすま》（新生児に着せる夜具）で、皇孫天津彦彦火瓊瓊杵尊《あまつひこひこほのににぎのみこと》を覆って降臨させられた。皇孫は天磐座《あまのいわくら》（高皇産霊尊の座所）を押し離し、また天八重雲《あまのやえくも》を押し分けて、威風堂々とよい道を選り分け選り分けて、日向《ひむか》の襲《そ》の高千穂峰《たかちほのたけ》（宮崎・鹿児島県境の高千穂峰）に天降《あまくだ》られた。こういう次第で、そこから皇孫が出歩かれる様子といえば、槵日《くしひ》の二上《ふたかみ》（峰が二つある聖山）の天浮橋《あまのうきはし》から、浮島《うきしま》の平らな所に降り立

たれ、痩《や》せて不毛の国から丘続きに良い国を求めて歩かれ、吾田《あた》の長屋の笠狭《かささ》の碕《みさき》（鹿児島県南さつま市の野間岬）にお着きになった。

その地に一人の人がおり、自ら事勝国勝長狭《ことかつくにかつながさ》と名乗った。皇孫が尋ねて、「国があるかどうか」と仰せられた。答えて、「ここに国があります。どうぞ御心のままにごゆっくりなさいませ」と申しあげた。それで皇孫はそこに滞在された。その時、その国に美人がいた。名を鹿葦津《かしつ》姫《ひめ》という（原注に、またの名を木花之《このはなの》開耶《さくや》姫《ひめ》という、とあり）。皇孫はこの美人に尋ねて、「お前は誰の子か」と仰せられた。答えて、「私は天神《あまつかみ》が大山《おおやま》祇神《つみのかみ》（偉大な山の精霊）を娶《めと》ってお生みになった子でございます」と申しあげた。そこで皇孫はこの姫をお召しになった。すると姫は一夜のうちに懐妊した。皇孫はこれを疑われて、「いくら天神《あまつかみ》ではあっても、どうして一夜で身重《みおも》にさせることができようか。お前が身ごもったのは、きっと我が子ではあるまい」と仰せられた。これを聞いて、鹿葦津姫は怒り恨んで、さっそく戸のない産室を造り、その中に籠《こも》って誓約《うけい》をして、「私の身ごもった子が、もし天孫の御子でなかったなら、きっと生れ出る子は焼け死ぬでしょう。もし本当に天孫の御子であったならば、火もその子を害することはできないでしょう」と言った。そして火をつけて産室を焼いた。初め燃え上がった煙の先から生れ出た御子は、火闌降命《ほのすそりのみこと》（海幸）と申しあげる。次に火の熱を避けておられて、生れ出た御子は彦火火出見尊《ひこほほでみのみこと》（山幸）と申しあげる。次に生れ出た御子は火明命《ほのあかりのみこと》と申しあげる。合せて三柱の御子である。

それから久しくたって天津《あまつ》彦彦火瓊瓊杵尊《ひこひこほのににぎのみこと》が崩御された。そこで筑紫《つくし》の日向《ひむか》の可愛《え》（宮崎県延岡市北方の可愛岳か）の山陵《みささぎ》に葬り申しあげた。

時に高皇《たかみ》産霊尊《むすひのみこと》、真《ま》床追衾《とこおふふすま》を以《も》ちて、皇孫天津《すめみまあまつ》彦彦火瓊瓊杵尊《ひこひこほのににぎのみこと》に覆《おほ》ひて降《くだ》りまさしむ。皇孫乃《すめみますなは》ち天磐座《あまのいはくら》を離《おしはな》ち、且天八重《またあまのやへ》雲《くも》を排分《おしわ》け、稜威《いつ》の道《ち》別《わき》に道別《ちわ》きて、日向《ひむか》の襲《そ》の高千《たかち》穂峰《ほのたけ》に天降《あまくだ》ります。既《すで》にして皇孫の遊行《いでま》す状《かたち》は、槵日《くしひ》の二上《ふたかみ》の天浮橋《あまのうきはし》より、浮渚在平処《うきじまりたひら》に立たして、膂宍《そしし》の空国《むなくに》を頓《ひた》丘《を》より覓国《くにま》ぎ行去《とほ》り、吾田《あた》の長屋《ながや》の笠狭《かささ》の碕《みさき》に到《いた》ります。

其《そ》の地《つち》に一《ひとり》の人有《ひとあ》り。自《みづか》ら事勝国勝長狭《ことかつくにかつながさ》と号《なの》る。皇孫《すめみま》問ひて曰《のたま》はく、「国《くに》在《あ》りや以不《いな》や」とのたまふ。対《こた》へて曰《まを》さく、「此《ここ》に国有り。請《ねが》はくは任《みこころの》意《まにま》に遊《いでま》せ」とまをす。故《かれ》、皇孫就《ゆ》きて留住《とどま》ります。時に彼《そ》の国に美人《よきをとめ》有り。名《なづ》けて鹿葦津姫《かしつひめ》と曰《い》ふ。皇孫、此《こ》の美人《よきをとめ》に問ひて曰《のたま》はく、「汝《なむぢ》は誰《た》が子ぞ」

とのたまふ。対へて曰さく、「妾《あ》は是天神《これあまつかみ》の、大山祇神《おほやまつみのかみ》を娶《めと》り、生《う》める児《こ》なり」とまをす。皇孫因《よ》りて幸《め》したまふ。即《すなは》ち一夜《ひとよ》にして有娠《はら》みぬ。皇孫、信《まこと》ならじとして曰《のたま》はく、「天神《あまつかみ》と雖復《いふと》も、何《いかに》ぞ能《よ》く一夜《ひとよ》の間《ほと》に人を有娠《はら》ましめむや。汝《な》が懐《はら》めるは、必ず我《あ》が子《こ》に非《あら》じ」とのたまふ。故《かれ》、鹿葦津姫忿恨《いかりうら》み、乃《すなは》ち無戸室《うつむろ》を作り、其《そ》の内《うち》に入居《こも》りて誓《うけ》ひて曰《いは》く、「妾《あ》が娠《はら》める、若《も》し天孫《あめみま》の胤《みこ》に非《あら》ずは、必ず焦《や》け滅《ほろ》びなむ。如《も》し実《まこと》に天孫の胤《みこ》ならば、火も害《そこな》ふこと能《あた》はじ」といふ。即《すなは》ち火を放《はな》ち室《むろ》を焼《や》く。始め起《おこ》る煙《けぶり》の末《すゑ》より生《な》り出《い》づる児《みこ》、火闌降命《ほのすそりのみこと》と号《まを》す。次に熱《ほとほり》を避《さ》りて居《ま》しまし、生り出づる児、彦火火出見尊《ひこほほでみのみこと》と号す。次に生り出づる児、火明命《ほのあかりのみこと》と号す。凡《すべ》て三子《みはしらのみこ》なり。

久しくして天津《あまつ》彦彦火瓊瓊杵尊《ひこひこほのににぎのみこと》崩《かむあが》ります。因《よ》りて筑紫《つくし》の日向《ひむか》の可愛《え》の山陵《みささぎ》に葬《はぶ》りまつる。

二 海幸《うみさち》・山幸《やまさち》説話と鸕鷀《う》草《かや》葺《ふき》不合《あえず》尊《のみこと》の誕生

兄の火闌降命《ほのすそりのみこと》（海幸）は本来、海の幸《さち》（獲物）を得る霊力を持っていて、弟の彦火火《ひこほ》出見尊《でみのみこと》（山幸）は本来、山の幸《さち》を得る霊力を持っていた。初め兄弟二人は相談して、「試みに幸《さち》を取り換えてみよう」と仰せられ、ついに交換した。ところがどちらも獲物を得ることがなかった。兄は後悔し、弟の弓矢を返して、自分の釣針を返すよう要求した。

弟はその時すでに兄の釣針を失っていて、探し求める術《すべ》がなかった。そこで、別に新しい釣針を作って兄に与えた。兄は承服せず、元の釣針を返すよう責めた。弟は心を痛め、さっそく自分の太刀を鋳《い》つぶし新しい釣針に鍛えあげて、箕《み》一杯に盛り上げて与えた。兄は怒って、「私の元の釣針でなかったら、どんなにたくさんでも受け取らぬ」と言って、ますますまた責めたてた。そのために彦火火出見尊は心痛されることははなはだ深く、海辺に行って嘆き呻吟《しんぎん》しておられた。その時、塩土老翁《しおつちのおじ》（潮ツ霊《ち》で、潮流の神）に出会った。老翁は尋ねて、「なぜこんな所で悩んでおられるのか」と申しあげた。答えて、事の一部始終をお話しされた。老翁は、「もうご心配なさいますな。私があなたのために取り計らいましょう」と申しあげて、さっそく密に編んだ隙間《すきま》のない籠《かご》を作り、彦火火出見尊をその中に入れて海に沈めた。するとひとりでに美しい浜に着いた。

ここで籠を捨てて出歩いて行かれた。するとたちまち海神の宮殿に着かれた。その宮殿は、姫垣《ひめがき》がきれいに整っており、高楼《たかどの》は美しく輝いていた。門の前には一つの井戸があった。井戸の傍らには一本の神聖な杜の樹《かつらき》があった。枝葉はよく繁茂していた。その時、彦火火出見尊はその樹の下に行き、立ちさまよい、行きつ戻りつしておられた。かなりたって一人の美人が脇の小門を押し開いて出て来た。そうして井戸までやって来て美しい鋺《わん》で水を汲《く》もうとした。その時、水影を見て、振り仰いで尊《みこと》を見つけた。驚いて宮殿の中に戻って、その父母に、「一人の珍しい客人が、門前の樹の下にいらっしゃいます」と申しあげた。海神はそこで幾重もの畳を敷き設けて、宮殿の中に尊を引き入れた。

定座にお着きになったところで、そのご来意をお尋ね申しあげた。そこで彦火火出見尊は今までの事情を細かに話された。海神は大小の魚を召集して詰問した。皆は、「存じません。ただ赤女《あかめ》（鯛の名）がこのごろ口の病気があって来ておりません」と申しあげた。そこで赤女を召してその口の中を探ると、はたして失《な》くなった釣針が出て来た。

——兄火闌降命《えほのすそりのみことおの》自づからに海幸有《うみさちあ》り、弟彦火火出見尊《おとひこほほでみのみこと》自づからに山幸《やまさち》有り。

始め兄《え》弟二人《おとふたはしら》相謂《かたら》ひて曰《のたま》はく、「試《こころみ》に易幸《さちがへ》せむ」とのたまひ、遂《つひ》に相易《あひか》ふ。

各《おのもおのも》其《そ》の利《さち》を得《え》ず。兄《え》悔《く》いて乃《すなは》ち弟の弓箭《ゆみや》を還《かへ》して、己《おの》が鉤《ち》を乞《こ》ふ。弟《おと》時に既《すで》に兄の鉤《ち》を失《うしな》ひ、訪覓《ま》ぐに由無《よしな》し。故《かれ》、別《こと》に新《にひ》しき鉤を作り兄に与《あた》ふ。兄受《う》け肯《か》へにして、其の故《もと》の鉤を責《はた》る。弟患《うれ》へて、即《すなは》ち其の横刀《たち》を以《も》ちて新《にひ》しき鉤を鍛作《かた》し、一箕《ひとみ》に盛《も》りて与《あた》ふ。兄忿《いか》りて曰《いは》く、「我《わ》が故《もと》の鉤《ち》に非《あら》ずは、多《さは》にありと雖《いふと》も取らじ」といひ、益《ますます》復急責《またせめはた》る。故、彦火《ひこほ》火出見尊《ほでみのみこと》、憂苦《うれへくる》しびますこと甚《はなは》だ深く、海畔《うみへた》に行《ゆ》き吟《さまよ》ひたまふ。時に塩土《しほつちの》老翁《をぢ》に逢《あ》ふ。老翁《をぢ》問ひて曰《まを》さく、「何《なに》の故《ゆゑ》にか此《ここ》に在《ま》しまして愁《うれ》へたまへる」とまをす。対《こた》ふるに事《こと》の本末《もとすゑ》を以《も》ちてしたまふ。老翁《をぢ》の曰さく、「復《また》な憂《うれ》へましそ。吾《あれ》、汝《いまし》の為《ため》に計《たばか》らむ」とまをして、乃《すなは》ち無目籠《まなしかたま》を作り、彦火火出見尊を籠《かたま》の中に内《い》れ、海に沈む。即《すなは》ち自然《おのづから》に可怜小《うましを》汀《はま》有《あ》り。

是《ここ》に籠《かたま》を棄《す》てて遊行《いでま》す。忽《たちまち》に海神《わたつみ》の宮に至《いた》りたまふ。其の宮は、雉《ち》堞《てふ》整《とと》頓《のほ》り、台宇《だいう》玲瓏《てりかかや》けり。門前《かどさき》に一《ひとつ》の井《ゐ》有《あ》り。井上《ゐのほとり》に一の湯津杜樹《ゆつかつらのき》有り。枝葉《えだは》扶疏《しきも》し。時に彦火火出見尊、其の樹下《このもと》に就《ゆ》き、徙倚《よろほひ》彷徨《たたず》みたまふ。良久《ややひさ》しくして一《ひとり》の美人《よきをとめ》有りて、闥《わきのみかど》を排《おしひら》きて出《い》づ。遂《つひ》に玉鋺《たままり》を以ちて来《きた》り水を汲《く》まむとす。因《よ》りて挙目《あふ》ぎて視《み》つ。乃《すなは》ち驚きて還《かへ》り入《い》り、其の父母《ちちはは》に白《まを》して曰《まを》さく、「一《ひとり》の希《めづら》しき客者《まらひと》有り、門前《かどさき》の樹下《このもと》に在《ま》す」とまをす。海神《わたつみ》、是《ここ》に八重《やへ》席薦《たたみ》を鋪設《しきま》けて、延《ひ》きて内《い》る。
坐定《ゐしづま》りたまひて、因りて其の来意《いでませるみこころ》を問《と》ひたてまつる。時に彦火火出《ひこほほで》見尊《みのみこと》、対《こた》ふるに情之委曲《あるかたち》を以《も》ちてしたまふ。海神乃《すなは》ち大小之魚《はたのひろものはたのさもの》を集《つど》へ、逼問《せめと》ふ。僉曰《みなまを》さく、「識《し》らず。唯《ただ》し赤女《あかめ》比口疾《このころくちのやまひあ》有りて来《まゐこ》ず」とまをす。因りて召して其の口を探れば、果《はた》して失《う》せたる鉤《ち》を得《え》たり。

そういう次第で、彦火火出見尊《ひこほほでみのみこと》は海神の娘豊玉姫《とよたまひめ》を娶《めと》られた。そうして海神の宮殿に滞留されること三年にも及んだ。そこは心安らかに楽しい所ではあったが、やはり望郷の心がおありであった。そのため、時折大きく嘆息《ためいき》をつかれた。豊玉姫はそれを聞いて、その父に、「天孫はひどく悲しんで、しばしば嘆いておられます。おそらく郷土《くに》を思い出して嘆かれるのでしょう」と話した。海神はそこで彦火火出見尊を自分の部屋に案内して入れて、おもむろに、「天孫がもし郷土に帰ろうと思われるのでしたら、私がお送

りいたしましょう」と申しあげた。そうして先に手に入れた鉤針を差し上げて、次のようにお教えして、「この鉤針をあなたの兄上にお与えになる時に、ひそかにこの鉤針に対して『貧鉤《まじち》』（この針を持つと貧乏になる）と仰せられて、その後でお渡しなさい」と申しあげた。また潮満瓊《しおみつたま》と潮涸瓊《しおふるたま》とを差し上げて、お教えして、「潮満瓊を水に漬《ひた》すと、潮がたちまち満ちて来るでしょう。これであなたの兄上を溺《おぼ》れさせなさい。もし兄上が悔いて謝ったなら、反対に潮涸瓊を水に漬すと、潮は自然と引くでしょう。そこで助けておあげなさい。こうして責め悩まされたら、あなたの兄上も自然に降伏するでしょう」と申しあげた。

彦火火出見尊がいよいよお帰りになろうとする時になって、豊玉姫が天孫に語って、「私はもう身ごもっています。出産ももう間近でしょう。私は必ず風波が早く激しい日を選んで、海辺に出てまいりましょう。どうか私のために産屋《うぶや》を造って、お待ちください」と申しあげた。

彦火火出見尊は、地上の宮にすでに戻られて、もっぱら海神の教えのとおりにされた。そのため兄の火闌降命《ほのすそりのみこと》は、すっかり苦しめられて、自ら罪に伏して、「今後、私はあなたの俳優《わざおぎ》の民《たみ》（滑稽な所作で神や人を楽しませる人）となりましょう。どうかお助けください」と申しあげた。そこで、乞《こ》われるままについにお許しになった。その火闌降命は吾田君《あたのきみ》（吾田は薩摩半島西南部の地名で、隼人《はやと》の地）小橋《おはし》らの本祖である。

後に豊玉姫は、はたして前の約束どおり、その妹の玉依姫《たまよりひめ》を連れて、まっすぐに風波を冒して海辺にやって来た。いよいよお産という時になって、お頼みして、「私が子を産《おか》む時には、どうかお願いですからご覧にならないでください」と申しあげた。が、天孫はやはり我慢できなくて、ひそかに行ってのぞいてしまわれた。豊玉姫はまさに子を産もうとして、竜の姿に化身していた。豊玉姫はその事をひどく恥じて、「もし私に今度のような辱《はずかし》めをお与えにならなかったら、これからも海と陸とを往来させて、その仲が永久に途絶えてしまうこともなかったでしょうに。今はすっかり辱めを受けました。どうして夫婦睦《むつ》まじく暮すことができましょう」と言って、草《かや》で子を包んで海辺に捨て、海路を閉じてただちに帰ってしまった。そこで、その御子を名付けて、彦波瀲武鸕鷀《ひこなぎさたけう》草葺不合尊《かやふきあえずのみこと》と申しあげる。

その後久しくたって、彦火火出見尊は崩御された。日向《ひむか》の高屋山上陵《たかやのやまのえのみささぎ》（鹿児島県霧島市溝辺町麓か）に葬り申しあげた。

彦波瀲武鸕鷀草葺不合尊は、その姨《おば》の玉依姫（豊玉姫の妹）を妃に迎えて、彦五瀬《ひこいつせの》命《みこと》をお生みになった。次に稲飯命《いないのみこと》。次に三毛入野命《みけいりののみこと》。次に神日本磐余彦尊《かむやまといわれびこのみこと》（神武天皇）。合せて四柱の男神をお生みになった。久しくたって彦波瀲武鸕鷀草葺不合尊は、西国（九州）の宮で崩御された。そこで日向《ひむか》の吾平山上陵《あひらのやまのえのみささぎ》（鹿児島県鹿屋市吾平町上名か）に葬り申しあげた。

已《すで》にして彦火火出見尊《ひこほほでみのみこと》、因《よ》りて海神《わたつみ》の女豊玉姫《むすめとよたまひめ》を娶《めと》りたまふ。仍《よ》りて海宮《わたつみのみや》に留住《とどま》りたまへること、已に三年《みとせ》を経《へ》たまひぬ。彼処《そこ》は復安楽《またやすらかにたの》しと雖《いへど》も、猶《なほ》し郷《くに》を憶《おもほ》す情《みこころ》有り。故《かれ》、時に復太《またはなは》だ息《なげ》きます。豊玉姫聞《き》きて、其《そ》の父に謂《かた》りて曰《いは》く、「天孫悽《あめみまいた》みて数歎《しばしばなげ》きたまふ。蓋《けだ》し土《もとつくに》を懐《おも》ひたまふ憂《うれへ》ありてか」といふ。海神乃《わたつみすなは》ち彦火火出見尊《ひこほほでみのみこと》を延《ひ》き、従容《おもぶる》に語《かた》りて曰《まを》さく、「天孫《あめみま》若《も》し郷《くに》に還《かへ》らむと欲《おもほ》さば、吾奉送《われおくりまつ》らむ」とまをす。便《すなは》ち得《え》たる釣鉤《ち》を授《たてまつ》り、因りて誨《をし》へまつりて曰さく、「此《こ》の鉤《ち》を以ちて、汝《いまし》の兄《え》に与へたまはむ時に、則《すなは》ち陰《ひそか》に此の鉤を呼びて、『貧鉤《まぢち》』と曰《のたま》ひ、然《しか》して後《のち》に与へたまへ」とまをす。復《また》、潮満瓊《しほみつたま》と潮涸瓊《しほふるたま》とを授《たてまつ》りて、誨《をし》へまつりて曰さく、「潮満瓊を漬《つ》けば、潮忽《しほたちまち》に満《み》たむ。此《こ》を以ちて汝の兄を没溺《おぼほ》

れしめたまへ。若《も》し兄悔《く》いて祈《の》まば、還《かへ》りて潮涸瓊を漬けば、潮自《おの》づからに涸《ひ》む。此を以ちて救ひたまへ。如此《かく》逼悩《せめなや》ましたまはば、汝の兄自《おの》づからに伏《したが》ひなむ」とまをす。

帰去《かへ》りまさむとするに及《いた》り、豊玉姫、天孫《あめみま》に謂《かた》りて曰《まを》さく、「妾已《あれすで》に娠《はら》めり。産《こう》まむとき久《ひさ》にあらじ。妾《あれ》必ず風濤急峻《かざなみとくさが》しき日を以《も》ちて、海浜《うみへた》に出《い》で到《いた》らむ。請《こ》はくは、我《あ》が為《ため》に産室《うぶや》を作り、相待《あひま》ちたまへ」とまをす。彦火火出見尊《ひこほほでみのみこと》、已《すで》に宮に還《かへ》りまし、一《もはら》に海神《わたつみ》の教《をしへ》に遵《したが》ひたまふ。時に兄《え》火闌降命《ほのすそりのみこと》、既《すで》に厄困《なやま》されて、乃《すなは》ち自《みづか》ら伏罪《したが》ひて曰《まを》さく、「今より以後《のち》、吾《われ》汝《いまし》の俳優《わざをき》の民《たみ》たらむ。請はくは施恩活《い》けたまへ」とまをす。是《ここ》に、其《そ》の乞《ねがひ》の随《まにま》に遂《つひ》に赦《ゆる》したまふ。其の火闌降命は、即《すなは》ち吾《あ》田君小《たのきみを》橋等《はしら》が本祖《とほつおや》なり。

後《のち》に豊玉姫、果《はた》して前期《さきのちぎり》の如《ごと》く、其の女弟《いも》玉依姫《たまよりひめ》を将《ひき》ゐて、直《ただ》に風波《かざなみ》を冒《をか》して、海辺《うみへた》に来到《きた》る。臨産《こう》む時に逮《いた》り、請《こ》ひて曰《まを》さく、「妾産《あれこう》む時に、幸《ねが》はくは、な看《みそこなは》しそ」とまをす。天孫《あめみま》猶《なほ》し忍《しの》ぶること能《あた》はず、窃《ひそか》に往《ゆ》きて覘《うかか》ひたまふ。豊玉姫方《まさ》に産《こう》まむとし、竜《たつ》に化為《な》りぬ。而《しか》して甚《はなは》だ慙《は》ぢて曰《いは》く、「如《も》し我《あ》に辱《はぢみ》せざらましかば、海陸《うみくが》相通《あひかよ》はしめ、永《とこしへ》に隔絶《へだ》つること無《な》からましを。今し既《すで》に辱《はぢみ》せつ。何を以ちてか親昵《むつま》しき情《こころ》を結ばむ」といひ、乃《すなは》ち草《かや》を以ちて児《みこ》を裹《つつ》み海辺《うみへた》に棄《う》て、海途《うみのみち》を閉ぢて径《ただ》に去《い》ぬ。故《かれ》、因《よ》りて児《みこ》を名《なづ》けて、彦波瀲武鸕鷀草葺不合尊《ひこなぎさたけうかやふきあへずのみこと》と曰《まを》す。

後《のち》に久しくして、彦火火出見尊崩《かむあが》りましぬ。日向《ひむか》の高屋山上陵《たかやのやまのへのみさざき》に葬《はぶ》りまつる。

彦波瀲武鸕鷀草葺不合尊《ひこなぎさたけうかやふきあへずのみこと》、其《そ》の姨《をば》玉依姫《たまよりひめ》を以《も》ちて妃《みめ》とし、彦五瀬命《ひこいつせのみこと》を生《う》みたまふ。次に稲飯命《いなひのみこと》。次に三毛入野命《みけいりののみこと》。次に神日本磐余彦尊《かむやまといはれびこのみこと》。凡《すべ》て四男《よはしらのひこかみ》を生《う》みたまふ。久しくして彦波瀲鸕鷀草葺不合尊、西洲《にしのくに》の宮《みや》に崩《かむあが》りましぬ。因《よ》りて日向《ひむか》の吾平山上陵《あひらのやまのへのみさざき》に葬《はぶ》りまつる。

巻第三　神武《じんむ》天皇

神日本磐余彦天皇《かむやまといわれびこのすめらみこと》　神武天皇

一　神武天皇の東征

神日本磐余彦天皇《かむやまといわれびこのすめらみこと》は諱《いみな》を彦火火出見《ひこほほでみ》といい、彦波瀲武鸕鷀草葺不合尊《ひこなぎさたけうかやふきあえずのみこと》の第四子である。母は玉依姫《たまよりひめ》と申し、海神《わたつみ》の二番目の娘である。天皇は生来ご聡明であって、確固たる意志の持主であられた。御年十五で皇太子となられた。長じて、日向国《ひむかのくに》の吾田邑《あたのむら》（鹿児島県南さつま市加世田の地か）の吾平津媛《あひらつひめ》を娶《めと》って妃とされ、手研耳命《たぎしみみのみこと》をお生みになった。

四十五歳になられた時、兄君たちや御子たちに語られて、「天孫が降臨されてから今日まで、百七十九万二千四百七十余年が過ぎた。しかしながら、遼遠《りようえん》の地は、今なお王化の恩恵《めぐみ》に浴していない。大きな村には君がおり、小さな村には首長がいて、各々がそれぞれ境を設け、互いに抗争して鎬《しのぎ》を削っている。さてそこで、塩土老翁《しおつちのおじ》（五一頁参照）に聞いてみた。すると、『東方に美しい国があります。四方を青山が囲んでいます。その中に、天磐船《あまのいわふね》（天上界の磐のように堅固な船）に乗って飛び降《くだ》った者がおります』と言った。私が思うに、その国はきっと、天《あま》つ日《ひ》嗣《つぎ》（天上界の霊的な事物を継承すること）の大業を弘《ひろ》め、天下に君臨するに足りる所であろう。さだめし我が国の中心の地ではあるまいか。その天から飛び降った者というのは、おそらく饒速日《にぎはやひ》（神武天皇の東征に先立って大和に天降《あまくだ》った人物）であろう。そこへ行って都を定めることにしようではないか」と仰せられた。諸皇子は答えて、「道理は明白です。私どもも常々そう思っておりました。さっそくご実行なさいませ」と申しあげた。この年は、太歳《たいさい》は甲寅《こういん》（年を十干十二支で記す最初の例。解説三一〇頁参照）であった。

その年の冬十月の丁巳《ていし》朔《ついたち》の辛酉《しんゆう》（五日）に、天皇は自ら諸皇子・舟軍《ふないくさ》を率いて、東征の途に就かれた。速吸之門《はやすいなと》（四国佐田岬と九州佐賀関の地蔵岬との間の豊予海峡）に着かれた時に、一人の漁師がいて、小舟に乗って近づいて来た。天皇はこれをお召しになり、そして、問うて、「お前は誰か」と仰せられた。答えて、「私は国神《くにつかみ》で、珍彦《うずひこ》（潮流を知る神か）と申します。曲浦《わだのうら》（入江）で魚釣りをしておりますと、天神《あまつかみ》の御子がおいでになると承りましたので、とくにお迎えに参上いたしました」と申しあげた。また問われて、「お前は私のために先導してくれるか」と仰せられた。答えて、「ご先導いたしましょう」と申しあげた。そこから進んで筑紫国《つくしのくに》の菟狭《うさ》（大分県宇佐市）に到着された。

乙卯《いつぼう》の年の春三月の甲寅《こういん》朔の己未《きび》（六日）に、吉備国《きびのくに》（岡山県と広島県東部）に移り、行宮《かりみや》を造って滞在された。これを高島宮《たかしまのみや》という。その後三年の間に、船舶を用意し武器や食糧を貯蓄して、一気に天下を平定しようと、その機をうかがわれた。

戊午《ぼご》の年の春二月の丁酉《ていゆう》朔の丁未《ていび》（十一日）に、天皇軍はついに、東をめざして舳艫《じくろ》相次いで出発した。ちょうど難波《なにわ》の碕《みさき》まで来ると、甚だしく速い潮流に出合った。そこで名付けて、ここを浪速国《なみはやのくに》という。また浪花《なみはな》ともいう。今、難波というのは、それが訛《なま》ったものである。

三月の丁卯《ていぼう》朔の丙子《へいし》（十日）に、河を遡《さかのぼ》って、まっすぐ河内国《こうちのくに》の草香邑《くさかのむら》（東大阪市日下辺り）の青雲《あおくも》の白肩津《しらかたのつ》に到着した。

神日本磐余彦天皇《かむやまといはれびこのすめらみこと》、諱《ただのみな》は彦火火出見《ひこほほでみ》、彦波瀲武鸕鶿草葺不合尊《ひこなぎさたけうかやふきあへずのみこと》の第四子なり。母《はは》は玉依姫《たまよりひめ》と曰《まを》し、海童《わたつみ》の少女《おとむすめ》なり。天皇生《あ》れながらにして明《さ》達《か》しく、意《みこころ》確如《かた》くまします。年《みとし》十五にして、立ちて太子《ひつぎのみこ》と為《な》りたまふ。長《ひととな》りて日向国《ひむかのくに》の吾田邑《あたのむら》の吾平津媛《あひらつひめ》を娶《めと》りて妃《みめ》とし、手研耳尊《たぎしみみのみこと》を生《う》みたまふ。年四十五歳に及《いた》りて、諸兄《もろもろのえ》と子等《みこたち》とに謂《かた》りて曰《のたま》はく、「（略）天祖の降《あま》跡《くだ》りましてより以逮《このかた》、今に一百七十九万二千四百七十余歳なり。而《しか》るを、遼邈《とほくはるか》なる地《つち》、猶《なほ》し未《いま》だ王沢《みうつくしび》に霑《うるほ》はず。遂《つひ》に邑《むら》に君《きみあ》有り、村《ふれ》に長《をさ》有り、各《おのも》自《おのも》彊《さかひ》を分《わか》ち、用《も》ちて相凌《あひしの》ぎ轢《きしろ》はしむ。抑又《はたまた》、塩土老翁《しほつちのをぢ》に聞きき。曰《まを》ししく、『東《ひむがしのかた》に美地《うましつち》有り。青山四周《あをやまよもにめぐ》れり。其《そ》の中《なか》に、亦天磐船《またあまのいはふね》に乗《の》りて飛《と》び降《くだ》る者《もの》有り』とまをしき。余謂《われおも》ふに、彼《そ》の地《つち》は、必ず大業《あまつひつぎ》を恢《ひろ》め弘《の》べ、天下《あめのした》に光宅《みちを》るに足《た》りぬべし。蓋《けだ》し六合《くに》の中心《もなか》か。厥《そ》の飛び降る者は、謂ふに是饒速日《これにぎはやひ》か。何《いかに》ぞ就《ゆ》きて都《みやこ》つくらざらむや」とのたまふ。諸皇子《もろもろのみこたち》対《こた》へて曰《まを》さく、「理実灼然《ことわりいやちこ》なり。我《われ》も恒《つね》に念《おもひ》と為《な》しつ。早《すむやけ》く行《おこな》ひたまへ」とまをす。是年《ことし》、太歳甲寅《たいさいかふいん》にあり。

其の年の冬十月の丁巳《ていし》の朔《つきたち》にして辛酉《しんいう》に、天皇、親《みづか》ら諸皇子《もろもろのみこたち》・舟師《ふないくさ》を帥《ひき》ゐ東《ひむがしのかた》を征《う》ちたまふ。速吸之門《はやすひなと》に至《いた》ります。時に、一《ひとり》の漁人《あま》有り、艇《をぶね》に乗りて至る。天皇招《を》きたまひ、因《よ》りて問《と》ひて曰《のたま》はく、「汝《なむぢ》は誰《た》そ」とのたまふ。対《こた》へて曰《まを》さく、「臣《やつかれ》は是国神《これくにつかみ》、名《な》は珍彦《うづひこ》と曰す。曲浦《わだのうら》に釣《つり》魚し、天神《あまつかみ》の子《みこ》来《い》でますと聞《うけたまは》り、故《ことさら》に即《すなは》ち迎《むか》へ奉《まつ》る」とまをす。又問《またと》ひて曰《のたま》はく、「汝《なむぢ》、能《よ》く我《あ》が為《ため》に導《みちび》きつかまつらむや」とのたまふ。対《こた》へて曰《まを》さく、「導《みちび》きつかまつらむ」とまをす。（略）行《ゆ》きて筑紫国《つくしのくに》の菟狭《うさ》に至りたまふ。時に、菟狭国造《うさのくにのみやつこ》が祖《おや》有《あ》り。号《なつ》けて菟狭津彦《うさつひこ》・菟狭津媛《うさつひめ》と曰《い》ふ。乃ち菟狭川の上《ほとり》に一柱騰宮《あしひとつあがりのみや》を造りて饗《みあへ》奉《たてまつ》る。（略）

乙卯年《いつばうのとし》の春三月の甲寅《かふいん》の朔《つきたち》にして己未《きび》に、徙《うつ》りて吉備国《きびのくに》に入《い》り、行館《かりみや》を起《た》てて居《ま》します。是《こ》を高島宮《たかしまのみや》と曰《い》ふ。三年を積《ふ》る間《あひだ》に、舟檝《ふね》を脩《そろ》へ兵食《かて》を蓄《たくは》へ、将《まさ》に一《ひと》たび挙《あ》げて天下《あめのした》を平《ことむ》けむと欲《おもほ》す。

戊午《ぼご》の年の春二月の丁酉《ていいう》の朔にして丁未《ていび》に、皇師《みいくさ》、遂《つひ》に東《ひむがしのかた》し舳艫《ともへ》相《あひ》接《つ》げり。方《まさ》に難波《なには》の碕《みさき》に到《いた》るときに、奔潮《はやなみ》有《あ》りて太《はなは》だ急《はや》きに会《あ》ふ。因《よ》りて名《なづ》けて浪速国《なみはやのくに》と為《い》ふ。亦浪花《またなみはな》と曰《い》ふ。今《いま》し難波《なには》と謂《い》へるは訛《よこなま》れるなり。三月の丁卯《ていばう》の朔にして丙子《へいし》に、遡流而上《かはよりさかのぼ》り、径《ただ》に河内国《かふちのくに》の草香邑《くさかのむら》の青《あを》

――雲《くも》の白肩津《しらかたのつ》に至ります。

二 天皇軍の進撃――霊剣師霊《ふつのみたま》と頭八咫烏《やたからす》

夏四月の丙申《へいしんついたち》朔の甲辰《こうしん》(九日)に、天皇軍は軍を整えて徒歩で竜田《たつた》(奈良県生駒郡斑鳩町竜田)に向かった。しかしその路は狭く険しくて、軍勢は隊列を組んで行くことができなかった。そのためいったん後退して、さらに東方の胆駒山《いこまのやま》(生駒山)を越えて、国の内部に進入しようと考えられた。その時、長髄彦《ながすねびこ》(長いすねを持つ先住民)がこれを聞いて、「そもそも天神《あまつかみ》の御子たちがやって来るのは、きっと我が国を奪おうとするためだろう」と言って、ただちに全軍を率いて、天皇軍を孔舎衛坂《くさえのさか》(近鉄奈良線の生駒トンネルの西出口山麓)に迎え撃ち、激戦を交えることになった。その時、敵の放った流れ矢が五瀬命《いつせのみこと》(神武天皇の同母兄)の肱《ひじ》に当り、天皇軍は形勢不利となって、これ以上の進撃は不可能であった。天皇はこれを憂慮して、心中、秘策をめぐらされて、「今、私は日神《ひのかみ》(天照大神《あまてらすおおみかみ》)の子孫でありながら、日に向って敵を撃っている。これは天の道に悖《もと》ることである。ひとまず退却して弱そうに見せかけ、あらためて天神地祇《てんしんちぎ》(諸々の神々）を祭り、日神の神威を背に受けて、我が前に日影ができるのに従って敵におそいかかり、倒すのがよかろう。こうすれば、まったく刃《やいば》を血塗らずして、敵は必ず敗退してしまうだろう」と仰せられた。皆は、「仰せのとおりです」と申しあげた。そこで天皇は軍勢に命じて、「しばらく停止せよ。前進するな」と仰せられ、軍を引いて退却された。敵もあえて追撃して来なかった。

五月の丙寅朔《へいいんついたち》の癸酉《きゆう》（八日）に、天皇軍は茅渟《ちぬ》の山城水門《やまきのみなと》（大阪府泉南市男里《おのさと》の辺り）に到着した。その時五瀬命《いつせのみこと》は、受けた流れ矢の傷がひどく痛んできた。そこで剣の柄《つか》を握りしめて雄叫《おたけ》びして、「ああいまいましい。大丈夫《ますらお》でありながら賊のために手傷を負ったまま、仇《あだ》も撃たずに死んでしまおうとは」と仰せられた。時の人は、そのためにこの地を名付けて雄水門《おのみなと》といった。さらに進んで紀伊国《きのくに》の竈山《かまやま》（和歌山市和田）に達した時に、五瀬命は軍中に薨《こう》じられた。それで竈山に葬り申しあげた。

六月の乙未朔《いつび》の丁巳《ていし》（二十三日）に天皇軍は名草邑《なぐさのむら》（和歌山市西南部の名草山付近）に到着し、そこで名草戸畔《なぐさとべ》という者を討伐した。そこから狭野《さの》（和歌山県新宮市佐野）を越えて熊野《くまの》の神邑《みわのむら》（熊野速玉神社）に至り、天磐盾《あまのいわたて》（新宮市神倉山）に登って、さらに軍を率いてしだいに前進した。ところが海上にあって、にわかに暴風に遭遇し、皇船《みふね》は揺れ漂った。その時、稲飯命《いないのみこと》（神武天皇の同母兄）は嘆息して、「ああ、我が祖先は天神《あまつかみ》であり、母は海神《わたつみ》である。それなのにどうして私を陸で苦しめ、また海でもこのように苦しめるのか」と仰せられた。言い終るや、剣を抜き海に身を投じて、鋤持神《さいもちのかみ》（鮫《さめ》）となられた。三《み》毛《け》入野命《いりののみこと》（神武天皇の同母兄）もまた恨んで、「我が母と姨《おば》とは共に海神である。それなのにどうして波濤《なみ》を立てて溺《おぼ》れさせるのか」と仰せられて、波頭《なみがしら》を踏んで常世国《とこよのくに》（不老長生の国）に行ってしまわれた。

夏四月の丙申《へいしん》の朔《つきたち》にして甲辰《かふしん》に、皇師《みいくさ》、兵《いくさ》を勒《ととの》へ、歩《かち》より竜田《たつた》に趣《おもむ》く。而《しか》るを其《そ》の路《みち》狭《さ》く嶮《さが》しく、人《ひと》、並行《なみゆ》くこと得《え》ず。乃《すなは》ち還《かへ》りて更《さら》に東《ひむがしのかた》胆駒山《いこまのやま》を踰《こ》えて、中洲《うちつくに》に入《い》らむと欲《おもほ》す。時に長髄彦《ながすねびこ》聞きて曰《いは》く、「夫《そ》れ天《あまつ》神《かみ》の子等《みこたち》の来《き》ます所以《ゆゑ》は、必ず我《わ》が国を奪はむとならむ」といひて、則《すなは》ち尽《ことごとく》に属兵《いくさ》を起して、孔舎衛坂《くさゑのさか》に徼《さいぎ》りて与《とも》に会戦《あひたたか》ふ。流矢《いたやぐし》有りて、五瀬命《いつせのみこと》の肱脛《ひぢ》に中《あた》り、皇師《みいくさ》進戦《すすみたたか》ふこと能《あた》はず。天皇《すめらみこと》憂《うれ》へたまひて、乃ち神策《しんさく》を沖衿《ちゅうきん》に運《めぐ》らして曰《のたま》はく、「今《いま》し我《われ》は是日神《これひのかみ》の子孫《うみのこ》にして、日《ひ》に向《むか》ひて虜《あた》を征《う》つ。此《これ》、天道《あめのみち》に逆《さか》れり。若《し》かじ、退《しりぞ》き還《かへ》り弱きことを示し、神祇《あまつかみくにつかみ》を

礼祭《ゐやびまつ》り、背《そびら》に日神《ひのかみ》の威《みいきほひ》を負《お》ひ、影《みかげ》の随《まにま》に圧《おそ》ひ躡《ふ》まむには。如此《かく》しあらば、曾《かつ》て刃《やきば》を血《ちぬ》らずして、虜《あた》必《かなら》ず敗《やぶ》れなむ」とのたまふ。僉曰《みなまを》さく、「然《しか》なり」とまをす。是《ここ》に軍中《いくさびと》に令《の》りて曰《のたま》はく、「且《しまし》停《とどま》れ。復《また》な進《すす》みそ」とのたまひ、乃《すなは》ち軍《いくさ》を引きて還《かへ》りたまふ。虜《あた》も敢《あ》へて逼《せ》めまつらず。（略）

五月の丙寅《へいいん》の朔《つきたち》にして癸酉《きいう》に、軍《みいくさち》茅渟《ぬ》の山城水門《やまきのみなと》に至る。時に五瀬命《いつせのみこと》、矢瘡《いたやぐしのきず》痛《いた》みますこと甚《はなはだ》し。乃ち撫剣《つるぎのたかみとりしば》りて雄誥《をたけび》して曰《のたま》はく、「慨哉《うれたきかや》、大丈夫《ますらを》にして虜《あた》が手《て》を被傷《お》ひ、報《むく》いずして死《や》みなむこと」とのたまふ。時《ときの》人《ひと》、因りて其処《そこ》を号《なづ》けて雄水門《をのみなと》と曰《い》ふ。進みて紀国《きのくに》の竈山《かまやま》に到《いた》りて、五瀬命軍《いくさ》に薨《かむさ》りましぬ。因りて竈山《かまやま》に葬《はぶ》りまつる。

六月の乙未《いつび》の朔にして丁巳《ていし》に、軍《みいくさ》名草邑《なぐさのむら》に至り、則《すなは》ち名草戸畔《なぐさとべ》といふ者《もの》を誅《う》つ。遂《つひ》に狭野《さの》を越《こ》え、而《しか》して熊野《くまの》の神邑《みわのむら》に到り、且天磐盾《またあまのいはたて》に登り、仍《よ》りて軍《みいくさ》を引き漸《やくやく》に進む。海中《わたなか》にして卒《にはか》に暴風《あからしまかぜ》に遇《あ》ひ、皇舟《みふね》漂蕩《ただよ》ふ。時に稲飯命《いなひのみこと》、乃《すなは》ち歎《なげ》きて曰《のたま》はく、「嗟乎《ああ》、吾《わ》が祖《みおや》は則《すなは》ち天神《あまつかみ》、母《はは》は則ち海神《わたつみ》なり。如何《いかに》ぞ我《われ》を陸《くが》に厄《たしな》め、復我《またわれ》を海《うみ》に厄むる」とのたまふ。言《のたま》ひ訖《を》へ、乃ち剣《つるぎ》を抜き海に入《い》り、鋤持神《さひもちのかみ》に化為《な》りたまふ。三毛入野命《みけいりののみこと》、亦恨《またうら》みて曰《のたま》

——はく、「我《わ》が母《はは》と姨《をば》とは、並《なら》びに是海神《これわたつみ》なり。何為《いかに》ぞ波瀾《なみ》を起《た》てて灌溺《おぼほ》れしむる」とのたまひ、則ち浪秀《なみのほ》を蹈《ふ》みて常世郷《とこよのくに》に往《い》でましぬ。

一人になった天皇はただ皇子の手研耳尊《たぎしみみのみこと》と軍勢を率いて進み、熊野の荒坂津《あらさかのつ》（三重県度会郡大紀町錦か）に到着された。そこで丹《に》敷戸《しきと》畔《べ》という者を誅伐《ちゅうばつ》された。その時、悪神がいて毒気を吐き、将兵はみなこれに中《あた》って倒れてしまった。このため、天皇軍の士気はまったく奮わなかった。この時、そこに人がいて、名を熊野の高倉下《たかくらじ》といった。前触れもなくその夜に高倉下は夢を見たが、その夢で天照大神《あまてらすおおみかみ》は武甕雷神《たけみかずちのかみ》（四四頁参照）に語って、「いったい、葦原中国《あしはらのなかつくに》は、いまだにひどく乱れて騒然としているのが聞える。お前が再び赴いてこれを征討せよ」と仰せられた。武甕雷神は答えて、「私が参らずとも、私がかつて国を平定したときに使った剣を下せば、国の中はおのずと平らぐことでしょう」と申しあげた。天照大神は、「よし承知した」と仰せられた。そこで武甕雷神は、さっそく高倉下に語って、「私の剣は名を韴霊《ふつのみたま》（魔物をふっつりと断ち切る霊剣）という。今、これをお前の倉の中に置こう。それを取って天孫に献上せよ」と言われた。

高倉下は、「承知しました」とお答えしたところで目が覚めた。翌朝、夢の中の教えにより倉の戸を開けてみると、思ったとおり天から落ちた剣があり、逆さまに倉の敷板に突き立っていた。そこでこれを取って天皇に献上した。その時、天皇はよく眠っておられた。が、たちまち目を覚して、「私はどうしてこんなに長い間眠っていたのだろう」と仰せられた。続いて毒気に中《あた》っていた兵士たちも、みな眠りから覚めて起き上がった。

そういう次第で、天皇軍は国内に進入しようと試みた。ところが山中は険阻で行くべき道もなかった。それで進みも退《ひ》きもできず、山を越え川を渡る所も分らなかった。その夜天皇は夢を見られたが、その中で、天照大神が天皇に教えて、「私は今から頭八咫烏《やたからす》(巨大な烏)を遣わそう。この烏を道案内とするがよい」と仰せられた。はたして頭八咫烏《からす》が空から舞い降りて来た。天皇は、「この烏が来たことは、瑞夢《ずいむ》に適《かな》っている。皇祖の威徳のなんと偉大なことよ、輝かしくもなんと盛んなことよ。我が皇祖の天照大神は、天《あま》つ日《ひ》嗣《つぎ》の大業を助けようとの思し召しなのであろう」と仰せられた。この時、大《おお》伴《とも》氏の遠祖日臣命《ひのおみのみこと》は、大来目《おおくめ》を率いて大きな兵車の将軍として、山を踏み道を開いて、烏の行方を求め、これを仰ぎ見ながら後《あと》を追って行った。そうしてついに菟田《うだ》(奈良県宇陀市)の下県《しもつあがた》に到着した。道を穿《うが》ちながら進んだのでその地を名付けて菟《う》田《だ》の穿邑《うかちのむら》という。天皇は勅《みことのり》して日臣命を褒賞されて、「お前は忠誠にして武勇の臣である。またよく先導の功績があった。これからは、お前の名を改めて道臣《みちのおみ》としよう」と仰せられた。

天皇《すめらみこと》独《ひと》り、皇子《みこ》手研耳命《たぎしみみのみこと》と軍《みいくさ》を帥《ひき》ゐて進み、熊野《くまの》の荒坂津《あらさかのつ》に至《いた》ります。因《よ》りて丹敷戸畔《にしきとべ》といふ者を誅《う》つ。時に神、毒気《あしきけ》を吐《は》き、人物《ひと》咸《ことごとく》に瘁《を》えぬ。是《これ》に由《よ》りて、皇軍《みいくさ》復振《またた》つこと能《あた》はず。時に彼処《そこ》に人有《あ》り、号《なづ》けて熊《くま》野《の》の高倉下《たかくらじ》と曰《い》ふ。忽《たちまち》に夜夢《よるいめ》みらく、天照大神《あまてらすおほみかみ》、武甕雷神《たけみかづちのかみ》に謂《かた》りて曰《のたま》はく、「夫《そ》れ葦原中国《あしはらのなかつくに》は、猶《なほ》し聞喧擾之響焉《さやげりなり》。汝《いまし》、更往《またゆ》きて征《う》て」とのたまふ。武甕雷神対《こた》へて曰《まを》さく、「予《われ》行《まか》らずと雖も、予《わ》が平国之剣《くにむけしつるぎ》を下《くだ》さば、国自《くにおの》づから平《む》きなむ」とまをす。天照大神の曰《のたま》はく、「諾《うべ》なり」とのたまふ。時に武甕雷神、登《すなは》ち高倉《たかくらじ》に謂《かた》りて曰《いは》く、「予《わ》が剣《つるぎ》、号《なづ》けて韴霊《ふつのみたま》と曰《い》ふ。今《いま》し汝《なむぢ》が庫《くら》の裏《うち》に置かむ。取りて天孫《あめみま》に献《たてまつ》れ」といふ。高倉《たかくらじ》、「唯々《をを》」と曰《まを》して寤《めざ》めぬ。明旦《くるつあした》に、夢《いめ》の中の教《をしへ》に依《よ》り、庫《くら》を開《ひら》きて視《み》るに、果《はた》して落ちたる剣有《つるぎあ》り、倒《さかしま》に庫の底板《しきいた》に立てり。即《すなは》ち取りて進《たてまつ》る。時に天皇《すめらみこと》、適《よ》く寐《い》ねませり。忽然《たちまち》にして寤《さ》めて曰《のたま》はく、「予《われ》、何《なに》ぞ若此《かく》長眠《ながい》しつる」とのた

まふ。尋《つ》ぎて毒《あしきけ》に中《あた》りし士卒《いくさびと》、悉《ことごとく》に復醒《またさ》めて起《お》く。

既《すで》にして皇師《みいくさ》中洲《うちつくに》に趣《おもむ》かむとす。而《しか》るを山中《やまなか》嶮絶《さが》しく、復《また》行《ゆ》くべき路無《みちな》し。乃《すなは》ち棲遑《しじま》ひて、其《そ》の跋渉《ふみわた》る所《ところ》を知らず。時に夜夢《よるいめ》みたまはく、天照大神、天皇に訓《をし》へまつりて曰《のたま》はく、「朕今《われいま》し頭八咫烏《やたからす》を遣《つかは》さむ。以《も》ちて郷導者《くにのみちびき》としたまへ」とのたまふ。果して頭八咫烏有《あ》り、空より翔《と》び降《くだ》る。天皇の曰はく、「此《こ》の烏《からす》の来《きた》ること、自《おの》づからに祥《よ》き夢《いめ》に叶《かな》へり。大《おほ》きなるかも、赫《さかり》なるかも。我《わ》が皇祖《みおや》天照大神、以ちて基業《あまつひつぎ》を助《たす》け成《な》さむと欲《おもほ》せるか」とのたまふ。是《こ》の時に、大伴氏《おほとものうぢ》が遠祖《とほつおや》日臣命《ひのおみのみこと》、大来目《おほくめ》を帥《ひき》ゐ、元戎《おほつはもの》に督将《いくさのきみ》として、山《やま》を蹈《ふ》み行《みち》を啓《ひら》き、乃ち烏《からす》の向《むか》へるを尋《と》め、仰《あふ》ぎ視《み》て追《お》ふ。遂《つひ》に菟田《うだ》の下県《しもつあがた》に達《いた》る。因《よ》りて其《そ》の至《いた》れる処《ところ》を号《なづ》けて菟田《うだ》の穿邑《うかちのむら》と曰《い》ふ。時に勅《みことのり》して日臣命を誉《ほ》めて曰《のたま》はく、「汝《なむぢ》、忠《まめ》にして且勇《またいさみ》あり。加能《またよ》く導《みちびき》の功《いさをしあ》有り。是《こ》を以《も》ちて、汝が名を改め道臣《みちのおみ》と為《せ》む」とのたまふ。

三 兄猾《えうかし》と弟猾《おとうかし》

秋八月の甲午《こうご》朔《ついたち》の乙未《いつび》（二日）に、天皇は、兄猾《えうかし》と弟猾《おとうかし》という者を召された。この二人は菟田県《うだのあがた》の首領である。兄猾はその時現れず、弟猾の方が速やかに参上した。弟猾は軍門で拝礼して語るには、「私の兄の兄猾は反逆を企《たくら》んでおりますが、それは、天孫がおいでになると承り、挙兵して襲撃するつもりでありました。ところが天皇軍の威勢を望見して、まともに戦ってはとても勝ちめがないと恐れ、ひそかに伏兵を置いて、仮の新宮を建てて、殿内に押機《おし》（鼠捕《ねずみと》りのような仕掛）を設け、饗宴《きようえん》にご招待すると称して、待ち構えて殺そうとしております。どうぞこの奸計《かんけい》をご承知になり、よくお備えくださいませ」と申しあげた。天皇は道臣命《みちのおみのみこと》を遣わして、その反逆の様子を視察させられた。そして道臣命は、詳しく反逆の下心を見抜いて、激怒し、声を荒らげて叱責《しつせき》して、「敵のやつめ、うぬが造った建物には、まず己《おのれ》自ら入ってみろ」と言った。そうして剣の柄《つか》を握りしめ弓を引きしぼり、体に突きつけて追い込んだ。兄猾は天罰覿面《てんばつてきめん》で、言い逃れもできず、とうとう自分から押機を踏んで圧死してしまった。そこで道臣命はその屍《かばね》を引き出して斬《き》った。流れ出る血は踝《くるぶし》まで浸した。それゆえ、その地を名付けて菟田《うだ》の血原《ちはら》という。その後弟猾《おとうかし》は、牛肉と酒を取り揃《そろ》えて、天皇軍をねぎらい饗宴した。天皇はその酒と牛肉を兵士に分け与え、御歌を詠《よ》まれて、

菟田《うだ》の　高城《たかき》に　鴫羂張《しぎわなは》る　我《わ》が待《ま》つや　鴫《しぎ》は障《さや》らず　いすくはし　くぢら障《さや》り　前妻《こなみ》が　肴乞《なこ》はさば　立柧棱《たちそば》の　実《み》の無《な》けくを　こきしひゑね　後妻《うはなり》が　肴乞《なこ》はさば　櫟《いちさかき》　実《み》の多《おほ》けくを　こきだひゑね

――菟田の高地の狩場に鴫《しぎ》をとる罠《わな》をかけた。私が待っている鴫はかからないで、思いも寄らず〈いすくはし〉鯨《くじら》が引っかかった。こいつは大猟だ。古女房がおかずをくれと言ったら、そばぐりの実の果肉が少ないように肉の少ないところをうんと剝《へ》ぎ取ってやれ。若女房がおかずをくれと言ったら、いちいがしの実の果肉が多いように肉の多いところをたんと剝ぎ取ってやれ

と仰せられた。これを来目歌《くめうた》という。今、楽府《うたまいのつかさ》でこの歌を奏する時は、舞の手の拡《ひろ》げ方の大小や、声の太さ細さの別がある。これは古式が今に残っているのである。

秋八月の甲午《かふご》の朔《つきたち》にして乙未《いつび》に、天皇《すめらみこと》、兄猾《えうかし》と弟猾《おとうかし》といふ者《もの》を徴《め》さしめたまふ。是《こ》の両人《ふたり》は菟田県《うだのあがた》の魁帥《ひとごのかみ》なり。時に兄猾来《こ》ず、弟猾即《すなは》ち詣《まゐ》至《け》り。因《よ》りて軍門《みかど》を拝《をろが》みて告《まを》して曰《まを》さく、「臣《やつかれ》が兄《え》兄猾の逆状《さかふるかたち》を為《な》すは、天孫《あめみま》到《いた》りまさむとすと聞《うけたまは》り、即ち兵《いくさ》を起《おこ》して襲《おそ》ひたてまつらむとす。

皇師《みいくさ》の威《いきほひ》を望《のぞ》み見て、敢《あ》へて敵《あた》るましじきを懼《おそ》れ、乃《すなは》ち潜《ひそか》に其《そ》の兵《いくさ》を伏《かく》し、権《かり》に新宮《にひみや》を作りて、殿内《とのうち》に機《おし》を施《お》き、因りて饗《みあへ》たてまつらむと請《こ》ひて、作難《まちと》らむと欲《おも》ふ。願はくは、此《こ》の詐《いつはり》を知《し》らしめし、善《よ》く備《そな》へたまへ」とまをす。天皇、即ち道臣命《みちのおみのみこと》を遣《つかは》して、其《そ》の逆状《さかふるかたち》を察《み》しめたまふ。時に道臣命、審《つばひらか》に賊害之心《あたなふこころ》有《あ》ることを知りて、大《おほ》きに怒《いか》り詰《たけ》び嘖《ころ》ひて曰《いは》く、「虜《あた》、爾《い》が造れる屋《や》には、爾自《おれみづか》ら居《ゐ》よ」といふ。因りて、剣案《つるぎのたかみとりしば》り弓彎《ゆみひきまかな》ひて、逼《せ》めて催《うなが》し入《い》れしむ。兄猾《えうかし》罪《つみ》を天《あめ》に獲《え》て、事辞《ことい》ぶる所無《ところな》く、乃ち自ら機《おし》を蹈《ふ》みて圧死《おされし》にき。時に其の屍《かばね》を陳《ひきいだ》して斬《き》る。流るる血《ち》踝《つぶなぎ》を没《い》る。故《かれ》、其の地《ところ》を号《なづ》けて菟田《うだ》の血原《ちはら》と曰《い》ふ。已《すで》にして弟猾《おとうかし》、大《おほ》きに牛酒《ししさけ》を設《ま》けて皇師《みいくさ》を労《ね》ぎ饗《みあへ》す。天皇、其の酒宍《さけしし》を以《も》ちて軍卒《いくさびと》に班《あか》ち賜《たま》ひ、乃《すなは》ち御謡《みうたよみ》して曰《のたま》はく、

菟田《うだ》の高城《たかき》に　鴫羂張《しぎわなは》る　我《わ》が待《ま》つや　鴫《しぎ》は障《さや》らず　いすくはし　くぢら障《さや》り　前妻《こなみ》が　肴乞《なこ》はさば　立柧棱《たちそば》の　実《み》の無《な》けくを　こきしひゑね　後妻《うはなり》が　肴乞《なこ》はさば　櫟《いちさかきみ》　実の多《おほ》けくを　こきだひゑね

とのたまふ。是《こ》を来目歌《くめうた》と謂《い》ふ。今《いま》し楽府《うたまひのつかさ》に此《こ》の歌《うた》を奏《うた》ふには、猶《なほ》し手量《たはかり》の大《おほ》き小《ちひさ》きと、音声《こゑ》の巨《ふと》き細《ほそ》きと有《あ》り。此古《これいにしへ》の遺《のこ》れる式《のり》なり。（略）

九月の甲子《こうし》朔《ついたち》の戊辰《ぼしん》（五日）に、天皇は菟田《うだ》の高倉山の頂上に登り、国中《くになか》の様子を眺望された。その時、国見丘《くにみのおか》の上に八十梟帥《やそたける》（多くの勇猛な人）がいた。そしてまた、女坂《めさか》（緩やかな坂）に女軍《めいくさ》を配置し、男坂《おさか》（急な坂）に男軍《おいくさ》を配置し、墨坂《すみさか》（宇陀市榛原町の西峠の坂）の要路上には焃炭《おこしずみ》（赤くおこった炭）を置いて待ち受けていた。女坂・男坂・墨坂の名は、この由来によって起ったのである。また兄磯城《えしき》（磯城地方の首魁）の軍勢がいて、磐余邑《いわれのむら》（桜井市中西部から橿原市東部にかけての地）に一面に充《み》ちていた。賊軍の拠点は、すべて要害の地である。そのため道路は絶え塞《ふさ》がって、通り抜けることができなかった。天皇はこれを憎悪され、この夜、自ら祈誓《うけい》を立ててやすまれた。夢の中に天神《あまつかみ》が現れ天皇に教えて、「天香山《あまのかぐやま》の社《やしろ》の中の土を取って、天平瓮《あまのひらか》（神聖な皿）八十枚を作り、さらに厳瓮《いつへ》（神酒を入れる清浄な瓶）も作って、天神地祇《てんしんちぎ》を敬い祭り、また霊威のある呪詛《じゆそ》をせよ。そうすれば敵は自然に帰服するであろう」と仰せられた。天皇は謹んで夢の教訓を承り、そのとおりに実行しようとされた。

その時、弟猾《おとうかし》がまた奏上して、「倭国《やまとのくに》の磯城邑《しきのむら》（三輪山麓西部）に磯城八十梟帥《しきのやそたける》がおります。また高尾張邑《たかおわりのむら》（葛城地方）に赤銅八十梟帥《あかがねのやそたける》がおります。この者どもはみな天皇に抗戦しようとしています。私はひそかに天皇のために憂慮いたしております。今すぐに天香山の埴土《はにつち》（粘土）を取って天平瓮を作り、天社《あまつやしろ》 国社《くにつやしろ》の神をお祭りくださいませ。その後で敵を討伐されるならば、平定しやすくなることでしょう」と申しあげた。天皇は、すでに夢の教えを吉兆としておられたところに、弟猾の言葉を聞かれたので、ますます心中お喜びになった。そこで椎根津彦《しいねつひこ》（舟を操る棹を持つ男性）に破れた衣服と蓑笠《みのかさ》を着せて老夫の姿に変装させ、また弟猾に箕《み》を着せて老婆の姿に変装させて、勅《みことのり》して、「お前たち二人は天香山に行って、こっそりと頂上の土を取って帰って来い。天つ日嗣《あまひつぎ》の大業の成否は、お前たちが成功するかどうかで占うことにしよう。慎重に」と仰せられた。この時、賊兵は道に充満していて往来は非常に困難であった。そこで椎根津彦は祈誓《うけい》を立てて、「我が天皇が本当によくこの国を平定なさるならば、行く道はきっと開かれよう。もしそれが不可能ならば、賊兵が必ず阻止するだろう」と言った。言い終るとまっすぐに敵陣に向った。その時、敵兵たちは二人を見て、大笑して、「なんと醜い、じじいとばばあだ」と言って、道を開けて通らせた。

二人は無事に香山《かぐやま》に着いて、土を取って帰って来た。天皇はたいそう喜ばれて、この埴土《はにつち》をもって八十平瓮《やそひらか》・天手抉《あまのたくじり》（祭祀土器）八十枚《やそひら》・厳瓮《いつへ》を作って、丹生川《にうがわ》（宇陀川のこと。上流が丹生の地を流れる）の上流にのぼり、これを用いて天神地祇《てんしんちぎ》を祭られた。その菟田川《うだがわ》の朝原（宇陀川の上流）で潔斎をし神に祈って、たとえば水の泡が浮んでは消えるように、天手抉八十枚に八十梟帥《やそたける》の命運を呪《のろ》いつけて、浮べ沈ませることをなさった。天皇はまた祈誓されて、「私は今、八十平瓮を用いて、水無しで飴《たがね》（粉を水でこね固めたもの）を作ろう。もし飴ができたならば、必ず私は武器の威力を借りないで、居ながらにして天下を平定することができよう」と仰せられて、飴を作られた。飴は自然にできあがった。また祈誓《うけい》されて、「私は今、厳瓮《いつへ》を丹生川に沈めよう。もし魚がその大小にかかわらず、ことごとく酔って流れる様子が、ちょうど柀《まき》（イチイ科の常緑高木。葉は魚の形に似る）の葉が水に浮いて流れるようであるならば、私は必ずこの国を治めることができよう。もしそうならなければ、すべて失敗に帰すだろう」と仰せられた。ただちに厳瓮を川に沈められたところ、その瓮の口は下の方に向いた。しばらくすると、魚がすべて浮き上がり、流れのままに漂って口をぱくぱくさせた。その時、椎根津彦《しいねつひこ》はこれを見て奏上した。天皇は非常に喜ばれて、丹生川の上流のよく繁った真坂樹《まさかき》（聖域を示す木）を根からに抜き取って、諸神を祭られた。この時から、祭儀に厳瓮（神酒をはじめとする神饌《しんせん》）を据えることが始まったのである。

九月の甲子《かふし》の朔《つきたち》にして戊辰《ぼしん》に、天皇《すめらみこと》、彼《そ》の菟田《うだ》の高倉山《たかくらやま》の巓《いただき》に陟《のぼ》り、域中《くぬち》を瞻望《のぞ》みたまふ。時に国見丘《くにみのをか》の上《うへ》に則《すなは》ち八十《やそ》梟帥《たける》有《あ》り。又《また》女《め》坂《さか》に女軍《めいくさ》を置き、男坂《をさか》に男軍《をいくさ》を置き、墨坂《すみさか》に焃炭《おこしずみ》を置く。其《そ》の女坂・男坂・墨坂《すみさか》の号《な》は、此《これ》に由《よ》りて起《おこ》れり。復《また》兄磯城《えしき》が軍《いくさ》有りて、磐余邑《いはれのむら》に布《し》き満《いは》めり。賊虜《あたども》の拠《を》る所は、皆是《みなこれ》要害《ぬみ》の地《ところ》なり。故《かれ》、道路《みち》絶《た》え塞《ふさが》り、通《かよ》ふべき処《ところ》無《な》し。天皇悪《にく》みたまひ、是《こ》の夜《よ》自《みづか》ら祈《うけ》ひて寝《みね》ませり。夢《いめ》に天神《あまつかみ》有《あ》りて訓《をし》へて曰《のたま》はく、「天香山《あまのかぐやま》の社《やしろ》の中《なか》の土《はに》を取りて、天平瓮《あまのひらかや》八十《やそ》枚《ひら》を造り、并《あは》せて厳瓮《いつへ》を造りて、天神地祇《あまつかみくにつかみ》を敬祭《ゐやびまつ》り、亦厳呪詛《またいつのかしり》をせよ。如此《かく》せば虜《あた》自《おの》づからに平伏《むきしたが》ひなむ」とのたまふ。天皇、祇《つつし》みて夢の訓《をしへ》を承《うけたまは》り、依《よ》りて行《おこな》ひたまはむとす。

時に弟猾《おとうかし》、又奏《まを》して曰《まを》さく、「倭国《やまとのくに》の磯城邑《しきのむら》に磯《し》城《きの》八十《やそ》梟帥《たける》有《あ》り。又高尾張邑《たかをはりのむら》に赤銅八十梟帥《あかがねのやそたける》有り。此《こ》の類《ともがら》皆《みな》天皇と距《ふせ》き戦《たたか》はむと欲《おも》へり。臣《やつかれ》、竊《ひそか》に天皇の為《みため》に憂《うれ》へたてまつる。今《いま》し当《まさ》に天香山《あまのかぐやま》の埴《はにつち》を取りて、天平瓮に造りて、天社国社《あまつやしろくにつやしろ》の神を祭りたまふべし。然《しか》して後《のち》に虜《あた》を撃ちたまはば、除《はら》ひ易《やす》けむ」とまをす。天皇、既《すで》に夢《いめ》の辞《ことば》を以《も》ちて吉兆《よきしるし》としたまひ、弟猾の言《まうすこと》を聞《きこ》しめすに及《いた》り、益懐《ますますみこころ》に喜びたまふ。乃《すなは》ち椎根津彦《しひねつひこ》に弊《や》れたる衣服《ころも》と蓑笠《みのかさ》とを著《き》せて老父《おきな》の貌《すがた》に為《つく》らしめ、又《また》弟猾に箕《み》を被《かづ》けて老嫗《おみな》の貌に為らしめて、勅《みことのり》して曰《のたま》はく、「汝《なむぢら》二人《ふたり》、天香山《あまのかぐやま》に到《いた》り、潜《ひそか》に其の巓《いただき》の土《はに》を取りて来旋《かへ》るべし。基業《あまつひつぎ》の成否《ならむならじ》は、汝《なむぢら》を以《も》ちて占《うらな》はむ。努力《ゆめ》、慎《ゆ》め」とのたまふ。是《こ》の時に、虜兵《あたのつはもの》路《みち》に満《いは》みて往還《かよ》ふこと難《かた》し。時に椎根津彦、乃ち祈《うけ》ひて曰《いは》く、「我《わ》が皇《きみ》、能《よ》く此《こ》の国を定めたまふべきものならば、行《ゆ》かむ路自《みちおの》づからに通《とほ》れ。如《も》し能《あた》はじとならば、賊《あた》必ず防禦《ふせ》かむ」といふ。言ひ訖《をは》りて径《ただ》に去《ゆ》く。時に群虜《あたども》二人を見て、大《おほ》きに咲《わら》ひて曰《いは》く、「大醜《あなみにく》乎、老父老嫗《おきなおみな》」といふ。則《すなは》ち相与《あひとも》に道《みち》を闢《ひら》き行《ゆ》かしむ。

二人其の山に至《いた》ること得《え》て、土《はに》を取り来帰《まゐかへ》れり。是《ここ》に天皇甚《いた》く悦《よろこ》びたまひ、乃ち此《こ》の埴《はにつち》を以ちて、八十《やそ》平瓮《ひらか》・天手抉《あまのたくじり》八十《やそ》枚《ひら》・厳瓮《いつへ》を造作《つく》りて、丹生《にふ》の川上《かはかみ》に陟《のぼ》り、用《も》ちて天神地祇《あまつかみくにつかみ》を祭《まつ》りたまふ。則《すなは》ち彼《そ》の菟田川《うだかは》の朝原《あさはら》に、譬《たと》へば水沫《みなわ》の如《ごと》くして、有所呪著《かしりつ》けたまへり。天皇、又因《よ》りて祈《うけ》ひて曰《のたま》はく、「吾《われ》、今し八十平瓮《やそひらか》を以ちて、水無《みづな》しに飴《たがね》を造《つく》らむ。飴成《な》らば、吾《われ》必ず鋒《つは》刃《もの》の威《ゐ》を仮《か》らずして、坐《ゐ》ながらに天下《あめのした》を平《ことむ》けむ」とのたまひ、乃《すなは》ち飴を造りたまふ。飴即《すなは》ち自《おの》づからに成《な》る。又祈《うけ》ひて曰はく、「吾《われ》、今《いま》し厳瓮《いつへ》を以《も》ちて丹生《にふ》の川《かは》に沈《しづ》めむ。如《も》し魚大《いをおほ》きと小《ちひさ》きと無く、悉《ことごとく》に酔《ゑ》ひて流れむこと、譬《たと》へば被葉《まきのは》の浮き流るるが猶《ごと》くあらば、吾《われ》必ず能《よ》く此《こ》の国を定《さだ》めてむ。如《も》し其《そ》れ爾《しか》らずは、終《つひ》に成《な》る所無《ところな》けむ」とのたまふ。乃《すなは》ち瓮《へ》を川に沈《しづ》む。其《そ》の口《くち》、下《しも》に向《む》けり。頃《しばらく》ありて魚皆浮《いをみなう》き出《い》で、水《みづ》の随《まにま》に噞喁《あぎと》ふ。時に椎根《しひね》津彦《つひこ》見《み》て奏《まを》す。天皇大《おほ》きに喜びたまひ、乃ち丹生《にふ》の川上《かはかみ》の五百箇真坂樹《いほつまさかき》を抜取《ねこじ》にして、諸神《もろもろのかみたち》を祭りたまふ。此《これ》より始《はじ》めて厳瓮《いつへ》の置《おきもの》有《あ》り。（略）

冬十月の癸巳《きし》朔《ついたち》（一日）に、天皇はその厳瓮《いつへ》の神饌《しんせん》を召し上がり、兵を整えて出陣された。まず八十梟帥《やそたける》を国見丘《くにみのおか》で撃ち、相手を破り誅殺《ちゆうさつ》された。しかし敵の残党がなお多数いて、その帰趨《きすう》は測り難かった。そこで天皇は道臣命《みちのおみのみこと》を呼んで勅《みことのり》して、「お前は

大来目部《おおくめら》を率いて忍坂邑《おさかのむら》（桜井市忍坂）に大きな室《むろ》を造り、そこで盛大に饗宴を催して、賊を欺《あざむ》き誘い寄せて討ちとれ」と仰せられた。道臣命は密命を受けて、忍坂に穴ぐらを掘り、勇猛果敢な我が兵士を選抜し、賊徒と入り混じらせておいた。ひそかに手筈《てはず》をきめて、「酒宴が酣《たけなわ》を過ぎたら、私は立ち上がって歌を歌おう。お前たちは私の歌う声を聞いたら、一斉に敵を刺し殺せ」と命じた。いよいよ座が定まって酒盛りとなった。賊はこちらに策略のあることも知らず、心にまかせてただちに酔いしれた。この時、道臣命は立ち上がって歌うことには、

忍坂《おさか》の　大室屋《おほむろや》に　人多《ひとさは》に　入居《いりを》りとも　人多《ひとさは》に　来入居《きいりを》りとも　みつ
みつし　来目《くめ》の子《こ》らが　頭椎《くぶつつ》い　石椎《いしつつ》い持《も》ち　撃《う》ちてし止《や》まむ

――忍坂の大きな岩窟の中に、人がたくさん入っていても敵が大勢入って来ていようとも、武勇に秀でた来目《くめ》の若者たちが、頭槌《くぶつつ》（柄頭《つかがしら》が塊状）の太刀、石槌《いしつつ》（柄頭が石製）の太刀を手に持って、敵を撃ちのめしてしまおうぞ

と歌った。味方の兵卒は歌を聞き、一斉に頭槌剣《くぶつちのつるぎ》を抜いて、一時《いちどき》に賊を斬《き》り殺した。賊の中に生き残る者はただの一人もなかった。そこで天皇軍は非常に喜び、天を仰いで大

笑した。

冬十月の癸巳《きし》の朔《つきたち》に、天皇《すめらみこと》、其《そ》の厳瓮《いつへ》の糧《をしもの》を嘗《め》し、兵《いくさ》を勒《ととの》へて出《い》でたまふ。先《ま》づ八十梟帥《やそたける》を国見丘《くにみのをか》に撃《う》ちて、破《やぶ》り斬《き》る。（略）既《すで》にして、余党《のこりのともがら》猶《なほ》し繁《しげ》く、其の情測《こころはか》り難《かた》し。乃《すなは》ち顧《かへり》みて道臣命《みちのおみのみこと》に勅《みことのり》したまはく、「汝《なむち》、大来目部《おほくめら》を帥《ひき》ゐて大室《おほむろ》を忍坂邑《おさかのむら》に作《つく》り、盛《さかり》に宴饗《うたげ》を設《ま》け、虜《あた》を誘《をこつ》りて取れ」とのたまふ。道臣命、是《ここ》に密旨《しのびのおほみこと》を奉《うけたまは》り、窨《むろ》を忍坂《おさか》に掘《ほ》りて、我《わ》が猛卒《たけきいくさ》を選《えら》ひ、虜と雑居《まぜす》う。陰《ひそか》に期《ちぎ》りて曰《いは》く、「酒酣《さけたけなは》なる後《のち》に、吾則《われすなは》ち起《た》ちて歌《うた》はむ。汝等《なむぢら》、吾《わ》が歌《うた》ふ声《こゑ》を聞《き》かば、一時《もろとも》に虜《あた》を刺《さ》せ」といふ。已《すで》にして坐定《ゐしづま》り酒行《さけも》る。虜《あた》、我《わ》が陰謀《しのびのはかりこと》有《あ》ることを知《し》らず、情《こころ》の任《まにま》に径《ただ》に酔《ゑ》ふ。時に、道臣命乃ち起《た》ちて歌《うた》ひて曰《いは》く、

忍坂《おさか》の　大室屋《おほむろや》に　人多《ひとさは》に　入居《いりを》りとも　人多《ひとさは》に　来《き》入居《いりを》りとも

みつみつし　来目《くめ》の子《こ》らが　頭椎《くぶつつ》い　石椎《いしつつ》い持《も》ち　撃《う》ちてし止《や》まむ

といふ。時に我《わ》が卒《いくさ》、歌《うた》を聞き、倶《とも》に其の頭椎剣《くぶつちのつるぎ》を抜《ぬ》き、一時《もろとも》に虜《あた》を殺《ころ》す。

——虜《あた》の復《また》噍《のこ》類者《るもの》無《な》し。皇軍《みいくさ》大《おほ》きに悦《よろこ》び、天《あめ》を仰《あふ》ぎて咲《わら》ふ。（略）

四 長髄彦《ながすねびこ》との決戦——金鵄《きんし》の飛来

十二月の癸巳《きし》朔《ついたち》の丙申《へいしん》（四日）に、天皇軍はついに長髄彦《ながすねびこ》（六五頁参照）を攻撃した。しかし幾度戦っても勝利を得ることができなかった。すると一天にわかにかき曇って雹《ひょう》が降ってきた。そこに金色の霊妙なる鵄《とび》が飛翔《ひしょう》して来て、天皇の弓の弭《はず》に止まった。その鵄は光り輝き、そのさまは、まさに稲妻のようであった。この光に打たれて、長髄彦の軍兵はみな、目が眩《くら》み行く先も分らず混乱して、二度と戦う気力を失ってしまった。

時に長髄彦は使者を遣わして、天皇に告げるには、「昔、天神《あまつかみ》の御子が天磐船《あまのいわふね》に乗って天降《あまくだ》って来られました。名は櫛玉饒速日命《くしたまにぎはやひのみこと》（六一頁参照）と申します。この命が私の妹の三炊屋媛《みかしきやひめ》を娶《めと》って、御子をお生みになりました。名を可美真手命《うましまでのみこと》と申します。そこで私は、饒速日命を君と崇《あが》めてお仕えしている次第です。いったい天神の御子がお二方もおられるはずはありません。それなのに、どうしてまた天神の御子と称して、人の国を奪おうとされるのですか。私が察するところ、これは決して本当ではありますまい」

と申しあげた。天皇は、「天神の御子といっても大勢いるのだ。お前が君と崇める者が本当に天神の御子ならば、必ず表徴《しるし》の品があるだろう。それを見せなさい」と仰せられた。それで長髄彦は、饒速日命《にぎはやひのみこと》の天羽羽矢《あまのははや》一本と歩靫《かちゆき》（矢入れ）とを取り出して、天皇にお見せ申した。天皇はご覧になって、「偽り事ではなかった」と仰せられて、今度は天皇自らお持ちの天羽羽矢一本と歩靫とを長髄彦に示された。長髄彦はその天上界の表徴を目にして、いっそう畏敬《いけい》の念を懐《いだ》いた。それでも、武器をすでに構え、その勢いは中途で止めるわけにはゆかず、やはり頑迷な謀《はかりごと》を固守して、今さら改心する意志などなかった。饒速日命は、もともと天神が深く心にかけて天孫だけに味方しておられることを知っていた。また、長髄彦の性質はねじけ曲っており、神と人との区別を教えても到底理解しそうもないことを見てとって、ついに殺害し、その軍勢を率いて帰順した。天皇は初めから饒速日命は天降《あまくだ》った神であることを承知しておられ、今、はたして忠誠の功を立てたので、これを褒賞して寵愛《ちょうあい》された。これは物部氏《もののべのうじ》の遠祖である。

十有二月の癸巳《きし》の朔《つきたち》にして丙申《へいしん》に、皇師《みいくさ》遂《つひ》に長髄彦《ながすねびこ》を撃《う》つ。連戦《しきりにたたか》ひて取勝《か》つこと能《あた》はず。時に、忽然《たちまち》に天陰《そらくら》く氷雨《ひさめふ》る。乃《すなは》ち金《くがね》色の霊《あや》しき鵄《とび》有《あ》

りて、飛来《とびきた》り皇弓《みゆみ》の弭《はず》に止《とま》れり。其《そ》の鵄光《とびて》り曄煜《かかや》き、状《かたち》流電《いなびかり》の如《ごと》し。是《これ》に由《よ》りて、長髄彦の軍卒《いくさびとども》、皆迷《みなまと》ひ眩《まき》えて復力戦《またきはめたたか》はず。（略）

時に長髄彦《ながすねびこ》、乃ち行人《つかひ》を遣《つかは》して、天皇《すめらみこと》に言さしめて曰《まを》さく、「嘗《むかし》、天神《あまつかみ》の子《みこ》有しまして、天磐船《あまのいはふね》に乗り天《あめ》より降止《くだりい》でませり。号《なづ》けて櫛玉饒速日《くしたまにぎはやひの》命《みこと》と曰《まを》す。是吾《これわ》が妹三《いもみ》炊屋媛《かしきやひめ》を娶《めと》り、遂《つひ》に児息《みこ》有《あ》り。名《なづ》けて可美真手命《うましまでのみこと》と曰《い》ふ。故《かれ》、吾《われ》、饒速日命《にぎはやひのみこと》を以《も》ちて君《きみ》として奉《つか》へまつれり。夫《そ》れ天神の子《みこ》、豈両種有《あにふたくさま》さむや。奈何《いかに》ぞ更《また》天神の子と称《なの》りて、以ちて人《ひと》の地《つち》を奪《うば》はむとする。吾《われ》、心《こころ》に推《おしはか》るに未必《うたがた》も信《まこと》にあらじ」とまをす。天皇の曰《のたま》はく、「天神の子《みこ》も多《さは》にあり。汝《なむぢ》が君《きみ》とする所《ところ》、是実《これまこと》に天神の子ならば、必ず表物有《しるしのものあ》らむ。相示《あひみ》せよ」とのたまふ。長髄彦《ながすねびこ》、即《すなは》ち饒速日命《にぎはやひのみこと》の天羽羽矢《あまのははや》一隻《ひとつ》と歩《かち》靫《ゆき》とを取りて、以《も》ちて天皇に示《み》せ奉《まつ》る。天皇覧《みそこなは》して曰《のたま》はく、「事不虚《まこと》なりけり」とのたまひ、還御《または》かせる天羽羽矢《あまのははや》一隻《ひとつ》と歩靫《かちゆき》とを以ちて長髄彦に示《み》せ賜《たま》ふ。長髄彦、其《そ》の天表《あまつしるし》を見て、益《ますます》踧踖《おぢかしこま》ることを懐《むだ》く。然而《しか》も凶器《つはもの》已《すで》に構《かま》へ、其の勢《いきほひ》中《なかば》に休《や》むこと得《え》ずして、猶《なほ》し迷《まと》へる図《はかりこと》を守《も》りて復《また》改むる意無《こころな》し。饒速日命、本《もと》より天神《あまつかみ》の慇懃《ねもころ》に唯天孫《ただあめみま》のみに是与《これくみ》したまふといふことを知《し》れり。且《また》、夫《そ》の長髄彦の稟性《ひととなり》愎佷《もと》りて、教《をし》ふるに天人《きみたみ》の際《あひだ》を以ちてすべからざるを見て、乃《すなは》ち殺《ころ》して其の衆《ともがら》を帥《ひき》ゐて帰順《まつろ》ひぬ。天皇、素《もと》より饒速日命は是天《これあめ》より降《くだ》れる者といふことを聞《きこ》しめして、今し果《はた》して忠效《ただしきいさをし》を立てしかば、褒《ほ》めて寵《めぐ》みたまふ。此物部氏《これもののべのうぢ》が遠祖《とほつおや》なり。

五 大和の平定と橿《かし》原《はらの》宮《みや》の造営

己未《きび》の年の春二月の壬辰朔《じんしんついたち》の辛亥《しんがい》（二十日）に、諸将に命じて兵卒を調練された。この時、層富県《そほのあがた》の波哆《はた》の丘岬《おかさき》（奈良市東南部の丘の突端）に新城戸畔《にいきとべ》という者がいた。また和珥《わに》（天理市和珥）の坂下《さかもと》に居勢祝《こせのはふり》という者がいた。臍見《ほそみ》の長柄《ながら》（天理市長柄か）の丘岬《おかさき》には猪祝《いのはふり》という者がいた。この三か所の土蜘蛛《つちぐも》（先住民の蔑称）は、共にその力強さを恃《たの》んで帰順しなかった。そこで天皇は、軍隊をそれぞれに分遣してみな誅伐《ちゅうばつ》せしめられた。また高尾張邑《たかおわりのむら》に土蜘蛛がいた。その風貌《ふうぼう》は、身の丈が低く手足が長くて侏儒《しゅじゅ》に似ていた。天皇軍は葛《かずら》で網を作って、不意を襲って殺してしまった。それでその邑の名を改めて葛《かず》城《らき》という。そもそも磐余《いわれ》の地の旧名は片居《かたい》、または片立《かたたち》という。我が天皇軍が賊兵を打ち破るに至って、軍兵が大いに集《つど》ってその地に満ちあふれていた。それで名を改めて磐余とした。あるいは、「天皇が昔、厳瓮《いつへ》の神饌《しんせん》を召し上がり、出陣して西方を征討された。この時、磯城《しき》の八十梟師《やそたける》らがそこに満ちみちていた。はたして天皇と大いに戦って、ついに天皇軍のために討滅された。それで名付けて磐余邑《いわれのむら》というのである」という。

三月の辛酉朔《しんゆうついたち》の丁卯《ていぼう》（七日）に、天皇は命令を下されて、「私は、東方を征討してからここに六年が経過した。その間に、天神《あまつかみ》のご威光を受けて、凶徒を誅滅《ちゆうめつ》した。辺境の地はまだ鎮静しておらず、残る賊徒もなお頑強ではあるけれども、中央の大和国《やまとのくに》はもはや風塵《ちり》も立たないほどに平静である。そこでここに都を拡張して、易《えき》の大壮《だいそう》の卦《け》に則《のっと》ることにしよう。ただ、今は世の中がまだ始まったばかりで、民の心も純朴である。彼らは樹《き》の巣に棲《す》み穴の中に棲んで、その土地の未開の風習が、そのまま行われているという有様である。そもそも聖人は制度を立てるものであり、その道理は必ず時勢に適合するものなのだ。いやしくも民にとって利益になることがあれば、聖《ひじり》の業《わざ》にどんな妨げも起らないであろう。そこで山林を伐《き》り開いて宮殿を造営し、謹んで皇位に即《つ》いて民を安んじ治めなければならない。上《かみ》は皇天二祖の高皇産霊尊《たかみむすひのみこと》と天照大神《あまてらすおおみかみ》が国をお授けくださった御徳に答え、下《しも》は皇孫瓊瓊杵尊《ににぎのみこと》が正義を育成された御心を弘《ひろ》めてゆこう。その後に、我が四方の国々を統合して都を開き、天下を覆って我が家とすることは、はなはだ良いことではないか。見渡せば、あの畝傍《うねび》山《やま》の東南の橿原《かしはら》の地は、けだし国の奥深い安住の地であろう。そこに都を定めよう」と仰せられた。この月に役人に命じて宮殿を造営し始められた。

　庚申《こうしん》の年の九月の壬午《じんご》朔の乙巳《いつし》（二十四日）に、媛蹈鞴《ひめたたら》五十《い》鈴媛命《すずひめのみこと》（事代主神《ことしろぬしのかみ》の姉娘）を宮中に召し入れて正妃（「妃」は皇太子の妻）とされた。

己未年《きびのとし》の春二月の壬辰《じんしん》の朔《つきたち》にして辛亥《しんがい》に、諸《もろもろの》将《いくさのきみ》に命《みことおほ》せて士《いくさの》卒《ひとども》を練《ととの》ふ。是《こ》の時に、層富県《そほのあがた》の波哆《はた》の丘岬《をかさき》に新城戸畔《にひきとべ》といふ者有《ものあ》り。又《また》和珥《わに》の坂下《さかもと》に居勢祝《こせのはふり》といふ者有り。臍見《ほそみ》の長柄《ながら》の丘岬《をかさき》に猪祝《ゐのはふり》といふ者有《ものあ》り。此《こ》の三処《みところ》の土蜘蛛《つちぐも》、並《ならび》に其《そ》の勇力《たけきちから》を恃《たの》み、肯《あ》へて来庭《まゐこ》ず。天皇《すめらみこと》、乃《すなは》ち偏《かた》師《いくさ》を分遣《わけつかは》し皆誅《ころ》さしめたまふ。又高尾張邑《またたかをはりのむら》に土蜘蛛《つちぐも》有《あ》り。其《そ》の為人《ひととなり》、身《たけ》短《みじか》くして手足長《てあしなが》く、侏儒《ひきひと》と相類《あひたぐ》へり。皇軍《みいくさ》、葛《かづら》の網《あみ》を結《ゆ》ひて掩襲《おそ》ひ殺《ころ》す。因《よ》りて号《な》を改《あらた》め其の邑《むら》を葛城《かづらき》と曰《い》ふ。夫《そ》れ磐余《いはれ》の地《ところ》、旧名《もとのな》は片居《かたゐ》、亦《また》は片立《かたたち》と曰ふ。我《わ》が皇師《みいくさ》の虜《あた》を破《やぶ》るに逮《いた》り、大《おほ》きに 軍 集《いくさびとつど》ひて其の地《ところ》に満《いは》め

り。因りて号《な》を改め磐余《いはれ》と為《な》す。或《ある》いは曰《いは》く、「天皇、往《さき》に厳瓮《いつへ》の糧《をしもの》を嘗《め》したまひ、軍《いくさ》を出《いだ》して西《にしのかた》を征《う》ちたまふ。是《こ》の時に、磯城《しき》の八十梟帥《やそたける》彼処《そこ》に屯聚居《いはみゐ》たり。果《はた》して天皇と大きに戦《たたか》ひ、遂《つひ》に皇師《みいくさ》に滅《ほろぼ》されぬ。故《かれ》、名《なづ》けて磐余邑《いはれのむら》と曰《い》ふ」といふ。（略）

三月の辛酉《しんいう》の朔《つきたち》にして丁卯《ていばう》に、令《のりごと》を下《くだ》して曰《のたま》はく、「我《われ》、東《ひむがしのかた》を征《う》ちしより茲《ここ》に六年《むとせ》なり。頼《かがふ》るに皇天《あまつかみ》の威《みいきほひ》を以《も》ちて、凶徒《あたところ》就戮されぬ。辺土《へんど》未《いま》だ清《しづ》まらず、余妖《よえう》尚《なほ》し梗《こは》しと雖《いふと》も、中洲《うち》之《つ》地《つち》に復《また》風塵《ふうぢん》無《な》し。誠《まこと》に皇都《くわうと》を恢廓《くわいくわく》し、大壮《だいさう》に規摹《きぼ》すべし。而今《いまし》運《よ》此《こ》の屯蒙《ちゆんもう》に属《あた》り、民《おほみたから》の心《こころ》朴素《すなほ》なり。巣《す》に棲《す》み穴《あな》に住《す》み、習俗《しわざ》惟常《これつね》となれり。夫《そ》れ大人《ひじり》制《のり》を立てて、義《ことわり》必ず時《とき》に随《したが》ふ。苟《いやし》くも民《おほみたから》に利《かが》有《あ》らば、何《なに》ぞ聖《ひじり》の造《わざ》を妨《さまた》げむ。且当《まさ》に山林《はやし》を披払《ひらきはら》ひ、宮室《おほみや》を経営《つくりいとな》みて、恭《つつし》みて宝位《たかみくら》に臨《のぞ》みて、元々《おほみたから》を鎮《しづ》むべし。上《かみ》は乾霊《あまつかみ》の国を授《さづ》けたまひし徳《うつくしび》に答《こた》へ、下《しも》は皇孫《すめみま》の正《ただしき》を養《やしな》ひたまひし心《みこころ》を弘《ひろ》めむ。然《しか》して後《のち》に、六合《りくがふ》を兼ねて都《みやこ》を開《ひら》き、八紘《はちくわう》を掩《おほ》ひて宇《いへ》と為《な》さむこと、亦可《またよ》からずや。観《み》るに、夫《そ》れ畝傍山《うねびやま》の東南《たつみのすみ》の橿原《かしはら》の地《ところ》は、蓋《けだ》し国《くに》の墺区《くむしら》か。治《をさ》むべし」とのたまふ。是《こ》の月《つき》に即《すなは》ち有司《つかさ》に命《みことおほ》せて、帝宅《おほみや》を経《はか》り始《はじ》む。（略）

庚申年《かうしんのとし》の（略）九月の壬午《じんご》の朔にして乙巳《いつし》に、媛蹈鞴《ひめたたら》五十鈴媛命《いすずひめのみこと》を納《い》れて正妃《むかひめ》としたまふ。

六 即位と立后

辛酉《しんゆう》の年の春正月の庚辰朔《こうしんついたち》（一日）に、天皇は橿原宮《かしはらのみや》に即位された。この年を天皇の元年とし、正妃を尊んで皇后とされた。この皇后は皇子の神八井命《かむやいのみこと》と神渟名川耳尊《かむぬなかわみみのみこと》をお生みになった。そこで、古伝承に天皇を讃えて、「畝傍《うねび》の橿原に、大地の底の岩に宮柱をしっかりと立て、高天原《たかまのはら》に千木《ちぎ》を聳《そそ》り立たせて、初めて国をお治めになったという始馭天下之天皇《はつくにしらすすめらみこと》」と申しあげ、名付けて神日本磐余彦火火出見天皇《かむやまといわれびこほほでみのすめらみこと》と申しあげる。

三十一年夏四月の乙酉《いつゆう》朔（一日）に、天皇は国中を巡幸された。その時、腋上《わきがみ》の嗛間丘《ほほまのおか》（奈良県御所市本馬東方の独立丘陵か）に登って、国の状況を眺め廻《めぐ》らされて、「ああ、なんと美しい国を得たことよ。〈内木綿《うつゆう》の〉本当に狭い国ではあるが、あたかも蜻蛉《あきず》（トンボ）が交尾している形のようでもあるよ」と仰せられた。これによって初めて秋津洲《あきづしま》という名が生じたのである。昔、伊奘諾尊《いざなきのみこと》がこの国を名付けて、「日本《やまと》は浦安《うらやす》

（心安《うらやす》で、四海安寧）の国、細戈《くわしほこ》の千足《ちだ》る（美しい矛が充実した）国、磯輪上《しわかみ》の秀真国《ほつまくに》（石の祭壇を持つ優れた国）」と仰せられた。また大己貴大神《おおあなむちのおおかみ》は名付けて、「玉牆《たまかき》の内《うち》つ国」（美しい垣、つまり青垣山に囲まれた国）と言われた。饒速日命《にぎはやひのみこと》は、天磐船《あまのいわふね》に乗って虚空《おおぞら》を飛翔して、この国を見下ろして天降ったので、名付けて、「虚空《そら》見《み》つ日本《やまと》の国」（空から見て天降った大和の国）と言われた。

四十二年春正月の壬子《じんし》朔の甲寅《こういん》（三日）に、皇子の神渟名川耳尊《かむぬなかわみみのみこと》を立てて皇太子とされた。

七十六年春三月の甲午《こうご》朔の甲辰《こうしん》（十一日）に、天皇は橿原宮で崩御された。時に御年百二十七であった。

翌年秋九月の乙卯《いつぼう》朔の丙寅《へいいん》（十二日）に、畝傍山東北陵《うねびやまのうしとらのみささぎ》に葬りまつった。

> 辛酉年《しんいうのとし》の春正月の庚辰《かうしん》の朔《つきたち》に、天皇《すめらみこと》、橿原宮《かしはらのみや》に即帝位《あまつひつぎしろしめ》す。是歳《ことし》を天皇元年《すめらみことのはじめのとし》とし、正妃《むかひめ》を尊《たふと》びて皇后《きささき》としたまふ。皇子《みこ》神八井命《かむやゐのみこと》・神渟名川耳尊《かむぬなかはみみのみこと》を生《う》みたまふ。故《かれ》、古語《ふること》に称《たた》へて曰《まを》さく、「畝傍《うねび》の橿原《かしはら》に、底磐之根《そこついはね》に宮柱太立《みやばしらふとしきた》て高天之原《たかまのはら》に搏風《ちぎ》峻峙《たかし》りて、始馭天下之天皇《はつくにしらすすめらみこと》」とまをし、号《なづ》

けたてまつりて神日本《かむやまと》磐余彦《いはれびこ》火火出見《ほほでみ》天皇《のすめらみこと》と曰《まを》す。（略）

（二年、四年の条、略）

三十有一年の夏四月の乙酉《いつい》の朔に、皇輿《すめらみこと》巡幸《めぐりいでま》す。因《よ》りて腋上《わきがみ》の嗛間丘《ほほまのをか》に登《のぼ》りまして、国状《くにのさま》を廻望《めぐらしのぞ》みて曰《のたま》はく、「妍哉《あなにや》、国獲《くにえ》つること。内木綿《うつゆふ》の真迮国《まさきくに》と雖《いふと》も、猶《なほ》し蜻蛉《あきづ》の臀呫《となめ》せるが如《ごと》もあるかも」とのたまふ。是《これ》に由《よ》りて、始《はじ》めて秋津洲《あきづしま》の号《な》有《あ》り。昔《むかし》伊奘諾尊《いざなきのみこと》、此《こ》の国《くに》を目《なづ》けて曰《のたま》はく、「日本《やまと》は、浦安《うらやす》の国、細戈《くはしほこ》の千足《ちだ》る国、磯輪上《しわかみ》の秀真国《ほつまくに》」とのたまひき。復《また》大己貴大神《おほあなむちのおほかみ》、目《なづ》けて曰《のたま》はく、「玉牆《たまかき》の内《うち》つ国」とのたまひき。饒速日命《にぎはやひのみこと》、天磐船《あまのいはふね》に乗《の》りて太虚《おほぞら》を翔行《かけめぐ》り、是《こ》の郷《くに》を睨《のぞ》みて降《あまくだ》りたまふに及至《いた》りて、故《かれ》、因《よ》りて目《なづ》けて、「虚空見《そらみ》つ日本《やまと》の国」と曰《のたま》ひき。

四十有二年の春正月の壬子《じんし》の朔にして甲寅《かふいん》に、皇子《みこ》神渟名川耳尊《かむぬなかはみみのみこと》を立てて、皇太子《ひつぎのみこ》としたまふ。

七十有六年の春三月の甲午《かふご》の朔にして甲辰《かふしん》に、天皇、橿原宮に崩《かむあが》ります。時に、年《みとし》一百二十七歳にまします。

明年《くるつとし》の秋九月の乙卯《いつばう》の朔にして丙寅《へいいん》に、畝傍山東北陵《うねびやまのうしとらのみささぎ》に葬《はぶ》りまつる。

巻第四

綏靖《すいぜい》天皇　安寧《あんねい》天皇　懿徳《いとく》天皇
孝昭《こうしょう》天皇　孝安《こうあん》天皇　孝霊《こうれい》天皇
孝元《こうげん》天皇　開化《かいか》天皇

神渟名川耳天皇《かむぬなかわみみのすめらみこと》　綏靖天皇（概略）

綏靖天皇は神武《じんむ》天皇の第三子である。庶兄手研耳命《たぎしみみのみこと》による弟たちの暗殺計画を見抜いて手研耳命を殺し、元年春正月に即位した。都を葛城に定めた。これを高丘宮《たかおかのみや》という。皇后五十鈴依媛《いすずよりひめ》（事代主神《ことしろぬしのかみ》の妹娘）は、磯城津彦玉手看天皇《しきつひこたまてみのすめらみこと》（安寧《あんねい》天皇）を生んだ。三十三年に崩御した。時に御年八十四であった。

磯城津彦玉手看天皇《しきつひこたまてみのすめらみこと》　安寧天皇（概略）

安寧天皇は綏靖天皇の嫡子《ちゃくし》である。元年七月に即位し、二年に都を片塩《かたしお》（奈良県大和高田市三倉堂）に遷した。これを浮孔宮《うきあなのみや》という。皇后渟名底仲媛命《ぬなそこなかつひめのみこと》（事代主神の孫である鴨王《かものおおきみ》の娘）は、息石耳命《おきそみみのみこと》、大日本彦耜友天皇《おおやまとひこすきとものすめらみこと》（懿《い》徳《とく》天皇）を生んだ。三十八年十二月に崩御した。時に御年五十七であった。

大日本彦耜友天皇《おおやまとひこすきとものすめらみこと》　懿徳天皇　（概略）

懿徳天皇は安寧天皇の第二子である。元年二月に即位した。二年正月に都を軽《かる》の地（奈良県橿原市大軽町付近）に遷《うつ》した。これを曲峡宮《まがりおのみや》という。皇后天豊津媛命《あまとよつひめのみこと》（懿徳天皇の兄である息石耳命《おきそみみのみこと》の娘）は、観松彦香殖稲天皇《みまつひこかえしねのすめらみこと》（孝昭天皇）を生んだ。三十四年九月に崩御した。

観松彦香殖稲天皇《みまつひこかえしねのすめらみこと》　孝昭天皇　（概略）

孝昭天皇は懿徳天皇の嫡子である。元年正月に即位し、七月に都を掖上《わきがみ》（奈良県御所市東北部）に遷した。これを池心宮《いけごころのみや》という。皇后世襲足媛《よそたらしひめ》（尾張連《おわりのむらじ》の遠祖瀛津世襲《おきつよそ》の妹）は、天足彦国押人命《あまたらしひこくにおしひとのみこと》、日本足彦国押人天皇《やまとたらしひこくにおしひとのすめらみこと》（孝安天皇）を生んだ。八十三年八月に崩御した。

日本足彦国押人天皇《やまとたらしひこくにおしひとのすめらみこと》　孝安《こうあん》天皇（概略）

孝安天皇は孝昭天皇の第二子である。元年正月に即位し、二年十月に都を室《むろ》の地（御所市室）に遷した。これを秋津島宮《あきづしまのみや》という。皇后押媛《おしひめ》（孝安天皇の兄、天足彦国押人《あまたらしひこくにおしひとの》命《みこと》の娘か）は大日本根子彦太瓊天皇《おおやまとねこひこふとにのすめらみこと》（孝霊天皇）を生んだ。百二年正月に崩御した。

大日本根子彦太瓊天皇《おおやまとねこひこふとにのすめらみこと》　孝霊《これい》天皇（概略）

孝霊天皇は孝安天皇の嫡子である。孝安天皇崩御後の十二月、都を黒田（奈良県磯城郡田原本町黒田）に遷した。これを廬戸宮《いおとのみや》という。元年正月に即位した。皇后細媛《くわしひめの》命《みこと》（磯城県主大目《しきのあがたぬしおおめ》の娘）は大日本根子彦国牽天皇《おおやまとねこひこくにくるのすめらみこと》（孝元天皇）を生んだ。七十六年二月に崩御した。

大日本根子彦国牽天皇《おおやまとねこひこくにくるのすめらみこと》　孝元天皇《こうげん》（概略）

孝元天皇は孝霊天皇の嫡子である。元年正月に即位し、四年三月に都を軽《かる》の地に遷した。これを境原宮《さかいはらのみや》という。皇后鬱色謎命《うつしこめのみこと》は大彦命《おおびこのみこと》、稚日本根子彦大日日天皇《わかやまとねこひこおおびびのすめらみこと》（開化天皇）ほかを生んだ。妃の一人、埴安媛《はにやすひめ》（穂積臣《ほづみのおみ》の遠祖鬱色雄命《うつしこおのみこと》の妹）は武埴安彦命《たけはにやすびこのみこと》を生んだ。五十七年九月に崩御した。

稚日本根子彦大日日天皇《わかやまとねこひこおおびびのすめらみこと》　開化天皇《かいか》（概略）

開化天皇は孝元天皇の第二子である。孝元天皇崩御後の十一月に即位した。翌元年十月に都を春日《かすが》の地（奈良市）に遷した。これを率川宮《いざかわのみや》という。皇后伊香色謎命《いかがしこめのみこと》は御間城《みまき》入彦五十瓊殖天皇《いりびこいにえのすめらみこと》（崇神天皇）を生んだ。六十年四月に崩御した。十月に春日率川坂本陵《かすがのいざかわのさかもとのみささぎ》（奈良市油阪町か）に葬った。

巻第五　崇《す》神《じん》天皇

御《み》間《ま》城《き》入《いり》彦《びこ》五《い》十《に》瓊殖天皇《えのすめらみこと》　崇神天皇

一　疾病の流行と敬神祭祀《けいしんさいし》

御間城入彦五十瓊殖天皇《みまきいりびこいにえのすめらみこと》は、稚日本根子彦大日日天皇《わかやまとねこひこおおびびのすめらみこと》（開化天皇）の第二子である。母は伊香色謎命《いかがしこめのみこと》と申し、物部氏《もののべ》の遠祖大綜麻杵《おおへそき》の娘である。天皇は十九歳で、立って皇太子となられた。生れながらにして善悪正邪をよく識別され、幼少の頃から雄大な計略を好まれた。壮年に及んでは、御心寛《ひろ》く慎み深く、天神地祇《てんしんちぎ》（諸々の神）を崇敬され、常に天子の天《あま》つ日《ひ》嗣《つぎ》（六一頁参照）の大業を治めようとする御心をお持ちであった。

元年春正月の壬午《じんご》朔《ついたち》の甲午《こうご》（十三日）に、皇太子は天皇の位に即《つ》かれた。

二月の辛亥《しんがい》朔の丙寅《へいいん》（十六日）に、御間城姫《みまきひめ》を立てて皇后とされた。これより先に、皇后は、活目《いくめ》入彦《いりびこ》五十《い》狭《さ》茅天皇《ちのすめらみこと》（垂仁天皇）・彦《ひこ》五十《い》狭《さ》茅命《ちのみこと》・国方姫命《くにかたひめのみこと》・千《ち》千衝倭姫《ちつくやまとひめの》命《みこと》・倭彦命《やまとひこのみこと》・五十《い》日鶴彦命《かつるひこのみこと》をお生みになった。

三年秋九月に、都を磯城《しき》に遷《うつ》された。これを瑞籬宮《みずかきのみや》（奈良県桜井市金屋か）という。

御間城《みまき》入彦《いりびこ》五十《い》瓊《に》殖天皇《ゑのすめらみこと》は、稚日本根《わかやまとね》子《こ》彦大日《ひこおほび》日天皇《びのすめらみこと》の第二子なり。母《はは》は伊香色謎命《いかがしこめのみこと》と曰《まを》し、物部氏《もののべのうぢ》が遠祖大綜《とほつおやおほへ》麻《そ》杵《き》が女《むすめ》なり。天皇、年《みとし》十九歳にして、立ちて皇太子《ひつぎのみこ》と為《な》りたまふ。識性聡敏《しきせいそうびん》に、幼《わか》くして雄略《ををしき》を好みたまふ。既《すで》に壮《をとこざかり》にして、寛博謹慎《くわんぱくきんしん》に、神祇《あまつかみくにつかみ》を崇《あ》重《が》めたまひ、恒《つね》に天《あまつ》業《ひつぎ》を経《を》綸《さ》めむとおもほす心《みこころ》有します。（略）
元年の春正月の壬午《じんご》の朔《つきたち》にして甲午《かふご》に、皇太子、即天皇位《あまつひつぎしろしめ》す。（略）
二月の辛亥《しんがい》の朔《つきたち》にして丙寅《へいいん》に、御間城姫《みまきひめ》を立てて皇后としたまふ。是《これ》より先に、后《きさき》、活目《いくめ》入彦《いりびこ》五十《い》狭《さ》茅天皇《ちのすめらみこと》・彦《ひこ》五十《い》狭《さ》茅命《ちのみこと》・国方姫命《くにかたひめのみこと》・千《ち》千衝《ちつくや》

倭姫命《やまとひめのみこと》・倭彦命《やまとひこのみこと》・五十《い》日鶴彦命《かつるひこのみこと》を生《う》みたまふ。（略）
三年の秋九月に、都《みやこ》を磯城《しき》に遷《うつ》したまふ。是《こ》を瑞籬宮《みづかきのみや》と謂《い》ふ。
（四年の条、略）

五年に、国内に疫病が多く、民の死亡する者、人口の過半数に及ぶほどであった。

七年春二月の丁丑朔《ていちゆうついたち》の辛卯《しんぼう》（十五日）に詔《みことのり》して、「昔、我が皇祖はたいそう大きな基《もとい》をお啓《ひら》きになり、その後、神聖な業はいよいよ高く、天皇の徳風もますます盛んになった。ところが思いもよらず、今我が治世になってから、しばしば災害に襲われた。これは、朝廷に善政がないために、天神地《てんしんち》祇《ぎ》のお咎《とが》めを受けたのではあるまいか。ここはどうして神亀《しんき》の占いを行って災害の起るいわれを究めずにいられようか」と仰せられた。そこで天皇は、ただちに神浅茅《かむあさじ》原《はら》に行幸され、八《や》十万《そよろず》の神々を集めて占い問われた。この時、神が倭迹迹《やまとと》日《ひ》百襲姫命《ももそびめのみこと》に乗り移って、「天皇よ、どうして国の治まらないことを憂《うれ》えられるのか。もしよく私を敬い祭られるならば、必ず天下は平穏になるであろう」と言われた。天皇は尋ねて、「このようにご教示くださるのは、いずれの神なのでしょうか」と仰せられた。神は答えて、「私は倭国《やまとのくに》の国の内にいる神で、名を大物主神《おおものぬしのかみ》(三輪の大神。奈良県の三輪山の大神神社に祭られる)という」と言われた。そこで、神のお言葉を得て、教えに従って祭祀《さいし》を執り行った。しかしなお一向に効験が現れなかった。天皇は、そこで沐浴斎戒《もくよくさいかい》して、殿内を清浄にし、お祈りして、「私は、神を敬うことをまだ十分尽していないのだろうか。どうしてこれほどまでに祈願を享受していただけないのだろうか。願わくは、もう一度夢の中で教示され、神恩を十分に垂れ給え」と仰せられた。その夜、夢に一人の貴人が現れた。御殿の戸に向い立って、自分から大物主神と名乗り、「天皇よ、もはや愁《うれ》え給うな。国が治まらないのは、我が心によるものだ。もし我が子の大田田根子《おおたたねこ》をして私を祭らせたならば、たちどころに平穏になるだろう。また海外の国があって、その国も自然と帰伏するだろう」と言われた。

秋八月の癸卯《きぼう》朔の己酉《きゆう》(七日)に、倭迹速神浅茅原目妙姫《やまとはやかむあさじはらまぐわしひめ》・穂積臣《ほづみのおみ》の遠祖大水口宿禰《おおみなくちのすくね》・伊勢麻績君《いせのおみのきみ》の三人は共に同じ夢を見て、奏上して、「昨夜の夢に、一人の貴人が現れた。その貴人が教えて、『大田田根子命をして大物主大神を祭る神主とし、また市磯長尾市《いちしのながおち》をして倭大国魂神《やまとのおおくにたまのかみ》(大和の国土鎮護の神)を祭る神主とすれば、必ず天下は太平になるだろう』と告げられた」と申しあげた。天皇は、夢のお告げを得て、ますます心中お喜びになり、天下に布告して大田田根子を探されたところ、ただちに茅渟県《ちぬのあがた》の陶邑《すえのむら》（大阪府堺市周辺の古代の陶器の生産地）で大田田根子を見つけ出して貢上した。天皇はすぐさま自ら神浅茅原に臨幸され、多くの王卿《おうけい》と多くの部族の首長を集めて、大田田根子に、「そなたはいったい誰の子なのか」とお尋ねになった。大田田根子は答えて、「父を大物主大神《おおものぬしのおおかみ》と申し、母を活玉依媛《いくたまよりびめ》（神霊が憑《つ》く媛《ひめ》）と申します。陶津耳《すえつみみ》（陶器村の首長）の娘です」と申しあげた。天皇は、「私は、栄えてゆくことになろう」と仰せられ、さっそく物部連《もののべのむらじ》の祖伊香色雄《いかがしこお》を、神班物者《かみのものあかつひと》にしようと占ったところ、「吉」であった。また、ついでに他の神を祭ろうと占ったところ、「不吉」であった。

十一月の丁卯《ていぼう》朔の己卯《きぼう》（十三日）に、伊香色雄に命じて物部《もののべ》の多くの人々が作った祭具を使って、そうして大田田根子を大物主大神を祭る神主とし、また長尾市を倭大国魂神《やまとのおおくにたまのかみ》を祭る神主とされた。それから後に、他の神を祭りたいと占ったところ、「吉」と出た。そこで別に八十万《やそよろず》の神々を祭り、そして天社《あまつやしろ》・国社《くにつやしろ》と神地《かむところ》（神社の費用をまかなう地）・神戸《かむべ》（神社に属する民）を定められた。こうして疫病は初めて途絶《とだ》え、国内はようやく静穏となり、五穀もすっかり稔《みの》って、百姓《ひやくせい》（一般人民）は豊饒《ほうじよう》になった。

五年に、国内《くぬち》に疾疫《えやみ》多《おほ》く、民《おほみたから》死亡者《まかれるひと》有《あ》りて、且大半《なかばにす》ぎなむとす。

（六年の条、略）

七年の春二月の丁丑《ていちう》の朔《つきたち》にして辛卯《しんばう》に、詔《みことのり》して曰《のたま》はく、「昔、我《わ》が皇《み》祖大《おやおほ》きに鴻基《こうき》を啓《ひら》きたまひ、其の後《のち》に聖業《せいげふ》逾《いよいよ》高《たか》く、王風《わうふう》転《うたた》盛《さかり》なり。意《おも》はざりき、今《いま》し朕《わ》が世《よ》に当《あた》りて数《しばしば》災害《わざはひ》有《あ》らむとは。恐《おそ》るらくは、朝《みかど》に善政《よきまつりごと》無《な》くして、咎《とが》を神祇《あまつかみくにつかみ》に取《と》れるにか。盍《なに》ぞ命《う》神《ら》亀へて災《わざはひ》を致《いた》す所由《ゆゑ》を極《きは》めざらむ」とのたまふ。是《ここ》に天皇《すめらみこと》、乃《すなは》ち神浅茅原《かむあさぢはら》に幸《いでま》して、八十《や》万神《そよろづのかみたち》を会《つど》へて卜問《うらと》ひたまふ。是《こ》の時に、神明《かみ》、倭迹迹《やまととと》日《ひ》百襲姫命《ももそびめのみこと》に憑《かか》りて曰はく、「天皇、何《なに》ぞ国の治《をさま》らざることを憂《うれ》へたまふや。若《も》し能《よ》く我《われ》を敬《ゐやま》ひ祭《まつ》りたまはば、必当《かなら》ず自平《たひら》ぎなむ」とのたまふ。天皇問ひて曰はく、「如此《かく》教《のたま》ふは誰《いづれ》の神ぞ」とのたまふ。答へて曰はく、「我《われ》は是倭国《これやまとのくに》の域《さかひ》の内に居《を》る神、名を大物主神《おほものぬしのかみ》と為《い》ふ」とのたまふ。時に、神語《かむごと》を得《え》て教《をしへ》の随《まま》に祭祀《いはひまつ》る。然《しか》れども猶《なほ》し事《こと》に験無《しるしな》し。天皇《すめらみこと》、乃《すなは》ち沐浴《ゆかはあみ》斎戒《ものいみ》し、殿内《とののうち》を潔浄《きよ》めて祈《の》みて曰はく、「朕《われ》、神を礼《ゐやま》ふこと尚《なほ》し未《いま》だ尽《つく》さざるか。何《なに》ぞ享《う》けたまはぬことの甚《はなはだ》しき。冀《ねが》はくは亦夢裏《またいめのうち》に教《をし》へて、神恩《かみのみうつくしび》を畢《を》へたまへ」とのたまふ。

是《こ》の夜《よ》に、夢《みいめ》に一貴人有《ひとりのうまひとあ》り。殿戸《とのと》に対《むか》ひ立ち、自《みづか》ら大物主神《おほものぬしのかみ》と称《なの》りて曰はく、「天皇、復《また》な愁《うれ》へましそ。国の治《をさま》らざるは、是吾《これわ》が意《みこころ》なり。若《も》し吾《わ》が児《こ》大田田根子《おほたたねこ》を以《も》ちて吾《われ》を祭《まつ》らしめたまはば、立《たちどころ》に平《たひら》ぎなむ。亦海《またわた》外《のほか》の国有《あ》りて、自《おの》づからに帰伏《まゐしたが》ひなむ」とのたまふ。

秋八月の癸卯《きばう》の朔《つきたち》にして己酉《きいう》に、倭迹速神浅茅《やまとととはやかむあさぢ》原目妙姫《はらまぐはしひめ》・穂積臣《ほづみのおみ》が遠祖《とほつおや》大水口宿禰《おほみなくちのすくね》・伊《い》勢麻《せのを》績君《みのきみ》三人《みたり》、共に同じ夢《いめ》みて奏《まを》して言《まを》さく、「昨夜《きぞ》の夢に一貴人有り。誨《をし》へて曰《いは》く、『大田田根子命を以ちて大物主大神《おほものぬしのおほかみ》を祭《まつ》る主《かむぬし》と為《な》し、亦市磯長尾市《またいちしのながをち》を以ちて倭 大国魂神《やまとのおほくにたまのかみ》を祭る主と為せば、必ず天下《あめのした》太平《たひら》ぎなむ』といふ」とまをす。天皇、夢《いめ》の辞《ことば》を得て、益 心《ますますみこころ》に歓《よろこ》びたまひ、天下に布告《しきの》らして大田田根子を求《ま》ぎたまふに、即《すなは》ち茅《ち》渟県《ぬのあがた》の陶邑《すゑのむら》に大田田根子を得て貢《たてまつ》る。天皇、即ち親《みづか》ら神浅茅《かむあさぢ》原《はら》に臨《いでま》し、諸 王 卿《もろもろのおほきみまへつきみ》と八十諸部《やそもろとものを》とを会《めしつど》へて、大田田根子に問ひて曰《のたま》はく、「汝《いまし》は其《そ》れ誰《た》が子ぞ」とのたまふ。対《こた》へて曰《まを》さく、「父《ちち》を大物主大神と曰《まを》し、母《はは》を活玉依媛《いくたまよりびめ》と曰《まを》す。陶津耳《すゑつみみ》が女《むすめ》なり」とまをす。（略）天皇の曰はく、「朕《われ》、栄楽《さか》えなむかも」とのたまひ、乃《すなは》ち物部連《もののべのむらじ》が祖《おや》伊《い》香色雄《かがしこを》をして、神班物者《かみのものあかつひと》とせむと卜《うらな》ふに、吉《よ》し。又《また》、便《たより》に他神《あたしかみ》を祭《まつ》らむとトふに、吉《よ》からず。

十一月の丁卯《ていばう》の朔にして己卯《きばう》に、伊香色雄に命《みことおほ》せて、物部八十手《もののべのやそて》が作れる祭神之物《かみまつりのもの》を以《も》ちて、即《すなは》ち大田田根子を以ちて大物主大神を祭る主とし、又長尾《またながを》市《ち》を以ちて倭大国魂神を祭る主としたまふ。然《しか》して後に、他神を祭らむとトふに、吉し。便《すなは》ち別《こと》に八《や》十万《そよろづの》群神《もろかみたち》を祭り、仍《よ》りて天社《あまつやしろ》・国《くにつ》社《やしろ》と神地《かむところ》・神戸《かむへ》を定めたまふ。是《ここ》に疫病《えやみ》始めて息《や》み、国内《くぬち》漸《やくやく》に謐《しづま》り、五《いつつの》穀《たなつもの》既《すで》に成《みの》りて、百姓《おほみたから》饒《にぎは》ひぬ。

（八〜九年の条、略）

二 四《し》道《どう》将軍、武埴安彦《たけはにやすびこ》の反逆、三輪山《みわやま》伝説

十年秋七月の丙戌朔《へいじゅつついたち》の己酉《きゆう》（二十四日）に、群卿《ぐんけい》に詔《みことのり》して、「民を導く根本は、教化することにある。今すでに天神地祇《てんしんちぎ》を崇敬して、災害はみな消え失せた。しかし、辺境の人どもはなお臣従していない。これはまだ王化の徳に浴していないからなのだ。そ

こで群卿を選んで四方に派遣し、我が教えを知らしめよ」と仰せられた。

九月の丙戌朔の甲午《こうご》（九日）に、大彦命《おおびこのみこと》（孝元天皇皇子。開化天皇の兄）を北陸道に遣わし、武渟川別《たけぬなかわわけ》を東海道に遣わし、吉備津彦《きびつひこ》を西道（山陽道）に遣わし、丹波道主命《たにはのみちぬしのみこと》を丹波（山陰道）に遣わされた。そして詔して、「もし教えを受け入れない者があれば、ただちに兵を差し向けて討伐せよ」と仰せられた。こうして、四人の者にそれぞれ印綬《いんじゅ》を授けて、将軍に任命された。

壬子《じんし》（二十七日）に、大彦命は和珥《わに》の坂（奈良県天理市北端櫟本《いちいもと》の坂）のほとりに到着した。そこに一人の少女がいて、歌って、

御間城入彦《みまきいりびこ》はや　己《おの》が命《を》を　弑《し》せむと　窃《ぬす》まく知らに　姫遊《ひめなそ》びすも

――御間城入彦（崇神天皇）よ。こっそりと自分の命を殺そうとしているのを知らないで、若い娘と遊んでいるよ

と言った。そこで大彦命は不思議に思い、童女に尋ねて、「お前が言ったことはどういうことだ」と言われた。答えて、「何も言ってはおりません。ただ歌を歌っただけです」と言った。そしてもう一度前の歌を歌って、たちまち姿が見えなくなった。大彦はただ

ちに引き返して、仔細《しさい》にその有様を天皇に奏上した。さて、天皇の姑《おば》の倭迹迹日百襲姫《やまとととひももそびめの》命《みこと》は聡明で叡智《えいち》があり、未来のことを予知する能力がおありだった。そこで命《みこと》は即座にその歌が不吉な前兆であることを見抜いて、天皇に、「これは、武埴安彦《たけはにやすびこ》（孝元天皇皇子）の謀反の前兆でしょう。私が聞くところによれば、武埴安彦の妻吾田媛《あたひめ》がひそかにやって来て、倭《やまと》の香山《かぐやま》の土を取り、領巾《ひれ》（肩にかける白布）の端に包んで、呪言《のろいごと》をして、『これは倭国《やまとのくに》の物実《ものしろ》（実体）』（これで大和は手に入れたも同然、の意）と申して、すぐに帰って行ったということです。これによって、事が起るのを察知しました。速やかに対処しなくては、きっと手遅れになるでしょう」と申しあげた。

そこで、さらに出発予定の諸将軍を留めて、協議をされた。まだいくらも経《た》たないうちに、武埴安彦は妻の吾田媛と謀《はか》って反逆し、兵を起してにわかに攻めて来た。それぞれ道を分けて、夫は山背《やましろ》（山城。京都府）から（奈良坂越え）、妻は大坂（奈良県香芝市穴虫）から、共に攻め入って帝京《みやこ》を襲撃しようとした。その時天皇は、五十狭芹彦《いさせりびこの》命《みこと》を派遣し、吾田媛の軍を攻撃させられた。そうして大坂で遮って、全軍大いに敵を打ち破り、吾田媛を殺して残らずその兵士を斬《き》り殺した。

また、大彦《おおびこ》と和珥臣《わにのおみ》の遠祖彦国葺《ひこくにぶく》とを派遣して、山背に向わせ、埴安彦を攻撃させられた。そこで忌瓮《いわいべ》（神聖な瓶《かめ》）を和珥《わに》の武鍬坂《たけすきのさか》の上に据《す》え、精兵を率いて、進んで那羅《なら》山《やま》（奈良市北方の丘陵）に登って陣営を張った。その時、官軍は群れ集《つど》って、草木を踏みならした。それでその山を名付けて那羅山という。それからさらに那羅山を下り進軍して、輪韓河《わからがわ》（木津川）に到着し、埴安彦と河を挟んで対峙《たいじ》し、それぞれ挑《いど》み合った。そこで時の人は、改めてその河を名付けて挑河《いどみがわ》といった。今、泉河《いずみがわ》というのはそれが訛《なま》ったものである。埴安彦は対岸から遥かに望んで、彦国葺に尋ねて、「どうしてお前は兵を起してやって来たのだ」と言った。彦国葺はこれに答えて、「お前は、天に背いてひどい。王室を傾けようとしている。だから正義の軍を起して、お前の謀反を討とうとしているのだ。これは天皇のご命令だ」と言った。こうして、二人は先に射ることを争った。武埴安彦がまず彦国葺を射た。しかし、命中することができなかった。その後に彦国葺が埴安彦を射た。胸に命中して殺した。敵の軍勢はこれに脅《おび》えて退いた。ただちに追撃して河の北の敵陣に乗り込んでこれを打ち破り、首を斬り落した敵兵の数は半数を超えた。死骸は多く満ちあふれた。それで、そこを名付けて羽振苑《はふりその》（京都府相楽郡精華町祝園《ほうその》）という。また、敵の兵卒はひるんで逃走し、屎《くそ》が褌《はかま》より漏れた。それで甲《かわら》（鎧《よろい》）を脱いで逃げた。それも叶《かな》わぬと観念して、頭を地面に叩《たた》きつけて助命を乞うて、

「我君《あぎ》」と言った。そこで時の人は、その甲《かわら》を脱いだ所を名付けて伽和羅《かわら》といい、褌から屎が落ちた所を屎褌《くそばかま》といった。

十年の秋七月の丙戌《へいじゅつ》の朔《つきたち》にして己酉《きいう》に、群卿《まへつきみたち》に詔《みことのり》して曰《のたま》はく、「民《おほみたから》を導《みちび》く本《もと》は、教化《をしへおもぶ》くるに在《あ》り。今《いま》し既に神祇《あまつかみくにつかみ》を礼《ゐやま》ひて、災害《わざはひ》皆耗《みなつ》きぬ。然《しか》れども、遠荒《とほきくに》の人等《ひとども》、猶《なほ》し正朔《せいさく》を受けず。是《これ》未《いま》だ王化《わうくわ》に習《なら》はざるのみ。其《そ》れ群卿を選《えら》ひて四方《よも》に遣《つかは》し、朕《わ》が憲《のり》を知らしめよ」とのたまふ。

九月の丙戌の朔にして甲午《かふご》に、大彦命《おほびこのみこと》を以《も》ちて北陸《くぬがのみち》に遣《つかは》し、武渟川別《たけぬなかはわけ》を東海《うみつみち》に遣し、吉備津彦《きびつひこ》を西道《にしのみち》に遣し、丹波道主命《たにはのみちぬしのみこと》を丹波《たには》に遣したまふ。因《よ》りて詔して曰はく、「若《も》し教《のり》を受けざる者有《ものあ》らば、兵《いくさ》を挙《あ》げて伐《う》て」とのたまふ。既にして共に印綬《しるし》を授《さづ》けて将軍《いくさのきみ》としたまふ。

壬子《じんし》に、大彦命、和珥坂《わにのさか》の上《へ》に到《いた》る。時に少女有《をとめあ》り、歌《うたよみ》して曰《いは》く、

御間城入彦《みまきいりびこ》はや　己《おの》が命《を》を　弑《し》せむと　窃《ぬす》まく知らに　姫遊《ひめなそ》びすも

といふ。是《ここ》に大彦命異《あや》しびて、童女《わらはめ》に問ひて曰《いは》く、「汝《な》が言ひつるは何《なに》の辞《こと》ぞ」といふ。対《こた》へて曰く、「言《ものい》はず。唯歌《ただうた》ひつるのみ」といふ。乃《すなは》ち重ねて先《さき》の歌を詠《うた》ひ、忽《たちまち》に見えずなりぬ。大彦乃ち還《かへ》りて具《つぶさ》に状《あるかたち》を以《も》ちて奏《まを》す。是《ここ》に天皇《すめらみこと》の姑《みをば》倭迹迹《やまととと》日《ひ》百襲姫命《ももそびめのみこと》、聡明《さと》く叡智《さか》しくましまして、能《よ》く未然《ゆくさきのこと》を識《し》りたまへり。乃ち其の歌の怪《しるまし》を知りまして、天皇に言《まを》したまはく、「是《これ》、武埴安彦《たけはにやすびこ》が謀反《みかどかたぶ》けむとする表《しるし》ならむ。吾《わ》が聞かく、武埴安彦が妻《め》吾《あ》田《た》媛《ひめ》、密《ひそか》に来《きた》りて、倭《やまと》の香山《かぐやま》の土《はに》を取り、領巾《ひれ》の頭《はし》に裹《つつ》みて、祈《のろ》ひて曰《まを》さく、『是《これ》、倭国《やまとのくに》の物実《ものしろ》』とまをし、則《すなは》ち反《かへ》ると。是《ここ》を以ちて、事有《ことあ》らむと知りぬ。早《すむやけ》く図《はか》るに非《あら》ずは、必ず後《おく》れなむ」とまをしたまふ。

是《ここ》に、更《さら》に諸将軍《もろもろのいくさのきみ》を留《とど》めて議《はか》りたまふ。未《いま》だ幾時《いくばく》もあらずして、武《たけ》埴安彦《はにやすびこ》、妻《め》吾《あ》田《た》媛《ひめ》と謀《はか》りて反逆《みかどかたぶ》けむとし、師《いくさ》を興《おこ》して忽《たちまち》に至《いた》る。各道《おのもおのも》を分《わか》ちて、夫《せ》は山背《やましろ》より、婦《め》は大坂《おほさか》より共《とも》に入《い》り、帝京《みやこ》を襲《おそ》はむとす。時に天皇《すめらみこと》、五十《い》狭芹彦命《させりびこのみこと》を遣《つかは》し吾田媛の師《いくさ》を撃《う》たしめたまふ。即《すなは》ち大坂に遮《さきき》り、皆大《みなおほ》きに破り、吾田媛を殺して悉《ことごとく》に其《そ》の軍卒《いくさびと》を斬《き》る。

復大彦《またおほびこ》と和《わ》珥臣《にのおみ》が遠祖《とほつおや》彦国葺《ひこくにぶく》とを遣し、山背に向ひて埴安彦《はにやすびこ》を撃たしめたまふ。爰《ここ》に忌瓮《いはひべ》を以《も》ちて、和珥《わに》の武鐰坂《たけすきのさか》の上《へ》に鎮坐《す》ゑ、則《すなは》ち精兵《ときいくさ》を率《ゐ》て、進みて那羅山《ならやま》に登りて軍《いくさだち》す。時に官軍《みいくさ》屯聚《い》みて、草木《くさき》を蹢跙《ふみなら》す。因《よ》りて其《そ》の山を号《なづ》けて那羅山と曰《い》ふ。更《さら》に那羅山を避《さ》りて進み、輪韓河《わからがは》に到《いた》り、埴安彦と河を挟《はさ》み屯《いは》み、各《おのもおのも》相挑《あひいど》む。故《かれ》、時人《ときのひと》、改《あらた》めて其の河を号《なづ》けて挑河《いどみがは》と曰ふ。今《いま》し泉河《いづみがは》と謂《い》ふは訛《よこなま》れるなり。埴安彦望《のぞ》みて、彦国葺に問ひて曰《いは》く、「何《なに》の由《ゆゑ》にか、汝師《いましいくさ》を興《おこ》し来《きた》るや」といふ。対《こた》へて曰く、「汝《いまし》、天《あめ》に逆《さか》ひて無道《むだう》なり。王室《みかど》を傾《かたぶ》けむとす。故《かれ》、義兵《ぎへい》を挙《あ》げて、汝が逆《さか》ふるを討たむとす。是《これ》天皇の命《おほみこと》なり」といふ。是に各《おのもおのもさき》先に射《い》むことを争ふ。武埴安彦、先に彦国葺を射る。中《あ》つること得ず。後《のち》に彦国葺、埴安彦を射る。胸に中《あ》てて殺す。其《そ》の軍衆《いくさびとどもおび》脅え退《しりぞ》く。則《すなは》ち追ひて河の北に破りて、首を斬《き》ること半《なかば》に過《す》ぐ。屍骨《かばねさは》多に溢《はふ》りたり。故《かれ》、其処《そこ》を号《なづ》けて羽振苑《はふりその》と曰《い》ふ。亦《また》其の卒《いくさびとお》怖ぢ走《に》げ、屎《くそ》、褌《はかま》より漏《お》ちたり。乃《すなは》ち甲《かわち》を脱《ぬ》きて逃《に》ぐ。得《え》免《まぬか》るまじきを知り、叩頭《の》みて曰《いわ》く、「我君《あぎ》」といふ。故《かれ》、時人《ときのひと》、其の甲《かわら》を脱《ぬ》きし処《ところ》を号《なづ》けて伽和羅《かわら》と曰《い》ひ、褌《はかま》より屎《くそお》ちし処を屎褌《くそばかま》と曰ふ。（略）

この後に、倭迹迹日百襲姫命《やまとととひももそびめのみこと》は大物主神《おおものぬしのかみ》の妻となった。ところが、その神はいつも昼は現れず夜だけ通って来られた。倭迹迹姫命《やまとととびめのみこと》は夫に語って、「あなたはいつも昼はお見えにならないので、はっきりとそのお顔を拝見することができません。どうかもうしばらく留まっていてください。明朝、謹んで美しい厳正なお姿を拝見いたしとうございます」と言った。大神《おおみかみ》は答えて、「道理はもっともなことだ。私は、明朝お前の櫛笥《くしげ》（櫛を入れる箱）に入っていよう。どうか私の姿に驚かないでくれ」と言われた。そこで倭迹迹姫命は心中ひそかに不思議に思い、夜が明けるのを待って櫛笥を見ると、美しい小蛇《こおろち》が入っていた。その長さといい太さといい衣の紐《ひも》のようであった。とたんに倭迹迹姫命は驚き叫んだ。すると大神は恥辱を感じてたちまち人の姿に化身し、その妻に語って、「お前は我慢できずに驚き叫んで、私に恥をかかせた。私も今度は逆にお前に恥をかかせよう」と言われた。そして、天空を踏みとどろかして御諸山《みもろのやま》（三輪山）に登って行かれた。そこで倭迹迹姫命は、天空を去り行く神を仰ぎ見て後悔し、どすんとしりもちをついた。そして箸《はし》で陰部を突いて死んでしまわれた。そこで大市《おおいち》（桜井市の北方）に葬った。それゆえ時の人は、その墓を名付けて箸墓《はしのみはか》といった。このお墓は、昼は人が造り、夜は神が造った。大坂山の石を運んで築造したのである。山から墓に至るまで、人民が立ち並び、石を手から手へ渡して運んだ。

冬十月の乙卯《いつぼう》朔《ついたち》（一日）に、天皇は群臣に詔《みことのり》して、「今や反逆した者はことごとく誅《つみ》に伏し、我が畿内は安寧である。ただし、畿外の王化に浴さない乱暴者だけは、まだ騒動が止まない。そこで四道《しどう》将軍たちは、今ただちに発向せよ」と仰せられた。丙子《へいし》（二十二日）に、将軍たちは揃《そろ》って出発した。

十一年夏四月の壬子《じんし》朔の己卯《きぼう》（二十八日）に、四道将軍は、戎夷《ひな》を平定した状況を奏上した。

十二年秋九月の甲戌《こうしゅつ》朔の己丑《きちゅう》（十六日）に、初めて戸籍を調査し、また課役を科した。これを男の弭調《ゆはずのみつき》（狩猟関係の租税で獣肉・皮革など）、女の手末調《たなすえのみつき》（女が生産する絹・布関係の租税）という。これによって、天神地祇《てんしんちぎ》は共に穏和となり、風雨は時に順《したが》い、種々の穀物は熟して、家々には物が充《み》ち足り人々は満足して、天下は大いに平穏となった。それゆえに、この天皇を讃えて御肇国天皇《はつくにしらすすめらみこと》（ハックニは国の初め、シラスは治める意）と申しあげる。

六十二年冬十月に、（灌漑《かんがい》用の池として）依網池《よさみのいけ》（大阪市住吉区）を造った。

六十五年秋七月に、任那国《みまなのくに》（朝鮮半島南部の百済《くだら》と新羅《しらぎ》に挟まれた地域）が蘇那曷叱《そなかし》知《ち》を派遣して朝貢して来た。任那は、筑紫国《つくしのくに》（九州）を去ること二千余里、北方の海を隔てて新羅の西南にある。

天皇は、即位されてから六十八年冬十二月の戊申《ぼしん》朔の壬子《じんし》（五日）に崩御された。時に御年百二十であった。

翌年秋八月の甲辰《こうしん》朔の甲寅《こういん》（十一日）に、山辺道上陵《やまのべのみちのえのみささぎ》（天理市柳本町か）に葬りまつった。

是《こ》の後に、倭迹迹日百襲姫命《やまとととひももそびめのみこと》、大物主神《おほものぬしのかみ》の妻《みめ》と為《な》る。然《しか》れども、其《そ》の神常《つね》に昼《ひる》は見えずして、夜《よる》のみ来《き》ます。倭迹迹姫命《やまとととびめのみこと》、夫《せ》に語《かた》りて曰《いは》く、「君《きみ》、常に昼は見えたまはねば、分明《あきらか》に其の尊顔《みかほ》を視《み》たてまつること得《え》ず。願《ねが》はくは暫留《しましとどま》りたまへ。明旦《くるつあした》に仰《あふ》ぎて美麗《うるは》しき威儀《みすがた》を観《み》たてまつらむと欲《おも》ふ」といふ。大神《おほみかみ》対《こた》へて曰《のたま》はく、「言理灼然《ことわりいやちこ》なり。吾《われ》、明旦に汝《な》が櫛笥《くしげ》に入りて居《ゐ》む。願はくは吾《わ》が形《かたち》にな驚《おどろ》きそ」とのたまふ。爰《ここ》に倭迹迹姫命、心《こころ》の裏《うち》に密《ひそか》に異《あや》しび、明《あ》くるを待ちて櫛笥を見れば、遂《つひ》に美麗しき小蛇《こをろち》有《あ》り。其の長さ大《ふと》さ衣《ころも》の紐《ひも》の如《ごと》し。則《すなは》ち驚きて叫啼《さけ》ぶ。時に大神《おほみかみ》、恥《は》ぢて忽《たちまち》に人

の形《かたち》に化《な》り、其の妻《みめ》に謂《かた》りて曰はく、「汝《なれ》、忍《しの》びずて吾《わ》に羞《はぢみ》せつ。吾《われ》、還《かへ》りて汝に羞せむ」とのたまふ。仍《よ》りて大虚《おほぞら》を践《ふ》みて御諸山《みもろのやま》に登《のぼ》ります。爰《ここ》に倭迹迹姫命、仰《あふ》ぎ見て悔《く》いて急居《つきう》。則《すなは》ち箸《はし》に陰《ほと》を撞《つ》きて薨《かむさ》ります。乃《すなは》ち大市《おほいち》に葬《はぶ》る。故《かれ》、時人《ときのひと》、其《そ》の墓《はか》を号《なづ》けて箸墓《はしのみはか》と謂《い》ふ。是《こ》の墓《みはか》は、日《ひる》は人作《ひとつく》り、夜《よる》は神作《かみつく》る。故《かれ》、大坂山《おほさかのやま》の石《いし》を運《はこ》びて造《つく》る。則ち山より墓に至るまで、人民《おほみたからあひつ》相踵ぎて手逓伝《たごし》にして運ぶ。（略）

冬十月の乙卯《いつばう》の朔《つきたち》に、群臣《まへつきみたち》に詔《みことのり》して曰《のたま》はく、「今《いま》し反《そむ》きし者《もの》悉《ことごとく》に誅《つみ》に伏《ふ》し、畿内《うちつくに》に事無《ことな》し。唯《ただ》し海外《わたのほか》の荒俗《あらぶるひとども》のみ、騒動《さわ》くこと未《いま》だ止《や》まず。其《そ》れ四道将軍《よつのみちのいくさのきみたち》等今し忽《たちまち》に発《まか》れ」とのたまふ。丙子《へいし》に、将軍等共《とも》に発路《みちたち》す。

十一年の夏四月の壬子《じんし》の朔にして己卯《きばう》に、四道将軍、戎夷《ひな》を平《ことむ》けたる状《さま》を以《も》ちて奏《まを》す。（略）

十二年の（略）秋九月の甲戌《かふしゅつ》の朔にして己丑《きちう》に、始めて人民《おほみたから》を校《かむが》へて、更《また》調役《みつきえだち》を科《おほ》す。此《これ》を男《をとこ》の弭調《ゆはずのみつき》、女《をみな》の手末調《たなすゑのみつき》と謂《い》ふ。是を以ちて、天神《あまつかみ》地祇《くにつかみ》、共に和享《あまな》ひて、風雨《かぜあめ》時に順《したが》ひ、百穀《もものたなつもの》用ちて成《な》り、家給《いへた》り人足《ひとた》り、天下《あめのした》大きに平《たひらか》なり。故《かれ》、称《たた》へて御肇国天皇《はつくにしらすすめらみこと》と謂《まを》す。

（十七年、四十八年、六十年の条、略）

六十二年の（略）冬十月に、依網池《よさみのいけ》を造《つく》る。（略）

六十五年の秋七月に、任那国《みまなのくに》、蘇那曷叱知《そなかしち》を遣《つかは》して朝貢《みつきたてまつ》らしむ。任那は、筑紫国《つくしのくに》を去ること二千余里、北《きたのかた》に海《うみ》を阻《へだ》てて鶏林《しらき》の西南《ひつじさるのすみ》に在《あ》り。

天皇、践祚《あまつひつぎしろしめ》して六十八年の冬十二月の戊申《ぼしん》の朔にして壬子《じんし》に、崩《かむあが》ります。時に年《みとし》百二十歳なり。

明年《くるつとし》の秋八月の甲辰《かふしん》の朔にして甲寅《かふいん》に、山辺道上陵《やまのへのみちのへのみささぎ》に葬《はぶ》りまつる。

日本書紀の風景

山辺《やまのべ》の道《みち》の古墳群 ①

奈良盆地の東南部に位置する三輪山《みわやま》。その西麓《せいろく》を南北に走る山辺の道は、数多くの古墳の間をすり抜けるように続く絶好の古代史体感スポットである。古墳の多くは三世紀から四世紀にかけて築造された「前期古墳」と考えられている。三輪山麓から竜王山《りゅうおうざん》（天理市）麓までの間に点在する古墳群は「オオヤマト古墳集団」と総称され、さらに密集する古墳集団ごとに、北から萱生《かよう》古墳群、柳本《やなぎもと》古墳群、纒向《まきむく》古墳群、磯城《しき》古墳群と、四つのグループに分類されている。

『日本書紀』崇神紀には、倭迹迹日百襲姫命《やまとととひももそびめのみこと》と三輪山の大神《おおみわ》神社の祭神大物主神《おおものぬしのかみ》の逸話が語られる。大物主が夜にしか通ってこないことに不審を抱いた倭迹迹姫命は、ある時大物主の正体が小さな蛇であることに気づき、驚きの声を上げる。これを恥辱と感じた大物主は天空へと去り、その姿を見た倭迹迹姫命はしりもちをついた拍子に箸で陰部を突き死んでしまい、大市《おおいち》の箸墓《はしはか》に葬られたとされる。

この箸墓として比定されているのが、纒向古墳群の箸墓古墳（写真）である。三世紀代としては最大級の前方後円墳で、古くから卑《ひ》弥呼《みこ》（もしくはその後継者・壹与《いよ》〈台与〉）の墓との説がささやかれてきた。近年、箸墓に隣接する纒向遺跡の発掘調査が進み、この一帯は箸墓付近の古名である「大市」にふさわしい大規模な市場を持つ、日本最初の都市＝ヤマト王権の最初の都だったとの見解もみられ、纒向付近は研究者のみならず、古代史ファンの注目を集めている。

巻第六　垂仁《すいにん》天皇

活目入彦五十狭茅天皇《いくめいりびこいさちのすめらみこと》　垂仁天皇

一　狭穂彦王《さほびこのみこ》の謀反

活目入彦五十狭茅天皇《いくめいりびこいさちのすめらみこと》は御間城入彦五十瓊殖天皇《みまきいりびこいにえのすめらみこと》（崇神天皇）の第三子である。母の皇后は御間城姫《みまきひめ》と申し、大彦命《おおびこのみこと》の御娘である。天皇は御間城天皇《みまきのすめらみこと》の二十九年歳次《さいじ》壬子《じんし》の春正月の己亥《きがい》朔《ついたち》（一日）に、瑞籬宮《みずかきのみや》（桜井市金屋）にお生れになった。生れつき人にぬきんでたお姿であられた。成人して、人とはかけはなれて優れた才気があり、大きな度量をお持ちで、天性に従い誠心にまかせ、物事を歪《ゆが》め飾るというようなところがなかった。父の天皇は、慈《いつく》しみ愛されて、常に身近に召し置かれた。

元年春正月の丁丑《ていちゆう》朔の戊寅《ぼいん》（二日）に、皇太子は天皇の位に即《つ》かれた。

二年春二月の辛未《しんび》朔の己卯《きぼう》（九日）に、狭穂姫《さほびめ》（開化天皇の孫）を立てて皇后とされた。后は誉津別命《ほむつわけのみこと》をお生みになった。天皇は誉津別命を慈しみ愛されて、常にお傍《そば》に置かれた。誉津別命は壮年になられても物が言えなかった。

冬十月に、さらに纏向《まきむく》に都を造られた。これを珠城宮《たまきのみや》（奈良県桜井市穴師《あなし》）という。

四年秋九月の丙戌《へいしゆつ》朔の戊申《ぼしん》（二十三日）に、皇后の同母兄の狭穂彦王《さほびこのみこ》が謀反を企て、国家を覆そうとした。そこで皇后が休息して家におられるところを伺って、狭穂彦は皇后に、「お前は兄と夫とどちらが愛《いと》しいか」と語った。ところが、皇后は尋ねられた意図がお分りにならなくて、気軽に、「兄上の方を愛しく思います」と答えられた。そこで狭穂彦は皇后に誘いかけて、「そもそも容色をもって人に仕えるということは、容色が衰えれば寵愛《ちようあい》も薄れ、終ってしまうということなのだ。今、天下に美人は数多い。それぞれに互いに競って天皇の寵愛を求めている。どうしていつまでも自分の容色を頼みにすることができようか。そこで願うことは、私が皇位に即くことだ。必ずお前とどもに天下に君臨できるならば、枕《まくら》を高くして、長らく百年も時を過すことも、また快いことではないか。どうか我がために天皇を殺してくれ」と言った。そうして懐剣を取って、皇后に授けて、「この懐剣を衣の中にしのばせて、天皇が寝ておられる時に、すばやく頸《くび》を刺して殺しなさい」と言った。皇后は、心の内で恐れおののくばかりで、なすすべを知らなかった。しかし、兄王の志のほどを見ると、簡単に諫《いさ》めることができなかった。そこで、その懐剣を受け取って、ひとりで隠しおおすこともできず、衣の中に入れておいた。ずっと兄を諫める気持を持っていたのであろうか。

五年冬十月の己卯《きぼう》朔（一日）に、天皇が来目《くめ》（奈良県橿原市久米町辺り）に行幸されて、高宮《たかみや》におられた。時に天皇は、皇后の膝《ひざ》を枕にして昼寝をしておられた。その時皇后は、これまでに事を遂行することができずにいたことから空しく思い、兄王が謀反を起すのは、まさにこの時だと考えた。すると、涙が流れて帝の顔に落ちた。天皇は、それで目を覚まされ、皇后に語って、「私は、今日夢を見た。その夢は、錦色の小さな蛇が私の頸に巻き付いた。また大雨が狭穂《さほ》から降って来て顔を濡《ぬ》らすというものだった。これは何の前兆なのだろうか」と仰せられた。皇后は、もはや謀反のことを隠しとおせないことを知って、恐れおののいて地にひれ伏し、詳細に兄王の叛意《はんい》を申しあげた。そうして奏上して、「私は兄王の志に違《たが》うことができませんでした。また天皇のご寵愛《ちょうあい》にも背くことができませんでした。兄の言を告白すれば兄王を滅ぼすことになります。申しあげねば国家を傾けることになりましょう。そういうわけで、ある時は恐れ、ある時は悲しみました。地に伏し天を仰いで咽《むせ》び、進むにも退くにも激しく泣きました。昼も夜も不安で、訴え申しあげることもできませんでした。たまたま今日、天皇は私の膝を枕にしてお眠りになりました。そこで私は、とっさに思ったことは、もしここに狂気の女がいて、兄の志を遂行しようとすれば、まさにこの時、労せずして成功するだろうということでした。が、その考えが終らぬうちに、涙が自然に流れ出ました。それで袖《そで》を上げて涙を拭《ぬぐ》ったのに、袖から溢《あふ》れて帝のお顔を濡《ぬ》らしてしまったのです。ですから、今日の御夢は、きっとこの事の反応なのでしょう。錦色の小さな蛇というのは、兄が私に授けた懐剣です。大雨が突然降って来たのは私の涙です」と申しあげた。

天皇は皇后に語って、「これはお前の罪ではない」と仰せられた。すぐさま近くの県《あがた》の兵士を派遣して、上毛野君《かみつけののきみ》の遠祖八綱田《やつなた》に命じて、狭穂彦《さほびこ》を討たせられた。その時、狭穂彦は軍を起して防ぎ、急遽《きゅうきょ》稲を積んで城《き》（とりで）を造った。防備は固く、破ることができなかった。これを稲城《いなき》という。月が替っても降伏しなかった。そこで皇后は悲しんで、「私は皇后であるといっても、実際に兄王を失ってしまっては、何の面目あって天下に臨めましょうか」と言い、そして皇子誉津別命《ほむつわけのみこと》を抱いて、兄王の稲城に入られた。天皇はさらに軍隊を増勢して、完全にその城を取り囲み、すぐに城の中に勅《みことのり》して、「速やかに皇后と皇子とをお出し申しあげよ」と仰せられた。しかし皇后と皇子とをお出し申しあげなかった。そこで将軍八綱田は火を放ち、その城を焼いた。ここに皇后は、使者に皇子を抱かせて城の上を越えて出させ、そうして奏請して、「私がもともと兄の城に逃げ込んだ訳は、もしかして私と皇子とによって、兄の罪が免《ゆる》されることがあるかもしれないと思ったからです。今、兄が免されることはあり得ません。それで私に罪があることを知りました。どうして自ら後ろ手に縛られて捕えられることができましょうか。首をくくって死ぬのみです。ただ私は死んでも、決して天皇のご寵愛は忘れません。どうぞ私がつかさどっていた後宮のことは、よい女たちにお任せになってください。丹波国《たにはのくに》（兵庫県）に五人の婦人がいます。志は共に貞潔です。これは、丹波道主王《たにはのみちぬしのきみ》の娘です。後宮に召し入れて、欠けた人数を補ってください」と申しあげた。天皇はこれを聞き入れられた。この時、火が燃え盛り城は焼け崩れて、軍衆はことごとく逃走した。狭穂彦と妹とは共に城の中で死んだ。

活目入彦五十狭茅天皇《いくめいりびこいさちのすめらみこと》は、御間城入彦五十瓊殖天皇《みまきいりびこいにゑのすめらみこと》の第三子なり。母《はは》の皇后《きさき》は御間城姫《みまきひめ》と曰《まを》し、大彦命《おほびこのみこと》の女《みむすめ》なり。天皇、御間城天皇の二十九年歳次壬子《さいじじんし》の春正月の己亥《きがい》の朔《つきたち》を以《も》ちて、瑞籬宮《みづかきのみや》に生《あ》れます。生れながらにして岐嶷《きぎょく》なる姿《みすがた》有《あ》り。壮《をとこざかり》に及《いた》りて、倜儻大度《てきたうたいど》にして、性《せい》に率《したが》ひ真《しん》に任《まか》せ、矯飾《けうしょく》する所《ところ》無《な》し。天皇愛《うつく》しびて、左右《さいう》に引《め》し置《お》きたまふ。（略）

元年の春正月の丁丑《ていちう》の朔にして戊寅《ぼいん》に、皇太子、即天皇位《あまつひつぎしろしめ》す。（略）

二年の春二月の辛未《しんび》の朔にして己卯《きばう》に、狭穂姫《さほびめ》を立てて皇后《きさき》としたまふ。后《きさき》、誉津別命《ほむつわけのみこと》を生れます。生れまして天皇愛《うつく》しびたまひ、常《つね》に左右に在《お》きたまふ。壮《をとこざかり》に及《いた》るも言《ものい》ひたまはず。

冬十月に、更《さら》に纏向《まきむく》に都《みやこ》つくりたまふ。是《こ》を珠城宮《たまきのみや》と謂《い》ふ。（略）

（三年の条、略）

四年の秋九月の丙戌《へいしゅつ》の朔にして戊申《ぼしん》に、皇后の母兄《いろえ》狭穂彦王《さほびこのみこ》、謀反《みかどかたぶけむとはか》りて社稷《くに》を危《あやぶ》めむと欲《おも》ふ。因《よ》りて皇后の燕居《えんきょ》ましますを伺《うかか》ひて、語りて曰《いは》く、「汝《いまし》、兄《いろせ》と夫《をひと》と孰《いづれ》か愛《うつく》しき」といふ。是《ここ》に皇后、問《と》へる意趣《みこころ》を知らずして、輒《すなは》ち対《こた》へて曰く、「兄ぞ愛しき」といふ。則《すなは》ち皇后に誂《あとら》へて曰く、

「夫《そ》れ色《かほ》を以《も》ちて人《ひと》に事《つか》へば、色衰《かほおとろ》へて寵緩《めぐみゆる》ふ。今《いま》し天下《あめのした》に佳《かほよき》人《をみな》多《さは》なり。各《おのもおのも》遆《たがひ》に進《すす》みて寵《めぐみ》を求《もと》む。豈《あに》永《とこしへ》に色《かほ》を恃《たの》むこと得《え》むや。是《ここ》を以ちて、冀《ねが》はくは吾《われ》鴻祚《あまつひつぎ》登《し》らさむ。必ず汝《いまし》と天下《あめのした》に照臨《てりのぞ》まば、枕《まくら》を高くして永《とこしへ》に百年《ももとせ》を終《を》へむこと、亦《また》快《こころよ》からずや。願《ねが》はくは我《わ》が為《ため》に天皇を弑《し》せまつれ」といふ。仍《よ》りて匕首《ひもかたな》を取り、皇后に授《さづ》けて曰く、「是《こ》の匕首を衵《ころも》の中《うち》に佩《お》び、天皇の寝《みね》まさむときに当《あた》り、廼《すなは》ち頸《みくび》を刺して弑《し》せまつれ」といふ。皇后、是《ここ》に心裏《こころのうち》に兢戦《おぢわなな》き、如《ゆ》く所を知らず。然《しか》れども兄王《えのきみ》の志《こころざし》を視《み》るに、便《たやす》く諫《いさむ》ること得《う》べくもあらず。故《かれ》、其《そ》の匕首を受けて、独《ひと》り蔵《かく》す所《ところ》無《な》くして、衣《ころも》の中《うち》に著《お》ぶ。遂《つひ》に兄《え》を諫《いさ》むる情《こころ》有《あ》りしか。

　五年の冬十月の己卯《きばう》の朔に、天皇、来目《くめ》に幸《いでま》して高宮《たかみや》に居《ま》します。時に天皇、皇后の膝《みひざ》を枕《まくら》きて昼寝《ひるね》したまふ。是《ここ》に皇后、既《すで》に事《こと》を成《な》すこと無《な》くして、空《むな》しく思《おも》はく、兄王《えのきみ》の謀《はか》れるは適《まさ》しに是《こ》の時なりとおもひき。即《すなは》ち眼涙《なみた》流れて、帝《みかど》の面《みおも》に落つ。天皇則《すなは》ち寤《おどろ》きて、皇后に語りて曰《のたま》はく、「朕《われ》、今日《けふ》夢《いめ》みらく、錦色《にしき》の小蛇《ちひさきへみ》、朕《わ》が頸《くび》に繞《まつは》る。復《また》大雨《ひさめ》狭穂《さほ》より発《おこ》り来《き》て面《おもて》を濡《ぬら》す。是何《これなに》の祥《しるし》ならむ」とのたまふ。皇后《きさき》則《すなは》ち謀《はかりこと》のえ匿《かく》すましじきを知りて、悚恐《おぢかしこ》みて地《つち》に伏《ふ》し、曲《つばひらか》に兄王《えのきみ》の反状《そむくさま》を上《まを》す。因《よ》りて奏《まを》して曰《まを》さく、「妾《やつこ》、兄王の志《こころざし》に違《たが》ふこと能《あた》はず。亦《また》天皇の恩《みうつくしび》を背《そむ》くこと得《え》ず。告言《つげまを》さば兄王を亡《ほろぼ》さむ。言《まを》さざらば社稷《くに》を傾《かたぶ》けむ。是《ここ》を以《も》ちて、一《ひとたび》は以ちて懼《おそ》り、一は以ちて悲《かな》しぶ。俯仰《ふしあふ》ぎて喉咽《むせ》ひ、進退《すすみの》きて血泣《いたくな》く。日夜《ひるよる》に懐悒《いきどほ》りて訴言《うるたへまを》す所《ところ》も無《な》し。唯《ただ》し今日《けふ》、天皇、妾《わ》が膝《ひざ》を枕《まくら》きて寝《みね》ませり。是《ここ》に妾《やつこ》、一《ひと》たび思《おも》へらく、若《も》し狂婦《くるへるめあ》有りて、兄《え》が志《こころざし》を成《な》さむとならば、適遇《まさ》しに是《こ》の時《とき》に、労《いたつ》かずして功《こと》を成《な》さむか。茲《こ》の意《こころ》未《いま》だ竟《を》へざるに、眼涕《なみた》自《おの》づからに流る。則《すなは》ち袖《そで》を挙《あ》げて涕《なみた》を拭《のご》ふに、袖より溢《あふ》れて帝《みかど》の面《みおも》を沾《ぬら》せり。故《かれ》、今日《けふ》の夢《みいめ》は必ず是《こ》の事《こと》の応《こたへ》ならむ。錦色《にしき》の小蛇《ちひさきへみ》は、則ち妾に授《さづ》けたる匕首《ひもかたな》なり。大雨《ひさめ》忽《たちまち》に発《おこ》れるは、則ち妾が眼涙《なみた》なり」とまをす。

天皇、皇后に謂《かた》りて曰《のたま》はく、「是《これ》、汝《いまし》が罪《つみ》に非《あら》ず」とのたまふ。即《すなは》ち、近県《ちかきあがた》の卒《いくさ》を発《おこ》し、上毛野君《かみつけののきみ》が遠祖《とほつおや》八《や》綱田《つなた》に命《みことおほ》せて、狭穂彦《さほびこ》を撃たしめたまふ。時に狭穂彦、師《いくさ》を興《おこ》して距《ふせ》き、忽に稲《いね》を積み城《き》に作る。其《そ》の堅《かた》きこと破《やぶ》るべくもあらず。此《こ》を稲城《いなき》と謂《い》ふ。月《つき》を踰《こ》えて降《したが》はず。是《ここ》に皇后、悲《かな》しびて曰《いは》く、「吾《われ》、皇后なりと雖《いへど》も、既《すで》に兄王を亡《うしな》ひては、何《なに》の面目《おもて》を以《も》ちてか、天下《あめのした》に莅《のぞ》まむや」といひ、則ち王子《みこ》誉津別命《ほむつわけのみこと》を抱《いだ》きて、兄王の稲城に入《い》ります。天皇、更《さら》に軍衆《いくさびとども》を益《ま》し、悉《ことごとく》に其《そ》の城を囲《かく》み、即ち城の中《なか》に勅《みことのり》して曰《のたま》はく、「急《すむやけ》く皇后と皇子《みこ》とを出《い》でませ」とのたまふ。然《しか》るに出《い》でませず。則ち将軍《いくさのきみ》八《や》綱田《つなた》、火《ひ》を放《はな》ち其の城を焚《や》く。焉《ここ》に皇后、皇子を懐抱《いだ》かしめて城の上《へ》を踰《こ》えて出《い》で、因《よ》りて奏請《まを》して曰《まを》さく、「妾《やつこ》、始《はじ》め兄《え》の城に逃げ入りし所以《ゆゑ》は、若《も》し妾と子《みこ》とに因《よ》りて、兄の罪《つみ》を免《ゆる》さるること有《あ》らむかとなりき。今《いま》し免さるること得《え》ず。乃《すなは》ち知りぬ、妾が罪《つみ》有ることを。何《なに》ぞ面縛《めんばく》さるること得む。自経《わな》きて死《みまか》らくのみ。唯《ただ》し妾のみ死ると雖《いふと》も、敢《あ》へて天皇の恩《みうつくしび》を忘れじ。願《ねが》はくは、妾が掌《つかさど》りし後宮《きさきのみや》の事《こと》は、好仇《かうきう》に授《さづ》けたまへ。丹波国《たにはのくに》に五《いつたりの》婦人《をみな》有《あ》り。志《こころざし》並《ならび》に貞潔《いさぎよ》し。是《これ》丹波道主王《たにはのみちぬしのきみ》が女《むすめ》なり。掖庭《えきてい》に納《い》れて、后宮の数《ひとかず》に盈《み》てたまふべし」とまをす。天皇、聴《ゆる》したまふ。時に火《ひ》興《おこ》り城《き》崩《くづ》れ、軍衆《いくさびとども》悉《ことごとく》に走《に》ぐ。狭穂彦《さほびこ》と妹《いろも》とは、共《とも》に城の中に死《みまか》りぬ。（略）

（七年の条、略）

二 誉津別王《ほむつわけのみこ》

十五年春二月の乙卯朔《いつぼうついたち》の甲子《こうし》（十日）に、丹波《たには》の五人の女を召して後宮にお入れになった。第一は日葉酢媛《ひばすひめ》といい、第二は渟葉田瓊入媛《ぬばたにいりびめ》といい、第三は真砥野媛《まとのひめ》といい、第四は薊瓊入媛《あざみにいりびめ》といい、第五は竹野媛《たかのひめ》という。皇后の日葉酢媛命は三男二女をお生みになった。第一子は五十瓊敷入彦命《いにしきいりびこのみこと》と申し、第二子は大足彦尊《おおたらしひこのみこと》（景行天皇）と申し、第三子は大中姫命《おおなかつひめのみこと》と申し、第四子は倭姫命《やまとひめのみこと》と申し、第五子は稚城瓊入彦命《わかきにいりびこのみこと》と申しあげる。

二十三年秋九月の丙寅朔《へいいんついたち》の丁卯《ていぼう》（二日）に、群卿《ぐんけい》に詔《みことのり》して、「誉津別王《ほむつわけのみこ》はすでに生年三十歳、髯鬚《ひげ》もたいそう長く伸びたのに、なお泣いてばかりいて赤児《あかご》のようだ。いつも言葉を話さないのは、どういう訳なのか。それで、担当の役人で協議してほしい」と仰せられた。

冬十月の乙丑朔《いつちゆう》の壬申《じんしん》（八日）に、天皇が大殿の前にお立ちになり、誉津別皇子が側近くに付き従われていた。その時、鵠《くぐい》（白鳥の古名）がいて、大空を飛び渡った。皇子は空を仰いで、鵠をご覧になり、「あれは何か」と言われた。天皇は、そこで、皇子が鵠を見て、物を言うことができたのを知ってお喜びになり、側近の者に詔して、「誰かあの鳥をうまく捕えて献上する者はいないか」と仰せられた。鳥取造《ととりのみやつこ》の祖天湯河板挙《あめのゆかわたな》が奏上して、「私めが必ず捕えて献上いたしましょう」と申しあげた。ただちに天皇は湯河板挙に勅して、「お前があの鳥を献上すれば、必ず厚く賞賜しよう」と仰せられた。その時湯河板挙は、遠く鵠の飛んで行った方向をきちんと見届けていて、それを追い求めて出雲《いずも》に至って捕獲した。

十一月の甲午《こうご》朔の乙未《いつび》（二日）に、湯河板挙が鵠を献上した。誉津別命は、この鵠を手にして遊び、ついに話すことができるようになられた。これにより、湯河板挙に手厚く賞賜なさり、姓《かばね》を与えられて鳥取造という。

十五年の春二月の乙卯《いつばう》の朔《つきたち》にして甲子《かふし》に、丹波《たには》の五女《いつたりのをみなめ》を喚して掖庭《えきてい》に納《い》れたまふ。第一を日葉酢媛《ひばすひめ》と曰《い》ひ、第二を渟葉田瓊入媛《ぬばたにいりびめ》と曰ひ、第三を真砥野媛《まとのひめ》と曰ひ、第四を薊瓊入媛《あざみにいりびめ》と曰ひ、第五を竹野媛《たかのひめ》と曰ふ。（略）皇后日葉酢媛命、三男《ひこみこみはしら》二女《ひめみこふたはしら》を生《あ》れます。第一を五十《い》瓊敷入彦命《にしきいりびこのみこと》と曰《まを》し、第二を大足彦尊《おほたらしひこのみこと》と曰し、第三を大中姫命《おほなかつひめのみこと》と曰し、第四を倭姫命《やまとひめのみこと》と曰し、

第五を稚城瓊入彦命《わかきにいりびこのみこと》と曰す。（略）

二十三年の秋九月の丙寅《へいいん》の朔にして丁卯《ていばう》に、群卿《まへつきみたち》に詔《みことのり》して曰《のたま》はく、「誉津別王《ほむつわけのみこ》は、是《これ》生《うま》れて年《とし》既《すで》に三十、髯鬚《ひげ》八《や》掬《つか》にして、猶《なほ》し泣《なきいさ》つること児《わかご》の如《ごと》し。常《つね》に言《ものい》はざるは何《なに》の由《ゆゑ》ぞ。因《よ》りて有司《いうし》にして議《はか》れ」とのたまふ。

冬十月の乙丑《いつちう》の朔にして壬申《じんしん》に、天皇大殿《すめらみことおほとの》の前《まへ》に立《た》ちたまひ、誉津別《ほむつわけの》皇子《みこ》侍《さもら》ひたまふ。時に鳴鵠《なきくくひ》有《あ》り、大虚《おほそら》を度《わた》る。皇子《みこ》仰《あふ》ぎて鵠《くくひ》を観《みそこなは》して曰《のたま》はく、「是何物《これなに》ぞ」とのたまふ。天皇、則《すなは》ち皇子の鵠を見《み》て言《ものい》ふこと得《え》たまふを知《し》ろしめして喜びたまひ、左右《さいう》に詔して曰はく、「誰《たれ》か能《よ》く是《こ》の鳥を捕《とら》へて献《たてまつ》らむ」とのたまふ。是《ここ》に、鳥取造《ととりのみやつこ》が祖《おや》天湯河板挙《あめのゆかはたな》奏《まを》して言《まを》さく、「臣《やつこ》必ず捕へて献らむ」とまをす。即《すなは》ち天皇、湯河板挙に勅《みことのり》して曰はく、「汝《いまし》、是《こ》の鳥《とり》を献らば、必ず敦《あつ》く賞《しやう》せむ」とのたまふ。時に湯河板挙、遠《とほ》く鵠の飛《と》びし方《かた》を望《のぞ》みて、追《お》ひ尋《と》めて出雲《いづも》に詣《いた》りて捕獲《とら》へつ。（略）

十一月の甲午《かふご》の朔にして乙未《いつび》に、湯河板挙、鵠を献る。誉津別命《ほむつわけのみこと》、是《こ》の鵠を弄《もてあそ》び、遂《つひ》に言語《ものい》ふこと得《え》たまふ。是《これ》に由《よ》りて、敦《あつ》く湯河板挙を賞《しやう》したまひ、則ち姓《かばね》を賜《たま》ひて鳥取造と曰《い》ふ。（略）

三 伊勢《いせ》の祭祀《さいし》と埴輪《はにわ》の始まり

二十五年三月の丁亥朔《ていがいついたち》の丙申《へいしん》（十日）に、天照大神《あまてらすおおみかみ》を豊耜入姫命《とよすきいりびめのみこと》（崇神天皇皇女）からお離しになって、倭姫命《やまとひめのみこと》（垂仁天皇皇女。景行天皇同母妹）に託された。そこで、倭姫命は大神を鎮座申しあげる所を求めて、宇陀《うだ》の筱幡《ささはた》（奈良県宇陀市榛原区）に赴かれ、改めて引き返して近江国《おうみのくに》に入り、東方の美濃《みの》を巡って、伊勢国に至られた。その時、天照大神は、倭姫命に教えられて、「この神風の伊勢国（「神風の」は伊勢の枕詞）は、常世《とこよ》の波がしきりに打ち寄せる国である。大和《やまと》のそばにある国で、美しいよい国である。この国に居たいと思う」と仰せられた。そこで、大神のお教えのままに、その祠《やしろ》を伊勢国に建て、そのために斎王宮《さいおうきゅう》を五十鈴川《いすずがわ》のほとりに建てられた。これを磯宮《いそのみや》という。かくて伊勢国は天照大神が初めて天より降臨された所である

二十八年冬十月の丙寅朔《へいいん》の庚午《こうご》（五日）に、天皇の同母弟倭彦命《やまとひこのみこと》が薨去《こうきょ》された。

十一月の丙申朔《へいしん》の丁酉《ていゆう》（二日）に、倭彦命を身狭桃花鳥坂《むさのつきさか》に葬りまつった。ここに、側近の寵臣《ちょうしん》たちを集めて、ことごとく生きたまま陵《みささぎ》の境界に埋め立てた。数日を経ても

死なず、昼夜泣き呻《うめ》きどおしであった。そのうちに、死んで腐り、悪臭が漂い、犬・烏が聚《あつま》って腐肉を食った。天皇は、この泣き呻く声を聞かれて、御心に悲しみ悼《いた》まれ、群《ぐん》卿《けい》に詔《みことのり》して、「およそ生きている時に寵愛《ちょうあい》せられたからといっても亡者に殉死させるのは、きわめて傷ましいことである。それが古来の風習であろうとも、良くないことならばどうして従う必要があろうか。今後は、議《はか》って殉死をやめさせよ」と仰せられた。

三十二年秋七月の甲戌《こうしゅつ》朔の己卯《きぼう》（六日）に、皇后の日葉酢媛命《ひばすひめのみこと》が薨去された。葬りまつろうとして、何日もの間が過ぎた。天皇は群卿に詔して、「亡き人に殉死するという仕方は、前に良くないことだと知った。今、この度の葬礼にはどのようにしたらよかろうか」と仰せられた。ここに、野見宿禰《のみのすくね》が進み出て、「いったい君王の陵墓に、生きた人を埋め立てるのは、実に良くないことです。どうしてこれを後世に伝えることができましょう。願わくは、今、好都合なことを協議して奏上いたしたいと存じます」と申しあげた。そして使者を遣わして、出雲国《いずものくに》の土部《はにべ》（埴輪制作・葬礼などにあずかる部民）百人を召し寄せ、自ら土部らを使って埴土《はにつち》を取り、人・馬、その他いろいろな物の形を作って、天皇に献上し、「今から後は、この土物《はに》をもって生きた人に代えて、陵墓に立て、後世の定めといたしましょう」と申しあげた。天皇は大いに喜ばれて、野見宿禰に詔して、「お前の考え出した便法はまことに私の心にかなった」と仰せられた。そこで、その土物《はに》を初めて日葉酢媛命の墓に立てた。そして、この土物を名付けて埴輪という。または立物《たてもの》という。そこで布令を下して、「今より以後、陵墓には必ずこの土物を立てよ。人を損なってはならぬ」と仰せられた。天皇は厚く野見宿禰の功績をお褒《ほ》めになり、また工事場を与えられ、そうして土部職《はじのつかさ》に任ぜられた。それで本姓を改めて土部臣《はじのおみ》といった。これが、土部連《はじのむらじ》らが天皇の喪葬をつかさどることになった由縁である。それゆえ野見宿禰は土部連らの始祖である。

二十五年の（略）三月の丁亥《ていがい》の朔《つきたち》にして丙申《へいしん》に、天照大神《あまてらすおほみかみ》を豊耜入姫《とよすきいりびめの》命《みこと》より離《はな》ちまつり、倭姫命《やまとひめのみこと》に託《つ》けたまふ。爰《ここ》に倭姫命、大神《おほみかみ》を鎮《しづ》め坐《ま》させむ処《ところ》を求めて、菟田《うだ》の筱幡《ささはた》に詣《いた》り、更《さら》に還《かへ》りて近江国《あふみのくに》に入《い》り、東美《ひむがしのかたみ》濃《の》を廻《めぐ》り、伊勢国《いせのくに》に到《いた》る。時に天照大神、倭姫命に誨《をし》へて曰《のたま》はく、「是《こ》の神風《かむかぜ》の伊勢国は、則《すなは》ち常世《とこよ》の浪《なみ》の重浪帰《しきなみよ》する国なり。傍国《かたくに》の可怜国《うましくに》なり。是《こ》の国に居《を》らむと欲《おも》ふ」とのたまふ。故《かれ》、大神の教《をしへ》の随《まにま》に、其《そ》の祠《やしろ》を伊勢国に立て、因《よ》りて斎宮《いつきのみや》を五十《い》鈴川《すずのかは》の上《へ》に興《た》てたまふ。是《こ》を磯宮《いそのみや》と謂《い》ふ。則

ち天照大神の始《はじ》めて天《あめ》より降《くだ》ります処《ところ》なり。

（二十六～二十七年の条、略）

二十八年の冬十月の丙寅《へいいん》の朔にして庚午《かうご》に、天皇《すめらみこと》の母弟《いろど》倭彦命《やまとひこのみこと》薨《かむさ》ります。

十一月の丙申《へいしん》の朔にして丁酉《ていいう》に、倭彦命を身狭桃花鳥坂《むさのつきさか》に葬《はぶ》りまつる。是《ここ》に、近習《きんじふ》の者《ひと》を集《つど》へて、悉《ことごとく》に生《い》けながらにして陵《みさざき》の域《さかひ》に埋《うづ》め立《た》つ。数日《ひかず》へて死《し》なず、昼夜泣吟《ひるよるなきいさ》つ。遂《つひ》に死《し》にて爛《く》ち臰《くさ》り、犬《いぬ》・烏《からす》聚《あつま》り噉《は》む。天皇、此《こ》の泣吟《なきいさ》つる声《こゑ》を聞《き》きたまひて、心《みこころ》に悲傷《かなしびま》有します。群卿《まへつきみたち》に詔《みことのり》して曰はく、「夫《そ》れ生《いけるとき》に愛《うつく》しびし所《ところ》を以《も》ちて亡者《すぎにしひと》に殉《したが》はしむるは、是甚《これはなは》だ傷《いたましきわざ》なり。其《そ》れ古《いにしへ》の風《のり》と雖《いへど》も、非良《よからず》は何《なに》ぞ従《したが》はむ。今より以後《のち》、議《はか》りて殉《したがひしぬること》を止《や》めよ」とのたまふ。（略）

（三十年の条、略）

三十二年の秋七月の甲戌《かふしゆつ》の朔にして己卯《きばう》に、皇后日葉酢媛命《きさきひばすひめのみこと》臨《はぶ》りまつらむとして日《ひ》ごろ有《あ》り。天皇、群卿に詔して曰《のたま》はく、「死《しにひと》に従ふ道《みち》、前《さき》に不可《よからず》と知《し》れり。今《いま》し此《こ》の行《たび》の葬《みはぶり》に奈之為何《いかがせ》む」とのたまふ。是《ここ》に野見宿《のみのすく》禰《ね》、進みて曰《まを》さく、「夫《そ》れ君王《きみ》の陵墓《みささぎ》に生人《いけるひと》を埋《うづ》め立《た》つるは、是良《これよ》からず。豈後葉《あにのちのよ》に伝《つた》ふること得《え》むや。願《ねが》はくは、今し便事《たよりなること》を議《はか》りて奏《まを》さむ」とまをす。則ち使者《つかひびと》を遣《つかは》して、出雲国《いづものくに》の土部《はにべ》壱佰人《ももひと》を喚《め》し上《あ》げ、自《みづか》ら土部《はにべ》等《ら》を領《つか》ひ、埴《はにつち》を取りて、人《ひと》・馬《うま》と種々《くさぐさ》の物《もの》の形《かたち》とに造作《つく》り、天皇に献《たてまつ》りて曰《まを》さく、「今より以後《のち》、是《こ》の土物《はに》を以《も》ちて生人に更易《か》へ、陵墓《みささぎ》に樹《た》てて、後葉《のちのよ》の法則《のり》とせむ」とまをす。天皇、是《ここ》に大《おほ》きに喜びたまひて、野見宿禰に詔して曰《のたま》はく、「汝《いまし》が便《たより》なる議《はかりこと》、寔《まこと》に朕《わ》が心《こころ》に洽《かな》へり」とのたまふ。則《すなは》ち其《そ》の土物《はに》を、始《はじ》めて日葉酢媛命《ひばすひめのみこと》の墓《みはか》に立つ。仍《よ》りて是《こ》の土物を号《なづ》けて埴輪《はにわ》と謂《い》ふ。亦《また》は立物《たてもの》と名《い》ふ。仍りて令《のりごと》を下《くだ》して曰はく、「今《いま》より以後《のち》、陵墓《みささぎ》に必ず是の土物を樹《た》てよ。人《ひと》をな傷《やぶ》りそ」とのたまふ。天皇、厚《あつ》く野見宿禰の功《いさをし》を賞《ほ》めたまひ、亦鍛地《またかたしところ》を賜《たま》ひ、即《すなは》ち土部職《はじのつかさ》に任《ま》けたまふ。因《よ》りて本《もとの》姓《かばね》を改《あらた》めて土部臣《はじのおみ》と謂《い》ふ。是《これ》、土部連《はじのむらじ》等、天皇の喪葬《みはぶり》を主《つかさど》る縁《えに》なり。所謂《いはゆる》野見宿禰は、是《これ》土部連等が始祖《はじめのおや》なり。

（三十四～三十五年、三十七年、三十九年、八十七～八十八年の条、略）

四 田道間守《たじまもり》と非時香菓《ときじくのかくのみ》

九十年春二月の庚子《こうし》朔《ついたち》（一日）に、天皇は田道間守《たじまもり》に命じられ、常世国《とこよのくに》に派遣して、非時香菓《ときじくのかくのみ》（時を定めず輝く実）を求めさせられた。今、橘《たちばな》というのはこれである。

九十九年秋七月の戊午《ぼご》朔（一日）に、天皇は纏向宮《まきむくのみや》で崩御された。時に御年百四十であった。

冬十二月の癸卯《きぼう》朔の壬子《じんし》（十日）に、菅原伏見陵《すがわらのふしみのみささぎ》（奈良市尼辻西町）に葬りまつった。

翌年春三月の辛未《しんび》朔の壬午《じんご》（十二日）に、田道間守は常世国から帰って来た。その時、持ち帰って来た物は、非時香菓《ときじくのかくのみ》、八竿《ほこ》八縵《かげ》（八串に葉付き八本）であった。田道間守は、天皇が崩御されたことを聞いて、泣き悲しんで、「ご命令を天皇より承って、遠隔の地に参り、万里の波浪《はろう》を越えて、遥かに弱水《じゃくすい》（崑崙山《こんろんざん》の下にあるという川）を渡りました。この常世国は、神仙が隠れ住む世界であって、俗人が行ける所ではありません。そういうわけで、往復する間に自然に十年が経過いたしました。思いもよらないことでありました、ただひとり高い波頭を越えて再び本土に戻ることができようとは。しかしながら、聖帝の神霊によって、かろうじて帰って来ることができました。今、天皇はすでに崩御され、帰着の復命をすることもかないません。私が生きていても、また何の甲斐《かい》がありましょうか」と申した。そうして、天皇の御陵に赴き号泣して、自ら死んだ。群臣はこれを聞いてみな涙を流した。田道間守は、三宅連《みやけのむらじ》の始祖である。

九十年の春二月の庚子《かうし》の朔《つきたち》に、天皇《すめらみこと》、田道間守《たぢまもり》に命《みことおほ》せて常世国《とこよのくに》に遣《つかは》し、非時香菓《ときじくのかくのみ》を求《もと》めしめたまふ。今し橘《たちばな》と謂《い》ふは是なり。

九十九年の秋七月の戊午《ぼご》の朔に、天皇、纏向宮《まきむくのみや》に崩《かむあが》りましぬ。時に年《みとし》百四十歳なり。

冬十二月の癸卯《きばう》の朔にして壬子《じんし》に、菅原伏見陵《すがはらのふしみのみさざき》に葬《はぶ》りまつる。

明年《くるつとし》の春三月の辛未《しんび》の朔にして壬午《じんご》に、田道間守《たぢまもり》、常世国《とこよのくに》より至《かへりいた》れり。則《すなは》ち齎《もたら》せる物《もの》は、非時香菓《ときじくのかくのみ》、八竿《やほこ》八縵《やかげ》なり。田道間守、是《ここ》に泣《いさ》ち悲歎《なげ》きて曰《まを》さく、「命《おほみこと》を天朝《みかど》に受《うけたま》はりて、遠《とほ》く絶域《ぜつゐき》に往《まか》り、万里《ばんり》に浪《なみ》を踏《ふ》み、遥《はるか》に弱《じやく》水《すい》を度《わた》る。是《こ》の常世国は、則《すなは》ち神仙《しんせん》の秘区《かくれたるくに》にして、俗《ただひと》の臻《いた》らむ所《ところ》に非《あら》ず。

是《ここ》を以《も》ちて、往来《かよ》ふ間《あひだ》に、自《おの》づからに十年《ととせ》を経《へ》たり。豈期《あにおも》ひきや、独《ひと》り峻瀾《しゅんらん》を凌《しの》ぎ、更本土《またもとつくに》に向《まゐでこ》むといふことを。然《しか》るを聖帝《せいてい》の神霊《みたまのふゆ》に頼《かがふ》りて、僅《わづか》に還《かへ》り来《まゐく》ること得《え》たり。今《いま》し天皇《すめらみこと》既《すで》に崩《かむあが》りまし、復命《かへりことまを》すこと得《え》ず。臣《やつこ》生《い》けりと雖《いふと》も、亦何《またなに》の益《しるし》かあらむ」とまをす。乃《すなは》ち天皇の陵《みささぎ》に向《むか》ひて叫哭《おらびな》きて、自《みづか》ら死《まか》れり。群臣《まへつきみたち》、聞きて皆涙《みななみた》を流す。田道間守《たぢまもり》は、是三宅連《これみやけのむらじ》が始祖《はじめのおや》なり。

巻第七　景行《けいこう》天皇　成務《せいむ》天皇

大《おお》足《たらし》彦《ひこ》忍《お》代《しろ》別天皇《わけのすめらみこと》　景行天皇

一　大《おお》碓《うすの》皇《み》子《こ》と小《お》碓尊《うすのみこと》

大足彦忍代別天皇《おおたらしひこおしろわけのすめらみこと》は活目《いくめ》入彦《いりびこ》五十《い》狭《さ》茅天皇《ちのすめらみこと》（垂仁天皇）の第三子である。母の皇后は日《ひ》葉《ば》洲媛命《すひめのみこと》と申し、丹波道主王《たにはのみちぬしのおおきみ》の御娘である。

元年秋七月の己巳《きし》朔《ついたち》の己卯《きぼう》（十一日）に、太子は天皇の位に即《つ》かれた。

二年春三月の丙寅《へいいん》朔の戊辰《ぼしん》（三日）に、播磨稲日大郎姫《はりまのいなびのおおいらつめ》を立てて皇后とされた。后《きさき》は二人の男子をお生みになった。第一子を大碓皇子《おおうすのみこ》と申し、第二子を小碓尊《おうすのみこと》と申しあげる。その大碓皇子・小碓尊は、一日に同じ胞《え》（胎児を包む膜）に双子《ふたご》としてお生れになった。天皇はこれを不審に思って、碓《うす》に雄叫《おたけ》びをされた。それによって、この二人の王《みこ》を名付けて、大碓・小碓と申しあげるのである。この小碓尊は、またの名を日本童男《やまとおぐな》、または日本武尊《やまとたけるのみこと》と申しあげる。幼時から雄々しい気性で、成年に及んではお姿も大きく立派で、身の丈《たけ》は一丈（約三メートル）もあって、お力強く鼎《かなえ》を持ち上げられるほどであった。

三年春二月の庚寅朔《こういん》（一日）に、紀伊国《きのくに》に行幸して、諸々の天神地祇《てんしんちぎ》を祭ろうと占卜《せんぼく》されたが、吉《きち》と出なかった。そこで行幸を取り止めて、屋主忍男武雄心命《やぬしおしおたけおこころのみこと》を派遣して祭らせられることになった。こういうわけで、屋主忍男武雄心命は出立し、阿備柏原《あびのかしわはら》で、天神地祇を祭った。そうして、そこに居住すること九年、紀直《きのあたい》の遠祖菟道彦《うじひこ》の娘影媛《かげひめ》を娶《めと》って、武内宿禰《たけうちのすくね》を生んだ。

四年春二月の甲寅朔《こういん》の甲子《こうし》（十一日）に、天皇は美濃《みの》に行幸された。側近の者が奏上して、「この国に、弟媛《おとひめ》という美しい女性がおります。容姿が端麗で、八坂入彦皇子《やさかのいりびこのみこ》の御娘であります」と申しあげた。天皇は、妃《きさき》にしたいと思われて、弟媛の家に赴かれた。弟媛は、天皇が行幸されると聞いて、すぐ竹林に隠れた。そこで天皇は、弟媛を竹林から出させようとお計りになり、泳宮《くくりのみや》（岐阜県可児市久々利）にいらっしゃった。鯉《こい》を池に放ち、朝夕にご覧になってお遊びになった。時に弟媛は、その鯉の遊ぶのを見ようと思って、ひそかに出て来て池をご覧になった。天皇は、すぐに弟媛を引き留めてお召しになった。そこで弟媛は考えて、「結婚して夫婦になることは、古今を通じてのきまりである。しかしながら私にあってははなはだ不安なことだ」と思い、天皇に願い出て、「私は、性格として交接の道を望んでおりません。今、天皇の命の恐れ多さに堪えられず、しばらく寝殿に召されておりました。けれども心の中では喜ぶところがなく、また容姿も美しくはありません。久しく後宮にお仕えすることに堪え得ません。ただし私には姉がおります。名を八坂入媛《やさかのいりびめ》と申します。容姿は端麗で、志もまた貞潔でございます。どうぞ後宮にお召し入れください」と申しあげた。天皇は、これをお聞き入れになった。そうして八坂入媛を召して妃とされた。妃は七男六女を生んだ。第一子を稚足彦天皇《わかたらしひこのすめらみこと》（成務天皇）と申しあげる。

大足彦忍代別天皇《おほたらしひこおしろわけのすめらみこと》は、活目入彦五十狭茅天皇《いくめいりびこいさちのすめらみこと》の第三子なり。母《はは》の皇后《きさき》は日葉洲媛命《ひばすひめのみこと》と曰《まを》し、丹波道主王《たにはのみちぬしのおほきみ》の女《みむすめ》なり。（略）

元年の秋七月の己巳《きし》の朔《つきたち》にして己卯《きばう》に、太子《ひつぎのみこ》、即天皇位《あまつひつぎしろしめ》す。（略）

二年の春三月の丙寅《へいいん》の朔にして戊辰《ぼしん》に、播磨稲日大郎姫《はりまのいなびのおほいらつめ》を立てて皇后としたまふ。后《きさき》、二男《ふたりのひこみこ》を生《う》みたまふ。第一を大碓皇子《おほうすのみこ》と曰《まを》し、第二を小碓《をうすの》尊《みこと》と曰《まを》す。其《そ》の大碓皇子・小碓尊は、一日《ひとひ》に同《おな》じ胞《え》にして双《ふたご》に生《あ》れます。天皇《すめらみこと》、異《あや》しびたまひて、則《すなは》ち碓《うす》に誥《たけ》びたまふ。故《かれ》、因《よ》りて其の二王《ふたりのみこ》に号《なづ》けて大碓《おほうす》・小碓《をうす》と曰《まを》す。是《こ》の小碓尊、亦《また》の名《みな》は日本童男《やまとをぐな》、亦は日本武尊《やまとたけるのみこと》と曰す。幼《わか》くして雄略《をを》しき気有《いきま》しまし、壮《をとこざかり》に及《いた》りて容貌魁偉《ようばうくわいゐ》、身長一丈《みたけひとつゑ》にして力能《ちからよ》く鼎《かなへ》を扛《あ》げたまふ。

三年の春二月の庚寅《かういん》の朔に、紀伊国《きのくに》に幸《いでま》して、群《もろもろ》の神祇《あまつかみくにつかみ》を祭祀《いはひまつ》らむとト《うら》へたまふに、吉《よ》からず。乃《すなは》ち車駕《みゆきや》止みて、屋主忍男武雄心命《やぬしおしをたけをこころのみこと》を遣《つかは》し、祭《まつ》らしめたまふ。爰《ここ》に屋主忍男武雄心命、詣《いた》りて阿備柏原《あびのかしははら》に居《ゐ》て、神祇を祭祀る。仍《よ》りて住《とどま》ること九年、則ち紀直《きのあたひ》が遠祖《とほつおや》菟道彦《うぢひこ》が女《むすめ》影媛《かげひめ》を娶《めと》り、武内宿禰《たけうちのすくね》を生《う》む。

四年の春二月の甲寅《かふいん》の朔にして甲子《かふし》に、天皇、美濃《みの》に幸《いでま》す。左右《さいう》奏《まを》して言《まを》さく、「茲《こ》の国《くに》に佳人《かほよきをみな》有《あ》り。弟媛《おとひめ》と曰《まを》す。容姿《すがた》端正《きらぎら》し。八坂入彦皇子《やさかのいりびこのみこ》

二　天皇の熊襲《くまそ》平定と思邦歌《くにしのびうた》

の女《みむすめ》なり」とまをす。天皇、得《え》て妃《みめ》とせむと欲《おもほ》し、弟媛が家《いへ》に幸《いでま》す。弟媛、乗輿《すめらみこと》車駕《みゆき》すと聞き、則ち竹林《たかはら》に隠《かく》る。是《ここ》に天皇、弟媛を至《いた》らしめむと権《はか》りて、泳宮《くくりのみや》に居《ま》します。鯉魚《こひ》を池に浮《う》けて、朝夕《あしたゆふべ》に臨視《みそこなは》して戯遊《あそ》びたまふ。時に弟媛《おとひめ》、其《そ》の鯉魚の遊ぶを見むと欲《おもほ》して、密《ひそか》に来《きた》りて池を臨《みそこなは》す。天皇、則《すなは》ち留《とど》めて通《め》す。爰《ここ》に弟媛以為《おもひたま》はく、「夫婦《をふとめ》の道《みち》は、古《いにしへ》も今も達《かよ》へる則《のり》なり。然《しか》るを吾《あれ》におきては便《たより》あらず」とおもひたまひ、則ち天皇に請《こ》ひて曰《まを》さく、「妾《やつこ》、性《ひととなり》交接《とつぎ》の道を欲《ほり》せず。今《いま》し皇命《おほみこと》の威《かしこ》きに勝《た》へずして、暫《しばら》く帷幕《ゐばく》の中《うち》に納《め》されたり。然《しか》るを意《こころ》の不快《よろこびざ》る所《ところ》にして、亦《また》形姿《すがた》も穢陋《きたな》し。久《ひさ》しく掖庭《えきてい》に陪《つかへまつ》るに堪《た》へじ。唯《ただ》し妾《やつこ》が姉《あね》有《はべ》り。名《な》を八坂入媛《やさかのいりびめ》と曰《まを》す。容姿《すがた》麗美《うるは》しく、志《こころざし》亦貞潔《いさぎよ》し。後宮《きさきのみや》に納《め》したまへ」とまをす。天皇聴《ゆる》したまふ。仍《よ》りて八坂入媛を喚《め》して妃《みめ》としたまふ。七男六女《ななたりのひこみこむたりのひめみこ》を生《う》む。第一を稚足彦天皇《わかたらしひこのすめらみこと》と曰《まを》す。（略）

十二年十二月の癸巳《きし》朔《ついたち》の丁酉《ていゆう》（五日）に、熊襲国《くまそのくに》（九州南部のクマの国とソの国を合せた地名）を討伐することを協議された。この時、天皇は群卿《ぐんけい》に詔《みことのり》して、「聞くところによると、襲国《そのくに》に厚鹿文《あつかや》・迮鹿文《さかや》という者がいる。この二人は熊襲国の首領である。徒党がすこぶる多く、これを熊襲国の八十《やそ》梟帥《たける》（多くの猛者）といっている。その武力に敵対できる者はいないと聞く。少々の軍勢を出したのでは、賊を討滅することはできないだろう。さりとて多くの兵士を動かせば、百姓を損なうことになる。なんとか兵戈《へいか》の威力を借りずに、居ながらにしてその国を平定できないものか」と仰せられた。その時、一人の臣がおり、進言して、「熊襲《くまそ》梟帥《たける》には二人の娘がおります。姉を市乾鹿文《いちふかや》といい、妹を市鹿文《いちかや》といいます。容貌はまことに端麗で、しかも心は雄々しくございます。高価な贈物を見せて、御居所にお召し入れなさいませ。そうして熊襲梟帥の消息をおうかがいになって、不意を討てば、まったく刃《やいば》を血塗らずして、敵は必ず敗れるでしょう」と申しあげた。天皇は、「可《よ》し」と仰せられた。そこで、贈物を見せて、その二人の女を欺いて、行宮《かりみや》に召し入れられた。天皇は、そこで市乾鹿文の方を招き、偽って寵《ちょう》愛《あい》された。時に市乾鹿文は、天皇に奏上して、「熊襲国が服従しないことを心配なさいますな。私に良い策があります。それで一人か二人の兵士を私に付けてください」と申しあげた。かくして市乾鹿文は家に帰って、濃い酒をたくさん用意して、自分の父に飲ませた。するとたちまち酔って寝てしまった。市乾鹿文は、ひそかに父の弓の弦《つる》を切っておいた。ここで、従兵の一人が突き進んで、熊襲梟帥を殺した。天皇は、そこで、その不孝の甚だしいことを憎んで、市乾鹿文を誅殺《ちゆうさつ》し、そうして妹の市鹿文を火国造《ひのくにのみやつこ》にされた。

十三年夏五月に、ことごとく襲国《そのくに》を征服された。

十七年春三月の戊戌《ぼしゆつ》朔の己酉《きゆう》(十二日)に、子湯県《こゆのあがた》(宮崎県児湯郡・西都市)に行幸して、丹裳小野《にものおの》(西都市三宅付近か)に遊ばれた。その時に、東方を望まれて、側近の者に語って、「この国は、日の出る方に直面している」と仰せられた。それゆえ、その国を名付けて日向《ひむか》という。この日に、野中の大石に登って、都をお偲《しの》びになり、歌を詠《よ》まれて、

愛《は》しきよし　我家《わぎへ》の方《かた》ゆ　雲居《くもゐ》立《た》ち来《く》も

――懐かしい我が家の方から、雲が立ち上ってこちらに来るよ

倭《やまと》は国《くに》のまほらま　畳《たた》づく　青垣《あをかき》　山籠《やまこ》れる　倭《やまと》し麗《うるは》し

――大和《やまと》は国の中で最も秀でた国、重なり合って青垣をめぐらしたような山々、その山々

の中に籠《こも》っている、大和はほんとうに美しい

命《いのち》の　全《まそ》けむ人《ひと》は　畳薦《たたみこも》　平群《へぐり》の山《やま》の　白檮《しらかし》が枝《え》を　髻華《うず》に挿《さ》せ　此《こ》の子《こ》

——生命力の十全な若者は、〈畳薦《たたみこも》〉平群《へぐり》の山の白檮《しらかし》の小枝を、挿頭《かざし》にして遊べ。若者たちよ

と仰せられた。これを思邦歌《くにしのびうた》（望郷歌と讃国歌の二つの意味をもつ）という。

十二年の（略）十二月の癸巳《きし》の朔《つきたち》にして丁酉《ていいう》に、熊襲《くまそ》を討《う》たむことを議《はか》りたまふ。是《ここ》に天皇《すめらみこと》、群卿《まへつきみたち》に詔《みことのり》して曰《のたま》はく、「朕《わ》が聞《き》けらく、襲国《そのくに》に厚鹿文《あつかや》・迮鹿文《さかや》といふ者《もの》有《あ》り。是《こ》の両人《ふたり》は熊襲の渠帥者《かみ》なり。衆類《しゅうるい》甚多《にへさ》にして、是《こ》を熊襲の八十梟帥《やそたける》と謂《い》ふ。其《そ》の鋒当《ほうあた》るべからずときく。少《すこ》しく師《いくさ》を興《おこ》さば、賊《あた》を滅《ほろぼ》すに堪《た》へじ。多《さは》に兵《いくさ》を動《うご》かさば、是百姓《これおほみたから》の害《そこなひ》なり。何《いか》でか鋒刃《ほうじん》の威《ゐ》を仮《か》らずして、坐《ゐ》ながらに其の国を平《こと》けむ」とのたまふ。時に一臣《ひとりのまへつきみ》有《あ》り、進《すす》みて曰《まを》さく、「熊襲梟帥《くまそたける》、二女《ふたりのむすめ》有《あ》り。兄《え》を市乾鹿文《いちふかや》と曰《い》ひ、弟《おと》を市鹿文《いちかや》と曰ふ。容《かたち》既《すで》に端正《きらぎら》しく、心《こころ》且《また》雄《を》武《を》し。重幣《おもきまひ》を示《み》せて、麾下《きか》に撝納《めしい》れたまふべし。因《よ》りて其の消息《あるかたち》を伺《うかか》ひたまひて、不意《おもひのほか》の処《ところ》を犯《をか》

さば、曾《かつ》て刃《やきは》を血《ちぬ》らずして、賊《あた》必自《かなら》ず敗《やぶ》れなむ」とまをす。天皇の詔《のたま》はく、「可《よ》し」とのたまふ。是《ここ》に、幣《まひ》を示《み》せ、其の二女《ふたりのをみな》を欺《あざむ》きて、幕下《ばくか》に納《めしい》れたまふ。天皇、則《すなは》ち市乾鹿文を通《め》して陽《いつは》り寵《めぐ》みたまふ。時に市乾鹿文、天皇に奏《まを》して曰《まを》さく、「熊襲の服《したが》はざることを、な愁《うれ》へたまひそ。妾《やつこ》に良き謀《はかりこと》有り。即《すなは》ち一二《ひとりふたり》の兵《いくさ》を己《おのれ》に従へしめたまふべし」とまをす。而《しか》して家《いへ》に返《かへ》りて、多《さは》に醇酒《じゅんしゅ》を設《ま》けて、己《おの》が父《ちち》に飲《の》ましむ。乃《すなは》ち酔《ゑ》ひて寐《い》ぬ。市乾鹿文、密《ひそか》に父の弦《ゆづる》を断つ。爰《ここ》に従へる兵一人《いくさひとり》、進みて熊襲梟帥《くまそたける》を殺す。天皇、則《すなは》ち其《そ》の不孝《ふかう》の甚《はなは》だしきを悪《にく》みたまひて、市乾鹿文《いちふかや》を誅《ころ》したまひ、仍《よ》りて弟市鹿文《おといちかや》を以《も》ちて火国造《ひのくにのみやつこ》に賜《たま》ふ。

十三年の夏五月に、悉《ことごとく》に襲国《そのくに》を平《ことむ》けたまふ。（略）

十七年の春三月の戊戌《ぼしゅつ》の朔にして己酉《きいう》に、子湯県《こゆのあがた》に幸《いでま》し、丹裳小野《にものをの》に遊びたまふ。時に東《ひむがしのかた》を望《みそこなは》して、左右《さいう》に謂《かた》りて曰《のたま》はく、「是《こ》の国は、直《ただ》に日出《ひい》づる方《かた》に向《む》けり」とのたまふ。故《かれ》、其の国を号《なづ》けて日向《ひむか》と曰《い》ふ。是の日に、野中《のなか》の大石《おほいし》に陟《のぼ》りまして、京都《みやこ》を憶《しの》ひたまひて、歌《みうたよみ》して曰《のたま》はく、

愛《は》しきよし　我家《わぎへ》の方《かた》ゆ　雲居《くもゐ》立《た》ち来《く》も
倭《やまと》は　国《くに》のまほらま　畳《たた》づく　青垣《あをかき》　山籠《やまこも》れる　倭《やまと》し麗《うるは》し
命《いのち》の　全《まそ》けむ人《ひと》は　畳薦《たたみこも》　平群《へぐり》の山《やま》の　白檮《しらかし》が枝《え》を　髻華《うず》に挿《さ》せ　此《こ》の子《こ》

とのたまふ。是《こ》を思邦歌《くにしのひうた》と謂《い》ふ。
（十八～二十年、二十五年の条、略）

三　日本武尊《やまとたけるのみこと》の熊襲《くまそ》征討

二十七年秋八月に、熊襲《くまそ》がまた背いて、辺境を侵して止まなかった。冬十月の丁酉朔《ていゆうついたち》の己酉《きゆう》（十三日）に、日本武尊《やまとたけるのみこと》を派遣して、熊襲を征討させられることになった。時に、尊《みこと》の御年は十六であった。そこで日本武尊は、「私は、弓を上手に射る者を連れて、一緒に行こうと思う。どこかに弓をよく射る者がいないか」と言われた。或る人が謹んで、「美濃国《みののくに》に弓の名人がおります。弟彦公《おとひこのきみ》といいます」と申しあげた。そこで日本武尊は、葛城《かずらき》の人宮戸彦《みやとひこ》を遣わして、弟彦公を召喚させられた。それで弟彦公はさっそく、石占横立《いしうらのよこたち》と尾張《おわり》の田子稲置《たごのいなき》・乳近稲置《ちちかのいなき》（稲城は村の首長の職名）とを引き連れてやって来た。ただちに日本武尊に従って出発した。

十二月に、日本武尊は熊襲国に着かれた。そうして熊襲国の状況と地形の状態とを偵察された。時に、熊襲に首長がいた。名は取石鹿文《とろしかや》、または川上梟帥《かわかみたける》という。ことごとく親族を集めて、酒宴を開こうとしていた。そこで、日本武尊は髪を解いて童女《おとめ》の姿に変装して、ひそかに川上梟帥の宴会の時をうかがわれた。そうして、剣を御衣の中にひそめて、川上梟帥の酒宴の部屋に入り、女たちの中に紛れ込んでおられた。川上梟帥は、その童女の容姿を賞して、手をとって同席させ、酒杯を上げて飲ませ、戯れ遊んだ。やがて、夜が更けて酒宴の人もまばらになった。そのうえ、川上梟帥は酔いもまわってきた。そこで日本武尊は、御衣の中の剣を取り出して、川上梟帥の胸を刺された。まだ息が絶えないうちに、川上梟帥は叩頭《こうとう》して、「しばしお待ちください。申しあげたいことがあります」と申しあげた。そこで日本武尊は、剣を押し留めてお待ちになった。川上梟帥は謹んで、「あなたはどういうお方でいらっしゃいますか」と尋ねた。答えて、「我こそは大足彦天皇《おおたらしひこのすめらみこと》（景行天皇）の皇子であるぞ。名は日本童男《やまとおぐな》という」と言われた。

川上梟帥はさらに謹んで、「私は国中で最も強い者でございます。それゆえ、世の諸人は我が威力に対抗できず、服従しない者はございません。私は、多くの武勇の者に遇《あ》いましたが、未だかつて皇子のようなお方はございませんでした。それで、賤《いや》しい奴《やっこ》の賤しい口から尊号を奉りたいと存じます。もしかしてお聴き入れくださるでしょうか」と申しあげた。日本武尊は、「許そう」と言われた。そこで川上梟帥は謹んで、「今より後、皇子を名付けて日本武皇子《やまとたけるのみこ》と称《たた》え申しあげましょう」と言上した。その言葉が終るや胸を突き通して殺された。それで、今に至るまで、称えて日本武尊と申しあげるのは、これがその由縁である。さてその後に、弟彦《おとひこ》らを派遣して、すっかりその徒党を斬《き》らせられて、残党無きに至った。そうこうした後、海路より倭《やまと》に向い、吉備《きび》に着いて穴海《あなのうみ》（瀬戸内航路の要衝）を渡られた。そこには悪神がいた。これを殺害された。また難波《なにわ》に至った時に、柏済《かしわのわたり》（淀川河口の渡し場）の悪神を殺された。

二十八年春二月の乙丑朔《いっちゅう》（一日）に、日本武尊は、熊襲を服従させた様子を奏上して、「私は、天皇の神霊の加護を受け、一たび兵を起して、ただひとすじに熊襲の首領を誅《ちゅう》殺《さつ》し、その国をすっかり服従させました。そのために、西方の国はすでに鎮静して、人民は平穏に暮しております。ただ吉備の穴済《あなのわたり》の神と難波の柏済の神だけは、共に人を損なう心を持っており、毒気を放って道行く人を苦しめ、災禍の源《みなもと》となっていました。ですから、ことごとくその悪神を誅殺し、併せて水陸の両路を開きました」と申しあげた。天皇は、ここに日本武尊の功績を褒めたたえられ、ことのほか愛された。

二十七年の（略）秋八月に、熊襲《くまそ》亦《また》反《そむ》きて、辺境《めぐり》を侵《をか》すこと止《や》まず。

冬十月の丁酉《ていいう》の朔《つきたち》にして己酉《きいう》に、日本武尊《やまとたけるのみこと》を遣《つかは》して、熊襲を撃《う》たしめたまふ。時に年《みとし》十六にまします。是《ここ》に、日本武尊の曰《のたま》はく、「吾《われ》、善《よ》く射《ゆみい》む者《ひと》を得《え》て、与《とも》に行《ゆ》かむと欲《おも》ふ。其《そ》れ何処《いづこ》にか善く射《ゆみい》る者《ひと》有《あ》らむ」とのたまふ。或者《あるひと》啓《まを》して曰《まを》さく、「美濃国《みののくに》に善く射《ゆみい》る者《ひと》有り。弟彦公《おとひこのきみ》と曰《い》ふ」とまをす。是に日本武尊、葛城《かづらき》の人宮戸《ひとみやと》彦《ひこ》を遣《つかは》して、弟彦公を喚《め》さしめたまふ。故《かれ》、弟彦公、便《すなは》ち石占横立《いしうらのよこたち》と尾張《をはり》の田《た》子稲置《ごのいなき》・乳近稲置《ちちかのいなき》とを率《ひき》ゐて来《まゐきた》れり。則《すなは》ち日本武尊に従ひて行《ゆ》く。

十二月に、熊襲国《くまそのくに》に到《いた》りたまふ。因《よ》りて、其の消息《あるかたち》と地形《くにかた》の嶮易《けんい》とを伺《うかか》ひたまふ。時に、熊襲に魁帥者《ひとごのかみ》有《あ》り。名は取石鹿文《とろしかや》、亦《また》は川上梟帥《かはかみたける》と曰《い》ふ。悉《ことごとく》に親族《うがら》を集《つど》へて、宴《うたげ》せむとす。是《ここ》に日本武尊、髪《かみ》を解《と》き童女《をとめ》の姿に作《な》りて、密《ひそか》に川上梟帥が宴の時を伺《うかか》ひたまふ。仍《よ》りて剣《つるぎ》を裀《みそ》の裏《うち》に佩《は》きたまひ、川上梟帥が宴の室《や》に入《い》り、女人《をみなども》の中《なか》に居《ま》します。川上梟帥、其《そ》の童女の容姿《すがた》を感《め》でて、則ち手を携《たづさ》へて席《しきゐ》を同《とも》にし、坏《さかづき》を挙《あ》げて飲《さけの》ましめて戯弄《ぎろう》す。時に、更《よ》深《ふ》け人闌《ひとうすら》ぎぬ。川上梟帥、且《まさ》に被酒《さけにゑ》はんとす。是に日本武尊、裀《みそ》の中《なか》の剣を抽《ぬきいだ》して、川上梟帥が胸《むね》を刺《さ》したまふ。未《いま》だ死《し》なぬに、川上梟帥、叩頭《の》みて曰《まを》さく、「且《しましま》待ちたまへ。吾言《われまを》す所有《ところあ》り」とまをす。時に日本武尊、剣を留《おしとど》めて待ちたまふ。川上梟帥が啓《まを》して曰《まを》さく、「汝尊《いましみこと》は誰《たれ》人ぞ」とまをす。対《こた》へて曰《のたま》はく、「吾《われ》は是大足彦天皇《これおほたらしひこのすめらみこと》の子《みこ》なり。名《な》は日本《やまと》童男《をぐな》と曰《い》ふ」とのたまふ。川上梟帥が亦啓《まを》して曰《まを》さく、「吾は是国中《くぬち》の強力《ちから》者《ひと》なり。是《ここ》を以《も》ちて、当時《いまのよ》の諸人《もろひと》、我《わ》が威力《ちから》に勝《た》へずして、従はずといふ者無《ひとな》し。吾多《さは》に武力《たけきひと》に遇《あ》ひしかども、未だ皇子《みこ》の若《ごと》き者有《ひとあ》らず。是を以ちて、賤《いや》しき賊《やつこ》が陋《いや》しき口《くち》を以ちて尊号《たふときな》を奉《たてまつ》らむ。若《けだ》し聴《ゆる》したまひなむや」とまをす。曰《のたま》はく、「聴《ゆる》さむ」とのたまふ。即《すなは》ち啓《まを》して曰《まを》さく、「今より以《の》後《ち》、皇子《みこ》を号《なづ》けて日本武皇子《やまとたけるのみこ》と称《まを》すべし」とまをす。言《まをすことをは》訖りて乃《すなは》ち胸を通《さしとほ》して殺したまふ。故《かれ》、今に至《いた》るまでに、称《たた》へて日本武尊と曰《まを》すは、是《これ》其の縁《えに》なり。然《しか》して後《のち》に、弟彦等《おとひこら》を遣して、悉《ことごとく》に其の党類《たうるい》を斬《き》らしめたまひ、余噍無《よせうな》し。既《すで》にして海路《うみつぢ》より倭《やまと》に還《かへ》り、吉備《きび》に到《いた》りて穴海《あなのうみ》を渡《わた》りたまふ。其の処《ところ》に悪神有《あしきかみあ》り。則《すなは》ち殺したまふ。亦難波《またなには》に至《いた》る比《ころ》に、柏済《かしはのわたり》の悪神を殺したまふ。

二十八年の春二月の乙丑《いつちう》の朔に、日本武尊、熊襲を平《ことむ》けし状《さま》を奏《まを》して曰《まを》さく、「臣《やつかれ》、天皇《すめらみこと》の神霊《みたまのふゆ》を頼《かがふ》りて、兵《いくさ》を一《ひと》たび挙《あ》げて、頓《ひたぶる》に熊襲の魁帥《ひとごのかみ》者《かみ》を誅《ころ》し、悉《ことごとく》に其の国を平《ことむ》けつ。是《ここ》を以《も》ちて、西洲《にしのくにすで》既に謐《しづま》り、百姓《おほみたから》事無《ことな》し。唯《ただ》し吉備《きび》の穴済《あなのわたり》の神と難波《なには》の柏済《かしはのわたり》の神のみ、皆害《みなそこな》ふ心有《こころあ》りて、毒《あし》気《きけ》を放《はな》ちて路人《みちゆきひと》を苦しびしめ、並《ならび》に禍害《わざはひ》の藪《くら》と為《な》れり。故《かれ》、悉に其の悪《あしき》神《かみ》を殺し、並に水陸《みづくが》の径《みち》を開《ひら》けり」とまをす。天皇、是に日本武の功《いさをし》を美《ほ》めたまひて、異《こと》に愛《めぐ》みたまふ。

四 日本武尊《やまとたけるのみこと》の東征

四十年夏六月に、東方の鄙《ひな》の国が多く背いて、辺境が反乱した。

秋七月の癸未《きび》朔《ついたち》の戊戌《ぼしゅつ》（十六日）に、天皇は群卿《ぐんけい》に詔《みことのり》して、「今、東国は平穏ではなく、荒ぶる神が多く騒いでいる。また蝦夷《えみし》はことごとく謀反を起して、しばしば人民を略奪している。誰を派遣してその反乱を平定したらよかろうか」と仰せられた。群臣はみな、誰を派遣したらよいか判断がつかなかった。日本武尊《やまとたけるのみこと》は奏上して、「私は先に西方を征討するのに力を尽しました。今度の戦役は、必ずや大碓皇子《おおうすのみこ》の務めでございましょう」と申しあげられた。その時に大碓皇子は、驚いて草叢《くさむら》の中に逃げ隠れてしまった。そこで使者を遣わして、召し還《かえ》らせられた。ここにおいて、天皇は責めて、「お前が望みもしないのを、どうして無理に遣わそうか。まだ賊軍に立ち向いもしないのに、今からそのようにひどく恐れるとは何事だ」と仰せられた。これによって、ついに美濃《みの》国《くに》を与えてそこを治めるようにさせられた。そこで、大碓皇子は任地に出向いた。

かくして日本武尊は、雄々しく告げて、「熊襲《くまそ》が平定されて、まだ幾年も経《た》っていないのに、今また東方の鄙《ひな》の国が背いた。いったいいつになったら平定できるのでしょうか。私にとって、苦労ではあるけれども、ひたすらにその反乱を平定しましょう」と申しあげた。そこで天皇は斧《おの》と鉞《まさかり》とを取り、日本武尊に授けて、「私の聞くところでは、その東方の鄙の国は属性が凶暴であり、侵犯することを専らとしている。村に長《おさ》がなく、集落に首《かみ》もいない。各々境界を奪い合い、互いに略奪している。また山には邪神がおり、野には悪鬼がいる。分れ道を遮り、小道を塞《ふさ》いで、多く人を苦しめている。その東方の鄙の国の中でも、蝦夷《えみし》が最も強い。男女は雑居し、父子の区別もない。冬は穴の中に寝、夏は樹上の家に住む。毛皮を着、生血《いきち》をすすり、兄弟は互いに疑い合っている。山に登るのは飛ぶ鳥のごとくであり、野を行くのは疾駆する獣のごとくである。恩を受けても忘れてしまい、怨敵《おんてき》を見れば必ず報いる。そうして、矢を結んだ髪の中に隠し、刀を衣の中に帯び、あるいは徒党を組んで辺境を侵し、あるいは収穫の時をうかがって人民を掠《かす》め取っている。討てば草に隠れ、追えば山に逃げてしまうということだ。そこで、昔より今に至るまで、まだ王化《おうか》に従うということがない。今私は、お前の人となりを見るに、身体は長大で、容姿も端正である。その力は強く、よく鼎《かなえ》を持ち上げ、勇猛なことは雷光のごとくである。向うところ敵なく、攻めれば必ず勝つ。それゆえ、形こそ我が子であるが、実体は神人《かみ》であると知った。これはまことに、天が、私が不肖であり、また国が乱れているのを憐《あわ》れんで、天《あま》つ日嗣《ひつぎ》の大業を治め整え、国家を絶えさせぬようにしてくださっているのだ。また、この天下はお前の天下である。この位もお前の位である。どうか深謀遠慮をもって、邪悪の者を探り、反逆する者をうかがって、威光を示し、徳によって懐柔し、武器に頼らず、自然に服従させよ。そうして、言を巧みにして悪神を鎮め、武を奮って悪鬼を討ち攘《はら》うがよい」と仰せられた。

冬十月の壬子《じんし》朔《ついたち》の癸丑《きちゆう》（二日）に、日本武尊《やまとたけるのみこと》は出発された。戊午《ぼご》（七日）に、わざわざ寄り道をして、伊勢神宮を拝された。そうして叔母の倭《やまと》姫命《ひめのみこと》（景行天皇同母妹）に暇乞《いとまご》いをされて、「今天皇のご命令をお受けして東方に赴き、全ての反逆者どもを誅伐《ちゆうばつ》しようとしております。それで、暇乞いに参りました」と申しあげられた。そこで倭姫命は、草薙剣《くさなぎのつるぎ》を取って、日本武尊に授けて、「慎重にして決して油断なさるな」と言われた。

四十年の夏六月に、東夷《あづまのひな》多《さは》に叛《そむ》き、辺境《ほとり》騒動《さわきとよ》む。秋七月の癸未《きび》の朔《つきたち》にして戊戌《ぼしゆつ》に、天皇《すめらみこと》、群卿《まへつきみたち》に詔《みことのり》して曰《のたま》はく、「今《いま》し東国《あづまのくに》安《やす》からずして、暴神《あらぶるかみ》多《さは》に起《おこ》る。亦《また》蝦夷《えみし》悉《ことごとく》に叛《そむ》き、屢《しばしば》人民《おほみたから》を略《かす》む。誰人《たれ》を遣《つかは》してか其《そ》の乱《みだ》れたるを平《たひら》げしめむ」とのたまふ。群臣《まへつきみたち》皆誰《たれ》を遣さむといふことを知らず。日本武尊《やまとたけるのみこと》奏《まを》して言《まを》したまはく、「臣《やつかれ》は則《すなは》ち先《さき》に西《にしのかた》を征《う》つことに労《いたつ》きき。是《こ》の役《えだち》は必ず大碓皇子《おほうすのみこ》の事《わざ》ならむ」と

まをしたまふ。時に大碓皇子、愕然《おどろ》きて、草の中に逃げ隠《かく》る。則ち使者《つかひ》を遣して召《め》し来さしめたまふ。爰《ここ》に天皇責《せ》めて曰《のたま》はく、「汝《いまし》が欲《ほり》せざらむを、豈 強《あにあながち》に遣さむや。何《なに》ぞ未《いま》だ賊《あた》に対《むか》はずして、予《あらかじ》め懼《おそ》るることの甚《はなはだ》しき」とのたまふ。此《これ》に因《よ》りて、遂《つひ》に美濃《みの》に封《ことよ》さしたまふ。仍《よ》りて封地《ほうち》に如《まか》る。

是《ここ》に日本武尊、雄誥《をたけび》して曰《まを》したまはく、「熊襲《くまそ》既《すで》に平《ことむ》けて、未《いま》だ幾《いくだ》の年《とし》も経《へ》ざるに、今《いま》し更《また》東 夷《あづまのひな》叛《そむ》けり。何《いづれ》の日にか大平《たひら》ぐるに逮《いた》らむ。臣《やつかれ》労《いたは》しと雖《いふと》も、頓《ひたぶる》に其《そ》の乱《みだれ》を平《たひら》げむ」とまをしたまふ。則ち天皇斧鉞《ふゑつ》を持《と》りて、日本武尊に授《さづ》けて曰《のたま》はく、「朕《わ》が聞《き》けらく、其の東夷《あづまのひな》は、識性《しきせい》暴強《こは》く、凌《りよう》犯《はん》を宗《むね》と為《な》す。村《ふれ》に長無《をさな》く、邑《むら》に首勿《かみな》し。各《おのもおのも》 封堺《さかひ》を貪《むさぼ》りて並《ならび》に相盗略《あひかす》む。亦《また》山に邪神有《あしきかみあ》り、郊《の》に姦鬼《かだましきもの》有り。衢《ちまた》に遮《さきぎ》り、径《みち》を塞《ふさ》ぎ、多《さは》に人を苦しびしむ。其の東夷《あづまのひな》の中に、蝦夷《えみし》は是尤《これもと》も強《こは》し。男 女交《をのこをみなまじ》り居《ゐ》、父子《ちちこ》別《わきため》無《な》し。冬は則ち穴《あな》に宿《い》ね、夏は則ち樔《す》に住む。毛《け》を衣《き》、血《ち》を飲み、昆弟相《えおとあひ》疑《うたが》ふ。山に登ること飛禽《とぶとり》の如《ごと》く、草《くさ》を行《ゆ》くこと走獣《はしるしし》の如し。恩《めぐみ》を承《う》けては則ち忘れ、怨《あた》を見ては必ず報《むく》ゆ。是《ここ》を以《も》ちて、箭《や》を頭髻《たきふさ》に蔵《かく》し、刀《かたな》を衣《ころも》の中に佩《は》き、或《ある》いは党類《たうるい》を聚《あつ》めて辺界《ほとり》を犯《をか》し、或いは農桑《のうさう》を伺《うかか》ひて人民《おほみたから》を略《かす》む。撃てば草に隠れ、追へば山に入《い》るときく。故《かれ》、往古《いにしへ》より以来《このかた》、未《いま》だ王化《みおもむけ》に染《したが》はず。今《いま》し朕《われ》、汝《いまし》の為人《ひととなり》を察《み》るに、身体《からだ》長《たか》く大《おほ》きく、容姿《すがた》端正《きらぎら》し。力《ちから》能《よ》く鼎《かなへ》を扛《あ》げ、猛《たけ》きこと雷電《いなびかり》の如《ごと》し。向《むか》ふ所《ところ》前《かたき》無《な》く、攻むる所必ず勝つ。即《すなは》ち知りぬ、形《かたち》は則《すなは》ち我《わ》が子にして、実《むざね》は則ち神人《かみ》にましますことを。是寔《これまこと》に、天《あめ》の、朕《わ》が不叡《をさな》く且国《またくに》の不平《みだれ》たるを愍《あはれ》びたまひて、天業《あまつひつぎ》を経綸《をさ》め宗廟《くにいへ》を絶《た》えずあらしめたまへるか。亦是《またこ》の天下《あめのした》は則ち汝《いまし》の天下なり。是の位《くらゐ》は則ち汝の位なり。願《ねが》はくは、深く謀《はか》り遠《とほ》く慮《おも》ひ、姦《かだま》しきを探り変《そむ》くを伺《うかか》ひ、示すに威《ゐ》を以《も》ちてし、懐《なつ》くるに徳を以ちてして、兵甲《つはもの》を煩《わづらは》さずして、自《おの》づからに臣順《まゐしたが》はしめよ。即《すなは》ち言《こと》を巧《たく》みて暴神《あらぶるかみ》を調《ととの》へ、武《たけき》を振《ふる》ひて姦鬼《かだましきもの》を攘《はら》へ」とのたまふ。是《ここ》に日本武尊《やまとたけるのみこと》、乃《すなは》ち斧鉞《ふゑつ》を受《うけたまは》りて、再拝《をろが》みて奏《まを》して曰《まを》さく、「嘗《かつ》て西《にしのかた》を征《う》ちし年《とし》に、皇霊《みたま》の威《ふゆ》を頼《かがふ》りて、三尺剣《みさかのつるぎ》を提《ひきさ》げて熊襲国《そのくに》を撃ち、未《いま》だ浹辰《せふしん》を経《へ》なくに、賊首《あたのかみつみ》罪に伏《したが》ひぬ。今し亦神祇《あまつかみくにつかみ》の霊《みたまのふゆ》を頼《かがふ》り、天皇の威《ゐ》を借りて、往《ゆ》きて其《そ》の境《ほとり》に臨《のぞ》み、示すに徳教《とくけう》を以ちてせむに、猶《なほ》し服《まつろ》はざる有《あ》らば、兵《いくさ》を挙《あ》げて撃たむ」とまをしたまふ。（略）

冬十月の壬子《じんし》の朔《つきたち》にして癸丑《きちう》に、日本武尊、発路《みちたち》したまふ。

戊午《ぼご》に、道《みち》を枉《ま》げて、伊勢神宮《いせのかむみや》を拝《をろが》みたまふ。仍《よ》りて倭姫命《やまとひめのみこと》に辞《いとままを》して曰《まを》さく、「今《いま》し天皇《すめらみこと》の命《おほみこと》を被《かがふ》りて、東《ひむがしのかた》に征《ゆ》きて諸《もろもろ》の叛《そむ》ける者《ものども》を誅《つみな》はむとす。故《かれ》、辞《いとままを》す」とまをしたまふ。是《ここ》に倭姫命、草薙剣《くさなぎのつるぎ》を取《と》りて、日本武尊に授《さづ》けて曰《のたま》はく、「慎《つつし》みてな怠《おこた》りそ」とのたまふ。

この年に、日本武尊《やまとたけるのみこと》は、初めて駿河《するが》に到着された。その土地の賊が偽って従い、尊《みこと》を騙《だま》して、「この野に大鹿がたいへん多くおります。その吐く息は朝霧のようで、足は茂った林のようでございます。お出かけになって狩りをなさいませ」と言った。日本武尊は、その言葉を信用され、野の中に入って狩りをされた。賊は、かねてから王《みこ》（日本武尊）を殺そうとする心があり、火を放ってその野を焼いた。王は騙されたと気付かれると、即座に火打《ひうち》を打って火を起し、迎え火をつけて難を免れることができた。王は、「すんでのところで騙されるところだった」と言われた。そこで残すところなくその賊どもを焼き殺された。それゆえ、その土地を名付けて焼津《やきつ》（静岡県焼津市）という。

それから相模《さがみ》に進まれ、上総《かみつふさ》に向おうとして、海を望み、言霊《ことだま》の力を借りて言い立てて、「これは小さな海だ。跳び越えてでも渡ることができよう」と言われた。ところが海の中ほどに至って、暴風がにわかに起り、御船は漂って進むことができなかった。時に、王《みこ》に付き従って来た妾《おみな》があった。弟橘媛《おとたちばなひめ》という。穂積氏忍山宿禰《ほづみのうじのおしやまのすくね》の娘である。王に謹んで、「今、風が起り、波浪が速く流れて、御船が沈もうとしております。これはきっと、海神の意によるのでありましょう。お許しを得て、身分の低い私の身をもって、王のお命に代えて海に入りましょう」と申しあげた。言い終るや、すぐに波を押し分けて身を投じた。すると暴風はたちまちにして止み、御船は岸に着くことができた。そこで、時の人は、その海を名付けて馳水《はしりみず》（東京湾の浦賀水道）といった。

かくして日本武尊は、上総《かみつふさ》から転じて陸奥国《みちのくのくに》に入られた。その時は、大きな鏡を御船に掛けて、海路より葦浦《あしのうら》（房総半島を東に廻《めぐ》った海岸）に廻り、玉浦《たまのうら》を横目に過ぎて、蝦夷《えみし》の住む境に到着された。蝦夷の賊首や島津神《しまつかみ》・国津神《くにつかみ》たちは、竹水門《たかのみなと》（宮城県多賀城近くの浜か）に群れ集って防戦しようとした。しかし、遥かに御船を望んで、その威勢に恐れをなし、心中とても勝てそうにないと悟って、ことごとく弓矢を捨てて、遠くから拝して、「君のお顔を仰ぎ見ますと、人に秀でておられます。もしや神ではございませんか。お名前を承りたいものです」と申しあげた。王《みこ》は答えて、「私は、現人神《あらひとがみ》の御子であるぞ」と言われた。そこで蝦夷どもは、ことごとく震えあがり、すぐさま着物の裾《すそ》を持ち上げ波をかき分けて、自ら王の船を引いて岸に着けた。そのうえで、自ら捕われの身となって帰順した。そこで王は、その罪をお許しになった。そうして、その首領を捕虜として、随従させられた。

蝦夷を残らず平定して、日高見国《ひだかみのくに》（日が高く上る、東方の国）より引き返して、西南方の常陸《ひたち》を経て、甲斐国《かいのくに》に至り、酒折宮《さかおりのみや》（山梨県甲府市酒折町）にご滞在になった。その時に灯《あか》りをともしてお食事をされた。この夜、歌をもって侍者にお尋ねになって、

新治《にひばり》　筑波《つくは》を過《す》ぎて　幾夜《いくよ》か寝《ね》つる

――新治《にいばり》（茨城県筑西市新治）や筑波《つくば》を過ぎてから、もう幾夜寝たことであろうか

と言われた。侍者たちは誰も答えられなかった。その時、灯《あか》りをともす者がいた。王の御歌の後につけて、次のような歌を詠《よ》んで、

かがなべて　夜《よ》には九夜《ここのよ》　日《ひ》には十日《とをか》を

――二日、三日と並べ数えて、夜では九夜、昼では十日になります

と申しあげた。そこで灯りをともす者の聡《さと》いことを褒めて、手厚く褒賞された。

ここにおいて、日本武尊、「蝦夷の凶悪な首領どもは、みなその罪に服した。ただし信濃国《しなののくに》と越国《こしのくに》（北陸）だけは、少しも王化《おうか》に従わないでいる」と言われて、甲斐《かい》から北方の武蔵《むさし》・上野《かみつけの》を廻《めぐ》って、西方の碓日坂《うすひのさか》（群馬・長野県境の碓氷峠）に至られた。その時、日本武尊は、事あるごとに弟橘媛《おとたちばなひめ》を偲《しの》ばれる心がおありであった。そこで、碓日嶺《うすひのみね》に登って、東南の方を望み、三度嘆息されて、「吾《あ》嬬《づま》はや（私の妻はまあ）」と言われた。それゆえ、その山の東方の国々を名付けて吾嬬国《あづまのくに》という。

ここで道を分けて、吉備武彦《きびのたけひこ》を越国に遣わし、その地形の状況や人民が帰順するかどうかを視察させられ、日本武尊は信濃に進入された。この国は山が高くて谷は深く、青々とした嶺《みね》が幾重にも重なり、人は杖《つえ》を頼っても登るのが困難であった。巌《いわお》は険阻で桟道《かけはし》が廻っていて、高峰は幾千ともしれず重なり、人が手綱を止めて、馬も進まない。しかしながら日本武尊は、霞をかき分け、霧を押し分けて、遥かに大山を渡り進まれた。ようやく峰に行き着き、空腹をおぼえて、山の中で食事をとられた。その山の神は、王《みこ》を苦しめようとして、白い鹿に化身して王の前に立った。王は不思議に思って、一箇蒜《ひとつひる》（鱗茎が一個のニンニクの類）を白い鹿に弾《はじ》かれた。それが眼に命中して鹿を殺された。

すると王は、たちまち道に迷って、出口が分らなくなられた。その時に、白い犬がどこからともなく現れて、王をご案内しようとする様子であった。犬について行かれて、美《み》濃《の》に出ることがおできになった。吉備武彦は越《こし》よりやって来て王にお会い申しあげた。これより以前には、信濃坂《しなののさか》（長野県下伊那郡阿智村と岐阜県中津川市の境の神坂峠《みさか》）を越える者は、多く神の邪気に中《あた》って病み臥《ふ》した。ところが白い鹿を殺された後からは、この山を越える者は、蒜《ひる》を嚙《か》んで人や牛馬に塗ると、自然に神の邪気に中《あた》らなくなった。

是《こ》の歳《とし》に、日本武尊《やまとたけるのみこと》、初めて駿河《するが》に至《いた》りたまふ。其《そ》の処《ところ》の賊《あた》、陽《いつは》り従《したが》ひて、欺《あざむ》きて曰《いは》く、「是の野《の》に、麋鹿《おほしか》甚《はなは》だ多《おほ》し。気《いき》は朝霧《あさぎり》の如《ごと》く、足《あし》は茂林《もきはやし》の如し。臨《いでま》して狩《か》りたまへ」といふ。日本武尊、其の言《こと》を信《う》けたまひ、野《の》中《なか》に入《い》りて覓獣《かり》したまふ。賊《あた》、王《みこ》を殺さむといふ情有《こころあ》りて、火を放《つ》けて其の野を焼く。王欺《あざむ》かえぬと知《し》ろしめして、則《すなは》ち燧《ひうち》を以《も》ちて火を出《うちいだ》し、向焼《むかひびつ》けて免《まぬか》るること得《え》たまふ。王曰《のたま》はく、「殆《ほとほと》に欺かえぬ」とのたまふ。則ち悉《ことごとく》に其の賊衆《あたども》を焚《や》きて滅《ほろぼ》したまふ。故、其の処《ところ》を号《なづ》けて焼津《やきつ》と曰《い》ふ。亦《また》相模《さがむ》に進《いでま》して、上総《かみつふさ》に往《ゆ》かむと欲《おも》ひ、海を望みて高言《ことあげ》して曰《のたま》はく、

「是小海《これちひさきうみ》のみ。立跳《たちはしり》にも渡《わた》りつべし」とのたまふ。乃《すなは》ち海中《わたなか》に至《いた》り、暴《あからし》風《まかぜ》忽《たちまち》に起《おこ》り、王船《みふね》漂蕩《ただよ》ひて渡るべくもあらず。時に、王《みこ》に従ひまつる妾《をみな》有《あ》り。弟橘媛《おとたちばなひめ》と曰《い》ふ。穂積氏忍山宿禰《ほづみのうぢのおしやまのすくね》が女《むすめ》なり。王に啓《まを》して曰《まを》さく、「今《いま》し風《かぜ》起り浪泌《なみはや》くして、王船没《みふねしづ》まむとす。是《これ》、必ず海神《わたつみ》の心なり。願《ねが》はくは賤《いや》しき妾《やつこ》が身を以《も》ちて、王の命《みいのち》に贖《か》へて海に入《い》らむ」とまをす。言訖《まをすことをは》りて、乃《すなは》ち瀾《なみ》を披《おしわ》けて入る。暴風即《あからしまかぜすなは》ち止《や》み、船岸《みふねきし》に著《つ》くこと得《え》たり。故《かれ》、時人《ときのひと》、其の海を号《なづ》けて馳水《はしりみづ》と曰《い》ふ。

爰《ここ》に日本武尊《やまとたけるのみこと》、則《すなは》ち上総《かみつふさ》より転《めぐ》りて陸奥国《みちのくのくに》に入《い》りたまふ。時に大《おほ》きなる鏡《かがみ》を王船《みふね》に懸《か》けて、海路《うみつぢ》より葦浦《あしのうら》に廻《めぐ》り、横《よこしま》に玉浦《たまのうら》を渡《わた》り、蝦夷《えみし》の境《さかひ》に至《いた》りたまふ。蝦夷の賊首《あたのかみ》、島津神《しまつかみ》・国津神等《くにつかみたち》、竹水門《たかのみなと》に屯《いは》みて距《ふせ》かむとす。然《しか》るに、遥《はるか》に王船を視《みや》りて、予《あらかじ》め其《そ》の威勢《いきほひ》に怖《お》ぢて、心裏《こころのうち》にえ勝つまじきことを知り、悉《ことごとく》に弓矢《ゆみや》を捨てて、望み拝《をろが》みて曰《まを》さく、「仰《あふ》ぎて君《きみ》が容《みかほ》を視《み》れば、人倫《ひと》に秀《すぐ》れたまへり。若《けだ》し神か。姓名《みな》を知《うけたまは》らむ」とまをす。王対《みここた》へて曰《のたま》はく、「吾《われ》は是現人神《これあらひとがみ》の子《みこ》なり」とのたまふ。是《ここ》に蝦夷等《えみしども》悉に慄《をのの》き、則《すなは》ち裳《も》を褰《かか》げて浪《なみ》を披《わ》け、自《みづか》ら王船を扶《たす》けて岸に著《つ》く。仍《よ》りて面縛服罪《めんばくふくざい》す。

故《かれ》、其《そ》の罪《つみ》を免《ゆる》したまふ。因《よ》りて其の首帥《かみ》を俘《とりこ》にして、従身《みともづかへ》せしめたまふ。蝦夷《えみし》既《すで》に平《たひら》ぎ、日高見国《ひだかみのくに》より還《かへ》りて、西南《ひつじさるのかた》常陸《ひたち》を歴《へ》て、甲斐国《かひのくに》に至《いた》りたまひ、酒折宮《さかをりのみや》に居《ま》します。時に挙燭《ひとも》して進食《みをし》したまふ。是《こ》の夜《よる》に、歌《みうた》を以《も》ちて侍者《さぶらひひと》に問《と》ひて曰《のたま》はく、

新治《にひばり》　筑波《つくは》を過《す》ぎて　幾夜《いくよ》か寝《ね》つる

とのたまふ。諸《もろもろ》の侍者、え答《こた》へ言《まを》さず。時に秉燭者《ひともしひと》有《あ》り。王《みこ》の歌《みうた》の末《すゑ》を続《つ》ぎて歌《うたよみ》して曰《まを》さく、

かがなべて　夜《よ》には九夜《ここのよ》　日《ひ》には十日《とをか》を

とまをす。即《すなは》ち秉燭人《ひともしひと》の聡《さと》きを美《ほ》めたまひて、敦《あつ》く賞《めぐ》みたまふ。（略）

是《ここ》に、日本武尊の曰《のたま》はく、「蝦夷《えみし》の凶首《きょうしゅ》、咸《みな》其《そ》の辜《つみ》に伏《したが》ひぬ。唯《ただ》し信濃《しなのの》国《くに》・越国《こしのくに》のみ頗《すこぶる》未《いま》だ化《くわ》に従はず」とのたまひ、則《すなわ》ち甲斐《かひ》より北《きたのかた》武蔵《むざし》・上野《かみつけの》を転歴《めぐりへ》て、西《にしのかた》碓日坂《うすひのさか》に逮《いた》ります。時に、日本武尊、毎《つね》に弟橘媛《おとたちばなひめ》を顧《しの》ひたまふ情《みこころ》有《あ》り。故《かれ》、碓日嶺《うすひのみね》に登りまして、東南《たつみのかた》を望みて三歎《みたびなげ》かして曰

はく、「吾嬬《あづま》はや」とのたまふ。故《かれ》、因《よ》りて山の東《ひむがしのかた》の諸国《もろもろのくに》を号《なづ》けて吾《あづ》嬬国《まのくに》と曰《い》ふ。

是《ここ》に道を分《あか》ちて、吉備武彦《きびのたけひこ》を越国に遣《つかは》し、其の地形《くにかた》の嶮易《けんい》と人民《おほみたから》の順不《じゅんふ》とを監察《み》しめたまひ、則ち日本武尊は、信濃に進入《いでい》りたまふ。是《こ》の国は、山高《たか》くして谷幽《たにふか》く、翠嶺万重《すいれいばんちょう》にして、人杖《ひとつゑ》に倚《よ》りても升《のぼ》り難《かた》し。巌嶮《いはほさが》しくして磴《かけはし》紆《めぐ》り、長峯数千《ちやうほうすせん》にして、馬轡《うまたづな》を頓《とど》めて進まず。然《しか》るを日本武尊、烟《けぶり》を披《わ》け霧《きり》を凌《しの》ぎ、遥《はるか》に大山《おほきなるやま》を径《わた》りたまふ。既《すで》に峯《みね》に逮《いた》りて、飢《う》ゑて、山中《やまのなか》に食《みをし》したまふ。山神《やまのかみ》、王《みこ》を苦《くる》しびしめむとして、白鹿《しろきか》に化《な》りて王の前《みまへ》に立つ。王異《あや》しびたまひて、一箇蒜《ひとつひる》を以《も》ちて白鹿《しろきか》を弾《はじ》きたまふ。則ち眼《まなこ》に中《あた》りて殺したまふ。爰《ここ》に王、忽《たちまち》に道を失ひ、出《い》でむ所を知りたまはず。時に白狗《しろきいぬ》、自《おの》づからに来《まゐき》たりて、王を導きまつらむとする状有《さまあ》り。狗に随《したが》ひて行《い》でまし、美濃《みの》に出《い》づること得たまふ。吉備武彦、越《こし》より出《い》でて遇《あ》ひまつる。是《これ》より先《さき》に、信濃坂《しなののさか》を度《わた》る者、多《さは》に神《かみ》の気《いき》を得《え》て瘼《を》え臥《ふ》せり。但《ただ》し白鹿《しろきか》を殺したまひし後《のち》よりは、是の山を踰《こ》ゆる者、蒜《ひる》を嚼《か》みて人《ひと》と牛馬《うしうま》に塗れば、自づからに神の気《いき》に中《あた》らず。

五　日本武尊《やまとたけるのみこと》の病没と白鳥《しろとり》の陵《みささぎ》

日本武尊《やまとたけるのみこと》は再び尾張《おわり》に帰られて、そこで尾張氏《おわりのうじ》の娘宮簀媛《みやずひめ》を娶《めと》り、久しく留まって月を過された。その間に、近江《おうみ》の胆吹山《いぶきのやま》（滋賀県の伊吹山）に荒ぶる神がいると聞かれて、さっそく草薙剣《くさなぎのつるぎ》を腰から外して宮簀媛の家に置き、素手《すで》で出かけて行かれた。

胆吹山にお着きになると、山の神は大蛇に化《な》って道に横たわっていた。ここにおいて日本武尊は、この山の神の実体が蛇になっていることに気づかれないで、「この大蛇はきっと荒ぶる神の使いであろう。もとより神の実体を殺すことができれば、その使いなどは問題とするに足らないだろう」と言われた。そうして蛇を跨《また》いで、なお進まれた。この時、山の神は雲を起して雹《ひょう》を降らせた。峰には霧が蔽《おお》い谷は暗くて、行くべき道もなかった。それで進みも退《ひ》きもできず、山を越え川を渡る所も分らなかった。しかし、霧をついて無理やり前進して、辛うじて出ることがおできになった。が、やはり気持が混乱してどうしてよいか分らなくなり、酔ったような気分であった。そこで山の麓《ふもと》の泉のほとりに来て、すぐさまその水を飲んで、正気に戻られた。それゆえ、その泉を名付けて居醒泉《いさめがい》（坐《い》て醒《さめ》た泉の意）という。日本武尊は、ここで初めて体力が萎《な》え弱られた。そうして、どうにか立ち上がって、尾張に帰られた。しかし宮簀媛の家に入らないで、そのまま伊勢《いせ》に移って尾津《おつ》（三重県桑名市多度町か）に至られた。以前、日本武尊が東方に向われた年に、尾津浜に留まって食事をされたことがあった。この時に、一振《ふり》の剣を腰から外して、松の木の根もとに置き、すっかりそれを忘れて行ってしまわれた。今ここにやって来られたところ、剣はそのまま残っていた。それで歌を詠《よ》まれて、

尾張《をはり》に　直《ただ》に向《むか》へる　一《ひと》つ松《まつ》あはれ　一つ松　人《ひと》にありせば　衣着《きぬき》せましを　太刀佩《たちは》けましを

——尾張にまっすぐに向き合っている一本松のお前よ。一本松がもし人であったら、着物を着せてやろうものを。太刀《たち》を佩《は》かせてやろうものを

と言われた。能褒野《のぼの》（三重県の鈴鹿山脈の野登山辺りの山麓）に着かれて、痛みが極度にひどくなった。そこで、捕虜にした蝦夷《えみし》どもを伊勢神宮に献上した。そのうえ吉備武《きびのたけ》彦《ひこ》を派遣して、天皇に奏上して、「私は朝廷のご命令を受けて、遠く東方の鄙《ひな》の国を征討いたしました。神恩をこうむり、天皇のご威光によって、反逆者は罪に伏し、荒ぶる

神も自然に馴れ親しむようになりました。これによって、鎧《よろい》を脱ぎ戈《ほこ》を収めて、戦争を止めて、心安らいで帰ってまいりました。願うことは、いつの日いつの時にか、天朝に復命申しあげようということでした。しかしながら天命が突然やって来て、余命いくばくもありません。そのため、ひとり曠野《あらの》に臥して、誰に語ろうということもございません。どうして我が身が死に失せることを惜しみましょうか。ただ無念なことは、父君の御前にお仕えできなくなったことだけでございます」と申しあげられた。そういうことがあって後、能褒野で崩じられた。時に御年三十であった。

天皇は、これをお聞きになり、安らかに眠ることができず、何を召し上がっても味が分らず、昼も夜も喉《のど》や胸をつまらせて、胸を打って泣き悲しまれた。そうして、深く嘆いて、「我が子の小碓王《おうすのみこ》は、昔、熊襲《くまそ》が叛《そむ》いた時に、まだ髪を上げて結う年にもとどかぬ小児の齢《とし》なのに、久しく征討に苦しみ悩み、その後、常に側近に侍して、私の及ばないところを補佐してくれた。しかるに東方の鄙《ひな》の国が騒乱を起し、これを征討させる者がいなかったので、愛《いと》しさを忍んで賊地に入らせた。一日とても我が子を偲《しの》ばぬことはなかった。こうして、朝夕の行いに、帰る日を行きつ戻りつして待っていたのに、何の禍《わざわ》いがあってか、何の罪があってか、思いもかけず、突然に愛児を亡くすとは。今後、誰と共に天《あま》つ日《ひ》嗣《つぎ》の大業を治めたらよいか」と仰せられた。そこで、群卿《ぐんけい》に詔《みことのり》し、百官に命じて、伊勢国の能褒野《のぼの》陵《みささぎ》に葬りまつった。

その時、日本武尊《やまとたけるのみこと》は、白鳥と化《な》って、陵から出て、倭国《やまとのくに》を指して飛んで行かれた。群臣たちが、そこでその柩《ひつぎ》を開いて見てみると、清らかな布の衣服のみが空しく残っていて、屍《かばね》はなくなっていた。そこで、使者を遣わして、白鳥を追い求めさせたところ、倭《やまと》の琴弾原《ことひきはら》（奈良県御所市冨田）に留まった。それゆえ、そこに陵を造った。白鳥はまた飛んで河内に至り、古市邑《ふるいちのむら》（大阪府羽曳野市軽里）に留まった。またそこに陵を造った。そこで、時の人は、この三つの陵を名付けて白鳥陵《しろとりのみささぎ》といった。そうして白鳥はついに高く飛んで天に上って行ったので、ただ衣冠だけを葬りまつった。そこで日本武尊の功名を後世に伝えようとして、武部《たけるべ》を定めた。この年は、天皇が即位されてから四十三年であった。

日本武尊《やまとたけるのみこと》、更《またを》尾張《はり》に還《かへ》りまして、即《すなは》ち尾張氏《をはりのうぢ》が女《むすめ》宮簀媛《みやずひめ》を娶《めと》りて、淹《ひさしく》留《とどま》りて月《つき》を踰《こ》えたまふ。是《ここ》に、近江《あふみ》の胆吹山《いぶきのやま》に荒神《あらぶるかみ》有《あ》りと聞《きこ》しめして、即ち剣《つるぎ》を解《ぬ》きて宮簀媛の家《いへ》に置きて、徒《むなで》に行《い》でます。

胆吹山に至《いた》りますに、山神《やまのかみ》、大蛇《おほへみ》に化《な》りて道に当《あた》れり。爰《ここ》に日本武尊、主神《かむざね》の蛇《へみ》に化れりといふことを知りたまはずして謂《のたま》はく、「是《こ》の大蛇は、必ず荒神《あらぶるかみ》の使《つかひ》ならむ。既《すで》に主神《かむざね》を殺すこと得《え》てば、其《そ》の使者《つかひ》、豈《あに》求むるに足《た》らむや」とのたまふ。因《よ》りて蛇を跨《またこ》えて、猶《なほ》し行《い》でます。時に山神、雲《くも》を興《おこ》し氷《ひ》を零《ふ》らしむ。峰霧《みねきり》谷曀《たにくら》くして、復行《またゆ》くべき路無《みちな》し。乃《すなは》ち棲遑《しじま》ひて、其の跋渉《ふみわた》る所《ところ》を知らず。然《しか》るに、霧《きり》を凌《しの》ぎて強《あながち》に行《い》で、方《まさ》しに僅《わづか》に出《い》づること得《え》たまへり。猶《なほ》し失意《こころまと》ひて酔《ゑ》へるが如《ごと》し。因りて山下《ふもと》の泉《いづみ》の側《ほとり》に居《ま》して、乃《すなは》ち其の水を飲《を》して醒《さ》めます。故《かれ》、其の泉を号《なづ》けて居《ゐ》醒泉《さめがゐ》と曰《い》ふ。日本武尊、是《ここ》に始《はじ》めて痛身《なや》みたまふこと有《あ》り。然《しか》して稍《やくやく》に起《た》ちて、尾張《をはり》に還《かへ》ります。爰《ここ》に宮簀媛の家に入《い》りたまはずして、便《すなは》ち伊勢《いせ》に移りて尾津《をつ》に到《いた》りたまふ。昔《さき》に、日本武尊　東《ひむがしのかた》に向《い》でましし歳《とし》に、尾津浜《をつのはま》に停《とどま》りて進食《みをし》したまひき。是《こ》の時に、一剣《ひとつのつるぎ》を解《ぬ》きて松の下《もと》に置《お》き、遂《つひ》に忘れて去《ゆ》きたまひき。今《いま》し此《ここ》に至《いた》りたまふに、剣猶《つるぎなほ》し存《のこ》れり。故、歌《みうたよみ》して曰《のたま》はく、

尾張《をはり》に　直《ただ》に向《むか》へる　一《ひと》つ松《まつ》あはれ　一つ松　人《ひと》にありせば　衣着《きぬき》せ

ましを　太刀《たち》佩《は》けましを

とのたまふ。能褒野《のぼの》に逮《いた》りて、痛《いた》みたまふこと甚《はなはだ》し。則《すなは》ち俘《とりこ》にせる蝦夷等《えみしども》を以《も》ちて、神宮《かむみや》に献《たてまつ》る。因《よ》りて吉備武彦《きびのたけひこ》を遣《つかは》して、天皇《すめらみこと》に奏《まを》して曰《まを》したまはく、「臣《やつかれ》、命《おほみこと》を天朝《みかど》に受《うけたまは》りて、遠《とほ》く東夷《あづまのひな》を征《う》つ。則ち神の恩《みめぐみ》を被《かがふ》り、皇《おほきみ》の威《みいきほひ》に頼《よ》りて、叛《そむ》ける者《もの》罪《つみ》に伏《したが》ひ、荒神《あらぶるかみ》自《おの》づからに調《にき》びぬ。是《ここ》を以ちて、甲《よろひ》を巻《ま》き戈《ほこ》を戢《をさ》め、愷悌《がいてい》して還《かへ》れり。冀《ねが》はくは、曷《いづれ》の日曷《いづれ》の時にか、天朝《みかど》に復命《かへりごとまを》さむと。然《しか》るに天命《てんめい》忽《たちまち》に至《いた》り、隙駟《げきし》停《とど》め難《かた》し。是を以ちて、独《ひと》り曠野《あらの》に臥《ふ》し、誰《たれ》に語らむことも無《な》し。豈《あに》身の亡《う》せなむことを惜《を》しまむや。唯《ただ》し愁《うれ》ふらくは、面《まなたりつか》へまつらずなりぬることのみ」とまをしたまふ。既《すで》にして能褒野《のぼの》に崩《かむあが》ります。時に年《みとし》三十なり。

天皇《すめらみこと》聞《きこ》しめして、寝席安《しんせきやす》からず、食味甘《しよくみうま》からず、昼夜《ひるよる》に喉咽《むせ》ひて、泣《なき》悲《かな》しび摽擗《みむねう》ちたまふ。因《よ》りて大《おほ》きに歎《なげ》きて曰《のたま》はく、「我《あ》が子小碓王《みこをうすのみこ》、昔熊《むかしくま》襲《そ》の叛《そむ》きし日に、未《いま》だ総角《あげまき》にも及《いた》らぬに、久《ひさ》しく征伐《せいばつ》に煩《なづ》み、既《すで》にして恒《つね》に左右《さいう》に在《あ》りて、朕《わ》が不及《かけたる》を補《おきぬ》ひき。然《しか》るに東夷《あづまのひな》騒動《さわきとよ》み、討《う》たしむる者《ひと》勿《な》し。愛《かな》しきを忍《しの》びて賊《あた》の境《さかひ》に入《い》らしむ。一日《ひとひ》の顧《しの》はずといふこと無し。是《ここ》を以ちて、朝夕《あしたゆふへ》に進退《おこな》ひて、還《かへ》らむ日を佇待《たたずみま》ちしに、何《なに》の禍《わざはひ》ぞも、何の罪《つみ》ぞも、不意之間《ゆくりもなく》、我《あ》が子《みこ》を倏亡《しゅくばう》すること。今より以後《のち》、誰人《たれ》と与《とも》にか鴻《あまつ》業《ひつぎ》を経綸《をさ》めむ」とのたまふ。即《すなは》ち群卿《まへつきみたち》に詔《みことのり》し、百寮《もものつかさ》に命《みことおほ》せて、仍《よ》りて伊勢国《いせのくに》の能褒野《のぼの》陵《みささぎ》に葬《はぶ》りまつる。

時に日本武尊、白鳥《しろとり》に化《な》りたまひて、陵より出《い》でて、倭国《やまとのくに》を指《さ》して飛びたまふ。群臣等《まへつきみたち》、因《よ》りて其《そ》の棺櫬《みひつき》を開《ひら》きて視《み》たてまつるに、明衣《めいい》のみ空《むな》しく留《とど》まりて、屍骨《みかばね》無《な》し。是《ここ》に、使者《つかひ》を遣《つかは》して白鳥を追《お》ひ尋《と》めしむるに、則《すなは》ち倭《やまと》の琴弾原《ことひきはら》に停《とど》まれり。仍《よ》りて其の処《ところ》に陵《みささぎ》を造る。白鳥、更《また》飛びて河内《かふち》に至《いた》りて、旧市邑《ふるいちのむら》に留《とど》まれり。亦《また》其の処に陵を作る。故《かれ》、時人《ときのひと》、是《こ》の三陵《みつのみささぎ》を号《なづ》けて白鳥陵《しろとりのみささぎ》と曰《い》ふ。然《しか》して遂《つひ》に高《たか》く翔《かけ》りて天《あめ》に上《のぼ》りしかば、徒《ただ》に衣冠《みそみかがふり》のみを葬《をさ》めまつる。因《よ》りて功名《いさをしきみな》を録《つた》へむとして、即《すなは》ち武部《たけるべ》を定《さだ》む。是歳《ことし》、天皇践祚《あまつひつぎしろしめ》しし四十三年なり。

五十一年秋八月の己《き》酉朔《ゆうついたち》の壬子《じんし》（四日）に、稚足彦尊《わかたらしひこのみこと》を立てて皇太子とされた。この日に、武内宿禰《たけうちのすくね》に命じて棟梁之臣《とうりようのまえつきみ》とされた。

当初、日本武尊《やまとたけるのみこと》が腰につけておられた草薙横刀《くさなぎのたち》は、今、尾張国《おわりのくに》の年魚市郡《あゆちのこおり》の熱田神宮（名古屋市熱田区）にある。

初め日本武尊は、両道入姫皇女《ふたじいりびめのひめみこ》（垂仁天皇皇女）を娶《めと》って妃となし、稲依別王《いなよりわけのみこ》、次に足仲彦天皇《たらしなかつひこのすめらみこと》（仲哀天皇）、次に布忍入姫命《ぬのしいりびめのみこと》、次に稚武王《わかたけるのみこ》を生んだ。その兄稲依別王は、犬上君《いぬかみのきみ》・武部君《たけるべのきみ》の二族の始祖である。またの妃である吉備武彦《きびのたけひこ》の娘吉備穴戸武媛《きびのあなとのたけひめ》は、武卵王《たけかいごのみこ》と十城別王《とおきわけのみこ》とを生んだ。その兄武卵王は、讃岐綾君《さぬきのあやのきみ》の始祖である。弟十城別王は、伊予別君《いよのわけのきみ》の始祖である。次の妃である穂積氏忍山宿禰《ほづみのうじのおしやまのすくね》の娘弟橘媛《おとたちばなひめ》は、稚武彦王《わかたけひこのみこ》を生んだ。

六十年冬十一月の乙酉《いつゆう》朔の辛卯《しんぼう》（七日）に、景行天皇は高穴穂宮《たかあなほのみや》で崩御された。時に御年百六であった。

五十一年の（略）秋八月の己酉《きいう》の朔《つきたち》にして壬子《じんし》に、稚足彦尊《わかたらしひこのみこと》を立てて皇太子《ひつぎのみこ》としたまふ。是《こ》の日に、武内宿禰《たけうちのすくね》に命《みことのり》して棟梁之臣《とうりやうのまへつきみ》としたまふ。

初《はじ》め、日本武尊の佩《は》かせる草薙横刀《くさなぎのたち》は、是今《これいま》し尾張国《をはりのくに》の年魚市郡《あゆちのこほり》の熱田社《あつたのみやしろ》に在《あ》り。（略）

初め日本武尊、両道入姫皇女《ふたぢいりびめのひめみこ》を娶《めと》りて妃《みめ》となし、稲依別王《いなよりわけのみこ》、次《つぎ》に足仲彦天皇《たらしなかつひこのすめらみこと》、次に布忍入姫命《ぬのしいりびめのみこと》、次に稚武王《わかたけるのみこ》を生《う》む。其の兄《え》稲依別王は、是犬上君《これいぬかみのきみ》・武部君《たけるべのきみ》、凡《すべ》て二族《ふたつのやから》が始祖《はじめのおや》なり。又妃《またのみめ》、吉備武彦《きびのたけひこ》が女《むすめ》吉備穴戸武媛《きびのあなとのたけひめ》、武卵王《たけかひごのみこ》と十城別王《とおきわけのみこ》とを生む。其の兄《え》武卵王は、是讃岐綾君《さぬきのあやのきみ》が始祖なり。弟《おと》十城別王は、是伊予別君《いよのわけのきみ》が始祖なり。次妃《つぎのみめ》、穂積氏忍山宿禰《ほづみのうぢのおしやまのすくね》が女弟《おと》橘媛《たちばなひめ》、稚武彦王《わかたけひこのみこ》を生む。

（五十二年〜五十八年の条、略）

六十年の冬十一月の乙酉《いついう》の朔にして辛卯《しんばう》に、天皇、高穴穂宮《たかあなほのみや》に崩《かむあが》ります。時に年《みとし》一百六歳なり。

日本書紀の風景 ②

熱田神宮《あつたじんぐう》

尾張・三河が輩出した天下の三武将、織田信長・豊臣秀吉・徳川家康は、熱田神宮を篤《あつ》く崇拝した。ご神体は勇ましくも「剣」、桶《おけ》狭間《はざま》の戦いで信長を勝利に導いたという武運長久の神である。熱田神宮に祀《まつ》られる「草薙剣《くさなぎのつるぎ》」は三種の神器《じんぎ》の一つで、素戔嗚尊《すさのおのみこと》が八岐大蛇《やまたのおろち》を退治した時にその尾より得たもの。それが天照大神《あまてらすおおみかみ》に献上され、やがて伊勢《いせ》神宮に安置されたが、日本武尊《やまとたけるのみこと》が東国へ遠征に旅立つ際に叔母の倭姫命《やまとひめのみこと》より賜り、駿河《するが》の野《の》火《び》を薙《な》ぎ払ったことから草薙剣と称される。日本武尊の死後、剣は尾張で結ばれた宮簀《みやず》媛《ひめ》のもとに残された。その後、現在の熱田神宮に奉納されたと思われる。幹線道路が交じり合うなかに濃い緑の影を落とす熱田神宮は、「あつたの森」として人々に親しまれる。幾重もの垣に隔てられた本殿に祀られるのは「熱田大神」。剣に依る天照大神のもう一つの姿であり、江戸時代の実見記によれば、銅剣であったという。

天智天皇七年(六六七)の沙門道行《しゃもんどうぎょう》の盗難事件(『日本書紀 下・風土記』一〇六頁参照)ののちは皇居に納められたが、天武天皇が剣の祟《たた》りによって病を得たことから、朱鳥《あかみとり》元年(六八六)に再び熱田神宮に戻された(『日本書紀 下・風土記』一九二頁参照)。現在五月四日に行われる「酔笑人《えようど》神事」では、このときの歓喜を再現し、装束の下に隠し持った神面を軽く叩いたのち、全員一斉に高笑いをする。剣あってこその社であることを思い知らされる奇祭である。

稚足彦天皇《わかたらしひこのすめらみこと》　成務天皇《せいむ》（概略）

成務天皇は景行天皇の第四子である。元年正月に即位した。三年正月に武内宿禰《たけうちのすくね》を大臣とした。五年九月に諸国に令して、国や郡《こおり》に造長《みやつこおさ》を立て、県《あがた》や邑《むら》に稲置《いなき》（村の首長の職名）を置いた。その時に山河を境として国や県を分け、縦横の道に従って邑里《むら》を定めた。六十年六月に崩御した。時に御年百七であった。

巻第八　仲哀《ちゅうあい》天皇

足仲彦天皇《たらしなかつひこのすめらみこと》　仲哀天皇（概略）

仲哀天皇は、日本武尊《やまとたけるのみこと》の第二子である。成務天皇には子がおらず、皇太子に立てて天皇の後継とした。元年正月に即位し、二年正月に気長足姫尊《おきながたらしひめのみこと》（神功皇后《じんぐう》）を皇后とした。天皇は九州各地を巡幸した。八年、筑紫《つくし》に行幸した天皇は、熊襲《くまそ》征討を群臣に相談した。すると、神が皇后に乗りうつってこう述べた。「不毛の地、熊襲を討つより、宝物に溢《あふ》れた新羅国《しらぎのくに》を帰服させてはどうか」。しかし仲哀天皇は神託を信じず、戦勝の得られないまま還幸し、翌九年二月、橿日宮《かしひのみや》（福岡市東区香椎）で崩御した。皇后と大臣武内宿禰は、人心の乱れを恐れて崩御を天下に秘した。

巻第九　神《じん》功《ぐう》皇后

気《おき》長《なが》足《たらし》姫《ひめ》尊《のみこと》　神功皇后

一　神功皇后、神託を得て、まず熊襲《くまそ》征討

気長足姫尊《おきながたらしひめのみこと》は、稚日本根子彦大日日天皇《わかやまとねこひこおおびびのすめらみこと》（開化天皇）の曾孫《そうそん》、気長宿禰王《おきながのすくねのおおきみ》の御娘である。母は葛城高顙媛《かずらきのたかぬかひめ》と申しあげる。足仲彦天皇《たらしなかつひこのすめらみこと》（仲哀天皇）の二年に、立って皇后となられた。幼少の頃より聡明《そうめい》で叡智《えいち》をもち、容貌《ようぼう》も壮麗でいらっしゃった。それは父王も訝《いぶか》られるほどであった。

九年春二月に、足仲彦天皇は筑紫《つくし》の橿日宮《かしひのみや》で崩御された。その時、皇后は、天皇が神のお教えに従わないために早く崩御されたことを悲しくお思いになって、祟《たた》りの神を知って、その上で財宝の国を求めようと考えられた。そこで、群臣及び百官に命じて、罪を祓《はら》い過ちを改めて、さらに斎宮《いつきのみや》（神託を受ける御殿）を小山田邑《おやまだのむら》に造らせられた。

三月壬申《じんしん》朔《ついたち》（一日）に、皇后は吉日を選んで斎宮にお入りになり、自ら神主となられ、武内宿禰《たけうちのすくね》に命じて琴を弾じさせ、中臣烏賊《なかとみのいか》津使《つのお》主《み》を召して審《さ》神《に》者《わ》（神託の意味することを解く人）とされた。そして多くの幣帛《へいはく》を琴の首部と尾部に置き、祈請して、「先日、天皇にお教えになったのは何という神でしょうか。どうかその御名を知らせてください」と申された。それから七日七夜に至って、答えて、「神風の伊勢国の百伝《ももづた》う度逢県《わたらいのあがた》の拆《さく》鈴《すず》五十《い》鈴宮《すずのみや》（伊勢神宮）に坐《ま》します神、名は撞賢木《つきさかき》厳之《いつの》御魂《みたま》天疎《あまざかる》向津媛命《むかつひめのみこと》（天照大神の荒《あら》魂《みたま》）である」と言われた。また問うて、「この神のほかにも、また神がおいでになりますか」と申された。答えて、「旗薄《はたすすき》の穂のように現れ出た私という、尾田《おだ》の吾田《あがた》節《ふし》の淡郡《あわのこおり》に坐します神が有る」と言われた。また問うて、「まだほかにおられますか」と申された。答えて、「天事代虚事代玉籤入彦厳之事代神《あめにことしろそらにことしろたまくしいりびこいつのことしろのかみ》（託宣の神）が有る」と言われた。また問うて、「まだほかにおられますか」と申された。答えて、「有るとも無いとも知らない」

と言われた。そうして審神者《さにわ》が、「今お答えにならなくても、後になっておっしゃることがありますか」と申しあげた。それに答えて、「日向国《ひむかのくに》の橘小門《たちばなのおど》（宮崎県の大淀川河口付近か）の水底に坐しまして、水葉《みなは》のように稚《わか》やかに芽ぐみ出でます神、名は表筒男《うわつつのお》・中筒男《なかつつのお》・底筒男《そこつつのお》（住吉三神。航海神として顕れる）の神が有る」と言われた。そうして後に、皇后は神のお言葉を受けて、教えのままに祭られた。そうして後に、吉備臣《きびのおみ》の祖鴨別《かもわけ》を派遣して、熊襲国《くまそのくに》を討伐させられた。幾日も経《た》たないうちに、熊襲は自ずから服従した。

気長足姫尊《おきながたらしひめのみこと》は、稚日本根子彦大日日天皇《わかやまとねこひこおほびびのすめらみこと》の曾孫《ひひこ》、気長宿禰王《おきながのすくねのおほきみ》の女《みむすめ》なり。母《はは》は葛城高顙媛《かづらきのたかぬかひめ》と曰《まを》す。足仲彦天皇《たらしなかつひこのすめらみこと》の二年に、立ちて皇后《きさき》と為《な》りたまふ。幼《わか》くして聡明叡智《そうめいえいち》にして、貌容壮麗《ばうようさうれい》にまします。父王《ちちのおほきみ》、異《あや》しびたまふ。

九年の春二月に、足仲彦天皇、筑紫《つくし》の橿日宮《かしひのみや》に崩《かむあが》ります。時に皇后、天皇《すめらみこと》の、神《かみ》の教《みをしへ》に従《したが》はずして早く崩りましししことを傷《いた》みたまひて、以為《おもほ》さく、祟《たた》れる神を知りて、財宝国《たからのくに》を求めむと欲《おもほ》す。是《ここ》を以《も》ちて、群臣《まへつきみたち》と百寮《もものつかさ》に命《みことおほ》せて、罪《つみ》を解《はら》へ過《あやまち》を改《あらた》めて、更《さら》に斎宮《いつきのみや》を小山田邑《をやまだのむら》に造らしめたまふ。

三月の壬申《じんしん》の朔《つきたち》に、皇后、吉日《よきひ》を選《えら》ひて斎宮に入《い》り、親《みづか》ら神主《かむぬし》と為《な》りたまひ、則《すなは》ち武内宿禰《たけうちのすくね》に命《みことおほ》せて琴撫《みことひ》かしめ、中臣烏賊津使主《なかとみのいかつのおみ》を喚《め》して審神《さに》者《は》としたまふ。因《よ》りて千《ち》繒高繒《はたたかはた》を以ちて琴頭尾《ことのかみしり》に置き、請《ねぎまを》して曰《まを》さく、「先日《さきのひ》に、天皇に教《をし》へたまひしは誰神《いづれのかみ》ぞ。願《ねが》はくは其《そ》の名《みな》を知《し》らむ」とまをしたまふ。七日《なぬか》七夜《ななよ》に逮《いた》りて、乃《すなは》ち答《こた》へて曰《のたま》はく、「神風《かむかぜ》の伊《い》勢国《せのくに》の、百伝《ももづた》ふ度逢県《わたらひのあがた》の、拆鈴《さくすず》五十《い》鈴宮《すずのみや》に居《ま》す神、名《な》は撞賢木《つきさかき》厳之《いつの》御魂《みたま》天疎向津媛《あまざかるむかつひめの》命《みこと》なり」とのたまふ。亦問《またと》ひまをさく、「是《こ》の神を除《お》きて復《また》神有《ま》すや」とまをしたまふ。答《こた》へて曰はく、「幡荻穂《はたすすきほ》に出《で》し吾《あれ》や、尾田《をだ》の吾田《あがた》節《ふし》の淡《あはの》郡《こほり》に居《ま》す神有《あ》り」とのたまふ。問ひまをさく、「亦有《またま》すや」とまをしたまふ。答へて曰はく、「天事代《あめにことしろ》虚事代《そらにことしろ》玉籤入彦《たまくしいりびこ》厳之事代神《いつのことしろのかみ》有《あ》り」とのたまふ。問ひまをさく、「亦有《ま》すや」とまをしたまふ。答へて曰はく、「有《あ》ること無《な》きこと知《いさし》らず」とのたまふ。是《ここ》に審神者《さには》が曰《まを》さく、「今《いま》し答《こた》へたまはずして、更後《またのち》に言《のたま》ふこと有《ま》しますや」とまをす。則ち対《こた》へて曰《のたま》はく、「日《ひむ》向国《かのくに》の橘小門《たちばなのをど》の水底《みなそこ》に居《ま》して、水葉《みなは》も稚《わかや》けく出《い》で居《ま》す神、名《な》は表筒男《うはつつのを》・中筒男《なかつつのを》・底筒男《そこつつのを》の神有《あ》り」とのたまふ。（略）時に神語《かむごと》を得《え》て、教《みをしへ》の随《まにま》に祭《まつ》

りたまふ。然《しか》して後《のち》に、吉備臣《きびのおみ》が祖鴨別《おやかもわけ》を遣《つかは》して、熊襲国《くまそのくに》を撃《う》たしめたまふ。未《いま》だ浹辰《せふしん》も経《へ》なくに、自《おの》づからに服《したが》ひぬ。（略）

夏四月の壬寅朔《じんいんついたち》の甲辰《こうしん》（三日）に、北方の火前国《ひのみちのくちのくに》（肥前国）の松浦県《まつらのあがた》に到着されて、玉島里《たましまのさと》（佐賀県唐津市浜玉町）の小川のほとりで食事をされた。この時、皇后は縫針を曲げて釣針とされ、飯粒を取って餌にして、御裳《みも》の糸を抜き取って釣糸にし、河中の岩の上に登って釣針を投げ、祈誓《うけい》されて、「私は西方に財国《たからのくに》を求めようと思っている。もし事を成就することがあるならば、川の魚よ、釣針を呑《の》め」と仰せられた。そうして竿《さお》を上げて、たちまち鮎《あゆ》を獲《え》られた。その時、皇后は、「これは珍しいものである」と仰せられた。それで時の人は、その地を名付けて梅豆羅国《めずらのくに》といった。今、松浦《まつら》というのは訛《なま》ったものである。かくして、その国の女たちは、四月上旬になるたびに、釣針を河中に投げ入れて、鮎《あゆ》を捕《と》る習わしが、今でも絶えないのである。ただし男たちは、釣っても魚を獲《う》ることはできない。

こうして、皇后は、神のお教えのあらたかな験《しるし》をお知りになり、さらに天神地祇《てんしんちぎ》をお祭りして、自ら西方を征討したいとお思いなり、そこで、神田を定めて耕作された。その時、儺河《なのかわ》（那珂川）の水を引いて、神田を潤したいと思われ、溝《みぞ》を掘ってゆき迹驚岡《とどろきのおか》（福岡県筑紫郡那珂川町安徳）に達すると、大岩で塞《ふさ》がれていて、それ以上溝を穿《うが》つことができなかった。皇后は武内宿禰《たけうちのすくね》を召されて、剣・鏡を捧げて天神地祇に丁重にお祈りをさせ、溝を通せるようにお求めになった。と、その時ちょうど落雷があって、その岩を蹴《け》り裂《さ》いて、水を通させた。それで時の人は、その溝を名付けて裂田溝《さくたのうなて》といった。

皇后は宮に帰られ、橿日浦《かしひのうら》（福岡市東区香椎）に行かれて、御髪を解き海に臨んで、「私は天神地祇のお教えをこうむり、皇祖の御霊《みたま》をこうむって、滄海原《あおうなばら》を渡って自ら西方を討伐しようと思う。そこで、頭を海水ですすぐことにする。もし霊験があるならば、髪よ、自然に分れて二つになれ」と仰せられた。そして髪を海に入れてすすがれると、髪は自然に二つに分れた。皇后は、さっそく髪を結い分けて髻《みずら》（男子の髪形）にされ、そうして群臣に語られて、「およそ戦役《いくさ》を起して軍兵を動かすのは、国家の大事である。事の安危も勝敗も、一《いつ》にかかってここにある。今、征討しようとしている。諸事を群臣に託した。もし事が成就しなかったならば、罪は群臣にあることになる。これははなはだ心の痛むことである。私は婦女《たおやめ》であり、そのうえ不肖の身である。しかしながら、しばらく男子の姿となって、強いて雄大な計画を立てよう。上は天神地祇の霊力をこうむり、下は群臣の助けによって、兵士たちを奮い立たせて高波を渡り、船舶《ふね》を整えて財《たから》土《のくに》を求めることにしよう。もし事が成就するならば、群臣に共に功績があったからであり、事が成就しなかったら、私ひとりに罪があろう。すでにこうした決意でいる。それでは、皆で謀議《はか》られよ」と仰せられた。群臣はみな、「皇后は、天下のために、国家を安泰にする方途を画策しておられます。一方では罪は臣下に及ばないとおっしゃっています。謹んで詔《みことのり》を承りましょう」と申しあげた。

夏四月の壬寅《じんいん》の朔《つきたち》にして甲辰《かふしん》に、北火前国《きたのかたひのみちのくちのくに》の松浦県《まつらのあがた》に到《いた》りまして、玉島里《たましまのさと》の小河《をがは》の側《ほとり》に進食《みをし》したまふ。是《ここ》に皇后《きさき》、針《はり》を勾《ま》げて鉤《ち》に為《つく》り、粒《いひぼ》を取りて餌《ゑ》にして、裳《みも》の縷《いと》を抽《ぬ》き取《と》りて緡《つりいと》にし、河中《かはなか》の石上《いはのうへ》に登《のぼ》りて、鉤《ち》を投《な》げ祈《うけ》ひて曰《のたま》はく、「朕《われ》、西《にしのかた》、財国《たからのくに》を求めむと欲《おも》ふ。若《も》し事《こと》を成《な》すこと有《あ》らば、河《かは》の魚鉤《うをち》を飲《く》へ」とのたまふ。因《よ》りて竿《さを》を挙《あ》げて、乃《すなは》ち細鱗魚《あゆ》を獲《え》たまひつ。時に皇后の曰はく、「希見《めづら》しき物《もの》なり」とのたまふ。故《かれ》、時人《ときのひと》、其処《そこ》を号《なづ》けて梅豆羅国《めづらのくに》と曰《い》ふ。今《いま》し松浦《まつら》と謂《い》ふは訛《よこなま》れるなり。是を以ちて、

其《そ》の国の女人《をみな》、四月の上旬《かみのとをか》に当《いた》る毎《ごと》に、鉤《ち》を以《も》ちて河中《かはなか》に投《な》げ、年魚《あゆ》を捕《と》ること、今に絶《た》えず。唯《ただ》し男夫《をのこ》のみは、釣《つ》ると雖《いふと》も、魚《いを》を獲《う》ること能《あた》はず。

既《すで》にして皇后、則《すなは》ち神の教《みをしへ》の験《しるし》有《あ》ることを識《し》ろしめして、更《また》神祇《あまつかみくにつかみ》を祭祀《いはひまつ》りて、躬《みづか》ら西《にしのかた》を征《う》たむと欲《おもほ》し、爰《ここ》に神田《みとしろ》を定《さだ》めて佃《たつく》りたまふ。時に儺河《なのかは》の水《みづ》を引《ひ》き、神田を潤《うるほ》さむと欲《おもほ》し、溝《うなて》を掘《ほ》り迹驚岡《とどろきのをか》に及《いた》りしに、大磐《おほいは》塞《ふさが》りて溝を穿《うか》つこと得《え》ず。皇后、武内宿禰《たけうちのすくね》を召《め》し、剣《つるぎ》・鏡《かがみ》を捧《ささ》げて神祇を禱祈《の》ましめて、溝を通《とほ》さむことを求めたまふ。則ち当時《そのとき》に、雷電霹靂《かむとけ》して、其《そ》の磐《いは》を蹴《く》ゑ裂《さ》きて、水を通さしむ。故《かれ》、時人《ときのひと》、其の溝を号《なづ》けて裂《さく》田溝《たのうなて》と曰《い》ふ。

皇后、還《かへ》りて橿日浦《かしひのうら》に詣《いた》りまして、髪《みぐし》を解《と》き海に臨《のぞ》みて曰《のたま》はく、「吾《われ》、神祇の教《みをしへ》を被《かがふ》り、皇祖《おほみおや》の霊《みたまのふゆ》を頼《かがふ》り、滄海《あをうなはら》を浮渉《わた》りて、躬《みづか》ら西《にしのかた》を征《う》たむと欲《おも》ふ。是《ここ》を以ちて、今し頭《かしら》を海水《うしほ》に滌《すす》ぐ。若《も》し験《しるし》有らば、髪自《おの》づからに分《わか》れて両《ふたつ》に為《な》れ」とのたまふ。即《すなは》ち海に入《い》れて洗《すす》ぎたまふに、髪自づから分れぬ。皇后、便《すなは》ち髪を結《ゆ》ひ分《わ》けて髻《みづら》にしたまひ、因《よ》りて群臣《まへつきみたち》に謂《かた》りて曰はく、「夫《そ》れ師《いくさ》を興《おこ》して衆《もろもろ》を動《うごか》すは、国の大事《おほきこと》なり。安《やす》きも危《あやふ》きも、成《な》るも敗《やぶ》るるも、必ず斯《ここ》に在《あ》り。今し征伐《う》つ所有《ところあ》り。事《こと》を以ちて群臣に付《さづ》く。若し事成らずは、罪《つみ》群臣に有《あ》らむ。是《これ》、甚《はなは》だ傷《いた》し。吾、婦女《たをやめ》にして、加以《また》不肖《をさな》し。然《しか》はあれども暫《しまら》く男《ますらを》の貌《すがた》を仮《か》りて、強《あながち》に雄略《ををしきはかりこと》を起《おこ》さむ。上《かみ》は神祇の霊を蒙《かがふ》り、下《しも》は群臣の助《たすけ》に藉《よ》りて、兵甲《いくさ》を振《おこ》して嶮浪《たかきなみ》を度《わた》り、艫船《ふね》を整《ととの》へて財土《たからのくに》を求めむ。若《も》し事就《ことな》らば、群臣共《とも》に功有《いさをしあ》り、事就《ことな》らずは、吾独《われひと》り罪《つみ》有らむ。既《すで》に此《こ》の意《こころ》有り。其《そ》れ共に議《はか》らへ」とのたまふ。群臣、皆曰《みなまを》さく、「皇后《きさき》、天下《あめのした》が為《ため》に、宗廟社稷《くにいへ》を安《やす》みせむ所以《ゆゑ》を計《はか》ります。且《また》、罪臣下《おのら》に及《いた》らじとのたまふ。頓首《つつし》みて詔《みことのり》を奉《うけたまは》らむ」とまをす。

二　神助《しんじょ》により新羅《しらぎ》親征

秋九月の庚午《こうご》朔《ついたち》の己卯《きぼう》（十日）に、諸国に命じて、船舶《ふね》を集め兵士の訓練をさせた。その時、軍兵の集まりが悪かった。皇后は、「これは必ず神の御心によるのであろう」と仰せられ、ただちに大三輪社《おおみわのやしろ》を建てて、刀・矛《ほこ》を奉られると、軍兵は自然と集結した。

やがて神（表筒男《うわつつのお》・中筒男《なかつつのお》・底筒男《そこつつのお》の三神）のお教えがあって、「和魂《にきみたま》（筒男三神の穏和な神魂）は王身に付き随って御命を守り、荒魂《あらみたま》（災厄を排除する、筒男三神の荒々しい神魂）は先鋒《せんぽう》となって軍船を導くだろう」と言われた。それで皇后は、神のお教えを得て拝礼され、そうして依網吾彦男垂見《よさみのあびこおたるみ》を祭りの神主とされた。その時は、ちょうど皇后の臨月に当っていた。そこで皇后は石を取って腰に挟み、祈請《うけい》をされて、「事を成し終えて帰ったその日に、この地で生れてください」と仰せられた。

冬十月の己亥《きがい》朔の辛丑《しんちゅう》（三日）に、和珥津《わにつ》（対馬の北端の鰐浦《わにうら》）より出発された。その時、風神は風を起し、海神は波を挙げ、海中の大魚はすべて浮び上がって御船を扶《たす》けた。そして、大風は順風として吹き、帆船は波の流れに乗って梶《かじ》や楫《かい》を労せずして、たちまち新羅《しらぎ》に到着した。その時、御船に添って流れる波が遠く新羅国の陸上にまで満ち溢《あふ》れた。この事で、天神地祇がことごとくお助けくださったのだということが分る。

新羅王《しらぎおう》は、この時おののき怖れて、なす術《すべ》がなかった。それで多くの人を集めて、「新羅が建国以来、未だかつて海水が国の上に遡《さかのぼ》って来たということを聞かない。もしかしたら、天運が尽きて国が海になってしまうのだろうか」と言った。この言葉がまだ言い終らないうちに、軍船は海に満ち、軍旗は日に輝き、鼓笛《こてき》の音が起って、山川がことごとく振動した。新羅王は、これを遥かに眺望して、常識では考えられない軍勢が、まさしく我が国を滅亡させようとしているのだと思い、気を失ってどうしてよいか分らなくなってしまった。それが今正気に返って、「私は、東方に神国があって日本《やまと》といい、また、聖王があって天皇ということを聞いている。これはきっとその国の神兵なのであろう。どうして兵を挙げて防御することができようか」と言った。ただちに白旗を挙げて自ら降伏し、白い綬《くみひも》で自ら後ろ手に縛り、地図と戸籍とを封印して（支配権の放棄を意味する）、皇后の御船の前に降《くだ》った。そうして、叩頭《こうとう》謝罪して、「今より後は、長く天地とともに服従して、飼部《みまかい》（朝廷の馬を飼育する人。服従の表れ）となりましょう。船《ふな》舵《かじ》を乾《ほ》すことなく、始終貢船《みつぎぶね》を海に浮べて、春秋には馬の毛を刷《こす》る櫛《くし》と馬の鞭《むち》とを献上いたしましょう。また海の遠いことをも厭《いと》うことなく、年ごとに男女の調《みつき》（一一三頁の弭調《ゆはずのみつき》、手末調《たなすえのみつき》などをいうか）を奉りましょう」と奏上した。そのうえ重ねて誓いを立て、「東より出る日が、あらためて西より出るようなことがない限り、また阿利那礼《ありなれ》河《がわ》（新羅を流れる川）が逆さまに流れ、川の石が天に上って星となるようなことがないかぎり、とりわけ春秋の入朝を欠かしたり、怠って馬の櫛と馬の鞭の貢物《みつぎもの》を廃するようなことがあれば、天神地祇《てんしんちぎ》よ、罰を与え給え」と申しあげた。この時ある人が、「新羅王を誅殺《ちゆうさつ》しましょう」と言った。ここに皇后は、「初め神のお教えを承って、今まさに金銀の国を授かろうとしており、また全軍に号令して、『自ら降伏して来た者を殺してはならぬ』と言った。今すでに財国《たからのくに》を得た。また相手も自ずから降伏したのだ。殺すのはよろしくない」と仰せられた。そうして新羅王の縛《ばく》を解いて、飼部《みまかい》とされ、ついにその国の中に入って重要な宝の府庫《くら》を封じ、地図・戸籍と文書を収められた。そして皇后がお持ちの矛《ほこ》を新羅王の門に立て（土地占拠の境界を表す）、後代への印とされた。それゆえ、その矛は今もなお新羅王の門に立っている。

ここに新羅王の波沙寐錦《はさむきむ》は、ただちに微叱己知波珍干岐《みしこちはとりかんき》を人質とし、そうして金銀や彩りの美しい宝物及び綾《あやきぬ》・羅《うすきぬ》・縑絹《かとりのきぬ》（堅織《かたおり》の絹）を持って来て、八十艘《そう》の船に載せ、官軍に従わせた。こういうわけで新羅王が常に八十艘の調物《みつぎもの》を日本国に奉るのであるが、これがその由縁である。さて、高麗《こま》・百済《くだら》の二国の王は、新羅が地図と戸籍を差し出して日本国に降伏したと聞いて、ひそかに日本の軍勢を偵察させ、とうてい勝ち得ないことを知ると、自ら軍営の外までやって来て、叩頭謝罪して、「今後は末永く西蕃《せいばん》と称して、朝貢を絶やしません」と申しあげた。それゆえ、これによって内官家《うちつみやけ》（朝廷への貢納国）を定めた。これが、いわゆる三韓《さんかん》である。皇后は新羅から還幸された。

十二月の戊戌《ぼしゅつ》朔の辛亥《しんがい》（十四日）に、誉田天皇《ほむたのすめらみこと》（応神天皇）を筑紫《つくし》でお生みになった。それで時の人は、そのご出産の地を名付けて宇瀰《うみ》（福岡県粕屋郡宇美町）といった。

こうして、新羅を討伐された翌年の春二月に、皇后は群臣と百官とを率いて、穴門《あなと》の豊浦宮《とゆらのみや》（下関市豊浦町）にお移りになり、そこで天皇のご遺体を収めて海路より皇都に向かわれた。

冬十月の癸亥《きがい》朔の甲子《こうし》（二日）に、群臣は皇后を尊んで皇太后と申しあげた。この年は、太歳《たいさい》は辛巳《しんし》であった。この年を摂政元年とした。

秋九月の庚午《かうご》の朔《つきたち》にして己卯《きばう》に、諸国《もろもろのくに》に令《みことのり》して、船舶《ふね》を集《つど》へ兵甲《いくさ》を練《ね》らふ。時に軍卒《いくさびとども》集《つど》ひ難《がた》し。皇后《きさき》の曰《のたま》はく、「必ず神の心《みこころ》ならむ」とのたまひ、則《すなは》ち大三輪社《おほみわのやしろ》を立てて、刀《たち》・矛《ほこ》を奉《たてまつ》りたまふに、軍衆《いくさびとども》自《おの》づからに聚《あつま》る。（略）

既《すで》にして神の誨《をし》ふること有りて曰はく、「和魂《にきみたま》は王身《おほみみ》に服《したが》ひて寿命《みいのち》を守《まも》り、荒魂《あらみたま》は先鋒《みさき》として師船《みいくさぶね》を導《みちび》かむ」とのたまふ。即《すなは》ち、神の教《みをしへ》を得《え》て拝《をろ》礼《が》みたまひ、因《よ》りて依網吾彦男垂見《よさみのあびこをたるみ》を以《も》ちて祭の神主《いはひかむぬし》としたまふ。時に、適《たまたま》皇后《きさき》の開胎《うみづき》に当《あた》れり。皇后、則ち石《いし》を取りて腰《みこし》に挿《さしはさ》み、祈《いの》りて曰はく、

「事竟《ことを》へて還《かへ》らむ日《ひ》に、茲土《ここ》に産《あ》れたまへ」とのたまふ。（略）

冬十月の己亥《きがい》の朔にして辛丑《しんちう》に、和珥津《わにつ》より発《た》ちたまふ。時に、飛廉風《かぜのかみかぜ》を起《おこ》し、陽侯浪《うみのかみなみ》を挙《あ》げ、海中《わたなか》の大魚《おふを》悉《ことごとく》に浮《うか》びて船《みふね》を扶《たす》く。則ち大風《おほかぜ》順《おひかぜ》に吹《ふ》き、帆舶波《ほつむなみ》に随《したが》ひ、櫓楫《かぢかい》を労《いたつ》かずして、便《すなは》ち新羅《しらき》に到《いた》る。時に、船に随へる潮浪《うしほ》、遠《とほ》く国中《くになか》に逮《みちいた》る。即ち知る、天神地祇《あまつかみくにつかみ》の悉に助《たす》けたまへるかといふことを。

新羅王《しらきのこにきし》、是《ここ》に戦戦慄慄《おぢわなな》きて厝身無所《せむすべなし》。則ち諸人《もろもろのひと》を集《つど》へて曰《いは》く、「新羅の、国を建《た》ててしより以来《このかた》、未《いま》だ嘗《かつ》て海水《うしほ》の国に凌《のぼ》るといふことを聞かず。若《けだ》し天運《てんうん》尽きて、国、海と為《な》らむとするか」といふ。是《こ》の言《こと》未《いま》だ訖《をは》らざる間《あひだ》に、船師《ふないくさ》海に満ち、旌旗《せいき》日《ひ》に耀《かかや》き、鼓《こ》吹声《すいこゑ》を起し、山川《やまかは》悉に振《ふる》ふ。新羅王、遥《はるか》に望《のぞ》みて、非常《おもひのほか》の兵《いくさ》将《まさ》に己《おの》が国を滅《ほろぼ》さむとすと以為《おも》ひ、讋《お》ぢて失志《こころまと》ひぬ。乃今《いまし》醒《さ》めて曰《いは》く、「吾《わ》が聞《き》かく、東《ひむがしのかた》に神国《かみのくに》有《あ》り、日本《やまと》と謂《い》ふ。亦《また》聖王《ひじりのきみ》有り、天皇《すめらみこと》と謂《い》ふといふことを。必ず其《そ》の国の神兵《しんぺい》ならむ。豈《あに》兵《いくさ》を挙《あ》げて距《ふせ》くべけむや」といふ。即《すなは》ち素旆《しらはた》あげて自《みづか》ら服《まつろ》ひ、素組《しろきくみ》して面《めん》縛《ばく》し、図籍《しるしへふみた》を封《ゆひかた》めて、王船《みふね》の前《まへ》に降《くだ》る。因《よ》りて叩頭《の》みて曰《まを》さく、「今より以後《のち》、長く乾坤《あめつち》と与《とも》に伏《したが》ひて飼部《みまかひ》と為《な》らむ。其《そ》れ船柂《ふなかぢ》を乾《ほ》さずして、春《はる》秋《あき》に馬梳《うまのはだけ》と馬鞭《うまのむち》を献《たてまつ》らむ。復《また》海《わた》の遠《とほ》きに煩《いたつ》かずして年毎《としごと》に男女《をとこをみな》の調《みつき》を貢《たてまつ》らむ」とまをす。則ち重《かさ》ねて誓ひて曰《まを》さく、「東《ひむがし》の日《ひ》の更《さら》に西に出《い》づるに非《あら》ずは、且《また》阿利那礼河《ありなれがは》の返《かへ》りて逆《さかしま》に流れ、河《かは》の石《いし》の昇《のぼ》りて星辰《あまつほし》に為《な》るに及《いた》るを除《お》きて、殊《こと》に春秋《はるあき》の朝《まゐで》を闕《か》き、怠《おこた》りて梳《はだけ》・鞭《むち》の貢《みつき》を廃《や》めば、天《あまつ》神地祇《かみくにつかみ》、共《とも》に討《つみな》へたまへ」とまをす。時に或《あるひと》の曰《いは》く、「新羅王を誅《ころ》さむとす」といふ。是《ここ》に皇后《きさき》の曰《のたま》はく、「初《はじ》め神の教《みをしへ》を承りて、金銀《くがねしろかね》の国を授《う》けむとし、又三軍《またみたむろのいくさ》に号令《のりごと》して曰《い》ひしく、『自《みづか》ら服《まつろ》はむをな殺しそ』といひき。今《いま》し既《すで》に財国《たからのくに》を獲《え》つ。亦人自《またひとおの》づからに降服《したが》ひぬ。殺すは不祥《さがな》し」とのたまふ。乃《すなは》ち其《そ》の縛《ゆはひつな》を解《と》きて、飼部《みまかひ》としたまひ、遂《つひ》に其の国中《くになか》に入《い》りまして、重宝《たから》の府庫《くら》を封《ゆひかた》め、図籍《しるしへふみた》・文書《ふみ》を収《をさ》めたまふ。即《すなは》ち皇后《きさき》の杖《つ》きたまへる矛《みほこ》を以《も》ちて、新羅王《しらきのこにきし》の門《かど》に樹《た》て、後葉《のちのよ》の印《しるし》としたまふ。故《かれ》、其の矛今も猶《なほ》新羅王の門に樹《た》てり。

爰《ここ》に新羅王波沙寐錦《はさむきむ》、即ち微叱己知波珍干岐《みしこちはとりかんき》を以ちて質《むかはり》とし、仍《よ》りて金《くがね》・銀《しろかね》・彩色《うるはしきいろ》と綾《あやきぬ》・羅《うすきぬ》・縑絹《かとりのきぬ》を齎《もたら》して、八十艘《かはら》の船《ふね》に載《の》せ、官軍《みいくさ》に従《したが》はしむ。是《ここ》を以ちて新羅王、常《つね》に八十船《ふね》の調《みつき》を以ちて日本国《やまとのくに》に貢《たてまつ》る、其《そ》れ是《こ》の縁《えに》なり。是《ここ》に、高麗《こま》・百済《くだら》二国《ふたつのくに》の王《こにきし》、新羅の、図籍《しるしへふみた》を収《をさ》めて日本国《やまとのくに》に降《くだ》りぬと聞《き》きて、密《ひそか》に其《そ》の軍勢《みいくさ》を伺《うかか》はしめ、則《すなは》ちえ勝つましじきことを知りて、自《みづか》ら営《いほり》の外《そと》に来《きた》りて、叩頭《の》みて款《まを》して曰《まを》さく、「今より以《の》後《ち》、永《なが》く西蕃《せいばん》と称《い》ひつつ、朝貢《みつきたてまつ》ること絶《た》たじ」とまをす。故《かれ》、因《よ》りて内《うち》官家《つみやけ》を定《さだ》む。是《これ》、所謂《いはゆる》三韓《みつのからくに》なり。皇后《きさき》、新羅より還《かへ》りたまふ。

十二月の戊戌《ぼしゆつ》の朔《つきたち》にして辛亥《しんがい》に、誉田天皇《ほむたのすめらみこと》を筑紫《つくし》に生《う》みたまふ。故《かれ》、時人《ときのひと》、其《そ》の産処《うみところ》を号《なつ》けて宇瀰《うみ》と曰《い》ふ。（略）

爰《ここ》に、新羅《しらき》を伐《う》ちたまひし明年《くるつとし》の春二月に、皇后《きさき》、群卿《まへつきみたち》と百寮《もものつかさ》とを領《ひき》ゐて、穴門《あなと》の豊浦宮《とゆらのみや》に移りたまふ。則《すなは》ち天皇《すめらみこと》の喪《みもがり》を収めて、海路《うみつぢ》よりして京《みやこ》に向ひたまふ。（略）

冬十月の癸亥《きがい》の朔にして甲子《かふし》に、群臣《まへつきみたち》、皇后を尊《たふと》びて皇太后《おほきさき》と曰《まを》す。是年《ことし》、太歳辛巳《たいさいしんし》にあり。即《すなは》ち摂政《せしやう》元年とす。

（二年の条、略）

三 誉《ほむ》田《た》別皇子《わけのみこ》の立太子

三年春正月の丙戌朔《へいしゅつついたち》の戊子《ぼし》（三日）に、誉田別皇子《ほむたわけのみこ》を立てて皇太子とされた。そして磐余《いわれ》（奈良県桜井市中西部から橿原市東部にかけての地）に都を造られた。

三十九年。この年は、太歳《たいさい》は己未《きび》であった。『魏志《ぎし》』（倭人伝）に、「明帝の景初三年（二三九）六月に、倭《わ》の女王（卑弥呼《ひみこ》。書紀の編者は神功皇后を卑弥呼に擬する）は、大夫難斗米《なんとまい》らを派遣し、郡に至って、天子に詣でて朝献することを求めた。太守鄧夏《とうか》は、役人を派遣し連れ立って送り、京都《けいと》（魏都の洛陽）に至らしめた」という。

五十二年秋九月の丁卯《ていぼう》朔の丙子《へいし》（十日）に、久氐《くて》らは千熊長彦《ちくまながひこ》（遣百済使）に従って百済より来朝した。その時に、七枝刀《ななさやのたち》一振・七子鏡《ななこのかがみ》一面をはじめ種々の重宝を献った。

六十九年夏四月の辛酉《しんゆう》朔の丁丑《ていちゅう》（十七日）に、皇太后が稚桜宮《わかさくらのみや》（奈良県桜井市池之内）で崩御された。

冬十月の戊午《ぼご》朔の壬申《じんしん》（十五日）に、狭城盾列陵《さきのたたなみのみささぎ》（奈良市山陵町《みささぎ》）に葬りまつった。この日に、皇太后を追尊して、気長足姫尊《おきながたらしひめのみこと》と申しあげる。この年は、太歳《たいさい》は己丑《きちゅう》であった。

三年の春正月の丙戌《へいじゅつ》の朔《つきたち》にして戊子《ぼし》に、誉田別皇子《ほむたわけのみこ》を立てて皇太子《ひつぎのみこ》としたまふ。因《よ》りて磐余《いはれ》に都《みやこ》つくりたまふ。（略）

（五年、十三年の条、略）

三十九年。是年《ことし》、太歳己未《たいさいきび》にあり。魏志《ぎし》に云《い》はく、「明帝《めいてい》の景初《けいしょ》三年六月に、倭《わ》の女王《ぢょわう》、大夫《たいふ》難斗米《なんとまい》等を遣《つかは》し、郡《こほり》に詣《いた》りて、天子《てんし》に詣《いた》り朝献《てうけん》せむことを求《もと》む。太守《たいしゅ》鄧夏《とうか》、吏《り》を遣して将送《ゐておく》り、京都《けいと》に詣《いた》らしむ」といふ。

（四十年、四十三年、四十六～四十七年、四十九～五十一年の条、略）

五十二年の秋九月の丁卯《ていばう》の朔《つきたち》にして丙子《へいし》に、久氐《くて》等、千熊長彦《ちくまながひこ》に従《したが》ひて詣《まゐけ》り。則《すなは》ち七枝刀《ななさやのたちひとつ》一口・七子鏡《ななこのかがみひとつ》一面と種々《くさぐさ》の重宝《たから》を献《たてまつ》る。（略）

（五十五～六年、六十二年、六十四～六年の条、略）

六十九年の夏の四月の辛酉《しんいう》の朔にして丁丑《ていちう》に、皇太后《おほきさき》、稚桜宮《わかさくらのみや》に崩《かむあが》ります。

冬十月の戊午《ぼご》の朔にして壬申《じんしん》に、狭城盾列陵《さきのたたなみのみさざき》に葬《はぶ》りまつる。是《こ》の日に、皇太后を追尊《おひたふと》びて気長足姫尊《おきながたらしひめのみこと》と曰《まを》す。是年《ことし》、太歳己丑《たいさいきちう》にあり。

巻第十　応《おう》神《じん》天皇

誉《ほむ》田《たのすめらみこと》天皇　応神天皇

一　弓《ゆ》月《づきの》君《きみ》と阿《あ》直《ち》岐《き》の来朝

誉田天皇《ほむたのすめらみこと》は足仲彦天皇《たらしなかつひこのすめらみこと》（仲哀天皇）の第四子である。母は気長足姫尊《おきながたらしひめのみこと》（神功《じんぐう》皇后）と申しあげる。幼少の頃から聡明であって、物事を見通す御心は奥深く遠く、起居動作に、奇《くす》しくも聖帝の兆《きざ》しがおありであった。

元年の春正月の丁亥朔《ていがいついたち》（一日）に、皇太子は即位された。

二年春三月の庚戌《こうしゅつ》朔の壬子《じんし》（三日）に、仲姫《なかつひめ》を立てて皇后とされた。后は、荒田皇女《あらたのひめみこ》・大鷦鷯天皇《おおさざきのすめらみこと》（仁徳天皇）・根鳥皇子《ねとりのみこ》をお生みになった。これより先に、天皇は皇后の姉高城入姫《たかきのいりびめ》を妃として、額田大中彦皇子《ぬかたのおおなかつひこのみこ》・大山守皇子《おおやまもりのみこ》・去来真稚皇子《いざのまわかのみこ》・大原皇女《おおはらのひめみこ》・澇来田皇女《こむくたのひめみこ》を生んだ。次の妃である和弭臣《わにのおみ》の祖日触使主《ひふれのおみ》の娘宮主宅媛《みやぬしやかひめ》は、菟道稚郎子皇子《うじのわきいらつこのみこ》（二〇一頁参照）・八田皇女《やたのひめみこ》（仁徳天皇皇后。二一二頁参照）・雌鳥皇女《めとりのひめみこ》（二一六頁参照）を生んだ。次の妃である桜井田部連男鉏《さくらいのたべのむらじおさい》の妹糸媛《いとひめ》は、隼総別皇子《はやぶさわけのみこ》（二一六頁参照）を生んだ。すべてこの天皇の皇子・皇女は合せて二十人おいでになる。

十四年に、弓月君《ゆづきのきみ》（渡来系豪族秦氏の祖）が百済《くだら》からやって来た。そうして奏上して、「私は自分の国の人夫百二十県分を率いて来帰しました。ところが新羅人《しらぎひと》が妨げましたので、人夫はみな加羅国《からのくに》に留まっております」と申しあげた（弓月の人夫は十六年来朝）。

十五年秋八月の壬戌朔《じんしゅつついたち》の丁卯《ていぼう》（六日）に、百済王は阿直岐《あちき》を派遣して、良馬二匹を献上した。そこで軽《かる》の坂の上の厩《うまや》で飼わせた。そうして、阿直岐に担当させ、飼育させた。阿直岐はまた、よく経典を読んだ。それで太子菟道稚郎子《うじのわきいらつこ》は阿直岐を師とされた。ここに、天皇は阿直岐に問われて、「もしかしてそなたよりも勝《すぐ》れた学者はほかにいるか」と仰せられた。答えて、「王仁《わに》という人がいます。これは秀《すぐ》れた人です」と申しあげた。それで上毛野君《かみつけののきみ》の祖荒田別《あらたわけ》・巫別《かんなぎわけ》を百済に派遣して、王仁《わに》を召致させられた。

誉田天皇《ほむたのすめらみこと》は、足仲彦天皇《たらしなかつひこのすめらみこと》の第四子なり。母《はは》は気長足姫尊《おきながたらしひめのみこと》と曰《まを》す。（略）幼《いとけな》くして聡達《そうたつ》にましまし、玄監深遠《げんかんしんゑん》に、動容進止《どうようしんし》あり。聖表異《せいへうあや》しきこと有《ま》します。（略）

元年の春正月の丁亥《ていがい》の朔《つきたち》に、皇太子《ひつぎのみこ》、即位《あまつひつぎしろしめ》す。（略）

二年の春三月の庚戌《かうしゅつ》の朔にして壬子《じんし》に、仲姫《なかつひめ》を立てて皇后《きさき》としたまふ。后《きさき》、荒田皇女《あらたのひめみこ》・大鷦鷯天皇《おほさざきのすめらみこと》・根鳥皇子《ねとりのみこ》を生《う》みたまふ。是《これ》より先《さき》に、天皇《すめらみこと》、皇后の姉高城入姫《あねたかきのいりびめ》を以《も》ちて妃《みめ》とし、額田大中彦皇子《ぬかたのおほなかつひこのみこ》・大山守皇子《おほやまもりのみこ》・去来《いざの》真稚皇子《まわかのみこ》・大原皇女《おほはらのひめみこ》・澇来田皇女《こむくたのひめみこ》を生む。（略）次妃《つぎのみめ》、和珥臣《わにのおみ》が祖日触使《おやひふれのお》主《み》が女宮主宅媛《むすめみやぬしやかひめ》、菟道稚郎子皇子《うぢのわきいらつこのみこ》・矢田皇女《やたのひめみこ》・雌鳥皇女《めとりのひめみこ》を生む。（略）次妃、桜井田部連男鉏《さくらゐのたべのむらじをさひ》が妹糸媛《いもいとひめ》、隼総別皇子《はやぶさわけのみこ》を生む。（略）凡《すべ》て是《こ》の天皇の男《ひこみこ》女《ひめみこ》、并《あは》せて二十王ませり。（略）

（三年、五～九年、十一年、十三年の条、略）

十四年（略）是《こ》の歳《とし》に、弓月君《ゆづきのきみ》、百済《くだら》より来帰《まゐけ》り。因《よ》りて奏《まを》して曰《まを》さく、

「臣《やつかれ》、己《おの》が国《くに》の人夫《たみ》百二十県を領《ひき》ゐて帰化《まゐけ》り。然《しか》るを、新羅人《しらきひと》の拒《ふせ》くに因《よ》りて、皆《みな》加羅国《からのくに》に留《とどま》れり」とまをす。（略）

十五年の秋八月の壬戌《じんしゅつ》の朔《つきたち》にして丁卯《ていばう》に、百済王《くだらのこにきし》、阿直岐《あちき》を遣《まだ》して、良馬《よきうま》二匹を貢《たてまつ》る。即《すなは》ち軽《かる》の坂《さか》の上《うへ》の厩《うまや》に養《か》はしむ。因《よ》りて、阿直岐を以《も》ちて掌《つかさど》り飼《か》はしむ。（略）阿直岐、亦《また》能《よ》く経典《ふみ》を読《よ》めり。即ち、太子《ひつぎのみこ》菟道稚《うぢのわき》郎子《いらつこ》、師《し》としたまふ。是《ここ》に天皇《すめらみこと》、阿直岐に問《と》ひて曰《のたま》はく、「如《も》し汝《いまし》に勝《まさ》れる博士《はかせ》亦有《またあ》りや」とのたまふ。対《こた》へて曰《まを》さく、「王仁《わに》といふ者有《ひとあ》り。是秀《これすぐ》れたり」とまをす。時に、上毛野君《かみつけののきみ》が祖《おや》、荒田別《あらたわけ》・巫別《かむなぎわけ》を百済に遣《つかは》し、仍《よ》りて王仁《わに》を徴《め》さしむ。（略）

二　王仁《わに》の来朝

十六年春二月に、王仁《わに》は来朝した。そこで太子菟道稚郎子《うじのわきいらつこ》は王仁を師とされ、諸々の典籍を王仁より習われた。その結果、すべて精通されないことがなかった。いわゆる王仁は書首《ふみのおびと》（文筆専門の渡来氏族）らの始祖である。

四十年春正月の甲子《こうし》（二十四日）に、菟道稚郎子を立てて天皇の後継とされた。その日に、大山守命《おおやまもりのみこと》にご委任になって山川林野《さんせんりんや》をつかさどらしめられ、大鷦鷯尊《おおさざきのみこと》をもって皇太子の補佐として国事を治めさせられた。

四十一年春二月の甲午《こうご》朔《ついたち》の戊申《ぼしん》（十五日）に、天皇は明宮《あきらのみや》で崩御された（陵は大阪府羽曳野市誉田に比定）。時に御年百十である。

十六年の春二月に、王仁《わに》来《まゐけ》り。則《すなは》ち太子《ひつぎのみこ》菟道稚郎子《うぢのわきいらつこ》、師《し》としたまひ、諸典籍《もろもろのふみ》を王仁に習《なら》ひたまふ。通達《とほりさと》りたまはずといふこと莫《な》し。所謂《いはゆる》王仁は、是書首《これふみのおびと》等が始祖《はじめのおや》なり。（略）

（十九〜二十年、二十二年、二十五年、二十八年、三十一年、三十七年、三十九年の条、略）

四十年春正月の辛丑《しんちう》の朔《つきたち》にして（略）甲子《かふし》に、菟道稚郎子を立てて嗣《ひつぎ》としたまふ。即日《そのひ》に、大山守命《おほやまもりのみこと》に任《ことよ》さして、山川林野《やまかははやしの》を掌《つかさど》らしめたまひ、大《おほ》鷦鷯尊《さざきのみこと》を以ちて太子《ひつぎのみこ》の輔《たすけ》として国事《こくじ》を知《し》らしめたまふ。

四十一年の春二月の甲午《かふご》の朔《つきたち》にして戊申《ぼしん》に、天皇、明宮《あきらのみや》に崩《かむあが》ります。時に年《みとし》一百一十歳なり。（略）

巻第十一　仁《にん》徳《とく》天皇

大《おお》鷦《さざ》鷯《きの》天皇《すめらみこと》　仁徳天皇

一　菟《う》道《じの》稚《わき》郎《いら》子《つこ》の謙譲と皇位辞退

大鷦鷯尊《おおさざきのみこと》は誉田天皇《ほむたのすめらみこと》（応神天皇）の第四子である。母は仲姫命《なかつひめのみこと》と申しあげ、五百城《いほき》入彦皇子《いりびこのみこ》の御孫である。天皇は幼少の頃から聡明《そうめい》で叡智《えいち》があり、容貌《ようぼう》も美麗でいらっしゃった。成年に及んでは、大そう思いやりがあり情け深くていらっしゃった。

（応神）四十一年の春二月に、誉田天皇が崩御された。その時、太子菟道稚郎子《うじのわきいらつこ》は、御位を大鷦鷯尊に譲ろうとして、まだ帝位に即《つ》いておられなかった。そこで大鷦鷯尊に相談され、「大王は幼くして人品が人にぬきんでておられ、仁孝の徳は遠くまで聞え、年齢も長じていらっしゃって、天下の君となられるのに十分です。そもそも、先帝が私を皇太子に立てられたのは、決して才能があるからではありません。ただ、かわいく思われたからなのです。また国家に仕えることは重大な仕事です。私は才能がなく、ふさわしくありません。それに、長兄が上で末弟が下、聖人が君となり愚者が臣となるのは、古今の通則です。どうか王《きみ》はためらわず帝位にお即きください。私は臣としてお助けするだけです」と申しあげられた。大鷦鷯尊は答えて、「私は拙《つたな》くはありますが、どうして先帝の命令を棄《す》てて、たやすく弟王の願いに従うことなどできましょう」と仰せになり、固辞して承諾されず、互いに譲り合われた。こうして宮室《おおみや》を菟道《うじ》（京都府宇治市）に造って住んでおられたが、なお位を大鷦鷯尊に譲るおつもりで、長らく皇位に即かれなかった。そこで皇位が空のまま、すでに三年が経《た》った。

時に、ある海人《あま》が鮮魚の贈物を菟道宮《うじのみや》に献上した。太子は海人に命じて、「私は天皇ではない」と仰せられ、ただちに返して難波《なにわ》に進上させられた。大鷦鷯尊もまた、これを返して菟道に献上させられた。そのため、海人の贈物は往還する間に腐ってしまった。

そこで再び引き返し、他の鮮魚を取って献上した。譲り合いなさるのは前と同じであった。鮮魚はまた腐った。海人はたびたび還《かえ》ることを苦にして、鮮魚を棄てて泣いた。そこで諺《ことわざ》に、「海人ではないのに、自分の持物が原因で泣き目をみる」というのは、これがその由縁である。太子は、「私は兄王の志を奪うべきではないことを知っている。どうして長く生きて天下を煩わすことがあろうか」と仰せられて、自殺なさった。大鷦鷯尊は、太子が薨去《こうきょ》されたとお聞きになり、驚いて難波から馳《は》せ参じ、菟道宮にやって来られた。この時、太子が薨去されて三日が経っていた。大鷦鷯尊は、胸を打って泣き叫び、なすすべもないままに、髪を解いて遺骸に跨《また》がり、三度呼ばれて、「我が弟の皇子よ」と仰せられた。すると即座に生き返り、自分で起き上がられた。そこで大鷦鷯尊は太子に語って、「悲しいことよ、残念なことよ。どうして自殺なさったのか。もし死者に知覚があるものなら、先帝は私をどう思われるでしょうか」と仰せられた。すると太子は兄王に謹んで、「これが天から与えられた寿命なのです。誰が留めることができましょう。もし天皇の御許に参ることがあれば、兄王が聖人であり何度も譲られたことを、詳しく奏上しましょう。しかるに聖王は、私が死んだことをお聞きになると、遠路を急ぎ馳せ来られました。どうして労《ねぎら》わずにいられましょうか」と申しあげられ、さっそく同母妹八田《やたの》皇女《ひめみこ》を進上して、「納采《のうさい》（結納）なさるには、不足でしょうが、後宮の数の一人に加えてください」と仰せられ、そしてまた、棺《ひつぎ》に伏して薨去された。そこで大鷦鷯尊は、喪服をお召しになって悲しまれ、慟哭《どうこく》された。そうして菟道の山の上に葬りまつった。

大鷦鷯天皇《おほさざきのすめらみこと》は、誉田天皇《ほむたのすめらみこと》の第四子なり。母《はは》は仲姫命《なかつひめのみこと》と曰《まを》し、五百城《いほき》入彦皇子《いりびこのみこ》の孫《みまご》なり。天皇、幼《わか》くして聡明叡智《そうめいえいち》にして、貌容美麗《ばうようびれい》にまします。壮《をとこざかり》に及《いた》りて、仁寛慈恵《じんくわんじけい》にまします。

四十一年の春二月に、誉田天皇崩《かむあが》ります。時《とき》に太子《ひつぎのみこ》菟道稚郎子《うぢのわきいらつこ》、位《みくらゐ》を大鷦鷯尊《おほさざきのみこと》に譲《ゆづ》りまして、未《いま》だ即帝位《あまつひつぎしろしめ》さず。仍《よ》りて大鷦鷯尊に諮《まを》したまはく、「（略）大王《おほきみ》、風姿岐嶷《ふうしきぎよく》にして、仁孝遠《じんかうとほ》く聆《きこ》え、歯《みよはひ》且《また》長《た》けたまひ、天下の君《きみ》と為《ま》すに足《た》りたまへり。其《そ》れ、先帝《さきのみかど》の我《われ》を立てて太子としたまひしは、豈能才有《あによきかどあ》りとしてならむや。唯愛《ただめぐ》しとしたまひつればなり。亦《また》宗廟社稷《くにいへ》に奉《つかへまつ》ることは重事《おもきわざ》なり。僕《やつかれ》は不佞《みつな》くして、称《かな》ふに足《た》らず。夫《そ》れ、昆《このかみ》は上《かみ》にして季《おと》は下《しも》に、聖《ひじり》は君《きみ》にして愚《おろかひと》は臣《やつこ》なるは、古今《いにしへいま》の常典《つねののり》なり。願《ねが》はくは、王《きみ》疑《うたが》ひたまはずして即帝位《あまつひつぎしろしめ》せ。我《われ》は臣として助《たす》けまつらまくのみ」とまをしたまふ。　大鷦鷯尊《おほさざきのみこと》、対《こた》へて言《のたま》はく、「（略）我《われ》、不賢《をさな》しと雖《いふと》も、豈先帝《あにさきのみかど》の命《おほみこと》を棄《す》てて、輒《たやす》く弟王《おとのみこ》の願《ねがひ》に従《したが》ひまつらむや」とのたまひ、固《かた》く辞《いな》びて承《う》けたまはず、各《おのもおのも》相譲《あひゆづ》りたまふ。（略）既《すで》にして宮室《おほみや》を菟道《うぢ》に興《つく》りて居《ま》しまし、猶《なほ》し位《みくらゐ》を大鷦鷯尊に譲《ゆづ》りますに由《よ》りて、久《ひさ》しく即皇位《あまつひつぎしろしめ》さず。爰《ここ》に皇位《きみのみくらゐ》空《むな》しくして、既に三載《みとせ》を経《へ》たり。

時《とき》に海人《あま》有《あ》り、鮮魚《あざらけきうを》の苞苴《にへ》を齎《も》ちて、菟道宮《うぢのみや》に献《たてまつ》る。太子《ひつぎのみこ》、海人に令《のりごと》して曰《のたま》はく、「我《われ》は天皇《すめらみこと》に非《あら》ず」とのたまひ、乃《すなは》ち返《かへ》して難波《なには》に進《たてまつ》らしめたまふ。大鷦鷯尊、亦返《またかへ》して菟道に献らしめたまふ。是《ここ》に海人の苞苴、往還《かよふあひだ》に鯘《あざ》れぬ。更《さら》に返《かへ》りて、他《あた》し鮮魚を取りて献る。譲りたまふこと前日《さきのひ》の如《ごと》し。鮮魚、亦鯘《またあざ》れぬ。海人、屢還《しばしばかへ》るに苦《たしな》み、乃ち鮮魚を棄《す》てて哭《な》く。故《かれ》、諺《ことわざ》に曰《いは》く、「海人なれや、己《おの》が物から泣《な》く」といふは、其《そ》れ是《こ》の縁《えに》なり。太子《ひつぎのみこ》の曰《のたま》はく、「我《われ》、兄王《えのきみ》の志《みこころざし》を奪ふべからざることを知れり。豈《あに》久《ひさ》しく生きて、天下《あめのした》を煩《わづらは》さむや」とのたまひて、乃ち自《みづか》ら死《をは》りたまひぬ。時に大鷦鷯尊、太子薨《かむさ》りましぬと聞《きこ》しめして、驚《おどろ》きて難波《なには》より馳《は》せて、菟道宮《うぢのみや》に到《いた》りたまふ。爰《ここ》に太子薨りまして、三日《みか》を経《へ》たり。時に大鷦鷯尊、

二 民の竈《かまど》の賑わい

標擗《みむねう》ち叫哭《おらびな》きたまひて、所如知《せむすべし》らに、乃ち髪《みぐし》を解《と》き屍《かばね》に跨《またが》りて、三呼《みたびよ》ばひて曰《のたま》はく、「我《わ》が弟《おと》の皇子《みこ》」とのたまふ。乃ち応時《たちまち》に活《い》きたまひ、自《みづか》ら起《お》きて居《ま》します。爰に大鷦鷯尊、太子に語りて曰はく、「悲しきかも、惜《を》しきかも。何《なに》の所以《ゆゑ》にか自《みづか》ら逝《す》ぎませる。若《も》し死者《すぎにしひと》、知有《さとりあ》らば、先帝《さきのみかど》、我《われ》を何《なに》とかも謂《おもほ》さむ」とのたまふ。乃ち太子、兄王《えのみこ》に啓《まを》して曰《まを》したまはく、「天命《てんめい》なり。誰《たれ》か能《よ》く留《とど》めむ。若し天皇《すめらみこと》の御所《おほみもと》に向《まゐむか》ふこと有《あ》らば、具《つぶさ》に兄王の聖《ひじり》にして、且譲《またゆづ》りますこと有《ま》しませるを奏《まを》さむ。然《しか》るに聖王《ひじりのみこ》、我《わ》が死《みまか》れるを聞《きこ》しめして、急《と》く遠路《とほきみち》を馳《は》せたまへり。豈労《あにねぎら》ひたてまつること無《な》きを得《え》むや」とまをしたまひて、乃ち同母妹《いろも》八《や》田皇女《たのひめみこ》を進《たてまつ》りて曰《のたま》はく、「納《なふ》采《さい》するに足《た》らずと雖《いふと》も、僅《わづか》に掖庭《えきてい》の数《ひとかず》に充《あ》てたまへ」とのたまひ、乃ち且《また》棺《ひとき》に伏《ふ》して薨《かむさ》ります。是《ここ》に大鷦鷯尊、素服《あさのみそ》して発哀《かなし》びたまひ、哭《みね》して甚《いた》く慟《なげ》きたまふ。仍《よ》りて菟道《うぢ》の山の上《うへ》に葬《はぶ》りまつる。

元年春正月の丁丑朔《ていちゆうついたち》の己卯《きぼう》(三日)に、大鷦鷯尊《おおさざきのみこと》は天皇の位に即《つ》かれた。難波《なにわ》に都を定められた。これを高津宮《たかつのみや》(大阪城南方の地)という。そして宮垣や室屋《おおとの》は上塗りせず、垂木《たるき》・梁《はり》・柱・楹《うだち》(梁の上に立て、棟木を支える短い柱)には、装飾をなさらなかった。屋根の茅《かや》を葺《ふ》く時も、端を切りそろえられなかった。これは、自分勝手な用のために、人民の耕作や機績《はたつむ》ぎの時間を奪うまいとなさったからである。

二年春三月の辛未朔《しんび》の戊寅《ぼいん》(八日)に、磐之媛命《いわのひめのみこと》を立てて皇后とされた。皇后は、大《おお》兄去来穂別天皇《えのいざほわけのすめらみこと》(履中《りちゆう》天皇)・住吉仲皇子《すみのえのなかつみこ》・瑞歯別天皇《みずはわけのすめらみこと》(反正《はんぜい》天皇)・雄朝津間稚子宿《おあさつまわくごのすく》禰天皇《ねのすめらみこと》(允恭《いんぎよう》天皇)をお生みになった。

四年春二月の己未《きび》朔の甲子《こうし》(六日)に、群臣に詔《みことのり》して、「私は高台《たかどの》に登って遠望したが、国の中に煙が立っていない。思うに、人民がひどく貧しくて、家に飯を炊く者がいないからではないか。私の聞くところでは、『古《いにしえ》の聖王の御世では、人々が聖王の徳を褒《ほ》めたたえる声をあげ、家々には安らぎの歌があった』という。今、私は人民を治めて三年になるが、称賛の声は聞えず、炊飯の煙はいよいよ疎《まば》らになった。そこで、五穀が実らず、百姓《ひやくせい》が窮乏していることを知った。畿内《きない》でさえ、まだ十分供給されない者がいる。まして畿《き》外《がい》の諸国では、さらに不足しているだろう」と仰せられた。

三月の己丑《きちゆう》朔の己酉《きゆう》（二十一日）に、詔して、「今後三年の間、すべての課役を免除して、人民の苦しみを癒《いや》せ」と仰せられた。この日から天子の礼服や履物《はきもの》は、破れ尽さなければ決して新調なさらない。ご飯や吸物は、腐って酸っぱくならなければ取り替えられなかった。自らを厳しく責めて、驕《おご》りたかぶらず、無欲で善政を施された。こうして、宮垣が崩れても造らず、茅屋根《かややね》が壊れても葺《ふ》かれなかった。風雨が隙間《すきま》から入って、衣服や夜具を濡《ぬ》らす。星の光が壊れ目から漏れて、床や敷物を露《あら》わにした。この後、風雨は適度に訪れ、五穀は豊穣《ほうじょう》であった。三年の間に、人民は豊かになり、徳を称賛する声が満ちあふれ、炊飯の煙もまたさかんに立ちのぼるようになった。

七年夏四月の辛未《しんび》朔（一日）に、天皇は高台《たかどの》に上がって、遠望されたところ、煙が多く立ちのぼっていた。この日に、皇后に語って、「私はすっかり富裕になった。どうして憂《うれ》えることがあろうか」と仰せられた。皇后は答えて、「どうして富裕になったと仰せられるのですか」と申しあげられた。天皇は、「煙が国に満ちている。人民は当然豊かになっているのだ」と仰せられた。皇后はまた、「宮垣が壊れても、修理することができません。殿屋《おおとの》も破れて、衣服や夜具が雨にぐっしょりと濡れています。それをどうして富裕になったと仰せられるのですか」と申しあげられた。天皇は、「そもそも、天が君を立てるのは、人民のためである。従って、君は人民を一番大切に考えるものだ。そこで古の聖王は、人民が一人でも飢え凍えるような時は、顧みて自分の身を責める。もし人民が貧しければ、私が貧しいのである。人民が豊かなら、私が豊かなのである。人民が豊かで君が貧しいということは、いまだかつてないのだ」と仰せられた。

十年冬十月に、初めて課役を課して、宮室《おおみや》を造られることになった。そこで人民は、命令されるまでもなく進んで、老いた者を助け幼い者を連れて、資材を運び簣《もっこ》を背負って、昼夜を問わず力を尽して競って建造に励んだ。これによって、まもなく宮室はすっかり完成した。こういうわけで、今に聖帝と称《たた》え申しあげるのである。

十一年冬十月に、宮の北の野原を掘って、南の川を引いて西の海に入れた。それでその川を名付けて堀江《ほりえ》（上町台地の北麓を西流して大阪湾に注ぐ大川にあたる）といった。

元年の春正月の丁丑《ていちう》の朔《つきたち》にして己卯《きばう》に、大鷦鷯尊《おほさざきのみこと》、即天皇位《あまつひつぎしろしめ》す。（略）

難波《なには》に都《みやこ》つくりたまふ。是《こ》を高津宮《たかつのみや》と謂《まを》す。即《すなは》ち宮垣《みかき》・室屋《おほとの》、堊色《うはぬり》せず。桷《はへき》・梁《うつはり》・柱《はしら》・楹《うだち》、藻飾《かざ》らず。茅茨《かや》の蓋剖《やねしりき》り斉《ととの》へず。此《これ》、私曲《わたくし》の故《ゆゑ》を以《も》ちて、耕《たかへ》し績《をう》む時《とき》を留《とど》めじとしたまへるなり。（略）

二年の春三月の辛未《しんび》の朔にして戊寅《ぼいん》に、磐之媛命《いはのひめのみこと》を立てて皇后《きさき》としたまふ。后《きさき》、大兄去来穂別天皇《おほえのいざほわけのすめらみこと》・住吉仲皇子《すみのえのなかつみこ》・瑞歯別天皇《みづはわけのすめらみこと》・雄朝津間稚子宿禰天皇《をあさつまわくごのすくねのすめらみこと》を生《う》みたまふ。（略）

四年の春二月の己未《きび》の朔にして甲子《かふし》に、群臣《まへつきみたち》に詔《みことのり》して曰《のたま》はく、「朕《われ》、高台《たかどの》に登りて遠《とほ》く望むに、烟気《けぶり》、域中《くぬち》に起《た》たず。以為《おも》ふに、百姓《おほみたから》既《すで》に貧《まづ》しくして、家《いへ》に炊者《いひかしくひとな》無きか。朕《わ》が聞《き》けらく、『古《いにしへ》の聖王《ひじりのきみ》の世《みよ》には、人々《ひとびと》、詠徳《えいとく》の音《うた》を誦《うた》ひ、家々《いへいへ》、康哉《かうさい》の歌有《うたあ》りき』ときけり。今《いま》し朕《われ》、億兆《おほみたから》に臨《のぞ》みて、茲《ここ》に三年、頌音《しょういん》聆《きこ》えず、炊烟転疎《すいえんうたたおろそか》なり。即《すなは》ち知《し》りぬ、五穀《いつつのたなつもの》登らず、百姓窮乏《きはま》るといふことを。邦畿之内《うちつくに》すら尚《なほ》し給《つ》がざる者《ひと》有り。況《いは》むや畿外諸国《とつくにぐに》をや」とのたまふ。

三月の己丑《きちう》の朔にして己酉《きいう》に、詔《みことのり》して曰《のたま》はく、「今《いま》より後《のち》、三載《みとせ》に至《いた》るまでに、悉《ことごと》に課役《えつき》を除《や》めて、百姓の苦《たしなみ》を息《いこ》へ」とのたまふ。是《こ》の日より始めて、黼衣《おほみそ》・絓履《おほみくつ》、弊《や》れ尽《つ》きずは更《さら》に為《つく》らず。温飯《おほみもの》・煖羹《おほみあつもの》、酸《す》え餒《くさ》らずは易《か》へず。心《みこころ》を削《と》くし志《みこころざし》を約《せ》めて、無為《むゐ》に従事《おはしま》す。是《ここ》を以《も》ちて、宮垣《みかき》崩《くづ》るれども造らず、茅茨《かや》壊《こほ》るれども葺《ふ》かず。風雨《かぜあめ》隙《ひま》より入《い》りて、衣《おほみそ》・

被《おほみふすま》を沾《うるほ》す。星辰《ほしのひかり》壊《やれま》より漏《も》りて、床《みゆか》・蓐《みまし》を露《あらは》にす。是《こ》の後に、風雨時に順《したが》ひて、五穀豊穣《ゆたか》なり。三稔《みとせ》の間《ほど》に、百姓富寛《とみゆたか》にして、頌徳《しょうとく》既《すで》に満《み》ちて、炊烟亦繁《またしげ》し。

七年の夏四月の辛未《しんび》の朔に、天皇《すめらみこと》、台上《たかどののうへ》に居《ま》しまして、遠《とほ》く望みたまふに、烟気《けぶり》多《さは》に起《た》つ。是の日に、皇后《きさき》に語りて曰《のたま》はく、「朕《われ》、既《すで》に富《と》めり。豈愁《あにうれ》ふること有《あ》らむや」とのたまふ。皇后、対《こた》へて諮《まを》したまはく、「何《なに》をか富めりと謂《のたま》ふ」とのたまふ。天皇の曰はく、「烟気、国《くに》に満てり。百姓《おほみたから》自《おの》づからに富めるか」とのたまふ。皇后、且言《またまを》したまはく、「宮垣《みかき》壊《こほ》るれども脩《をさ》むること得《え》ず。殿屋《おほとの》破れて、衣《おほみそ》・被《おほみふすま》露《つゆにしほほ》なり。何《なに》ぞ富めりと謂ふや」とまをしたまふ。天皇の曰はく、「其《そ》れ、天《あめ》の君《きみ》を立つるは、是《これ》百姓の為《ため》なり。然《しか》れば君は百姓を以《も》ちて本《もと》と為《な》す。是《ここ》を以ちて、古《いにしへ》の聖王《ひじりのきみ》は、一人《ひとり》だにも飢《う》ゑ寒《こ》ゆるときには、顧《かへり》みて身《おのがみ》を責《せ》む。今《いま》し百姓貧《まづ》しきは、朕《わ》が貧しきなり。百姓富めるは、朕が富めるなり。未《いま》だ百姓富みて君貧しといふこと有《あ》らず」とのたまふ。（略）

十年の冬十月に、甫《はじ》めて課役《えつき》を科《おほ》せて、宮室《おほみや》を構造《つく》る。是《ここ》に百姓、領《うなが》されずして、老《おいたる》を扶《たす》け幼《わかき》を携《たづさ》へて、材《き》を運び簣《こ》を負《お》ひ、日夜《ひるよる》を問《と》はず力《ちから》を竭《つく》して争《きほ》ひ作る。是を以ちて、未《いま》だ幾時《いくばく》を経《へ》ずして、宮室 悉《ことごとく》に成《な》る。故《かれ》、今《いま》に聖帝《ひじりのみかど》と称《たた》へまをすなり。

十一年の（略）冬十月に、宮《みや》の北《きた》の郊原《のはら》を掘《ほ》り、南《みなみ》の水《かは》を引《ひ》きて西《にし》の海《うみ》に入《い》る。因《よ》りて其《そ》の水を号《なづ》けて堀江《ほりえ》と曰《い》ふ。（略）

（十二〜十四年、十六〜十七年の条、略）

三 天皇と皇后の不和

二十二年春正月に、天皇は皇后磐之媛命《いわのひめのみこと》に語って、「八《や》田皇女《たのひめみこ》（二〇三頁参照）を召し入れて妃としようと思う」と仰せられたが、皇后は聞き入れられなかった。

三十年秋九月の乙卯朔《いつぼうついたち》の乙丑《いっちゅう》（十一日）に、皇后は紀国《きのくに》に旅をされ、熊野岬《くまののみさき》（和歌山県新宮市新宮の辺り）まで行き、そこで御綱葉《みつなかしわ》（天皇の新嘗祭《にいなめさい》の神酒《みき》を盛る葉）を取って帰って来られた。この日に、天皇は、皇后の不在を見すまして、八田皇女を召して宮中に入れられた。その時、皇后は難波《なにわ》の済《わたり》（大阪湾の渡し場）に至り、天皇が八田皇女を召したことをお聞きになり、たいそうお恨みになった。そこで、その採って来た御綱葉を海に投げ入れて、着岸なさらなかった。そこで時の人は、葉を散らした海を名付けて葉《かしわ》の済《わたり》といった。そして天皇は、皇后が怒って着岸なさらなかったことをご存じなく、自ら大津《おおつ》(朝廷の管理する港)に出向かれて、皇后の船をお待ちになって、歌を詠《よ》まれて、

難波人《なにはひと》　鈴船取《すずふねと》らせ　腰《こし》なづみ　其《そ》の船《ふね》取らせ　大御船《おほみふね》取れ

——難波の船人よ、鈴船《すずふね》の綱を取られよ。腰まで水に浸《つか》ってその船を引け。大御船《おおみふね》を引け

と仰せられた。さて皇后は、大津には停泊されずに、さらに船を引いて川を遡《さかのぼ》り、山背《やましろ》(京都府南部)を廻《まわ》って倭《やまと》に向われた。翌日、天皇は舎人鳥山《とねりとりやま》を遣わして、皇后を帰還させようと、歌を詠まれて、

山背《やましろ》に　い及《し》け鳥山《とりやま》　い及《し》け及《し》け　吾《あ》が思《も》ふ妻《つま》に　い及《し》き会《あ》はむかも

——山背で追い付け、鳥山よ。早く追い付け、追い付け。私のいとしい妻に、追い付き、会ってくれよな

と仰せられた。皇后は、お帰りにならず、なおも進まれた。そして那羅山《ならやま》(奈良市の北

に連なる丘陵）を越えて、葛城《かずらき》（奈良県御所市南西部）を望んで歌を詠まれて、

つぎねふ　山背河を　宮泝《みやのぼ》り　我《わ》が泝《のぼ》れば　青丹《あをに》よし　那羅《なら》を過《す》ぎ
小楯《をだて》　大和《やまと》を過ぎ　我が見《み》が欲《ほ》し国《くに》は　葛城高宮《かづらきたかみや》　我家《わぎへ》のあたり

――〈つぎねふ〉山背川（木津川）を、難波宮を過ぎて遡《さかのぼ》り、〈青丹《あおに》よし〉那羅山を過ぎ〈小楯《おだて》〉大和《やまと》も過ぎて、私の見たい国は葛城高宮《かずらきたかみや》の私の家の辺りです

と仰せられた。そして、また山背《やましろ》に戻って、宮室《おおみや》を筒城岡《つつきのおか》（京都府京田辺市普賢寺）の南に造って住まれた。（その後、天皇は使いを送り、自らも赴いたが、皇后は決して会わなかった）

三十五年夏六月に、皇后磐之媛命は、筒城宮で薨去《こうきょ》された。

二十二年の春正月に、天皇《すめらみこと》、皇后《きさき》に語りて曰《のたま》はく、「八田皇女《やたのひめみこ》を納れて妃《みめ》とせむ」とのたまふ。時に皇后聴《ゆる》したまはず。（略）

三十年の秋九月の乙卯《いつぼう》の朔《つきたち》にして乙丑《いっちう》に、皇后、紀国《きのくに》に遊行《い》でまして熊《くま》野岬《ののみさき》に到《いた》り、即《すなは》ち其《そ》の処《ところ》の御綱葉《みつなかしは》を取りて還《かへ》ります。是《こ》の日に、天皇、皇

后の不在《ましまさぬ》を伺《うかか》ひて、八田皇女《やたのひめみこ》を娶《め》して、宮中《おほみやのうち》に納《い》れたまふ。時に皇后、難波《なには》の済《わたり》に到《いた》り、天皇、八田皇女を合《め》しつと聞《きこ》しめして、大《おほ》きに恨《うら》みたまふ。則《すなは》ち其の採《と》れる御綱葉を海に投《なげい》れて、著岸《とま》りたまはず。故《かれ》、時人《ときのひと》、散りし葉《かしは》の海を号《なづ》けて、葉《かしは》の済《わたり》と曰《い》ふ。爰《ここ》に天皇、皇后の忿《いか》りて著岸《とま》りたまはぬことを知《し》ろしめさずして、親《みづか》ら大津《おほつ》に幸《いでま》し、皇后の船を待ちたまひて、歌《みうたよみ》して曰《のたま》はく、

　難波人《なにはひと》　鈴船取《すずふねと》らせ　腰《こし》なづみ　其《そ》の船《ふね》取らせ　大御船《おほみふね》取れ

とのたまふ。時に皇后、大津に泊《とま》りたまはずして、更《さら》に引きて江《かは》を泝《さかのぼ》り、山背《やましろ》より廻《めぐ》りて倭《やまと》に向《むか》ひたまふ。明日《くるつひ》に、天皇、舎人鳥山《とねりとりやま》を遣《つかは》して、皇后を還《かへ》さしめむとしたまひ、乃《すなは》ち歌して曰はく、

　山背《やましろ》に　い及《し》け鳥山《とりやま》　い及《し》け及《し》け　吾《あ》が思《も》ふ妻《つま》に　い及《し》き会《あ》はむかも

とのたまふ。皇后、還りたまはずして、猶《なほ》し行《い》でます。（略）即《すなは》ち那羅山《ならやま》を越え、葛城《かづらき》を望みて歌して曰はく、

つぎねふ　山背河を　宮泝《みやのぼ》り　我《わ》が泝《のぼ》れば　青丹《あをに》よし　那羅《なら》を過《す》ぎ
小楯《をだて》　大和《やまと》を過ぎ　我が見《み》が欲《ほ》し国《くに》は　葛城高宮《かづらきたかみや》　我家《わぎへ》のあたり

とのたまふ。更《さら》に山背《やましろ》に還《かへ》りまし、宮室《おほみや》を筒城岡《つつきのをか》の南《みなみ》に興《た》てて居《ま》します。

（略）

（三十一年の条、略）

三十五年の夏六月に、皇后磐之媛命《いはのひめのみこと》、筒城宮に薨《かむさ》ります。

（三十七年の条、略）

四　隼別皇子《はやぶさわけのみこ》の背任

三十八年春正月の癸酉《きゆうつ》朔《いたち》の戊寅《ぼいん》（六日）に、八田皇女《やたのひめみこ》を立てて皇后とされた。

四十年春二月に、雌鳥皇女《めとりのひめみこ》（八田皇女の同母妹）を召し入れて妃としようと思われて、隼別皇子《はやぶさわけのみこ》（仁徳天皇や雌鳥皇女の異母兄弟）を仲立ちとされた。その時に隼別皇子は、ひそかに自分が娶《めと》って、長い間復命しなかった。さて天皇は、夫があることをご存じな

くて、雌鳥皇女の寝室においでになった。その時、皇女の織女らは歌を詠《よ》んで、

ひさかたの　天金機《あめかなばた》　雌鳥《めとり》が　織《お》る金機《かなばた》　隼別《はやぶさわけ》の　御襲料《みおすひがね》

――〈ひさかたの〉天の金機《かなばた》（金属を用いた織機）は、雌鳥付きの織女らが織る金機は、隼別皇子がお召しになる上着の布地を織っているのです

と言った。そこで天皇は、隼別皇子がひそかに結婚していたことを知って恨まれた。しかし、皇后の言葉を恐れ、また兄弟の義を重んじられ、忍んで罰せられなかった。しばらくして、隼別皇子は、皇女の膝《ひざ》を枕《まくら》にして横になり、そして語って、「鷦鷯《さざき》（ミソサザイ。仁徳天皇の名でもある）と隼《はやぶさ》とはどちらが速いか」と言った。皇女は、「隼が速うございます」と答えた。そこで皇子は、「これは、私が先んずるということだ」と言った。天皇はこの言葉をお聞きになって、さらにまた恨む気持を起された。その時、隼別皇子の舎人《とねり》たちは歌を詠んで、

隼《はやぶさ》は　天《あめ》に上《のぼ》り　飛《と》び翔《かけ》り　いつきが上《うへ》の　鷦鷯《さざき》取《と》らさね

――隼は、天高く飛翔して、森の上にいる鷦鷯を襲いなさいよ

と言った。天皇はこの歌をお聞きになると、突然激怒なさって、「私は、私恨のために、兄弟を失いたくないので、忍耐していた。私にどういう隙《すき》があって、私事を国家に及ぼそうとするのか」と仰せられて、ただちに隼別皇子を殺そうとされた。そこで皇子は、雌鳥皇女を連れて、伊勢神宮に逃げ込もうと思って急いだ。さて天皇は、隼別皇子が逃走したとお聞きになり、すぐさま吉《き》備品遅《びのほむち》部雄《べのお》鯽《ふな》・播磨佐伯直《はりまのさえきのあたい》阿《あ》俄能《がの》胡《こ》を遣わして、「追い付き捕えた所ですぐに殺せ」と仰せられた。この時、皇后は奏上されて、「雌鳥皇女はまことに重罪にあたります。しかし殺す時に、皇女が身につけているものを取り上げないでください」と申しあげられた。そこで雄鯽らに命じて、「皇女の持っている足玉・手玉（手首・足首の玉飾り）を取ってはならない」と仰せられた。雄鯽らは追いかけて菟田《うだ》に至り、素珥山《そにのやま》（奈良県宇陀郡曽爾村）に迫った。その時、皇子と皇女は草中に隠れて、なんとか免れることができ、急いで逃げて山を越えた。そこで皇子は歌を詠んで、

梯立《はしだて》の　嶮《さが》しき山も　我妹子《わぎもこ》と　二人《ふたり》越《こ》ゆれば　安蓆《やすむしろ》かも

――〈梯立の〉険しい山も、我が妻と二人で越えれば、蓆《むしろ》に坐《すわ》るように安楽なものだ

と言った。雄鯽《おふな》らは逃げられたことを知って、急いで伊勢《いせ》の蔣代野《こもしろのの》で追い付き殺した。その時、雄鯽らは皇女の玉を探り、裳《も》の中から奪った。そうして二人の王《みこ》の遺骸を廬杵川《いおきのかわ》(三重県を流れる雲出川)のほとりに埋めて、復命した。皇后は雄鯽らに問うて、「皇女の玉を見たか」と仰せられた。答えて、「見ておりません」と申しあげた。

この年に、新嘗《にいなえ》(新穀を食べること)の月にあたって、宴会《とよのあかり》の日に、酒を内外の命婦《みょうぶ》たちに振舞われた。ここで近江《おうみ》の山君稚守山《やまのきみわかもりやま》の妻と采女《うねめ》磐坂媛《いわさかひめ》との二人の女の手に、立派な玉が巻かれていた。皇后がその玉をご覧になると、まさに雌鳥皇女の玉によく似ていた。そこで疑って、役人に命じて、その玉を得たいきさつを問わしめられた。答えて、「佐伯直阿俄能胡《さえきのあたいあがのこ》の妻の玉です」と申しあげた。そこで阿俄能胡を尋問された。答えて、「皇女を殺した日に、探り取りました」と申しあげた。ただちに阿俄能胡を殺そうとなさった。すると阿俄能胡は自分の領地を献上して、死罪を免れるよう請願した。そこで、その土地を没収して、死罪を赦《ゆる》された。それで、その地を名付けて玉代《たまて》といった。

三十八年の春正月の癸酉《きいう》の朔《つきたち》にして戊寅《ぼいん》に、八田皇女《やたのひめみこ》を立てて、皇后《きさき》としたまふ。(略)

四十年の春二月に、雌鳥皇女《めとりのひめみこ》を納《めしい》れて妃《みめ》とせむと欲《おもほ》し、隼別皇子《はやぶさわけのみこ》を以《も》ちて媒《なかだち》としたまふ。時に隼別皇子、密《ひそか》に親《みづか》ら娶《めと》りて、久《ひさ》しく復命《かへりごとまを》さず。是《ここ》に天皇《すめらみこと》、夫有《つまあ》ることを知《し》ろしめさずして、雌鳥皇女《めとりのひめみこ》の殿《よどの》に親臨《いでま》す。時に皇女の織縑女人等《きぬおりめども》、歌《うたよみ》して曰《いは》く、

ひさかたの　天金機《あめかなばた》　雌鳥《めとり》が　織《お》る金機《かなばた》　隼別《はやぶさわけ》の　御襲料《みおすひがね》

といふ。爰《ここ》に天皇、隼別皇子の密《ひそか》に婚《たは》けたることを知りて恨みたまふ。然《しか》れども皇后の言《みこと》に重《はばか》り、亦友于《またえおと》の義《ことわり》に敦《あつ》くましまして、忍《しの》びて罪《つみ》したまはず。俄《しばら》くして、隼別皇子、皇女の膝《ひざ》に枕《まくら》して臥《ふ》し、乃《すなは》ち語りて曰く、「鷦《さざ》鷯《き》と隼《はやぶさ》と孰《いづれ》か捷《と》き」といふ。曰く、「隼は捷し」といふ。乃ち皇子の曰く、「是《これ》、我《わ》が先《さきだ》てる所なり」といふ。天皇、是《こ》の言《こと》を聞《きこ》しめして、更《さら》に亦恨《またうらみ》を起《おこ》したまふ。時に隼別皇子の舎人等《とねりたち》、歌《うたよみ》して曰く、

隼《はやぶさ》は　天《あめ》に上《のぼ》り　飛《と》び翔《かけ》り　いつきが上《うへ》の　鷦鷯《さざき》取らさね

といふ。天皇、是の歌を聞《きこ》しめして、勃然《にはか》に大《おほ》きに怒《いか》りて曰《のたま》はく、「朕《われ》、

私恨《わたくしのうらみ》を以《も》ちて、親《はらがら》を失《うしな》ふを欲《ほり》せず、忍《しの》びてなり。何《なに》の舋《ひま》ありてかも、私事《わたくしごと》をもて社稷《くに》に及《いた》さむとする」とのたまひ、則《すなは》ち隼別皇子を殺さむと欲《おもほ》す。時に皇子《みこ》、雌鳥皇女を率《ゐ》て、伊勢神宮《いせのかむみや》に納《まゐ》らむと欲《おも》ひて馳《は》す。是《ここ》に天皇、隼別皇子逃走《にげ》ぬと聞《きこ》しめして、即《すなは》ち吉備品遅部雄鯽《きびのほむちべのをふな》・播磨佐伯直《はりまのさへきのあたひ》阿俄能胡《あがのこ》を遣《つかは》して曰はく、「追《お》ひて逮《し》かむ所《ところ》に即ち殺せ」とのたまふ。爰《ここ》に皇后、奏言《まを》したまはく、「雌鳥皇女、寔《まこと》に重罪《おもきつみ》に当《あた》れり。然《しか》れども其《そ》の殺さむ日《ひ》に、皇女の身《み》を露《あらは》にせむことを欲《ほり》せず」とまをしたまふ。乃因《よ》りて雄鯽《をふな》等に勅《みことのり》したまはく、「皇女の齎《も》てる足玉《あしだま》・手玉《ただま》をな取《と》りそ」とのたまふ。雄鯽等追《お》ひて菟田《うだ》に至《いた》り、素珥山《そにのやま》に迫《せ》む。時に草中《くさのなか》に隠れ、僅《わづか》に免《まぬか》るること得《え》て、急《と》く走《に》げて山を越《こ》ゆ。是に皇子、歌《うたよみ》して曰《いは》く、

梯立《はしたて》の　嶮《さが》しき山も　我妹子《わぎもこ》と　二人《ふたりこ》越ゆれば　安蓆《やすむしろ》かも

といふ。爰《ここ》に雄鯽等、免れぬることを知りて、急《と》く伊勢《いせ》の蔣代野《こもしろのの》に追ひ及《し》きて殺す。時に雄鯽等、皇女《ひめみこ》の玉《たま》を探り、裳中《みものなか》より得《え》つ。乃《すなは》ち二王《ふたりのみこ》の屍《かばね》を以《も》ちて、廬杵河《いほきのかは》の辺《ほとり》に埋《うづ》みて、復命《かへりごとまを》す。皇后《きさき》、雄鯽等に問《と》はしめて曰《のたま》はく

く、「皇女の玉を見《み》きや」とのたまふ。対《こた》へて言《まを》さく、「見ず」とまをす。
是《こ》の歳《とし》に、新嘗《にひなへ》の月《つき》に当《あた》りて、宴会《とよのあかり》の日《ひ》を以ちて、酒《おほみき》を内外命婦《うちとのひめとねたち》等に賜《たま》ふ。是《ここ》に近江《あふみ》の山君稚守山《やまのきみわかもりやま》が妻《め》と采女《うねめ》磐坂媛《いはさかひめ》と、二女《ふたりのをみな》の手《て》に良《よ》き珠《たま》纏《ま》けり。皇后、其《そ》の珠を見たまふに、既《すで》に雌鳥皇女の珠《の》に似れり。則《すなは》ち疑ひて、有司《つかさ》に命《みことのり》して、其の玉を得《え》たる由《よし》を問《と》はしめたまふ。対《こた》へて言《まを》さく、「佐《さへ》伯直《きのあたひ》阿《あ》俄《が》能《の》胡《こ》の妻《め》が玉なり」とまをす。仍《よ》りて阿俄能胡を推鞫《と》ひたまふ。対《こた》へて曰《まを》さく、「皇女《ひめみこ》を誅《ころ》しし日に、探りて取りき」とまをす。即《すなは》ち阿《あ》俄《が》能《の》胡《こ》を殺さむとしたまふ。是《ここ》に阿俄能胡、乃《すなは》ち己《おの》が私 地《わたくしのところ》を献《たてまつ》りて、死《しぬるつみ》を免《まぬか》れむと請《こ》ふ。故《かれ》、其《そ》の地を納《い》れて、死罪《しぬるつみ》を赦《ゆる》したまふ。是を以《も》ちて、其の地を号《なづ》けて玉代《たまて》と曰《い》ふ。

（四十一年、四十三年、五十年、五十三年、五十五年、五十八年、六十年、六十二年、六十五年の条、略）

六十七年冬十月の庚申《こうしん》の朔《ついたち》丁酉《ていゆう》（十八日）に、初めて陵《みささぎ》を築いた。この日に、鹿《しか》が

いて、突然野原から飛び出して走り、役民《えのたみ》の中に入って倒れて死んだ。その時、鹿が急死したのを怪しんで、その傷を探ると、百舌鳥《もず》が耳から出て来て飛び去った。それで耳の中を見たところ、すっかり咋《く》い裂かれ剝《は》がれていた。それで、その場所を名付けて百《も》舌鳥耳原《ずのみみはら》というのは、これがその由縁である。

八十七年春正月の戊子《ぼし》朔《ついたち》の癸卯《きぼう》（十六日）に、天皇が崩御された。冬十月の癸未《きび》朔の己丑《きちゅう》（七日）に、百舌鳥《もず》野陵《ののみささぎ》に葬りまつった（大阪府堺市堺区大仙町に比定）。

六十七年の冬十月の庚申《かうしん》の朔《つきたち》にして（略）丁酉《ていいう》に、始《はじ》めて陵《みささぎ》を築《つ》く。是《こ》の日に、鹿《か》有《あ》りて、忽《たちまち》に野中《のなか》より起《た》ちて走り、役民《えのたみ》の中《なか》に入《い》りて仆《たふ》れ死ぬ。時《とき》に其《そ》の忽に死にたるを異《あや》しびて、其の痍《きず》を探るに、即《すなは》ち百舌鳥《もず》、耳《みみ》より出《い》でて飛び去る。因《よ》りて耳の中を視《み》るに、悉《ことごとく》に咋《く》ひ割《さ》き剝《かきは》げり。故《かれ》、其の処《ところ》を号《なづ》けて、百《も》舌鳥耳原《ずのみみはら》と曰《い》ふは、其《そ》れ是の縁《えに》なり。（略）

八十七年の春正月の戊子《ぼし》の朔にして癸卯《きばう》に、天皇崩《かむあが》ります。冬十月の癸未《きび》の朔にして己丑《きちう》に、百舌鳥《もず》野陵《ののみささぎ》に葬《はぶ》りまつる。

日本書紀の風景 ③

難波宮《なにわのみや》

古代の難波の地には、数回にわたって宮都が築かれている。もっとも早い事例は、『日本書紀』の巻十一、仁徳《にんとく》天皇元年春正月三日のこと。天皇が難波に都を定め、これを高津宮《たかつのみや》と呼んだとする記述がそれである。この都は「難波高津宮」とよばれ、現在の大阪市中央区法円坂の上町台地の北部、大阪城南方一帯の地に造営されたと推定されている。平安時代の貞観《じょうがん》八年（八六六）、清和天皇の勅命で難波高津宮の遺跡調査がなされ、その跡地に仁徳天皇を祀《まつ》る社殿（高津《たかつ》宮《ぐう》）が築かれたが、約七百年後の天正《てんしょう》一一年（一五八三）、豊臣秀吉が大坂城を築城した際、高津宮は現在の大阪市中央区高津に移築され、現在に至っている。

孝徳天皇の大化《たいか》元年（六四五）、大化改新を果たした中大兄皇子《なかのおおえのみこ》らが中心となり、同じ大阪市中央区に新たに難波長柄豊崎宮《ながらとよさきのみや》が築かれた。前期難波宮とも呼ばれるこの宮都には、日本最初の本格的な宮殿建築が存在したと推定されている。その後、宮都は各地に移され、平城京などの大規模な京（都）も築かれたが、奈良時代の神亀《じんき》三年（七二六）に聖武《しょうむ》天皇が新たな難波宮の造営に着手。天平《てんぴょう》一五年（七四四）に遷都がなされた。こちらは後期難波宮と呼ばれている。

現在、この前・後期難波宮跡の一部が難波宮史跡公園（写真）として整備されているが、仁徳天皇が造営した難波高津宮の遺跡は発見されておらず、正確な所在地はいまだ判明していない。

巻第十二　履《り》中《ちゅう》天皇　反《はん》正《ぜい》天皇

去来穂別天皇《いざほわけのすめらみこと》　履中天皇（概略）

履中天皇は仁徳天皇の嫡子である。元年二月に即位した。皇后黒媛《くろひめ》は、磐坂市辺押羽皇子《いわさかのいちのへのおしはのみこ》（顕宗《けんぞう》・仁賢《にんけん》天皇の父）らを生んだ。二年正月、同母弟の瑞歯別皇子《みずはわけのみこ》を皇太子とした。十月に磐余《いわれ》（奈良県桜井市中西部から橿原市東部にかけての地）に都を造り、三年十一月に磐余稚桜宮《いわれのわかさくらのみや》と名づけた。四年八月、初めて諸国に書記官を置き、伝承を記述させ、国内の情勢を報告させた。

六年三月に崩御した。十月に百舌鳥耳原陵《もずのみみはらのみささぎ》に葬った（大阪府堺市西区石津ケ丘に比定）。

瑞歯別天皇《みずはわけのすめらみこと》　反正天皇（概略）

反正天皇は、履中天皇の同母弟である。元年正月、即位した。皇后津野媛《つののひめ》は皇女二人を生んだ。十月に河内《こうち》の丹比《たじひ》に柴籬宮《しばかきのみや》（所在未詳）を造った。

六年正月に崩御した。

巻第十三　允恭《いんぎょう》天皇　安康《あんこう》天皇

雄《お》朝《あさ》津《つ》間《ま》稚子《わくごの》宿禰《すくねの》天皇《すめらみこと》　允恭天皇（概略）

允恭天皇は、反正《はんぜい》天皇の同母弟である。兄弟で帝位を譲り合った末、元年十二月に即位した。皇后忍坂大中姫《おしさかのおおなかつひめ》は、木梨軽皇子《きなしのかるのみこ》、名形大娘皇女《ながたのおおいらつめのひめみこ》、境黒彦皇子《さかいのくろひこのみこ》、穴穂天皇《あなほのすめらみこと》（安康天皇）、軽大娘皇女《かるのおおいらつめのひめみこ》、八釣白彦皇子《やつりのしろひこのみこ》、大泊瀬稚武天皇《おおはつせわかたけるのすめらみこと》（雄略天皇）、但馬《たじまの》橘大娘皇女《たちばなのおおいらつめのひめみこ》、酒見皇女《さかみのひめみこ》を生んだ。二十三年三月、木梨軽皇子を皇太子とした。木梨軽皇子は同母妹軽大娘皇女と姦通した。しかし皇太子を罰するわけにはいかず、軽大娘皇女を伊予に流罪にした。

四十二年正月、崩御した。十月、河内の長野原陵《ながののはらのみささぎ》（大阪府藤井寺市国府）に葬った。

穴穂天皇《あなほのすめらみこと》　安康天皇（概略）

　安康天皇は、允恭《いんぎょう》天皇の第二子である。允恭天皇の崩御後、人臣は皆、暴虐をふるう木梨軽皇子《きなしのかるのみこ》でなく、穴穂皇子についた。穴穂皇子は軽皇子の隠れ家を包囲し、軽皇子は自害した。十二月、穴穂皇子は即位し、石上《いそのかみ》に遷都した。これを穴穂宮（天理市田町）という。

　大泊瀬皇子《おおはつせのみこ》（同母弟、雄略天皇）のために、大草香皇子《おおくさかのみこ》（仁徳天皇皇子）の妹幡梭皇女《はたびのひめみこ》を娶《めと》らせようと思い、根使主《ねのおみ》を遣わした。大草香皇子は承諾し、契約の印に押木珠《おしきのたま》縵《かずら》という冠を託す。しかし根使主はその冠を我がものとするため、承諾しなかったと天皇に讒言《ざんげん》した。そこで天皇は大草香皇子を殺し、その妻中蒂姫命《なかしひめのみこと》をわが妃とし、幡梭皇女を大泊瀬皇子と結婚させた。中蒂姫命と大草香皇子との間の子、眉輪王《まよわのおおきみ》は宮中で養育された。

　三年八月、天皇は眉輪王に殺された。三年後に菅原伏見陵《すがわらのふしみのみささぎ》（奈良市宝来）に葬られた。

巻第十四　雄略《ゆうりゃく》天皇

大泊瀬幼武天皇《おおはつせわかたけるのすめらみこと》　雄略天皇

一　眉輪王《まよわのおおきみ》、父の仇《あだ》を討つ

大泊瀬幼武天皇《おおはつせわかたけるのすめらみこと》は雄朝津間稚子宿禰天皇《おあさつまわくごのすくねのすめらみこと》（允恭《いんぎょう》天皇）の第五子である。天皇がお生れになった時、神光が御殿に満ちあふれた。成長されてからは、人にぬきんでて強健であられた。

（安康）三年八月に、穴穂天皇《あなほのすめらみこと》（安康天皇）は沐浴《もくよく》しようと思われ、山宮《やまのみや》に行幸された。そうして楼《たかどの》に登って眺望を楽しまれた。さらにまた御酒を命じて宴会《とよのあかり》を催された。そこで天皇は心が安らぎ、楽しさも極まって、話をしようと振り返られ、皇后（中蒂姫命《なかしひめのみこと》）に語って、「妹《いも》よ、お前には馴《な》れ親しんでいるが、私は眉輪王《まよわのおおきみ》を恐れている」と仰せられた。眉輪王は幼少で、楼の下で遊び戯れていたが、話（父を殺し、母を娶《めと》ったこと）を残らず聞いた。やがて穴穂天皇《あなほのすめらみこと》は皇后の膝《ひざ》を枕《まくら》にして、昼間から酔って眠ってしまわれた。そこで眉輪王は、天皇が熟睡されているのをうかがって、刺し殺した。

この日、大舎人《おおとねり》は馳《は》せ参じて天皇（大泊瀬皇子）に、「穴穂天皇が眉輪王に殺されました」と申しあげた。天皇はたいそう驚かれて、すぐに兄たちを疑って、甲《よろい》をつけ刀を持ち、兵士を率いて自ら将軍となって、八釣白彦皇子《やつりのしろひこのみこ》を詰問された。皇子は身の危険を察知して、黙座して何も語らなかった。天皇はすぐさま刀を抜いて斬《き》られた。さらに坂《さか》合黒彦皇子《いのくろひこのみこ》を詰問された。皇子も危険を察知して、黙座して何も語らなかった。天皇は激昂《げっこう》され、また眉輪王も殺すおつもりで、殺した理由を問いただされた。眉輪王は、「私はもとより天位を求めてはいません。ただ父の仇《あだ》を報いただけです」と申しあげた。坂合黒彦皇子は疑われるのを深く恐れ、ひそかに眉輪王と相談して、ついに二人で隙《すき》をみて脱出し、円大臣《つぶらのおおおみ》の家へ逃げ込んだ。天皇は使者を遣《や》って引き渡しを求められた。大《おお》臣《おみ》は使者を介して答えて、「けだし人臣は有事の際に王室に逃げ込むと聞いていますが、君主が臣の家に隠れるのをまだ見たことがありません。今、坂合黒彦皇子と眉輪王とは、私の心を深く信頼して私の家に来られました。どうして差し出すに忍びましょうか」と申しあげた。このため、天皇はさらに強力な兵を起して、再び大臣の家を囲まれた。

大臣は装束をすっかり整え終えて、軍門に進み、跪拝《きはい》して、「私は死罪になるとしても、決してご命令を聞くつもりはありません。古人が、『匹夫《ひっぷ》といえどもその志を奪うことは難しい』（『論語』子罕《しかん》篇）と言ったのは、まさに私にあてはまります。伏して願いますには、大王よ、私の娘韓媛《からひめ》と葛城《かずらき》の家七か所とを献上して、罪を贖《あがな》うことをお聞き入れください」と申しあげた。天皇はお許しにならず、火を放って家を焼かれた。そうして大臣と黒彦皇子・眉輪王とは、共に焼き殺された。

大泊瀬幼武天皇《おほはつせわかたけるのすめらみこと》は、雄《を》朝津《あさつ》間《ま》稚子宿禰天皇《わくごのすくねのすめらみこと》の第五子なり。天皇、産《あ》れまして神光《しんくわう》殿《おほとの》に満《み》てり。長《ひととな》りて伉健《かうけん》にましますこと、人《ひと》に過《す》ぎたり。

三年の八月に、穴穂天皇《あなほのすめらみこと》、沐浴《ゆあみ》したまはむと意《おもほ》して、山宮《やまのみや》に幸《いでま》す。遂《つひ》に楼《たかどの》に登りまして遊目《みあそび》したまふ。因《よ》りて酒《おほみき》を命《め》して肆宴《とよのあかりきこしめ》す。爾《しか》して乃《すなは》ち情盤楽《みこころたのし》び極《きはま》りて、間《まじ》ふるに言談《みものがたり》を以《も》ちてしたまひ、顧《かへり》みて皇后《きさき》に謂《かた》りて曰《のたま》はく、「吾妹《わぎも》、汝《いまし》は親昵《むつま》しと雖《いへど》も、朕《われ》は眉輪王《まよわのおほきみ》を畏《おそ》る」とのたまふ。眉輪王幼年《としわか》くして、楼の下《した》に遊戯《あそびたはぶ》れ、悉《ことごとく》に所談《みものがたり》を聞きつ。既《すで》にして穴穂天皇、皇后の膝《みひざ》を枕《まくら》きて、昼《ひる》に酔《ゑ》ひて眠臥《みねぶり》したまへり。是《ここ》に眉輪王、其《そ》の熟睡《うまい》したまへるを伺《うかが》ひて、刺《さ》し弑《し》せまつる。

是《こ》の日に、大舎人《おほとねり》驟《はし》りて天皇に言《まを》して曰《まを》さく、「穴穂天皇、眉輪王の為《ため》に弑せられたまふ」とまをす。天皇、大《おほ》きに驚きたまひて、即《すなは》ち兄等《えたち》を猜《うたが》ひたまひ、甲《よろひ》を被《かがふ》り刀《たち》を帯《は》き、兵《いくさ》を率《ゐ》て自《みづか》ら将《いくさのきみ》として、八釣白彦皇子《やつりのしろひこのみこ》を逼《せ》め問《と》ひたまふ。皇子《みこ》、其の害《そこな》はむとすることを見《み》て、嘿坐《もだ》して不語《ものものたま》はず。天皇乃《すなは》ち刀を抜きて斬《き》りたまふ。更《また》、坂合黒彦皇子《さかひのくろひこのみこ》を逼め問ひたまふ。皇子亦《また》害はむとすることを知りて、嘿坐して不語はず。天皇の忿怒《みいかり》、弥盛《いやさかり》にして、乃ち復并《またあは》せて眉輪王を殺さむと欲《おもほ》すが為《ため》に、所由《ゆゑよし》を案劾《かむがへと》ひたまふ。眉輪王の曰さく、「臣《やつこ》、元《もと》より天位《みくらゐ》を求むるにあらず。唯《ただ》に父の仇《あた》を報《むく》ゆらくのみ」とまをす。坂合黒彦皇子、深く疑《うたが》はるることを恐《おそ》りて、窃《ひそか》に眉輪王に語り、遂《つひ》に共《とも》に間《ひとま》を得《え》て、出《い》でて円大臣《つぶらのおほおみ》の宅《いへ》に逃《のが》れ入《い》る。天皇、使《つかひ》を使《つかは》して乞《こ》はしめたまふ。大臣《おほおみ》、使を以《も》ちて報《かへりごとまを》して曰《まを》さく、「蓋《けだ》し聞《き》く、人臣《きみのやつこ》、事有《ことあ》るときは、逃《のが》れて王室《きみのみや》に入《い》るといふことを。未《いま》だ見《み》ず、君王《きみ》、臣《やつこ》が舎《や》に隠匿《かく》るといふことを。方今《いま》し坂合黒彦皇子と眉輪王と、深く臣が心を恃《たの》み、臣が舎に来《きた》りたまへり。誰《たれ》か忍《しの》びて送りまつらむや」とまをす。是《これ》に由《よ》りて、天皇、復益《またますます》兵《いくさ》を興《おこ》して、大臣の宅《いへ》を囲《かく》みたまふ。（略）

大臣、装束《よそほひ》すること已《すで》に畢《をは》り、軍門《いくさのかど》に進み、跪拝《をろが》みて曰《まを》さく、「臣、戮《つみ》せらると雖《いふと》も、敢《あ》へて命《おほみこと》を聴《うけたまは》ること莫《な》けむ。古人《こじん》の云《い》へる有《あ》り、『匹《いやしき》夫《ひと》の志《こころざし》も奪ふ可《べ》きこと難《かた》し』といへるは、方《まさ》に臣に属《あた》れり。伏《ふ》して願《ねが》はくは、大王《きみ》、臣が女韓媛《むすめからひめ》と葛城《かづらき》の宅七区《いへななところ》とを奉献《たてまつ》りて、罪《つみ》を贖《あか》はむことを請《ねが》ふ」とまをす。天皇、許さずして、火を縦《はな》ち宅を燔《や》きたまふ。是《ここ》に大臣と、黒彦皇子・眉輪王と、倶《とも》に燔《や》き死《ころ》されぬ。（略）

冬十月の癸未《きび》朔《ついたち》（一日）に、天皇は、穴穂天皇《あなほのすめらみこと》がかつて市辺押磐皇子《いちのへのおしわのみこ》（二二五頁の市辺押羽皇子《いちのへのおしはのみこ》。履中天皇皇子で雄略天皇の従兄弟）に、皇位を継承させ、後事を委嘱し

ようとされたのを恨んで、市辺押磐皇子の許《もと》に人を遣《や》って、偽って校猟《かり》しようと約束し、野遊びを勧めて、「近江《おうみ》の狭狭城山君韓帒《ささきやまのきみからふくろ》が、『今、近江の来田綿《くたわた》の蚊屋野《かやの》に、猪《いのしし》や鹿《しか》がたくさんいます。その頭に生えた角は枯木の枝のようです。その群れた脚は灌木《かんぼく》の林のようです。呼吸する息は朝霧のようです』と申しています。皇子と、初冬の十月の、寒風がおさまった朝に、野に遊び、狩りにいささか興じたいものです」と仰せられた。市辺押磐皇子はこれに従って、狩りをした。そこで大泊瀬天皇《おおはつせのすめらみこと》は弓を引きしぼり馬を走らせ、偽って大声で「猪がいる」と仰せられ、即座に市辺押磐皇子を射殺《いころ》された。

冬十月の癸未《きび》の朔《つきたち》に、天皇《すめらみこと》、穴穂天皇《あなほのすめらみこと》の曾《かつ》て市辺押磐皇子《いちのへのおしはのみこ》を以《も》ちて、国《くに》を伝《つた》へて遥《はるか》に後事《のちのこと》を付嘱《ゆだ》ねむと欲《おもほ》ししを恨みて、乃《すなは》ち人《ひと》を市辺押磐皇子に使《つかは》して、陽《いつは》りて校猟《かり》せむと期《ちぎ》り、郊野《の》に遊ばむと勧《すす》めて曰《のたま》はく、「近江《あふみ》の狭狭城山君韓帒《ささきやまのきみからふくろ》が言《まを》さく、『今《いま》し近江の来田綿《くたわた》の蚊屋野《かやの》に、猪《ゐ》・鹿《か》多《さは》に有《あ》り。其《そ》の戴《いただ》ける角《つの》、枯樹《かれき》の末《うれ》に類《たぐ》へり。其の聚《つど》へる脚《あし》、弱木《しもと》の林《はやし》の如《ごと》し。呼吸《いぶ》く気息《いき》、朝霧《あさぎり》に似《の》れり』とまをす。願《ねが》はくは、皇子《みこ》と、孟冬陰《まうたういん》を作《な》せる月《つき》、寒風粛然《かんぷうしゆくぜん》たる晨《あした》に、郊野《の》に逍遥《あそ》びて、聊《いささか》に情《こころ》を娯《たの》しびしめ騁《は》せ射《い》

「む」とのたまふ。市辺押磐皇子、乃ち随《したが》ひて馳《は》せ猟《かり》す。是《ここ》に大泊瀬天皇《おほはつせのすめらみこと》、弓《ゆみ》を彎《ひきまかな》ひ馬を驟《は》せて、陽《いつは》り呼《よ》ばひて、「猪《ゐ》有《あ》り」と曰《のたま》ひ、即《すなは》ち市辺押磐皇子を射殺《いころ》したまふ。（略）

二 天皇の即位、吉野宮《よしののみや》行幸

十一月の壬子《じんし》朔《ついたち》の甲子《こうし》（十三日）に、天皇は役人に命じて、即位の座を泊瀬《はつせ》の朝倉《あさくら》（奈良県桜井市脇本から天の森付近か）に準備させ、天皇の位に即《つ》かれた。

元年春三月の庚戌《こうしゅつ》朔の壬子（三日）に、草香幡梭姫皇女《くさかのはたびひめのひめみこ》を立てて皇后とされた。この月に、三人の妃を立てられた。元の妃は葛城円大臣《かずらきのつぶらのおおみ》の娘で韓媛《からひめ》という。白髪武広国押稚日本根子天皇《しらかのたけひろくにおしわかやまとねこのすめらみこと》（清寧天皇）と稚足姫皇女《わかたらしひめのひめみこ》とを生んだ。次は吉備上道臣《きびのかみつみちのおみ》の娘稚媛《わかひめ》である。二人の皇子を生んだ。兄を磐城皇子《いわきのみこ》といい、弟を星川稚宮皇子《ほしかわのわかみやのみこ》という。次は春日《かすがの》和珥臣深目《わにのおみふかめ》の娘である。童女君《わらわきみ》という。春日大娘皇女《かすがのおおいらつめのひめみこ》を生んだ。

二年冬十月の辛未《しんび》朔《ついたち》の癸酉《きゆう》（三日）に、吉野宮（奈良県吉野郡吉野町）に行幸された。丙子《へいし》（六日）に、御馬瀬《みませ》（吉野郡大淀町大字増口）に行幸され、虞人《やまのつかさ》（狩猟を司《つかさど》る役人）に命じて狩猟をされた。連なる峰を越え、深い草むらを進み、まだ陽《ひ》の傾かないうちに、十のうち七、八を捕獲した。狩猟するたびに大いに獲《え》て、鳥獣も尽きようとした。ついに戻って林泉で休憩し、藪《やぶ》や水辺を散歩し、狩人を休息させ、車馬を点検した。群臣に尋ねて、「猟場の楽しみは、膳夫《かしわで》（天皇の食膳に奉仕する人）に鮮《なます》（新鮮な肉を生で食する料理）を作らせることだが、自分で作るのはどうだろうか」と仰せられた。群臣は急には答えられなかった。そのため天皇はたいそうお怒りになり、刀を抜いて御者大《おお》津馬飼《つのうまかい》を斬《き》られた。

この日に、天皇は吉野宮からお帰りになった。国内の人民はみなふるえ怖気《おじけ》づいた。そうして、皇太后と皇后もお聞きになってたいそう恐れ、倭《やまと》の采女《うねめ》日媛《ひのひめ》に、酒を献じてお迎えさせた。天皇は、采女の顔が端麗で、姿が優雅なのをご覧になり、表情を和《なご》ませて喜ばれ、「私が、お前の美しい笑顔を見たくないはずがないだろう」と仰せられて、手をとって後宮にお入りになった。皇太后に語って、「今日の遊猟《かり》で多くの禽獣を獲た。群臣と鮮《なます》を作って野宴を張ろうと思い、群臣それぞれに尋ねたが、答えられる者はいなかった。それゆえ私は怒ったのだ」と仰せられた。皇太后は、この詔《みことのり》の真情を知って、天皇をお慰め申そうとして、「群臣は、陛下が遊猟場に宍人部《ししひとべ》（主として魚類を調理する膳夫に対し、鳥獣の料理に従事する部か）を置こうとして下問されたことを知らなかったのです。群臣が黙っていたのは道理です。また答えるのは難しくもありましょう。今、宍人部を貢上しても遅くはありますまい。私がまず初めに、膳臣《かしわでのおみ》長野《ながの》がよく宍膾《なます》を作るので、これを献上したいと存じます」と申しあげた。天皇は跪《ひざまず》いてお受けになり、「よろしい、世俗の諺《ことわざ》にいう『心を相知るを貴ぶ（互いの心を知ることこそ貴い）』とは、これを言うのか」と仰せられた。

天皇はご自分の判断を正しいとされたため、誤って人を殺すことが多かった。天下の人々は誹謗《ひぼう》して、「大悪の天皇である」と言った。

十一月の壬子《じんし》の朔《つきたち》にして甲子《かふし》に、天皇《すめらみこと》、有司《つかさ》に命《みことおほ》せて、壇《たかみくら》を泊瀬《はつせ》の朝《あさ》倉《くら》に設《ま》け、即天皇位《あまつひつぎしろしめ》す。（略）

元年の春三月の庚戌《かうしゅつ》の朔にして壬子に、草香幡梭姫皇女《くさかのはたびひめのひめみこ》を立てて皇后《きさき》としたまふ。是《こ》の月に三妃《みたりのみめ》を立てたまふ。元妃《はじめのみめ》、葛城円大臣《かづらきのつぶらのおほおみ》が女《むすめ》を韓媛《からひめ》と曰《い》ふ。白髪武広国押稚日本根子天皇《しらかのたけひろくにおしわかやまとねこのすめらみこと》と稚足姫皇女《わかたらしひめのひめみこ》とを生《う》む。（略）次《つぎ》に吉備上道臣《きびのかみつみちのおみ》が女稚媛《わかひめ》有《はべ》り。二男《ふたりのひこみこ》を生《う》む。長《え》を磐城皇子《いはきのみこ》と曰《い》ひ、少《おと》を星《ほし》

川稚宮皇子《かはのわかみやのみこ》と曰《い》ふ。次《つぎ》に春日和珥臣深目《かすがのわにのおみふかめ》が女有《むすめはべ》り。童女君《わらはきみ》と曰ふ。春日《かすがの》大娘皇女《おほいらつめのひめみこ》を生む。（略）

二年の（略）冬十月の辛未《しんび》の朔にして癸酉《きいう》に、吉野宮《よしののみや》に幸《いでま》す。丙子《へいし》に、御馬瀬《みませ》に幸し、虞人《やまのつかさ》に命《みことおほ》せて縦猟《かり》したまふ。重巘《ちようけん》に凌《のぼ》り、長《ちやう》莽《ばう》に赴《おもぶ》き、未《いま》だ移影《ひもかたぶ》くに及《いた》らざるに、什《とを》が七八《ななつやつ》を獮《ころ》す。猟《かり》する毎《ごと》に大《おほ》きに獲《え》て、鳥獣《とりしし》尽きむとす。遂《つひ》に旋《めぐ》りて、林泉《りんせん》に憩《いこ》ひ、藪沢《そうたく》に相羊《しやうやう》し、行夫《かうふ》を息《やす》め、車馬《しやば》を展《ととの》ふ。群臣《まへつきみたち》に問《と》ひて曰《のたま》はく、「猟場《かりには》の楽《たのしび》は、膳夫《かしはで》をして鮮《なます》を割《つく》らしむ、自《みづか》ら割らむに何与《いかに》ぞ」とのたまふ。群臣、忽《たちまち》に対《こた》へまつること能《あた》はず。是《ここ》に天皇、大きに怒り、刀《たち》を抜《ぬ》きて、御者大津馬飼《みうまそひおほつのうまかひ》を斬《き》りたまふ。

是《こ》の日に、車駕《すめらみこと》、吉野宮《よしののみや》より至《かへりいた》りたまふ。国内《くにうち》の居民《おほみたから》、咸皆《みな》振《ふる》ひ怖《お》づ。是《これ》に由《よ》りて、皇太后《おほきさき》と皇后《きさき》と聞《きこ》しめして大《おほ》きに懼《かしこ》みたまひ、倭《やまと》の采女《うねめ》日媛《ひのひめ》をして、酒《おほみき》を挙《ささ》げて迎《むか》へ進《たてまつ》らしめたまふ。天皇、采女の面貌《かほ》端麗《きらぎら》しく、形容《すがた》温雅《みやびか》なるを見《みそこなは》して、乃《すなは》ち和顔悦色《うれし》びたまひて曰《のたま》はく、「朕《われ》、豈汝《あにいまし》が妍《よき》咲《ゑまひ》を観《み》まく欲《ほり》せじや」とのたまひ、乃ち手《て》を相携《あひたづさは》りて、後宮《きさきのみや》に入《い》りたまふ。皇太后に語りて曰はく、「今日《けふ》の遊猟《かり》に、大きに禽獣《とりしし》を獲《え》たり。群臣《まへつきみたち》と鮮《なます》を割《つく》りて野饗《のあへ》せむと欲《おも》ひ、群臣に歴問《ことごとくにと》ふに、能《よ》く対《こた》へまをすひと有《あ》ること莫《な》し。故《かれ》、朕嗔《いか》りつ」とのたまふ。皇太后、斯《こ》の詔《みことのり》の情《こころ》を知《し》らして、天皇を慰《なぐさ》め奉《まつ》らむとして曰《まを》したまはく、「群臣、陛下《きみ》の遊猟場《かりには》に因《よ》りて、宍人部《ししひとべ》を置きたまはむとして、群臣に降問《と》ひたまふを悟《し》らず。群臣、嘿然《もだ》しはべりけむこと、理《ことわり》なり。且対《またこた》へまをすこと難《かた》かりけむ。今し貢《たてまつ》るとも晩《おそ》からじ。我《われ》を以《も》ちて初《はじ》めとし、膳臣長野《かしはでのおみながの》、能《よ》く宍膾《なます》を作る。願はくは、此《これ》を以《も》ちて貢《たてまつ》らむ」とまをしたまふ。天皇、跪礼《ゐやま》ひて受けたまひて曰《のたま》はく、「善《よ》きかも、鄙人《いやしきひと》の所云《いはゆる》『心を相知《あひし》るを貴《たふと》ぶ』といふは、此《これ》の謂《いひ》か」とのたまふ。（略）

天皇、心《みこころ》を以ちて師《し》とし、誤《あやま》りて人を殺したまふこと衆《おほ》し。天下《あめのした》、誹謗《そし》りて言《まを》さく、「大《はなは》だ悪《あ》しくましします天皇なり」とまをす。（略）

（三年の条、略）

三 葛城山《かずらきやま》の一言主神《ひとことぬしのかみ》

四年春二月に、天皇は葛城山《かずらきやま》(奈良県御所市と大阪府南河内郡千早赤阪村の境にある山)に射猟《かり》をされた。突然背の高い人が現れ、やって来て、赤色の谷を間にして向き合った。顔や姿が天皇によく似ていた。天皇はこれが神であると悟られたが、なお故意に尋ねて、「どちらの公《きみ》か」と仰せられた。背の高い人は答えて、「現人神《あらひとがみ》である。先に王が名乗りなさい。その後に私が言おう」と仰せられた。天皇は答えて、「私は幼武尊《わかたけるのみこと》である」と仰せられた。次に背の高い人が名乗って、「私は一言主神《ひとことぬしのかみ》(託宣の神)である」と仰せられた。そうして共に遊猟を楽しみ、一匹の鹿《しか》を追って矢を放つのを譲り合い、轡《くつわ》を並べて馳《は》せられた。言葉は恭《うやうや》しく慎《つつ》ましくて、仙人に逢《あ》ったようであった。

こうして、日が暮れて猟は終った。神は天皇をお送りして、来目川《くめがわ》(畝傍山の西を北流する川)まで来られた。この時に、人民はみな、「有徳の天皇である」と申しあげた。

―― 四年の春二月に、天皇《すめらみこと》、葛城山《かづらきやま》に射猟《かり》したまふ。忽《たちまち》に長人《たけたかきひと》を見《み》る。来《きた》りて丹谷《たんこく》に望《あひのぞ》めり。面貌容儀《かほすがた》、天皇に相似《あひの》れり。天皇、是神《これかみ》なりと知《し》ろしめせども、猶《なほ》し故《ことさら》に問《と》ひて曰《のたま》はく、「何処《いづく》の公《きみ》ぞ」とのたまふ。長人、対《こた》へて曰はく、「現人之神《あらひとがみ》なり。先《ま》づ王《きみ》の諱《みな》を称《なの》れ。然《しか》る後《のち》に噵《い》はむ」とのたまふ。天皇、答《こた》へて曰はく、「朕《われ》は是幼武尊《これわかたけるのみこと》なり」とのたまふ。長人、次《つぎ》に称《なの》りて曰はく、「僕《われ》は是一事主神《ひとことぬしのかみ》なり」とのたまふ。遂《つひ》に与《とも》に遊田《かり》を盤《たの》しびて、一鹿《ひとつのか》を駈逐《お》ひて、箭《や》発《はな》つことを相辞《あひゆづ》り、轡《うまのくち》を並《なら》べて馳騁《は》せたまふ。言詞《ことば》恭《ゐやゐや》しく恪《つつし》みて、仙《ひじり》に逢《あ》ふ若《ごと》きことに有《ま》します。

是《ここ》に、日晩《ひく》れて田罷《かりや》む。神、天皇を侍送《おく》りまつりて、来目水《くめのかは》に至《いた》りたまふ。是《こ》の時《とき》に、百姓《おほみたから》咸《みな》言《まを》さく、「徳《とく》有《ま》します天皇なり」とまをす。

四 吉野の蜻蛉《あきづ》

秋八月の辛卯朔《しんぼうついたち》の戊申《ぼしん》（十八日）に、吉野宮に行幸された。庚戌《こうしゅつ》（二十日）に、河上《かわかみ》の小野《おの》に行幸された。虞人《やまのつかさ》（狩猟を司る役人）に命じて獣を追わせ、自ら射ようと思って待っておられると、虻《あぶ》が急に飛んで来て、天皇の臂《ひじ》を食った。すると突然蜻蛉《あきず》（トンボ）が飛んで来て、虻を食って飛び去った。天皇はその心ある行為を喜ばれ、群臣に詔して、「私のために、蜻蛉を讃《たた》えて歌を詠《よ》め」と仰せられた。群臣には、よく詠む者がいなかった。天皇は口ずさまれて、

倭の　鳴武羅《をむら》の岳《たけ》に　鹿猪《しし》伏《ふ》すと　誰《たれ》かこの事《こと》　大前《おほまへ》に　奏《まを》す　大君は
そこを聞《き》かして　玉纏《たままき》の　胡床《あごら》に立《た》たし　倭文纏《しつまき》の　胡床に立たし　鹿
猪待《しま》つと　我《わ》がいませば　さ猪《ゐ》待つと　我《わ》が立たせば　手腓《たくぶら》に　虻かき
つきつ　その虻を　蜻蛉《あきづ》はや囓《く》ひ　昆虫《はふむし》も　大君にまつらふ　汝《な》が形《かた》は
置《お》かむ　蜻蛉島倭《あきづしまやまと》

――倭のヲムラの峰に、鹿《しか》や猪《いのしし》が伏していると、誰がこの事を大前《おおまえ》に申しあげたのか。大君はそれをお聞きになって、玉を飾り付けた胡床《あぐら》に腰かけられ、倭文織《しずおり》の布張の胡床に腰かけられ、鹿や猪を待っていらっしゃると、猪を待って腰かけていらっしゃると、腕に虻が食いついた。その虻を蜻蛉がすばやく食った。このように昆虫までも大君に付き従うのだ。お前の形見を残そう、蜻蛉島倭《あきずしまやまと》として

と仰せられた。そこで蜻蛉を讃《たた》え、この地を名付けて蜻蛉野《あきずの》（所在未詳）とした。

秋八月の辛卯《しんばう》の朔《つきたち》にして戊申《ぼしん》に、吉野宮《よしののみや》に行幸《いでま》す。庚戌《かうしゆつ》に、河上《かはかみ》の小野《をの》に幸《いでま》す。虞人《やまのつかさ》に命《みことおほ》せて、獣《しし》を駈《か》らしめ、躬《みづか》ら射《い》むと欲《おもほ》して待ちたまふに、虻《あむ》、疾《と》く飛び来《き》て、天皇の臂《みただむき》を噛《く》ふ。是《ここ》に蜻蛉《あきづ》、忽然《たちまち》に飛び来て、虻を齧《く》ひて将《も》ち去《い》ぬ。天皇、厥《そ》の心有《こころあ》ることを嘉《よみ》したまひ、群臣《まへつきみたち》に詔《みことのり》して曰《のたま》はく、「朕《わ》が為《ため》に、蜻蛉を讃《ほ》めて歌賦《うたよみ》せよ」とのたまふ。群臣、能《よ》く敢《あ》へて賦者莫《よむひとな》し。天皇、乃《すなは》ち口号《くちつうた》して曰《のたま》はく、

倭《やまと》の　鳴《を》武《む》羅《ら》の岳《たけ》に　鹿《し》猪《し》伏《ふ》すと　誰《たれ》かこの事《こと》　大前《おほまへ》に　奏《まを》す　大君は　そこを聞《き》かして　玉纏《たままき》の　胡床《あごら》に立《た》たし　倭文纏《しつまき》の　胡床に立たし　鹿猪《しし》待《ま》つと　我《わ》がいませば　さ猪《ゐ》待つと　我《わ》が立たせば　手腓《たくぶら》に　虻かきつきつ　その虻を　蜻蛉《あきづ》はや齧《く》ひ　昆虫《はふむし》も　大君にまつらふ　汝《な》が形《かた》は置《お》かむ　蜻蛉島倭《あきづしまやまと》

とのたまふ。因《よ》りて蜻蛉を讃《ほ》めて、此《こ》の地《ところ》を名《なづ》けて蜻蛉野《あきづの》とす。

（五～十九年の条、略）

五 高麗《こま》、百済《くだら》を滅す

二十年冬に、高麗王《こまおう》は大軍を起し、百済《くだら》を討って滅した。ここに少しばかりの残党が倉下《へすおと》に屯《たむろ》していた（高床倉庫の下に身を潜めたことをいうか）。兵糧はすでに尽き、深く憂い泣いた。その時、高麗の諸将が王に、「百済の心情は尋常ではありません。私は見るたびに、思わず戸惑《とまど》ってしまいます。おそらく百済はまた蔓延《まんえん》するでしょう。どうか徹底して排除してください」と言った。王は、「それはよくない。私は、百済国《くだらのくに》は日本国《やまとのくに》の官家《みやけ》として、長い由来があると聞いている。また百済王が日本国に行って天皇に仕えることも、近隣諸国のみな知るところである」と言った。ついに追撃は中止された。

二十一年春三月に、天皇は百済が高麗に敗れたとお聞きになり、久麻那利《こむなり》（古代朝鮮の地名）を汶洲王《もんすおう》（『三国史記』百済本紀の百済第二十二代の文周王か）にお与えになり、その国を救い再興なさった。時の人はみな、「百済国は、諸属がすでに亡んで倉下《へすおと》に屯《たむろ》して憂いていたが、実に天皇の力で、再びその国を造った」と言った。

二十二年春正月の己酉朔《きゆうついたち》（一日）に、白髪皇子《しらかのみこ》（のちの清寧天皇）を皇太子とされた。

秋七月に、丹波国余社郡《たにはのくによざのこおり》管川《つつかわ》（京都府与謝郡伊根町）の人水江浦島子《みずのえのうらのしまこ》は、舟に乗って釣をしていて大亀を得た。大亀はたちまち女になった。浦島子は心ひかれて妻にし、あとを追って海に入り、蓬莱山《ほうらいさん》に着いて、仙衆を見て廻《まわ》った。この話は別の本にある。

二十三年の夏四月に、百済の文斤王《もんこんおう》（『三国史記』百済本紀の百済第二十三代の三斤王か）が薨《こう》じた。天皇は、昆支王《こんきおう》の五人の子の中で、第二子末多王《またおう》が幼年ながら聡明《そうめい》であるので、勅《みことのり》して内裏《だいり》に召し、自らその頭を撫《な》でて、慇懃《いんぎん》に訓戒を述べられ、その国の王となされた。そうして兵器を与えられ、あわせて筑紫国《つくしのくに》の兵士五百人を遣わして、護衛させて国に送り届けられた。これが東城王《とうせいおう》である。

二十年の冬に、高麗王《こまのこにきし》、大《おほ》きに軍兵《いくさ》を発《おこ》して、伐《う》ちて百済《くだら》を尽《ほろぼ》す。爰《ここ》に少許《すこしばかり》の遺衆《のこりのともがら》有《あ》りて、倉下《へすおと》に聚居《いはみを》り。兵糧《かて》既《すで》に尽《つ》き、憂泣《いさ》ちること茲《ここ》に深し。是《ここ》に高麗《こま》の諸将《もろもろのいくさのきみ》、王に言《いは》ひて曰く、「百済の心許《こころばへ》、非常《おもひのほか》にして、臣《やつこ》見る毎《ごと》に、覚《おもほ》えず自失《まと》ふ。恐《おそ》るらくは、更蔓生《またうまは》りなむことを。請《こひねが》はくは、遂《つひ》に除《はら》ひてむ」といふ。王の曰く、「可《よ》くもあらず、寡人《わ》が聞《き》けら

く、百済国《くだらのくに》は、日本国《やまとのくに》の官家《みやけ》として由来《ありくること》遠久《ひさ》しときけり。又《また》、王入《まゐ》りて天皇《すめらみこと》に仕《つか》へまつること、四隣《よも》の共《とも》に識《し》る所《ところ》なり」といふ。遂《つひ》に止《や》む。

二十一年の春三月に、天皇、百済、高麗の為《ため》に破らると聞《きこ》しめして、久《こ》麻那利《むなり》を以《も》ちて汶洲王《もんすわう》に賜《たま》ひ、其《そ》の国を救ひ興《おこ》さしめたまふ。時人《ときのひと》、皆云《みない》はく、「百済国、属既《やからすで》に亡《ほろ》びて倉下《へすおと》に聚《いは》み憂《うれ》ふと雖《いへど》も、実《まこと》に天皇に頼りて、更《また》其の国を造《な》せり」といふ。

二十二年の春正月の己酉《きいう》の朔《つきたち》に、白髪皇子《しらかのみこ》を以ちて皇太子《ひつぎのみこ》と為《な》したまふ。

秋七月に、丹波国《たにはのくに》余社郡《よざのこほり》 管川《つつかは》の人《ひと》水江《みづのえの》浦島子《うらのしまこ》、舟《ふね》に乗りて釣《つり》し、遂《つひ》に大亀《おほかめ》を得《え》たり。便《すなは》ち女《をとめ》に化為《な》る。是《ここ》に浦島子、感《め》でて婦《め》にし、相逐《あひしたが》ひて海に入《い》り、蓬萊山《とこよのくに》に到《いた》り、仙衆《ひじりたち》に歴《めぐ》り観《み》る。語《こと》は別巻《ことまき》に在《あ》り。

二十三年の夏四月に、百済の文斤王《もんこんわう》薨《みまか》りぬ。天皇、昆支王《こんきわう》の五子の中《なか》に、第二末多王《またわう》の、幼年《わか》くして聡明《さと》きを以ちて、勅《みことのり》して内裏《おほうち》に喚《め》し、親《みづか》ら頭面《かしら》を撫《な》で、誡勅《いましむるみことのり》 慇懃《ねもころ》にして、其の国に王とならしめたまふ。仍《よ》りて兵器《つはもの》を賜《たま》ひ、并《あは》せて筑紫国《つくしのくに》の軍士《いくさ》五百人を遣《つかは》して、国《くに》に衛《まも》り送《おく》らしめたまふ。是《これ》を東城王《とうせいわう》とす。（略）

六 天皇の遺詔《いしょう》

秋七月の辛丑朔《しんちゆうついたち》（一日）に、天皇はご病気になられた。詔《みことのり》して、賞罰や支度（租税などに関する準備）は事の大小にかかわらず、どちらも皇太子に委任された。

八月の庚午朔《こうご》の丙子《へいし》（七日）に、天皇のご病気はいよいよ重くなられた。百官に別れの言葉を告げ、手を握って咽《むせ》び泣かれて、大殿《おおとの》で崩御された。大伴室屋大連《おおとものむろやのおおむらじ》と東漢掬直《やまとのあやのつかのあたい》とに遺詔して、「まさに今、天下は一家族のように平穏であり、竈《かまど》の煙も遥か遠くまで立ちのぼっている。人民は平安で、四方の夷《えびす》も服属している。これまた天意が、日本全土を安寧にと願っているからである。臆病《おくびよう》な自分を励まし、一日一日を慎んできたのは、思えば人民のためであった。なんとか臣《おみ》・連《むらじ》の智力と内外の歓心を得て、広く天下を、永く安楽に保たせたいものだと思ってきた。病気が重くなり、死に至るとは思いもしなかった。これは人生の常の理《ことわり》であり、言及するまでもない。ただ朝野の衣冠だけは、まだはっきり決めることができず、教化・政刑はなおまだ十分とは言えない。言葉に出してこうして省みると、ただ無念さばかりが残る。人として生れた限り、誰でも子孫に思いを託したいものである。さて、天下のためには、心残りなく事に当らねばならない。今、星川王《ほしかわのみこ》（雄略天皇皇子。母は稚媛《わかひめ》。のち乱を起し誅される）は心に邪悪を懐《いだ》き、行動は兄弟の義に欠けている。古人が、『臣《しん》を知るは君《きみ》に及ぶものなく、子を知るは父に及ぶものなし』と言っている。もし星川が志を得て、国家を治めたならば、必ず辱めが臣《おみ》・連《むらじ》に及び、酷《むご》い害悪が庶民に広がるだろう。皇太子は皇位継承の地位にあり、仁孝は高く聞えている。その行為や業績を見ても、我が志を成就するのに足りる。こういう次第で、皇太子が家臣たちとともに天下を治めたなら、私が瞑目《めいもく》しても、どうしてまた無念に思うことなどあろうか」と仰せられた。

＊この記事の後、天皇崩御を知って謀反を起した蝦夷《えみし》を吉備臣尾代《きびのおみおしろ》が征伐する話で、雄略紀は終る。崩御の様子や享年などは記されていない。

秋七月の辛丑《しんちう》の朔《つきたち》に、天皇《すめらみこと》、寝疾不預《みやまひ》したまふ。詔《みことのり》して、賞罰支度《しやうばつしたく》、事巨細《こときよさい》と無《な》く、並《ならび》に皇太子《ひつぎのみこ》に付《ゆだ》ねたまふ。

八月の庚午《かうご》の朔にして丙子《へいし》に、天皇、疾《おほみやまひ》弥《いよいよ》甚《おも》し。百寮《ひやくれう》と辞訣《じけつ》し、握手《あくしゆ》して歔欷《きよき》したまひ、大殿《おほとの》に崩《かむあが》りましぬ。大伴室屋大連《おほとものむろやのおほむらじ》と東漢掬《やまとのあやのつかの》直《あたひ》とに遺詔《ゐせう》して曰《のたま》はく、「方今《はうこん》、区宇《くう》一家《いつか》にして、煙火万里《えんくわばんり》なり。百姓《はくせい》乂《がい》安《あん》にして、四夷賓服《しいひんぷく》せり。此又《これまた》、天意《てんい》の、区夏《くか》を寧《やすらか》にせまく欲《おもほ》せばなり。所以《このゆゑ》に、小心《せうしん》の、己《おのれ》を励《はげま》して、日《ひび》に一日《ひとひ》を慎《つつし》むことは、蓋《けだ》し百姓の為《ため》の故《ゆゑ》なり。（略）庶《ねが》はくは、臣《おみ》・連《むらじ》の智力《ちりよく》、内外《ないぐわい》の歓心《くわんしん》に藉《よ》りて、普天《ふてん》の下《もと》をして永《なが》く安楽《あんらく》を保《たも》たしめむと欲《おも》ふ。謂《おも》はざりき、遘疾弥留《こうしつびりう》して大漸《たいぜん》に至《いた》るといふことを。此乃《これすなは》ち人生《じんせい》の常の分《ことわり》なり。何《なに》ぞ言及《い》ふに足《た》らむ。但《ただ》し朝野《てうや》の衣冠《いくわん》のみ、未《いま》だ鮮麗《せんれい》なること得《え》ず、教化《けうくわ》・政刑《せいけい》、猶《なほ》し未だ善《ぜん》を尽《つく》さず。興《こと》言《あげ》して此《ここ》を念《おも》ふに、唯《ただ》以ちて恨《うらみ》をのみ留《とど》む。（略）人生《ひとうま》れて子孫《しそん》に誰《たれ》か念《おもひ》を属《つ》けざらむ。既《すで》に天下《てんか》の為《ため》には、事《こと》、情《こころ》を割《わか》つべし。今《いま》し星川王《ほしかはのみこ》、心《こころ》に悖《はい》悪《あく》を懐《うだ》き、行《しわざ》、友于《いうう》に闕《か》けり。古人《こじん》の言《い》へること有《あ》り、『臣《しん》を知《し》るは君《きみ》に若《し》くは莫《な》く、子《こ》を知るは父《ちち》に若《し》くは莫《な》し』と。縦使《たとひ》星川《ほしかは》、志《こころざし》を得《え》て共《とも》に家国《かこく》を治《をさ》めば、必当《かなら》ず戮辱《りくじよく》、臣・連に遍《あまね》く、酷毒《こくどく》、民庶《みんしよ》に流《ほど》りなむ。（略）皇太子《ひつぎのみこ》、地《ち》、上嗣《じやうし》に居《あた》り、仁孝著聞《じんかうちよぶん》せり。其《そ》の行業《かうげふ》を以《おも》ふに、朕《わ》が志《こころざし》を成《な》すに堪《た》へたり。此《ここ》を以《も》ちて、共《とも》に天下《てんか》を治《をさ》めなば、朕《われ》、瞑目《めいもく》すと雖《いふと》も、何《なに》ぞ復恨《またうら》むる所《ところ》あらむ」とのたまふ。（略）

日本書紀の風景 ④

稲《いな》荷《り》山《やま》古《こ》墳《ふん》

埼玉県行田市のさきたま古墳群は、五世紀末から七世紀初頭にかけて築造された九基の大型古墳が集中する、東日本有数の古墳群である。昭和四一年（一九六六）より、一帯を風土記の丘公園として整備する工事が始まり、発掘が進められていた前方後円墳の稲荷山古墳から、鉄剣、鏡、勾玉、馬具、武具などの副葬品が発見された。

やがて、この鉄剣は日本の考古学史上屈指の大発見であることが判明した。昭和五三年、鉄剣のサビを落とす作業中、刀身に金象嵌《きんぞうがん》が施されていることがわかり、レントゲン撮影の結果、表裏合わせて一一五字の文字が判読できた。文字列の中には「獲加多支鹵《わかたける》大王」（写真）、「辛亥《しんがい》の年」との文言がはっきり見て取れたのである。ワカタケルとは、『日本書紀』雄略紀に「大泊瀬《おおはつせ》幼武　天皇《わかたけるのすめらみこと》」と記される雄略天皇のこととされ、辛亥の年とは、その治世である四七一年のことと考えられている。すなわち、この鉄剣銘の発見によって、雄略天皇の実在と、当時のヤマト朝廷の勢力が関東にまで及んでいたことが証明されたと考えられるようになったのである。

鉄剣は正しくは「金錯銘《きんさくめい》鉄剣」と称され、昭和五八年には国宝に指定された。この発見は、考古学の成果が古代史像を塗り替える契機となった顕著な例として、今も鮮やかな光彩を放っている。

巻第十五

清寧《せいねい》天皇　顕宗《けんぞう》天皇
仁賢《にんけん》天皇

白髪《しらか》武《たけ》広《ひろ》国《くに》押《おし》稚《わか》日本《やまと》根《ね》子天皇《このすめらみこと》　清寧天皇（概略）

清寧天皇は、雄略天皇の第三子である。雄略天皇崩御後、異母弟の星川皇子《ほしかわのみこ》は、大蔵《おおくら》の官《つかさ》を押えて、権勢を振るい官物を浪費した。そこで、大伴室屋大連《おおとものむろやのおおむらじ》と東漢掬直《やまとのあやのつかのあたい》は、雄略天皇の遺詔に従い、大蔵に火を放って彼らを焼き殺した。清寧天皇は、元年正月に即位した。子はいなかった。二年十一月、新嘗祭《にいなめさい》の供物を集めるため、播磨国《はりまのくに》に遣わされた伊与来目部小楯《いよのくめべのおだて》は、市辺押磐皇子《いちのへのおしわのみこ》（履中《りちゅう》天皇の長子。二三三頁参照）の遺児である億計《おけ》（仁賢天皇）と弘計《おけ》（顕宗天皇）を見つけ、翌年連れ帰った。三年四月、億計王《おけのみこ》を皇太子とし、弘計王《おけのみこ》を皇子とした。五年正月に崩御し、十一月に河内坂門原陵《こうちのさかとのはらのみささぎ》に葬られた（大阪府羽曳野市西浦に比定）。

弘計天皇《おけのすめらみこと》　顕宗天皇《けんぞう》（概略）

顕宗天皇は、履中天皇《りちゅう》の孫で、市辺押磐皇子《いちのへのおしわのみこ》の子である。安康天皇《あんこう》三年、父が雄略天皇に殺されたと聞いた億計《おけ》と弘計《おけ》の兄弟は、播磨国《はりまのくに》へと逃れ、縮見屯倉首《しじみのみやけのおびと》に身分を隠して仕えていた。清寧天皇《せいねい》二年十一月、縮見屯倉首の祝宴に来合せた伊与来目部小楯《いよのくめべのおだて》の前で、弘計は、自分たちは市辺押磐皇子の子だと歌い、身分を明かした。清寧天皇は喜び、都へと呼び寄せた。清寧天皇三年四月、億計王を皇太子、弘計王を皇子とした。清寧天皇五年に清寧天皇が崩御すると、兄弟は互いに皇位を譲り合ったが、最終的に弟の弘計王が即位した。

父の非業の死を悼む顕宗天皇は、父の遺骨を探し出したが、従者の骨と混じり合っていた。天皇は悲しみのあまり、父を殺した雄略天皇の陵《みささぎ》を壊して骨を砕きたいと、億計王に告げる。すると億計王は、亡父と天皇とは身分が違い、天皇の陵を壊せば、天皇を人主として仕えないことになること、雄略天皇は恩を受けた清寧天皇の父にあたることから、壊してはならないと諫《いさ》め、天皇は納得した。三年四月、天皇は八釣宮《やつりのみや》（奈良県高市郡とする説と大阪府羽曳野市とする説とがある）で崩御した。

億計天皇《おけのすめらみこと》　仁賢《にんけん》天皇（概略）

仁賢天皇は、顕宗天皇の同母兄である。元年正月に即位した。皇后春日大娘皇女《かすがのおおいらつめのひめみこ》は一男六女を生んだ。七年正月に、皇子の小泊瀬稚鷦鷯天皇《おばつせわかさざきのすめらみこと》（武烈《ぶれつ》天皇）を皇太子とした。

十一年秋、崩御した。十月に埴生坂本陵《はにゅうのさかもとのみささぎ》に葬られた（大阪府藤井寺市のボケ山古墳に比定）。

巻第十六　武烈《ぶれつ》天皇

小泊瀬稚鷦鷯天皇《おはつせわかさざきのすめらみこと》　武烈天皇（概略）

武烈天皇は、仁賢《にんけん》天皇の皇太子である。仁賢天皇崩御後、日本国王になろうと驕慢《きようまん》を極めていた大臣平群真鳥臣《おおおみへぐりのまとりのおみ》と、その子で天皇の婚約者と姦通《かんつう》した鮪《しび》を討ち、即位した。刑罰の理非の判定を好み、およそすべての酷刑をご自分でご覧になった。国内の人民は皆恐怖に震えた。天皇は暴虐であった。妊婦の腹を割いて胎児を見る、人の頭髪を抜いて梢《こずえ》に登らせ、樹を切り倒して落して殺す、などのことをして楽しんだ。八年十二月、列城宮《なみきのみや》（桜井市の地か）で崩御した。

巻第十七　継《けい》体《たい》天皇

男大迹天皇《おおどのすめらみこと》　継体天皇

一　継体天皇の擁立と即位

男大迹天皇《おおどのすめらみこと》は誉田天皇《ほむたのすめらみこと》（応神《おうじん》天皇）の五世の御孫で、彦主人王《ひこうしのおおきみ》の御子である。母は振媛《ふりひめ》と申しあげる。振媛は活目天皇《いくめのすめらみこと》（垂仁《すいにん》天皇）の七世の御孫である。

天皇が御年五十七歳の時、（武烈）八年冬十二月の己亥《きがい》（八日）に、小泊瀬天皇《おばつせのすめらみこと》（武烈天皇）が崩御された。もともと男子も女子もなく、後継は絶えるはずであった。

壬子《じんし》（二十一日）に、大伴金村大連《おおとものかなむらのおおむらじ》は諮《はか》って、「まさに今、天皇の後継が絶えてしまった。天下の人民はどこに心をつなげばよいのか。古往今来、禍《わざわい》はこれによって起っている。今、足仲彦天皇《たらしなかつひこのすめらみこと》（仲哀天皇）の五世の御孫の倭彦王《やまとひこのおおきみ》が、丹波国《たにはのくに》の桑田郡《くわたのこおり》（京都府南丹市と亀岡市）におられる。試みに、軍備をととのえ、乗輿《じようよ》を護衛して行き、倭彦王をお迎え申して、君主にお立てしたいと思う」と言った。大臣《おおおみ》・大連《おおむらじ》たちはみな一致して賛同し、計画どおりお迎え申すことになった。さて倭彦王は、迎えの軍兵を遠く望んで、恐れて顔色を失い、山谷に遁走して行方が知れなかった。

元年春正月の辛酉朔《しんゆうついたち》の甲子《こうし》（四日）に、大伴金村大連はまた諮って、「男大迹王《おおどのおおきみ》は性格が慈悲深く、孝行の念が厚くいらっしゃる。天位を継承なさるべき方である。なんとかして、丁寧にお勧めして、帝業を興隆させたい」と言った。物部麁鹿火大連《もののべのあらかひのおおむらじ》・許《こ》勢男人大臣《せのおひとのおおおみ》たちはみな、「御皇孫たちの中で精選するとなると、賢者は男大迹王ただ一人である」と言った。

丙寅《へいいん》（六日）に、臣・連たちを遣わして、節旗《しるし》を持ち御車を準備して、三国《みくに》（福井県坂井市三国町か）にお迎えに行った。兵備を護衛し、威儀を粛然とととのえ、先駆を立てて往来の人を止め、にわかに到着した。その時、男大迹天皇は落ち着きはらって胡床《こしよう》に坐《すわ》っておられた。陪臣《ばいしん》を整然と従えて、すでに全く帝王のようであられた。節旗を持った使者らは、これを見て畏敬の念を抱き、心命を傾けて忠誠を尽したいと願った。しかし、天皇は内心なおも疑いを持たれ、長く皇位に即《つ》かれなかった。たまたまご存じであった河内馬飼首荒籠《こうちのうまかいのおびとあらこ》が、ひそかに使者をお送り申して、大臣・大連たちが男大迹天皇をお迎えしようとする本意を詳しくご説明申しあげた。留《とど》まること二日三夜の後、ついに出発なさることになり、嘆息して、「よかった、馬飼首よ。お前がもし使者を送って知らせなかったなら、危うく天下に笑われるところだった。世の人が、『貴賤を論ずるな。ただその心だけを重んじよ』と言うのは、思うに荒籠のような者を言うのだろう」と仰せられた。即位されるに及んで、厚く荒籠を寵遇《ちょうぐう》された。

甲申《こうしん》（二十四日）に、天皇は樟葉宮《くすはのみや》（大阪府枚方市楠葉。淀川の渡船場）に到着された。

二月の辛卯朔《しんぼうついたち》の甲午《こうご》（四日）に、大伴金村大連《おおとものかなむらのおおむらじ》は跪《ひざまず》いて天子の鏡・剣の璽符《みしるし》を奉って再拝した。男大迹天皇《おおどのすめらみこと》は辞退して、「民を子として国を治めることは、重大な業である。私は才能がなくふさわしくない。どうか考え直して賢者を選んでほしい。私は適任ではない」と仰せられた。大伴大連は地に伏して頑《かたく》なに要請した。男大迹天皇は西に向って三度、南に向って二度、辞譲なされた。大伴大連たちは皆、「私ども伏して考えますには、大王こそ、民を子として国をお治めになるのに、最も適《かな》った方です。私どもは国家のための計を、決して軽々しく立てたりはいたしません。どうか衆人の願いを入れて、ご承諾ください」と申しあげた。男大迹天皇は、「大臣《おおおみ》・大連《おおむらじ》・将軍・大夫・諸臣がみな私を推している。私は背くわけにはいくまい」と仰せられ、璽符をお受けになった。この日に、天皇の位に即《つ》かれた。大伴金村大連を大連とし、許《こ》勢男人大臣《せのおひとのおおおみ》を大臣とし、物部麁鹿火大連《もののべのあらかひのおおむらじ》を大連とすることは、いずれも前のとおりである。

三月の庚申《こうしん》朔の甲子《こうし》（五日）に、皇后手《た》白香皇女《しらかのひめみこ》（仁賢《にんけん》天皇皇女）を立てて、後宮で徳教をほどこし、ついに一人の皇子をお生みになった。これを天国排開広庭尊《あめくにおしはらきひろにわのみこと》（欽明《きんめい》天皇）と申しあげる。この方は嫡子であるが幼少であった。そこで二人の兄の治世の後に、天下を統治なさった。癸《き》酉《ゆう》（十四日）に、八人の妃を召し入れられた。元の妃は尾張《おわりの》連草香《むらじくさか》の娘で目子《めのこ》媛《ひめ》という。二皇子を生んだ。どちらも天下を統治された。その一子を勾大兄皇子《まがりのおおえのみこ》と申しあげる。これが広国排武金日尊《ひろくにおしたけかなひのみこと》（安閑《あんかん》天皇）である。その二子を檜隈高田皇子《ひのくまのたかたのみこ》と申しあげる。これが武小広国排盾尊《たけおひろくにおしたてのみこと》（宣化《せんか》天皇）である。

――男《お》大《ほ》迹天皇《どのすめらみこと》は、誉田天皇《ほむたのすめらみこと》の五世の孫《みまご》、彦主《ひこう》人王《しのおほきみ》の子《みこ》なり。母《はは》は振媛《ふりひめ》

と曰《まを》す。振媛は、活目天皇《いくめのすめらみこと》の七世の孫なり。（略）

天皇、年《みとし》五十七歳にして、八年の冬十二月の己亥《きがい》に、小泊瀬天皇《をばつせのすめらみこと》崩《かむあが》ります。元《はじ》めより男女《をとこみこをみなみこな》無くして、継嗣《けいし》絶《た》ゆべし。

壬子《じんし》に、大伴金村大連《おほとものかなむらのおほむらじ》、議《はか》りて曰《いは》く、「方今《いま》し、絶《た》えて継嗣《けいし》無し。天下《てんか》、何《いづれ》の所《ところ》にか心を繋《か》けむ。古《いにしへ》より今《いま》に迄《いた》るまでに、禍《わざはひ》斯《これ》に由《よ》りて起《おこ》れり。今《いま》し足仲彦天皇《たらしなかつひこのすめらみこと》の五世の孫《みまご》倭彦王《やまとひこのおほきみ》、丹波国《たにはのくに》の桑田郡《くはたのこほり》に在《いま》す。請《こ》はくは、試《こころみ》に兵仗《へいぢやう》を設《ま》け、乗輿《じようよ》を夾衛《けふゑい》して、就《ゆ》きて奉迎《むかへたてまつ》り、立《た》てて人主《きみ》としまつらむことを」といふ。大臣《おほおみ》・大連等《おほむらじたち》、皆随《みなしたが》ひて、奉迎ること計《はかりこと》の如《ごと》し。是《ここ》に倭彦王、遥《はるか》に迎へたてまつる兵《いくさ》を望みて、懼然《おそ》りて色《いろ》を失ひ、仍《よ》りて山壑《やまたに》に遁《に》げ、詣《いた》りませる所を知らず。

元年の春正月の辛酉《しんいう》の朔《つきたち》にして甲子《かふし》に、大伴金村大連、更《また》籌議《はか》りて曰《いは》く、「男《を》大《ほ》迹王《どのおほきみ》、性《ひととなり》慈《じ》仁《じん》にして、孝順《かうじゆん》にまします。天緒《てんしよう》承けたまふべし。冀《ねが》はくは、慇懃《ねもころ》に勧進《すす》めまつりて、帝業《ていげふ》を紹隆《せうりゆう》せしめむことを」といふ。物部麁鹿火大連《もののべのあらかひのおほむらじ》・許勢男人大臣等《こせのをひとのおほおみたち》、僉《みな》曰《いは》く、「枝孫《みあなすゑのみこたち》を妙《くは》しく簡《えら》ふに、賢者《さかしきみこ》は唯《ただ》男大迹王のみなり」といふ。

丙寅《へいいん》に、臣《おみ》・連等《むらじたち》を遣《つかは》して、節《しるし》を持ちて法駕《はふが》を備へ、三国《みくに》に奉迎《むかへたてまつ》る。兵仗《へいぢやう》を夾衛《けふゑい》し、容儀《ようぎ》を粛整《しゆくせい》して、前駈《せんく》を警蹕《けいひつ》し、奄然《えんぜん》にして至《いた》る。是《ここ》に男大迹天皇、晏然自若《あんぜんじじやく》にして、胡床《こしやう》に踞坐《ましま》す。陪臣《ばいしん》を斉列《ととのへつら》ね、既《すで》に帝《みかど》の如《ごと》く坐《ま》します。節《しるし》を持つ使等《つかひら》、是《これ》に由《よ》りて敬憚《かしこま》り、心を傾《かたぶ》け命《いのち》を委《よ》せて、忠誠《ちゆうせい》を尽《つく》さむことを冀《ねが》ふ。然《しか》るを天皇、意裏《みこころのうち》に尚《なほ》し疑《うたが》はして、久《ひさ》しく就《つ》きたまはず。適《たまたま》知れる河内馬飼首荒籠《かふちのうまかひのおびとあらこ》、密《ひそか》に使を奉遣《たてまつ》り、具《つぶさ》に大臣《おほおみ》・大《おほ》連等《むらじたち》が奉迎る所以《ゆゑ》の本意《もとのこころ》を述べまをさしむ。留《とどま》ること二日三夜《ふつかみよ》にして遂《つひ》に発《た》たし、乃《すなは》ち喟然《な》而歎《げ》きて曰《のたま》はく、「懿《よ》きかも、馬飼首《うまかいのおびと》。汝若《いましも》し使を遣《まだ》して来《きた》り告《つ》ぐること無《な》からましかば、殆《ほとほと》に天下《あめのした》に取蚩《わらは》れなまし。世《よのひと》の云《い》へらく、『貴《き》と賤《せん》とを論《あげつら》ふこと勿《なか》れ。但《ただ》し、其《そ》の心をのみ重《おも》みすべし』といへるは、蓋《けだ》し荒籠が謂《いひ》か」とのたまふ。践祚《あまつひつぎしろしめ》すに及至《いた》りて、厚《あつ》く荒籠に寵待《めぐみ》を加《くは》へたまふ。

甲申《かふしん》に、天皇《すめらみこと》、樟葉宮《くすはのみや》に行至《いた》りたまふ。

二月の辛卯《しんばう》の朔《つきたち》にして甲午《かふご》に、大伴金村大連《おほとものかなむらのおほむらじ》、乃《すなは》ち跪《ひざまづ》きて天子《すめらみこと》の鏡《みかがみ》・剣《みつるぎ》の璽符《みしるし》を上《たてまつ》り、再拝《をろが》みたてまつる。男大迹天皇《をほどのすめらみこと》、謝《いな》びて曰《のたま》はく、「民《たみ》を子《こ》として国《くに》を治《をさ》むることは、重《いか》しき事《わざ》なり。寡人《われ》、不才《ふさい》にして称《かな》ふに足《た》らず。願請《ねが》はくは、慮《おもひ》を廻《めぐら》して賢者《さかしきひと》を択《えら》ばむことを。寡人《われ》は敢《あ》へて当《あた》らじ」とのたまふ。大伴大連、地《つち》に伏して固《かた》く請《こ》ひまつる。男大迹天皇、西に向《むか》ひて譲《ゆづ》りたまふこと三《みたび》、南に向ひて譲りたまふこと再《ふたたび》したまふ。大伴大連等《たち》、皆曰《みなまを》さく、「臣《やつこ》伏《ふ》して計《はかりみ》るに、大王《おほきみ》、民《たみ》を子《こ》として国を治《をさ》めたまふこと、最《もと》も宜称《かな》ひたまへり。臣等《やつこら》、宗廟社稷《くにいへ》の為《ため》に計《はか》ること、敢《あ》へて忽《いるかせ》にせず。幸《さきはひ》に衆《もろもろ》の願《ねがひ》に藉《よ》りて、乞《こ》はくは、聴納《ゆるしい》るることを垂《た》れたまへ」とまをす。男大迹天皇の曰《のたま》はく、「大臣《おほおみ》・大連・将《いくさのきみ》・相《まへつきみ》・諸《もろもろの》臣《おみたち》、咸《みな》寡人《われ》を推《お》す。寡人敢へて乖《そむ》かじ」とのたまひ、乃《すなは》ち璽符《みしるし》を受《う》けたまふ。是《こ》の日に、即天皇位《あまつひつぎしろしめ》す。大伴金村大連を以《も》ちて大連とし、許勢男人《こせのをひとの》大臣《おほおみ》を大臣とし、物部麁鹿火大連《もののべのあらかひのおほむらじ》を大連とすること、並《ならび》に故《もと》の如《ごと》し。（略）

三月の庚申《かうしん》の朔（略）甲子《かふし》に、皇后《きさき》手白香皇女《たしらかのひめみこ》を立てて、内《うち》に修教《しうけう》せしめたまひ、遂《つひ》に一男《ひとりのひこみこ》を生《う》みたまふ。是天国排開広庭尊《これあめくにおしはらきひろにはのみこと》とす。是嫡子《むかひはらのみこ》にして幼年《みとしわか》し。二兄《ふたりのえ》治《くにしらしめ》しし後《のち》に、其《そ》の天下《あめのした》を有《しら》す。（略）癸酉《きいう》に、八妃《やたりのみめ》を納《めしい》れたまふ。元妃《はじめのみめ》、尾張連草香《をはりのむらじくさか》が女《むすめ》を目子媛《めのこひめ》と曰《い》ふ。二子を生《う》む。皆《みな》

天下《あめのした》を有《しら》す。其《そ》の一を勾大兄皇子《まがりのおほえのみこ》と曰《まを》す。是広国排武金日尊《これひろくにおしたけかなひのみこと》とす。其の二を檜隈高田皇子《ひのくまのたかたのみこ》と曰す。是武小広国排盾尊《たけをひろくにおしたてのみこと》とす。（略）

（二～三年、五年の条、略）

二　任那《みまな》四県を百済《くだら》に割譲

六年冬十二月に、百済《くだら》は使者を派遣して朝貢した。別に上表文で、任那国《みまなのくに》の上哆唎《おこしたり》・下哆唎《あるしたり》・沙陀《さだ》・牟婁《むろ》の四県を請うた。哆唎国守《たりのくにのみこともち》穂積臣押山《ほづみのおみおしやま》は奏上して、「この四県は百済に近く接し、日本から遠く隔っております。朝夕に通いやすく、鶏や犬もどちらのものか区別できません。今、百済に与えられて一つの国とすれば、堅実な政策として、これ以上のものはありません。しかし、仮に国を合併したとしても、後世にはなお危ういこともありましょう。まして別の国のままでは、何年守りきることができましょうか」と申しあげた。大伴大連金村《おおとものおおむらじかなむら》は詳しくこの意見を聞き、この計画に賛同して奏上した。そして物部大連麁鹿火《もののべのおおむらじあらかひ》を宣勅使に任じた。物部大連は、まさに難波館《なにわのむろつみ》（難波にある、外国の賓客のための宿舎）に出向いて、百済の客に勅命を告げようとした。その時、物部大連の妻は固く諫《いさ》めて、「そもそも住吉神《すみのえのかみ》が初めて海外の金銀の国、高麗《こま》・百済・新羅《しらぎ》・任那らを、胎中《はらのうちにましますほむたのすめらみこと》誉田天皇（応神《おうじん》天皇）に授けられました。そこで大后《おおきさき》気長足姫尊《おきながたらしひめのみこと》（神功《じんぐう》皇后）と大臣武内宿禰《おおおみたけうちのすくね》とが、国ごとに初めて官家《みやけ》を置き、海外の防壁として長く続いてきたという由来があります。もし分割して他国に与えたら、元の区域と違ってきます。後々の世まで非難が絶えることはないでしょう」と言った。大連は答えて、「諫言《かんげん》は理に適《かな》ってはいるが、天勅に背くことは恐れ多い」と言った。妻は切に諫めて、「病と称して、宣勅をお止《や》めなさい」と言った。大連は諫言に従った。このために、別の使者が宣勅した。賜物と勅書とを合せて授け、上表文のとおり任那の四県を与えた。勾大兄皇子《まがりのおおえのみこ》は先に事情があって、国を与えることをお聞きになっておらず、後で宣勅を知り、驚き後悔して、勅令を改めようと思い、「誉田天皇以来、官家を置いてきた国を、軽々しくも蕃国《ばんこく》の乞うままに、すぐに与えてしまってよいものか」と仰せられた。そうして日鷹吉士《ひたかのきし》を遣わして、改めて百済の使者に命令を告げさせられた。使者はお答えして、「父である天皇が便宜をはかって、勅《みことのり》によって下されたわけで、その事はすでに終っています。その子である皇子が、はたして帝の勅に背き、みだりに改めて命令を出されてよいのでしょうか。きっとこれは虚言でしょう。もしこれが事実としても、杖《つえ》の太い端で打つのと、細い端で打つのと、どちらが痛いでしょうか」と申しあげて、帰って行った。そこで、ある噂《うわさ》が流れて、それは「大伴大連と哆唎国守穂積臣押山とは、百済の賄賂《わいろ》を受けた」ということであった。

＊その後、継体天皇七年に、百済は、任那諸国の代表的な国・伴跛《はへ》が百済領の己汶《こもん》を略奪したと大和朝廷に訴え、大和朝廷は、百済、新羅、任那諸国の王を召して、己汶を百済のものと決定した。八年、伴跛は大和朝廷に抗い、新羅を攻める。九年、物部連は船軍五百人を率いて戦うが、敗れる。大和朝廷の朝鮮半島経営は失敗の一途をたどる。

六年の（略）冬十二月に、百済《くだら》、使《つかひ》を遣《まだ》して貢調《みつきたてまつ》る。別《こと》に表《ふみ》して、任那《みまなの》国《くに》の上哆唎《おこしたり》・下哆唎《あるしたり》・娑陀《さだ》・牟婁《むろ》、四県《よつのあがた》を請《こ》ふ。哆唎国守《たりのくにのみこともち》穂積臣押山《ほづみのおみおしやま》、奏《まを》して曰《まを》さく、「此《こ》の四県は、近《ちか》く百済に連《つらな》り、遠《とほ》く日本《やまと》を隔《へな》る。旦暮《あしたゆふへ》に通《かよ》ひ易《やす》く、鶏犬《にはつとりいぬ》別《わ》き難《かた》し。今《いま》し百済に賜《たまは》りて、合《あは》せて同じ国とせば、固《かた》く存《また》き策《はかりこと》、以《も》ちて此《これ》に過《す》ぐるは無《な》けむ。然《しか》れども、縦賜《もしたま》ひて国を合《あは》すとも、後世《のちのよ》に猶《なほ》し危《あやふ》からむ。況《いは》むや異場《ことさかひ》とせば、幾年《いくとせ》に能《よ》く守らむや」とまをす。大伴大連金村《おほとものおほむらじかなむら》、具《つぶさ》に是《こ》の言《こと》を得《え》て、謨《はかりこと》を同じくして奏《まを》す。迺《すなは》ち物部大《もののべのおほ》

連《むらじ》麁鹿《あらか》火《ひ》を以ちて、宣勅使《みことのりのるつかひ》に宛《あ》つ。

物部大連、方《まさ》に難波館《なにはのむろつみ》に発向《たちむか》ひて、勅《みことのり》を百済客《くだらのつかひ》に宣《の》らむと欲《おも》ふ。其《そ》の妻《め》、固《かた》く要《いさ》めて曰《いは》く、「夫《そ》れ、住吉神《すみのえのかみ》、初《はじ》めて海表《わたのほか》の金銀《くがねしろかね》の国《くに》、高麗《こま》・百済・新羅《しらき》・任那等《ら》を以ちて、胎中誉田天皇《はらのうちにましますほむたのすめらみこと》に授記《さづ》けまつれり。故《かれ》、大后気長足姫尊《おほきさきおきながたらしひめのみこと》と大臣武内宿禰《おほおみたけうちのすくね》と、国毎《くにごと》に初《はじ》めて官家《みやけ》を置きて、海表《わたのほか》の蕃屏《まがき》として、其の来《ありく》ること尚《ひさ》し。抑由有《はたゆゑあ》り。縦《も》し削《さ》きて他《あたし》に賜《たま》はば、本《もと》の区域《さかひ》に違《たが》ひなむ。綿世《ながきよ》の刺《そしり》、詎《いづく》にぞ口《くち》に離《さか》りなむ」といふ。大連報《こた》へて曰《いは》く、「教示《をしへしめ》すこと、理《ことわり》に合《かな》へれども、恐《おそ》るらくは、天勅《みことのり》に背《そむ》きまつらむことを」といふ。其の妻、切《いた》く諫《いさ》めて云《い》はく、「疾《やまひ》と称《まを》して、宣《みことのり》なせそ」といふ。大連、諫《いさめ》に依《したが》ひぬ。是《これ》に由《よ》りて、使を改《あらた》めて宣勅《みことのり》す。賜物《たまひもの》并《あは》せて制旨《みことのむね》を付《さづ》け、表《まをしぶみ》の依《まにま》に任那の四県《よつのあがた》を賜《たま》ふ。大兄皇子《おほえのみこ》、前《さき》に縁事《よし》有りて、国《くに》を賜ふといふことを聞きたまはずして、晩《おそ》くに宣勅を知り、驚き悔《く》いて、令《のりごと》を改めむと欲《おも》ひて曰《のたま》はく、「胎中之帝《ほむたのすめらみこと》より官家《みやけ》を置ける国を、軽《かろがろ》しく蕃《となりのくに》の乞《こひ》の随《まにま》に、輙爾《たやす》く賜《たまは》らむや」とのたまふ。乃《すなは》ち日鷹吉士《ひたかのきし》を遣《つかは》して、改めて百済客《くだらのつかひ》に宣《の》らしめたまふ。使者《つかひ》答《こた》へて啓《まを》さく、「父《ちち》の天皇《すめらみこと》、便宜《たより》を図《はか》計りて、勅《みことのり》して賜ふこと既《すで》に畢《をは》りぬ。子《こ》の皇子《みこ》、豈帝《あにすめらみこと》の勅《みことのり》に違《たが》ひて、妄《みだり》に改めて令《のりたま》はむや。必《かなら》ず是虚《これいつはり》ならむ。縦《も》し是実《まこと》ならば、杖《つゑ》の大《おほ》きなる頭《はし》を持《と》りて打つと、杖の小《ちひさ》き頭を持りて打つと、孰《いづれ》か痛からむ」とまをして、遂《つひ》に罷《まか》りぬ。是《こ》こに、或《ある》いは流言有《つてことあ》りて曰《いは》く、「大伴大連と哆唎国守穂積臣押山《おしやま》と、百済《くだら》の賂《まひなひ》を受けたり」といふ。

（七～十年、十二年、十七年、十八年、二十年の条、略）

三 磐井《いわい》の反乱

二十一年夏六月の壬辰朔《じんしんついたち》の甲午《こうご》（三日）に、近江《おうみ》の毛野臣《けなのおみ》は軍衆六万人を率いて任那《みまな》に行き、新羅《しらぎ》に破れた南加羅《ありひしのから》・喙己《とくこ》呑《とん》を復興して、任那と合併しようとした。ここに、筑紫国造《つくしのくにのみやつこ》磐井《いわい》はひそかに反逆を謀ったが、実行しないまま年を経て、事が未遂に終ることを恐れながらも、常に隙《すき》をうかがっていた。新羅はこれを知って、ひそかに賄賂《わいろ》を磐井に届けて、毛野臣の軍勢を阻止するよう勧めた。そこで磐井は火《ひ》（のちの肥前・肥後）・豊《とよ》（のちの豊前・豊後）の二国に勢力を及ぼして、朝廷の職務を行わせなかった。外に対しては、海路を遮《さえぎ》って高麗《こま》・百済《くだら》・新羅・任那らの国の年ごとの朝貢船を誘い入れ、内に対しては、任那に遣わした毛野臣の軍勢を遮り、無礼な言葉で、「今でこそ使者となっているが、昔は同じ仲間として、肩を並べ肘《ひじ》を触れ合せて、一つ器で共に食べたものだ。使者になった途端に、私をお前に従わせることなど、どうしてできようか」と言った。ついに戦いとなり、従わず、たいそう驕慢《きょうまん》であった。こうして、毛野臣は途中で阻止されて滞留した。天皇は大伴大連金村《おおとものおおむらじかなむら》・物部大連麁鹿火《もののべのおおむらじあらかひ》・許勢大臣男人《こせのおおおみおひと》たちに詔《みことのり》して、「筑紫の磐井は反逆して西戎《せいじゅう》（西方の異民族）の領地を占有した。今、誰を将軍としたらよかろう」と仰せられた。大伴大連たちはみな、「正直で、慈悲深く勇気があり、兵法に通じているのは、今、麁鹿火の右に出る者はありません」と申しあげた。天皇は、「よし」と仰せられた。

秋八月の辛卯朔《しんぼう》（一日）に、詔して、「大連よ、磐井が従わない。お前が行って征せよ」と仰せられた。物部麁鹿火大連は再拝して、「磐井は西戎の狡猾《こうかつ》な輩《やから》です。川の阻《はば》みを頼みにして朝廷に従わず、山の険しさを利用して反乱を起しました。徳を破り道に背き、驕慢であり、自惚《うぬぼ》れております。昔から、道臣《みちのおみ》(大伴氏の遠祖、日臣命《ひのおみのみこと》。七一頁参照）より室屋《むろや》（大伴金村の祖父）に至るまで、帝を助けて戦い、民を苦しみから救って来ました。昔も今も変りません。ただ天の助けを得ることを、私は常に重視しております。謹んで征伐しましょう」と申しあげた。詔して、「良将の戦《いくさ》とは、厚く恩恵を施し、慈悲をもって人を治め、攻撃は川の決壊のように激しく、戦法は風のように早いものだ」と仰せられ、重ねて詔して、「大将は人民の生死を握っている。国家の存亡はここにある。力を尽せ、謹んで天罰を加えよ」と仰せられた。天皇は自ら斧《おの》と鉞《まさかり》とを取って、大連に授けて、「長門《ながと》以東は私が統御しよう。筑紫以西はお前が統御せよ。もっぱら賞罰を実施せよ。頻繁に奏上する必要はない」と仰せられた。

二十二年冬十一月の甲寅《こういん》朔の甲子《こうし》（十一日）に、大将軍物部大連麁鹿《もののべのおおむらじあらか》火《ひ》は、自ら賊軍磐井と筑紫の御《み》井郡《いのこおり》（福岡県久留米市中部、小郡市、三井郡の南部）で交戦した。軍旗や軍鼓が向い合い、塵埃《じんあい》が巻き上がった。勝機を得ようと両陣は必死に戦い、互いに譲らなかった。とうとう磐井を斬《き》って、ついに境界を定めた。

二十五年春二月に、天皇は病気が重くなられた。

丁未《ていび》（七日）に、天皇が磐余玉穂宮《いわれのたまほのみや》（「磐余」は桜井市中西部から橿原市東部にかけての地）で崩御された。時に御年八十二であった。

冬十二月の丙申《へいしん》朔の庚子《こうし》（五日）に、藍野陵《あいののみささぎ》に葬りまつった（大阪府茨木市の茶臼山古墳が継体陵に比定されてきたが、大阪府高槻市の今城塚古墳を継体陵とする説が有力)。

二十一年の夏六月の壬辰《じんしん》の朔《つきたち》にして甲午《かふご》に、近江《あふみ》の毛野臣《けなのおみ》、衆《いくさ》六万を率《ゐ》て任那《みまな》に往《ゆ》き、新羅《しらき》に破《やぶ》られたる南加羅《ありひしのから》・喙己《とくこ》呑《とん》を復興建《またおこした》てて、任那に合《あは》せむとす。是《ここ》に筑紫国造《つくしのくにのみやつこ》磐井《いはゐ》、陰《ひそか》に叛逆《はんぎやく》を謨《はか》り、猶預《いうよ》して年《とし》を経《へ》、事《こと》の成《な》り難《かた》きことを恐《おそ》り、恒《つね》に間隙《かんげき》を伺《うかか》ふ。新羅、是《これ》を知り、密《ひそか》に貨賂《くわろ》を磐井が所《もと》に行《や》りて、毛野臣の軍《いくさ》を防遏《ばうあつ》することを勧《すす》む。是《ここ》に磐井、火《ひ》・豊《とよ》二国《にこく》に掩拠《えんきよ》して、修職《しうしよく》せしめず。外《そと》は海路《かいろ》に邀《むか》へて、高麗《こま》・百済《くだら》・新羅・任那等《ら》の国《くに》の年《とし》に貢職船《こうしよくせん》を誘致《いうち》し、内《うち》は任那に遣《つかは》せる毛野臣の軍を遮《さき》り、乱語《らんご》揚言《やうげん》して曰《いは》く、「今《いま》こそ使者《つかひひと》にあれ、昔《むかし》は吾《わ》が伴《ともがら》として、肩《かた》を摩《す》り肘《ひぢ》を触《ふ》りつつ、共器《おなじけ》して同《とも》に食《くら》ひき。安《いづく》にぞ卒爾《にはか》に使《つかひ》と為《な》り、余《われ》をして儞《い》が前《まへ》に自伏《したが》はしむること得《え》むや」といふ。遂《つひ》に戦ひて受けず、驕《おご》りて自《みづか》ら矜《ほこ》る。是《ここ》を以《も》ちて、毛野臣、乃《すなは》ち中途《ちゆうと》に防遏《ばうあつ》せられて淹滞《えんたい》す。天皇《すめらみこと》、大伴《おほともの》大連金村《おほむらじかなむら》・物部大連麁鹿《もののべのおほむらじあらか》火《ひ》・許《こ》勢大臣男《せのおほおみを》人等《ひとたち》に詔《みことのり》して曰《のたま》はく、「筑紫《つくし》の

磐井反《そむ》きて、西戎《せいじゆう》の地《ち》を掩有《おそひたも》てり。今《いま》し誰《たれ》か将《しやう》たるべきぞ」とのたまふ。大伴大連等、僉曰《みなまを》さく、「正直《せいちよく》・仁勇《じんよう》にして、兵事《へいじ》に通《つう》じたるは、今《いま》し麁鹿火の右に出《い》づるひと無《な》し」とまをす。天皇の曰《のたま》はく、「可《よ》し」とのたまふ。

秋八月の辛卯《しんばう》の朔に、詔して曰はく、「咨《あ》、大連、惟茲《これこ》の磐井《いはゐ》率《したが》はず。汝《いまし》徂《ゆ》きて征《う》て」とのたまふ。物部麁鹿火大連、再拝《をろが》みて言《まを》さく、「嗟《あ》、夫《そ》れ磐井は西戎《せいじゆう》の奸猾《かんくわつ》なり。川《かは》の阻《そ》を負《たの》みて庭《つかへまつ》らず、山《やま》の峻《しゆん》に憑《よ》りて乱《らん》を称《あ》ぐ。徳《とく》を敗《やぶ》りて道《みち》に反《そむ》き、侮嫚《ぶまん》して自《みづか》ら賢《けん》なりとおもへり。在昔《むかし》、道《みち》臣《のおみ》より爰《ここ》に室屋《むろや》に及《いた》るまでに、帝《てい》を助《たす》けて罰《う》ち、民《たみ》を塗炭《とたん》に拯《すく》ふ。彼此《ひし》一時《いちじ》なり。唯天《ただてん》の賛《たす》くる所《ところ》は、臣《しん》が恒《つね》に重《おも》みする所なり。能《よ》く恭《つつし》みて伐《う》たざらむや」とまをす。詔して曰はく、「良将《りやうしやう》の軍《いくさだち》するや、恩《おん》を施《ほどこ》し恵《けい》を推《お》し、己《おのれ》を恕《おもひはか》りて人《ひと》を治《をさ》め、攻むること河《かは》の決《さ》くるが如《ごと》く、戦ふこと風の発《た》つが如し」とのたまひ、重《かさ》ねて詔して曰はく、「大将《たいしやう》は民《たみ》の司命《しめい》なり。社稷《しやしよく》の存亡《そんばう》是《ここ》にし在《あ》り。勗《つと》めよや、恭《つつし》みて天罰《てんばつ》を行《おこな》へ」とのたまふ。天皇《すめらみこと》、親《みづか》ら斧鉞《ふゑつ》を操《と》りて、大連に授《さづ》けて曰はく、「長門《ながと》より以東《ひむがしのかた》は朕《われ》制《かと》らむ。

筑紫《つくし》より以西《にしのかた》は汝《いまし》制れ。賞罰《しやうばつ》を専《もは》ら行《おこな》へ。頻《し》きて奏《まを》すことにな煩《わづら》ひそ」とのたまふ。

二十二年の冬十一月の甲寅《かふいん》の朔にして甲子《かふし》に、大将軍《たいしやうぐん》物部大連《もののべのおほむらじ》麁鹿《あらか》火《ひ》、親ら賊帥《ぞくすい》磐井《いはゐ》と筑紫の御井郡《みゐのこほり》に交戦《かうせん》す。旗鼓《きこ》相望《あひのぞ》み、埃塵《あいじん》相接《あひつ》げり。機《き》を両陣之間《りやうぢんのかん》に決《けつ》して、万死之地《ばんしのち》を避《さ》らず。遂《つひ》に磐井を斬《き》りて、果《はた》して疆場《きやうえき》を定《さだ》む。（略）

（二十三～二十四年の条、略）

二十五年の春二月に、天皇《すめらみこと》、病《おほみやまひ》甚《おも》し。丁未《ていび》に、天皇、磐余玉穂宮《いはれのたまほのみや》に崩《かむあが》ります。時《とき》に年《みとし》八十二なり。冬十二月の丙申《へいしん》の朔《つきたち》にして庚子《かうし》に、藍野陵《あゐののみさざき》に葬《はぶ》りまつる。

今《いま》城《しろ》塚《づか》古墳

『日本書紀』巻十七によると、継体《けいたい》天皇二十五年の春二月に磐余玉《いわれのたま》穂宮《ほのみや》で亡くなった継体天皇は、その年の冬十二月五日に「藍野陵《あいののみささぎ》」に葬られたとされる。この藍野陵の所在をめぐっては、長く論争が繰り返されてきた。まず、藍野陵の「藍」とは、平安時代中期編纂《へんさん》の百科事典的国語辞典『和名類聚抄《わみょうるいじゅうしょう》』に出てくる「摂津国島下郡安威《あい》郷」のことを指すとされ、同時期編纂の「延喜式《えんぎしき》」でも、継体天皇陵の所在地は島下郡と記されている。宮内庁が発行する「陵墓要覧」では、島下郡にあたる大阪府茨木市太田三丁目の太田茶臼山《おおたちゃうすやま》古墳を継体陵としている。しかし、島上郡に属する高槻市郡家新町の今城塚古墳(写真)を真の継体陵と見る説も江戸時代から有力視されており、学術的な調査・研究の結果、現在では今城塚古墳を継体陵とする考えが主流となっている。

今城塚古墳は全長一九〇メートル、高さ一八メートルの墳丘を中心に、さらに二重の周濠をめぐらし、総全長は三五〇メートルにも及ぶ前方後円墳である。今城塚古墳は、雨水による墳丘の損傷を防ぐため、墳丘内に石積みを施して幾本も暗渠《あんきょ》排水溝を埋め込むなど、当時の土木技術の粋を集めて築造されており、大王墓にふさわしい古墳であることは疑いない。今城塚古墳からは大量の埴輪が発掘されているが、その一大工場が今城塚古墳から北西一キロのところにある新池《しんいけ》埴輪製作遺跡で、現在は史跡新池ハニワ工場公園として整備されている。

巻第十八　安《あん》閑《かん》天皇　宣《せん》化《か》天皇

広《ひろ》国《くに》押《おし》武《たけ》金《かな》日《ひのすめらみこと》天皇　安閑天皇（概略）

安閑天皇は、継体天皇の長子である。継体天皇二十五年二月に、継体天皇は安閑天皇を立てて天皇とし、その日に崩御した。元年正月に大倭国勾金橋《やまとのくにまがりのかなはし》（奈良県橿原市曲川町）に遷都した。皇后春日山田皇女《かすがのやまだのひめみこ》のほか、三人の妃を立てた。元年十月、後継がいないので、大伴大連金村《おおとものおおむらじかなむら》の進言で、事績を後代に伝えるために屯倉《みやけ》（天皇または朝廷の直轄領）を設置した。二年十二月に崩御した。河内の旧市高屋丘陵《ふるいちのたかやのおかのみささぎ》に葬られた（大阪府羽曳野市の高屋城山古墳に比定）。

武小広国押盾天皇《たけおひろくにおしたてのすめらみこと》　宣化天皇《せんかてんのう》（概略）

宣化天皇は、継体天皇の第二子である。安閑《あんかん》天皇の同母弟である。安閑天皇には後継がなかったため、即位した。元年正月に、檜隈廬入野《ひのくまのいおりの》（奈良県高市郡明日香村檜前）に遷都した。皇后　橘　仲皇女《たちばなのなかつひめみこ》（仁賢天皇皇女）は一男三女を産んだ。二年十月、新羅《しらぎ》に侵略された任那《みまな》に、大伴金　村大連《おおとものかなむらのおおむらじ》の子の狭手彦《さでひこ》を遣わした。狭手彦は任那を鎮め、百済《くだら》を救った。四年二月に崩御した。時に御年七十三である。十一月、大倭国《やまとのくに》の身狭桃花鳥《むさのつき》坂上陵《さかのえのみささぎ》に葬った（橿原市鳥屋町の見三才《みさんざい》古墳に比定）。

巻第十九　欽《きん》明《めい》天皇

天《あめ》国《くに》排《おし》開《はらき》広《ひろ》庭《にわのすめらみこと》天皇　欽明天皇

一　大勢の后妃と皇子女

天国排開広庭《あめくにおしはらきひろにわのすめらみこと》天皇は男大迹天皇《おおどのすめらみこと》（継体《けいたい》天皇）の嫡子である。母は手白香皇后《たしらかのきさき》と申しあげる。

（宣化《せんか》）四年冬十二月の庚辰朔《こうしんついたち》の甲申《こうしん》（五日）に、天国排開広庭皇子《あめくにおしはらきひろにわのみこ》は天皇の位に即《つ》かれた。

元年春正月の庚戌《こうしゆつ》朔の甲子《こうし》（十五日）に、役人は皇后をお立てになるよう請うた。天皇は詔《みことのり》して、「正妃武小広国押盾天皇《たけおひろくにおしたてのすめらみこと》（宣化天皇）の御娘石姫《いしひめ》を立てて皇后としよう」と仰せられた。皇后は二男一女をお生みになった。兄を箭田珠勝大兄皇子《やたのたまかつのおおえのみこ》と申し、中（弟）を訳語田渟中倉太珠敷尊《おさたのぬなくらのふとたましきのみこと》（敏達《びだつ》天皇）と申し、妹を笠縫皇女《かさぬいのひめみこ》と申しあげる。

秋七月の丙子《へいし》朔の己丑《きちゆう》（十四日）に、倭国《やまとのくに》の磯城郡《しきのこおり》の磯城島《しきしま》（奈良県桜井市金屋辺り）に遷都し、名付けて磯城島金刺宮《しきしまのかなさしのみや》とした。

二年春三月に、五人の妃を召し入れられた。元の妃は皇后の妹で稚綾姫皇女《わかやひめのひめみこ》という。この妃は石上皇子《いそのかみのみこ》を生んだ。次も皇后の妹である。日影皇女《ひかげのひめみこ》という。この妃は倉皇子《くらのみこ》を生んだ。次は蘇我大臣稲目宿禰《そがのおおおみいなめのすくね》の娘で堅塩媛《きたしひめ》という。七男六女を生んだ。その一子を大兄皇子《おおえのみこ》（用明《ようめい》天皇）と申し、その四子を豊御食炊屋姫尊《とよみけかしきやひめのみこと》（推古《すいこ》天皇）と申しあげる。次は堅塩媛の同母妹で小姉君《おあねのきみ》という。四男一女を生んだ。その三子を泥部穴穂部皇女《はしひとのあなほべのひめみこ》（用明天皇皇后で厩戸皇子《うまやとのみこ》の母）と申し、その五子を泊瀬部皇子《はつせべのみこ》（崇峻《すしゆん》天皇）と申す。

天国排開広庭 天皇《あめくにおしはらきひろにはのすめらみこと》は、男大迹 天 皇《をほどのすめらみこと》の 嫡 子《むかひはらのみこ》なり。母《はは》は手白香皇后《たしらかのきさき》と曰《まを》す。（略）

四年の（略）冬十二月の庚辰《かうしん》の朔《つきたち》にして甲申《かふしん》に、天国排開広庭皇子《あめくにおしはらきひろにはのみこ》、即天皇位《あまつひつぎしろしめ》す。（略）

元年の春正月の庚戌《かうしゆつ》の朔にして甲子《かふし》に、有司《つかさ》、皇后《きさき》を立《た》てたまはむと請《ねが》ふ。詔《みことのり》して曰《のたま》はく、「正妃武小広国押盾天皇《むかひめたけをひろくにおしたてのすめらみこと》の女《みむすめ》石姫《いしひめ》を立てて皇后とせむ」とのたまふ。是《これ》、二男一女を生《う》みたまふ。長《え》を箭田珠勝大兄皇子《やたのたまかつのおほえのみこ》と曰《まを》し、仲《なかち》を訳語田渟中倉太珠敷尊《をさたのぬなくらのふとたましきのみこと》と曰し、少《おと》を笠縫皇女《かさぬひのひめみこ》と曰す。（略）

秋七月の丙子《へいし》の朔にして己丑《きちう》に、都《みやこ》を倭国《やまとのくに》の磯城郡《しきのこほり》の磯城島《しきしま》に遷《うつ》す。仍《よ》りて号《なづ》けて磯城島金刺宮《しきしまのかなさしのみや》とす。（略）

二年の春三月に、五妃《いつたりのみめ》を納《めしい》れたまふ。元妃《はじめのみめ》、皇后の弟《おと》を稚綾姫皇女《わかやひめのひめみこ》と曰《い》ふ。是石上皇子《これいそのかみのみこ》を生《う》む。次に皇后の弟有り。日影皇女《ひかげのひめみこ》と曰ふ。是倉皇子《くらのみこ》を生む。次に蘇我大臣稲目宿禰《そがのおほおみいなめのすくね》が女《むすめ》は堅塩媛《きたしひめ》と曰《い》ふ。七男六女を生む。其《そ》の一を大兄皇子《おほえのみこ》と曰《まを》し、（略）其の四を豊御食炊屋姫尊《とよみけかしきやひめのみこと》（略）と曰す。次に堅塩媛の同母弟《いろど》は小姉君《をあねのきみ》と曰《い》ふ。四男一女を生む。（略）其の三を埿部穴穂部皇女《はしひとのあなほべのひめみこ》と曰し、（略）其の五を泊瀬部皇子《はつせべのみこ》と曰す。（略）

（四～十二年の条、略）

二 仏教の公伝

十三年冬十月に、百済《くだら》の聖明王《せいめいおう》は西部姫氏《せいほうきし》達率怒唎斯致契《だちそちぬりしちけい》らを派遣して、釈迦仏《しゃかぶつ》の金銅像一軀《く》・幡蓋《ばんがい》若干・経論《きょうろん》若干巻を献上した。別に上表して、仏法の流布《るふ》と礼拝の功徳を称《たた》えて、「この法は、諸法のうちで、最もすぐれたものです。理解するのも、入門するのも、たいそう難しく、周公《しゅうこう》（周を治めた聖人）や孔子《こうし》でさえ、理解することができないのです。この法は、無限の幸福をもたらし、無上の菩提《ぼだい》に導きます。たとえば、人が如意宝珠《にょいほうじゅ》を用いると、すべて物事が思いのままになるように、この妙法の宝も思いのままなのです。祈念は思うように達せられ、充足しないことなどありません。それに、遠く天竺《てんじく》（インド）から、ここ三韓《さんかん》（新羅《しらぎ》・百済・高句麗《こうくり》）に伝わる間、みな教えに従い信仰して、尊敬しない国などありません。そこで、百済王である私明《めい》が、謹んで陪臣《ばいしん》怒唎斯致契を派遣して、帝国日本《やまと》にお伝えして、畿内《きない》に流布していただけるよう、申しあげる次第です。仏が、『我が法は東に伝わるだろう』と記していらっしゃるのを果したいのです」と申しあげた。この日に、天皇は聞き終えると、躍り上がって喜ばれ、使者に詔《みことのり》して、「私は今までに、これほどすばらしい法は聞いたことがない。しかしながら、私ひとりで決めるわけにはゆかない」と仰せられた。そうして群臣それぞれに尋ねて、「西蕃《せいばん》が献上した仏像の容貌は荘厳で美しく、今までまったく見たことがないものだ。礼拝するべきかどうか」と仰せられた。蘇我大臣稲目宿禰《そがのおおおみいなめのすくね》（蘇我馬子の父）は奏上して、「西蕃諸国（百済を含めた諸外国）はみなこぞって礼拝しております。豊秋日本《とよあきづやまと》だけが背くわけにはゆきません」と申しあげた。物部大連尾輿《もののべのおおむらじおこし》・中臣連鎌子《なかとみのむらじかまこ》は同じく奏上して、「我が国家の王は、常に天地の百八十神《ももあまりやそかみ》を春夏秋冬にお祭りしてこられました。今、それを改めて蕃神を礼拝なされば、おそらくは国神《くにつかみ》の怒りを受けるでしょう」と申しあげた。天皇は、「願っている稲目宿禰《いなめのすくね》にこの仏像を授け、試みに礼拝させてみよう」と仰せられた。大臣《おおおみ》は跪《ひざまず》いてそれを受け、たいそう喜んで、小墾田《おはりだ》（奈良県高市郡明日香村大字豊浦・雷《いかずち》一帯）の家に安置した。ひたすら仏道の修行をし、そのために向原《むくはら》の家を清めて寺とした。

その後、国に疫病が流行し、人民が若くして死んでいった。疫病はやまず、死者はますます増え、治療の手だてがなかった。物部大連尾輿・中臣連鎌子は共に奏上して、「かつて、私どもの計を用いられなかったために、このような病死を招いたのです。今、速やかに元に戻したら、きっとよいことがあるでしょう。一刻も早く仏像を投げ棄《す》て、ひたすら来るべき幸福を願うべきです」と申しあげた。天皇は「奏上のとおりにせよ」と仰せられた。役人は仏像を難波《なにわ》の堀江《ほりえ》に流し棄て、また寺に火をつけた。寺は全焼して何も残らなかった。その時、天に風雲もないのに突然大殿《おおとの》（金刺宮《かなさしのみや》）に火災が起った。

十四年夏五月の戊《ぼ》辰《しん》朔《ついたち》（一日）に、河内国《こうちのくに》が、「泉郡《いずみのこおり》の茅《ち》渟海《ぬのうみ》（大阪湾南部）の中から梵音《ぼんおん》（仏教の音楽）が聞えます。その音の響きは雷音のようであり、その美しい光は明るく輝いて日の光のようです」と申しあげた。天皇は不思議に思われて、溝辺直《いけべのあたい》を遣わして、海に入って捜させた。この時、海に入った溝辺直は、はたして樟木《くすのき》が海に浮んで輝いているのを見つけた。ついに取って天皇に献上した。天皇は画工《えたくみ》に命じて、仏像二軀《く》を造らせられた。今、吉野寺《よしののてら》（奈良県吉野郡大淀町の世尊寺の前身）にあって、光を放つ樟の仏像がこれである。

十三年の（略）冬十月に、百済《くだら》の聖明王《せいめいわう》、西部姫氏《せいほうきし》達率《だちそち》怒唎斯致《ぬりしち》契等《けいら》を遣《まだ》して、釈迦仏《しやかぶつ》の金銅像《こんどうざう》一軀《く》・幡蓋《ばんがい》若干《じやくかん》・経論《きやうろん》若干巻を献《たてまつ》る。別《こと》に表《ふみ》して、流通《るつう》・礼拝《らいはい》の功徳《くどく》を讃《たた》へて云《まを》さく、「是《こ》の法《ほふ》は、諸法《しよほふ》の中《うち》に、最《もと》も殊《しゆ》

勝《しょう》にます。解《さと》り難《かた》く入《い》り難《かた》し。周公《しうこう》・孔子《こうし》も、尚《なほ》し知りたまふこと能《あた》はず。此《こ》の法は、能《よ》く無量無辺《むりやうむへん》、福徳果報《ふくとくくわほう》を生《な》し、乃至《ないし》は無上《むじやう》の菩提《ぼだい》を成《な》弁す。譬《たと》へば、人《ひと》の、随意《ずいい》の宝《たから》を懐《うだ》きて、用《もち》うべき所《ところ》に逐《したが》ひ、尽《ことごとく》に情《こころ》の依《まにま》なるが如《ごと》く、此の妙法《めうほふ》の宝も亦復《また》然《しか》なり。祈願《きぐわん》すること情の依《まにま》にして、乏《とも》しき所無し。且夫《またそ》れ、遠《とほ》くは天竺《てんぢく》より、爰《ここ》に三韓《さんかん》に洎《いた》るまでに、教《をしへ》に依《したが》ひ奉《う》け持《たも》ちて、尊《たふと》び敬《うやま》はずといふこと無し。是《これ》に由《よ》りて、百済王臣明《くだらわうしんめい》、謹《つつし》みて陪《ばい》臣怒唎斯致契《しんぬりしちけい》を遣《まだ》して、帝国《みかど》に伝《つた》へ奉《たてまつ》りて、畿内《くぬち》に流通《るつう》せしめむ。仏《ほとけ》の、『我《わ》が法《ほふ》は東流《とうりう》せむ』と記《のたま》へるを果《はた》すなり」とまをす。是《こ》の日に、天皇《すめらみこと》、聞《きこ》しめし已《をは》りて、歓喜踊躍《くわんぎようやく》したまひて、使者《つかひ》に詔《みことのり》して云《のたま》はく、「朕《われ》、昔《むかし》より来《このかた》、未《いま》だ曾《かつ》て是《かく》の如《ごと》く微妙《みめう》の法《ほふ》を聞くこと得《え》ず。然《しか》はあれど、朕自《みづか》ら決《さだ》むまじ」とのたまふ。乃《すなは》ち群臣《まへつきみたち》に歴《ことごとくに》問《と》ひて曰《のたま》はく、「西蕃《せいばん》の献《たてまつ》れる仏《ほとけ》の相貌《さうばう》、端厳《たんげん》にして全《また》く未《いま》だ曾《かつ》て看《み》ず。礼《ゐやま》ふべきや以不《いな》や」とのたまふ。蘇我大臣稲目宿禰《そがのおほおみいなめのすくね》奏《まを》して曰《まを》さく、「西蕃の諸国《くにぐに》、一《もはら》に皆《みな》礼ふ。豊秋日本《とよあきづやまと》、豈独《あにひと》り背《そむ》かむや」とまをす。物部大連尾輿《もののべのおほむらじをこし》・中臣連鎌子《なかとみのむらじかまこ》、同《おな》じく奏して曰さく、「我が国家《みかど》の、天下《あめのした》に王《きみ》とましますは、恒《つね》に天地社稷《あめつちくにいへ》の百八十《ももあまりやそ》神《かみ》を以《も》ちて、春夏秋冬《はるなつあきふゆ》、祭拝《まつ》りたまふことを事《わざ》とす。方今《いま》し、改めて蕃《あたしくに》神《のかみ》を拝《をろが》みたまはば、恐《おそ》るらくは国神《くにつかみ》の怒《いかり》を致《いた》したまはむ」とまをす。天皇の曰《のたま》はく、「情願《ねが》ふ人《ひと》稲目宿禰に付《さづ》けて、試《こころみ》に礼拝《らいはい》せしむべし」とのたまふ。大臣《おほおみ》、跪《ひざまづ》きて受けたまはりて忻悦《よろこ》び、小墾田《をはりだ》の家《いへ》に安置《ま》せまつる。
懃《ねもころ》に出世《しゆつせ》の業《わざ》を修《をさ》め、因《よすか》として向原《むくはら》の家《いへ》を浄捨《じやうしや》して寺《てら》とす。

　後《のち》に、国《くに》に疫気《えやみ》行《おこ》りて、民《おほみたから》天残《わかじに》を致《いた》す。久《ひさ》にして愈《いよいよ》多《おほ》く、治療《をさめいや》すこと能《あた》はず。物部大連尾輿・中臣連鎌子、同《おな》じく奏《まを》して曰《まを》さく、「昔日《むかし》臣《やつこ》が計《はかりこと》を須《もち》ゐたまはずして、斯《こ》の病死《やみしに》を致せり。今《いま》し不遠《すむやけ》く復《かへ》さば、必《かなら》ず慶《よころび》有《あ》るべし。早《すむやけ》く投棄《なげす》てて、懃《ねもころ》に後《のち》の福《さきはひ》を求めたまふべし」とまをす。天皇の曰《のたま》はく、「奏《まを》す依《まにま》に」とのたまふ。有司《つかさ》、乃《すなは》ち仏像《ほとけのみかた》を以《も》ちて、難波《なには》の堀江《ほりえ》に流し棄《す》て、復《またひ》火を伽藍《てら》に縦《つ》く。焼燼《やきつ》きて更《また》余《あまり》無《な》し。是《ここ》に、天《あめ》に風雲《かぜくも》無《な》くして、忽《たちまち》に大殿《おほとの》に災《ひのわざはひ》あり。（略）

　十四年の（略）夏五月の戊辰《ぼしん》の朔《つきたち》に、河内国《かふちのくに》の言《まを》さく、「泉郡《いづみのこほり》の茅渟海《ちぬのうみ》の中《なか》に、梵音《ぼんおん》有《あ》り。震響《しんきやう》、雷声《らいせい》の若《ごと》く、光彩《くわうさい》、晃曜《くわうえう》にして日色《ひのいろ》の如《ごと》し」とまをす。天皇、心《みこころ》に異《あや》しびたまひて、溝辺直《いけへのあたひ》を遣《つかは》して、海に入《い》りて求訪《もと》めしむ。是の時に、溝辺直、海に入りて、果《はた》して樟木《くすのき》の海に浮《うか》びて玲瓏《てりかかや》くを見《み》つ。遂《つひ》に取りて天皇に献《たてまつ》る。画工《ゑたくみ》に命《おほ》せて、仏像二軀《く》を造《つく》らしめたまふ。今《いま》し吉野寺《よしののてら》に、光を放つ樟《くす》の像《みかた》なり。（略）

（十五〜十八年、二十一〜二十二年の条、略）

三 新羅《しらぎ》、任那《みまな》を滅す

二十三年春正月に、新羅《しらぎ》は任那《みまな》の官家《みやけ》を撃ち滅した。

夏六月に、天皇は詔《みことのり》して、「新羅は西方の醜い小国であり、天に逆らって無道である。我が恩義に背いて、我が官家を攻め、我が人民を迫害し、我が郡県を侵略した。我が気《おき》長足姫尊《ながたらしひめのみこと》（神功《じんぐう》皇后）は霊妙かつ聡明《そうめい》であられ、天下を巡って、人民を労《いた》わり養われた。新羅が窮地に陥り、助けを請うたのを哀れみ、首を斬《き》られようとしていた新羅王を救ったうえ、要害の地を新羅に与えて、限りない繁栄をもたらされた。我が気長足姫尊が、どうして新羅を軽んじたりなさったたろうか。我が国民が、どうして新羅を恨んだりしようか。ところが新羅は長い戟《ほこ》や強い弩《ゆみ》で任那を侵攻し、大きな牙、曲った爪で人々に残虐を尽した。肝を裂き足を切っても、なお満足しなかった。骨を曝《さら》し屍《かばね》を焼いても残酷とは思わないのだ。任那の人々を、刀や俎《まないた》を使って殺したり膾《なます》にしたりした。すべてこの国の王臣たる者は、人の禾《あわ》を食べ、人の水を飲みながら、これを側聞して、どうして内心いたましく思わずにいられようか。まして、太子・大臣は、その子孫としての由縁《ゆかり》によって、深く悲しみ恨む拠《よ》りどころがある。国を守る任にあたって、この上ない恩義がある。世は先代の徳を受けて、後代の身が位に就《つ》くのである。しかしながら、誠意を尽して、共に悪逆無道の者を誅殺《ちゆうさつ》し、天地の苦痛を一掃し、君父の仇《あだ》を報いることができなければ、死んでも、臣子としての道を全うできなかった恨みが残ることになろう」と仰せられた。

二十三年の春正月に、新羅《しらき》、任那《みまな》の官家《みやけ》を打《う》ち滅《ほろぼ》しつ。

夏六月に、詔《みことのり》して曰《のたま》はく、「新羅は西羌《せいきやう》の小醜《せうしう》なり。天《てん》に逆《さか》ひて無状《むじやう》なり。我《わ》が恩義《おんぎ》に違《たが》ひて、我《わ》が官家を破《やぶ》る。我が黎民《れいみん》を毒害《どくがい》し、我が郡県《ぐんけん》を誅残《ちゆうざん》す。我が気長足姫尊《おきながたらしひめのみこと》、霊聖聡明《れいせいそうめい》にして、天下《てんか》を周行《しうかう》したまひ、群庶《ぐんしよ》を劬労《いたは》り、万民《ばんみん》を饗育《やしな》ひたまへり。新羅の窮《きはま》りて帰《よ》れるを哀《あはれ》び、新羅《しらきの》王《こにきし》の戮《う》たれむとせし首《くび》を全《また》くして、新羅に要害《えうがい》の地《ち》を授《さづ》けたまひ、新羅を非次《ひじ》の栄《えい》に崇《たか》めたまひき。我が気長足姫尊、新羅に何《なに》ぞ薄《うす》くしたまひし。我が百姓《はくせい》、新羅に何の怨《うらみ》かあらむ。而《しか》るに新羅、長戟《ちやうげき》・強弩《きやうど》をもちて、任那を凌蹙《りようしゆく》し、鉅牙《きよが》・鉤爪《こうさう》をもちて、含霊《がんれい》を残虐《ざんぎやく》す。肝《きも》を刳《さ》き趾《あし》を斮《き》りて、其《そ》の快《くわい》に厭《あ》かず。骨《ほね》を曝《さら》し屍《かばね》を焚《や》きて、其の酷《こく》を謂《おも》はず。任那の族姓《ぞくせい》・百姓より以還《いくわん》、刀《かたな》を窮《きは》め俎《まないた》を極《きは》め、既《すで》に屠《ほふ》り且《また》膾《なます》につくる。豈《あに》率土《そつと》の賓《ひん》、王《わう》臣《しん》として、人《ひと》の禾《あは》を食《く》ひ、人の水《みづ》を飲み乍《なが》ら、孰《いづく》にぞ此《これ》を忍び聞きて、心に悼《いた》まじと謂《おも》ふこと有《あ》らむや。況《いはむ》や太子《たいし》・大臣《だいじん》、趺蕚《ふがく》の親《しん》に処《ゐ》て、泣血銜冤《きふけつかんゑん》の寄《き》あるをや。蕃屏《はんぺい》の任《にん》に当《あた》りて、摩頂至踵《まちやうししよう》の恩《おん》あり。世《よよ》、前朝《ぜんてう》の徳《とく》を受《う》けて、身《み》、後代《こうだい》の位《くらゐ》に当《あた》る。而《しか》るを、瀝胆抽腸《れきたんちうちやう》、共《とも》に姧逆《かんぎやく》を誅《ちゆう》して、天《てん》地《ち》の痛酷《つうこく》を雪《きよ》め、君父《くんぷ》の仇讎《きうしう》を報《むく》ゆること能《あた》はずは、死《し》すとも臣子《しんし》の道《みち》の成《な》らざらむを恨《うら》むること有《あ》らむ」とのたまふ。（略）

（二十六年、二十八年、三十～三十一年の条、略）

三十二年夏四月の戊寅朔《ぼいんついたち》の壬辰《じんしん》（十五日）に、天皇はご病気になられた。皇太子（敏達天皇）は外出されて不在だった。駅馬《はゆま》で呼びに行かせ、寝室に召し入れられた。天皇はその手を取って詔《みことのり》して、「私は重病である。後の事はお前に任せる。お前は新羅《しらぎ》を討って、任那《みまな》を建てよ。乱れていた両国の仲を一新して、また、かつてのごとく、夫婦のような間柄になれば、死んでも思い残すことはない」と仰せられた。この月に、天皇はついに大殿で崩御された。時に御年若干である。九月に、檜隈坂合陵《ひのくまのさかいのみささぎ》に葬りまつった（高市郡明日香村に比定。しかし、橿原市の丸山古墳を欽明陵とする説が有力）。

三十二年の（略）夏四月の戊寅《ぼいん》の朔《つきたち》にして壬辰《じんしん》に、天皇《すめらみこと》、寝疾不予《おほみやまひ》したまふ。皇太子《ひつぎのみこ》、外《ほか》に向《ゆ》きて在《はべ》りまさず。駅馬《はゆま》して召《よ》び到《いた》り、臥内《おほとの》に引入《めしい》る。其《そ》の手《て》を執《と》りて詔《みことのり》して曰《のたま》はく、「朕《われ》、疾甚《やまひおも》し。後事《のちのこと》を以《も》ちて汝《いまし》に属《つ》く。汝、新羅《しらき》を打《う》ちて、任那《みまな》を封建《ほうけん》すべし。更《あらた》めて夫婦《いもせ》を造《な》して、惟旧日《これもとのひ》の如《ごと》くならば、死《みまか》るとも恨《うら》むること無《な》けむ」とのたまふ。是《こ》の月に、天皇、遂《つひ》に内寝《おほとの》に崩《かむあが》りましぬ。時《とき》に年若干《みとしそこばく》なり。（略）九月に、檜隈坂合陵《ひのくまのさかひのみさざき》に葬《はぶ》りまつる。

巻第二十　敏達《びだつ》天皇

渟《ぬ》中《な》倉《くらの》太《ふと》珠《たま》敷《しきの》天皇《すめらみこと》　敏達天皇（概略）

敏達天皇は、欽明《きんめい》天皇の第二子である。母は石姫皇后《いしひめのきさき》と申し上げる。仏法は信ぜず文学と史書を好んだ。元年四月に即位した。五年三月、豊御食炊屋姫尊《とよみけかしきやひめのみこと》（のちの推古天皇）を立てて皇后とした。皇后は、菟道貝鮹皇女《うじのかいたこのひめみこ》（厩戸皇子《うまやとのみこ》の妃）ほか二男五女を生んだ。

十三年、蘇我馬子《そがのうまこ》は百済《くだら》から仏像二体を請来し、仏法を信仰し修行を怠らなかった。翌十四年に疫病が流行したことから、物部守屋《もののべのもりや》らは馬子の崇仏のせいだと讒奏《ざんそう》し、仏像や仏殿を焼き払う。直後、天皇と守屋は疱瘡《とうそう》を患い、天皇は、馬子に仏法を行うことを許可し八月、崩御した。

巻第二十一 用明《ようめい》天皇 崇峻《すしゅん》天皇

橘豊日天皇《たちばなのとよひのすめらみこと》 用明天皇（概略）

用明天皇は、欽明《きんめい》天皇の第四子である。母は堅塩媛《きたしひめ》と申し上げる。欽明天皇崩御後、九月に即位し、磐余《いわれ》（奈良県桜井市中西部から橿原市東部にかけての地）に池辺双槻宮《いけのへのなみつきのみや》を造った。皇后穴穂部間人皇女《あなほべのはしひとのひめみこ》（用明天皇の異母妹）は厩戸皇子《うまやとのみこ》（聖徳太子）ほか四男を生む。

元年五月、欽明天皇皇子の穴穂部皇子《あなほべのみこ》は天下をとろうと、物部守屋《もののべのもりや》と組んで天皇の暗殺を試みるが、蘇我馬子《そがのうまこ》に阻止される。二年四月二日、天皇は瘡瘡《とうそう》となり、仏法に帰依することを詔《みことのり》するが、物部守屋と中臣勝海《なかとみのかつみ》は反対する。天皇の病気は悪化し、九日崩御した。七月に磐余池上陵《いわれのいけのえのみささぎ》に葬った。

泊瀬部天皇《はつせべのすめらみこと》　崇峻天皇（概略）

崇峻天皇は、欽明天皇の第十二子である。母は小姉君《おあねのきみ》と申し上げる。四月の用明天皇崩御後、物部守屋は穴穂部皇子（欽明天皇皇子）を天皇に擁立しようとするが、蘇我馬子らは機先を制し、六月に穴穂部皇子を誅殺《ちゅうさつ》、七月に苦戦の末、物部守屋とその一族を誅殺した。乱平定後、四天王寺《してんのうじ》（大阪市天王寺区）が創建された。八月、天皇は即位した。

元年、善信尼《ぜんしんに》らを百済《くだら》に遣わした。三年に善信尼らは百済から帰国、蘇我馬子の法興寺《ほうこうじ》（飛鳥寺。のちに法興寺、さらに元興寺とも称した）の創建に助力した。五年十月、天皇は猪《いのしし》を指さし、「この首を斬《き》るように、嫌いな人を斬りたいものだ」と言った。蘇我馬子は自分のことかと恐れ、十一月、東漢直駒《やまとのあやのあたいこま》に天皇を弑殺《しさつ》させた。この日に、倉梯岡陵《くらはしのおかのみささぎ》に葬った。

巻第二十二　推古《すいこ》天皇

豊御食炊屋姫天皇《とよみけかしきやひめのすめらみこと》　推古天皇

一　厩戸皇子《うまやとのみこ》と仏教

豊御食炊屋姫天皇は天国排開広庭天皇《あめくにおしはらきひろにわのすめらみこと》（欽明《きんめい》天皇）の第二皇女で、橘豊日天皇《たちばなのとよひのすめらみこと》（用明天皇）の同母妹である。幼少の頃は額田部皇女《ぬかたべのひめみこ》と申しあげた。容姿は端麗で、その振舞いも規範にかなっておられた。御年十八歳の時に、立って渟中倉太珠敷天皇《ぬなくらふとたましきのすめらみこと》（敏達《びだつ》天皇）の皇后となられ、三十四歳の時に、渟中倉太珠敷天皇が崩御された。三十九歳の時、泊瀬部天皇《はつせべのすめらみこと》（崇峻天皇《すしゅん》）の五年十一月に、天皇は大臣蘇我馬子宿禰《おおおみそがのうまこのすくね》によって殺され、皇位が空《から》になった。群臣は渟中倉太珠敷天皇の皇后額田部皇女に、即位してくださるよう請うたが、皇后は辞退された。百官は上表文を奉ってなおもお勧めしたところ、三度目にやっと承諾なさった。よって天皇の璽印《みしるし》（天皇としての証拠の物）を奉った。

冬十二月の壬申朔《じんしんついたち》の己卯《きぼう》（八日）に、皇后は豊浦宮《とゆらのみや》（奈良県高市郡明日香村豊浦）で天皇の位に即《つ》かれた。

元年夏四月庚午朔《こうご》の己卯《きぼう》（十日）に、厩戸豊聡耳皇子《うまやとのとよとみみのみこ》（聖徳太子）を立てて皇太子とされた。そして、一切の政務を執らせて、国政をすべて委任された。

皇太子は橘豊日天皇《たちばなのとよひのすめらみこと》の第二子であり、母の皇后は穴穂部間人皇女《あなほべのはしひとのひめみこ》と申しあげた。皇后は懐妊して出産なさろうという日に、宮中を巡行して諸官司を視察された。馬官《うまのつかさ》に来られた時、厩《うまや》の戸口で、お苦しみもなく急に出産なさった。皇太子は生れてすぐに言葉を話され、優れた知恵がおありであった。成人なさると、一度に十人の訴えを聞いても、間違いなく聞き分けることがおできになり、さらに先々の事まで見通された。また、仏教を高麗《こま》の僧慧慈《えじ》に習い、儒教の経典を博士覚哿《かくか》に学んで、どちらもことごとく習得された。父の天皇は皇太子を愛されて、宮の南の上殿《うえのみや》に住まわせられた。それゆえ、その御名を称して、上宮厩戸豊聡耳太子《うえのみやのうまやとのとよとみみのひつぎのみこ》と申しあげた。

二年（五九四）春二月の丙寅朔《へいいん》（一日）に、天皇は皇太子と大臣《おおおみ》とに詔《みことのり》して、仏教を興隆させた。そこで、すべての臣《おみ》や連《むらじ》たちは、それぞれ親たる主君の恩に報いるために、競って仏舎を建造した。これを寺という。

三年（五九五）夏四月に、沈《じん》水（香木）が淡路島《あわじのしま》に漂着した。その大きさは一囲《ひとうだき》（周囲三尺〈約九〇センチ〉）もあった。島人は沈水であることを知らずに、薪《まき》に交《ま》ぜて竈《かまど》で焼いたところ、その煙が遠くまで薫った。そこで奇異に思ってこれを献上した。

五月の戊午《ぼご》朔の丁卯《ていぼう》（十日）に、高麗の僧慧慈が来朝した。そこで皇太子はご自分の師とされた。

この年に、百済《くだら》の僧慧聡《えそう》が来朝した。この二人の僧は仏教を広め、共に仏教界の中心人物となった。

四年（五九六）冬十一月に、法興寺《ほうこうじ》が完成した。そこで大臣（蘇我馬子）の息子善徳《ぜんとこ》臣《のおみ》を寺司《てらのつかさ》に任命した。この日に、慧慈・慧聡二人の僧は初めて法興寺に入り住んだ。

十年（六〇二）冬十月に、百済の僧観勒《かんろく》が来朝した。そうして暦本と天文・地理の書物、それに遁甲《とんこう》（身を隠して凶を避ける術）・方術《ほうじゅつ》（医薬や占いなどの術）の書物を併せて献納した。この時に、書生三、四人を選び、観勒に付いて学習させた。陽胡史《やこのふびと》の先祖玉陳《たまふる》は暦法を習い、大友村主高聡《おおとものすぐりこうそう》は天文・遁甲を学び、山背臣日立《やましろのおみひたち》は方術を学んだ。皆それぞれに学業を修めた。

豊御食炊屋姫天皇《とよみけかしきやひめのすめらみこと》は、天国排開広庭天皇《あめくにおしはらきひろにはのすめらみこと》の中女《なかつひめみこ》にして、橘豊日天皇《たちばなのとよひのすめらみこと》の同母妹《いろど》なり。幼《わか》くましまししときに額田部皇女《ぬかたべのひめみこ》と曰《まを》す。姿色端麗《ししよくたんれい》にして、進止軌制《しんしきせい》あり。年《みとし》十八歳にして、立《た》ちて渟中倉太玉敷天皇《ぬなくらふとたましきのすめらみこと》の皇后《きさき》と為《な》りたまひ、三十四歳にして、渟中倉太珠敷天皇崩《かむあが》りましぬ。三十九歳にして、泊瀬部天皇《はつせべのすめらみこと》の五年の十一月に当《あた》りて、天皇《すめらみこと》、大臣馬子宿禰《おほおみうまこのすくね》の為《ため》に殺《し》せられたまひぬ。嗣位《みつぎのくらゐ》、既《すで》に空《むな》し。群臣《まへつきみたち》、渟中倉太珠敷天皇の皇后額田部皇女に請《まを》して、践祚《あまつひつぎしろ》しめまつらむとす。皇后辞譲《いな》びたまふ。百寮《もものつかさ》、上表《ふみたてまつ》りて勧進《すすめまつ》る。三《みたび》に至《いた》りて乃《すなは》ち従ひたまふ。因《よ》りて天皇の璽印《みしるし》を奉《たてまつ》る。

冬十二月の壬申《じんしん》の朔《つきたち》にして己卯《きばう》に、皇后、豊浦宮《とゆらのみや》に、即天皇位《あまつひつぎしろしめ》す。（略）

元年の（略）夏四月の庚午《かうご》の朔にして己卯《きばう》に、厩戸豊聡耳皇子《うまやとのとよとみみのみこ》を立《た》てて皇《ひつ》太子《ぎのみこ》としたまふ。仍《よ》りて録摂政《まつりごとふさねつかさど》らしめ、万機《ばんき》を以《も》ちて悉《ことごと》に委《ゆだ》ぬ。

橘豊日天皇の第二子なり。母《はは》の皇后《きさき》は、穴穂部間人皇女《あなほべのはしひとのひめみこ》と曰《まを》す。皇后、懐妊開胎《みこあれま》さむとする日に、禁中《みやのうち》を巡行《めぐ》りまして諸司《つかさつかさ》を監察《み》たまふ。馬官《うまのつかさ》に至《いた》りたまひて、乃ち厩《うまや》の戸《と》に当《あた》りて、労《なや》みたまはずして忽《たちまち》に産みませり。生《うま》れながらに能《よ》く言《ものい》ひ、聖智《さとり》有《あ》り。壮《をとこざかり》に及《いた》りて、一《ひとたび》に十人《とたり》の訴《うたへ》を聞きて、失《あやま》たず能く弁《わきま》へたまひ、兼《か》ねて未然《ゆくさきのこと》を知ろしめす。且《また》、内教《ないけう》を高麗《こま》の僧慧慈《ゑじ》に習《なら》ひ、外典《げてん》を博士覚哿《はかせかくか》に学《まな》び、並《ならび》に悉《ことごと》に達《さと》りたまひぬ。父《ちち》の天皇、愛《めぐ》みて、宮《みや》の南《みなみ》の上殿《うへのみや》に居《は》らしめたまふ。故《かれ》、其《そ》の名《みな》を称《たた》へて、上宮厩《うへのみやのうま》戸豊聡耳太子《やとのとよとみみのひつぎのみこ》と謂《まを》す。（略）

二年の春二月の丙寅《へいいん》の朔に、皇太子《ひつぎのみこ》と大臣《おほおみ》とに詔《みことのり》して、三宝《さむぼう》を興隆《こうりゆう》せしむ。是《こ》の時《とき》に、諸臣連《もろもろのおみむらじたち》等、各《おのもおのも》君親《きみおや》の恩《おん》の為《ため》に、競《きほ》ひて仏舎《ぶつしや》を造る。即《すなは》ち是《これ》を寺《てら》と謂《い》ふ。

三年の夏四月に、沈水《ぢむ》、淡路島《あはぢのしま》に漂着《よ》れり。其の大《おほ》きさ一囲《ひとうだき》なり。島人《しまびと》、沈水《ぢむ》といふことを知らずして、薪《たきぎ》に交《か》てて竈《かまど》に焼《た》く。其の烟気《けぶり》、遠《とほ》く薫《かを》る。則《すなは》ち異《け》なりとして献《たてまつ》る。

五月の戊午《ぼご》の朔にして丁卯《ていばう》に、高麗《こま》の僧《ほふし》慧慈《ゑじ》帰化《まゐおもぶ》く。則《すなは》ち皇太子、師《し》としたまふ。

是の歳《とし》に、百済《くだら》の僧慧聡《ゑそう》来《まゐけ》り。此《こ》の両僧《ふたりのほふし》、仏教《ぶつけう》を弘演《こうえん》し、並《ならび》に三宝《さむぼう》の棟梁《とうりやう》と為《な》る。（略）

四年の冬十一月に、法興寺《ほふこうじ》、造《つく》り竟《をは》りぬ。則ち大臣《おほおみ》の男《こ》善徳臣《ぜんとこのおみ》を以《も》ちて寺司《てらのつかさ》に拝《め》す。是の日に、慧慈・慧聡 二僧《ふたりのほふし》、始《はじ》めて法興寺に住《はべ》り。

（五～九年の条、略）

十年の（略）冬十月に、百済《くだら》の僧《ほふし》観勒《くわんろく》来《まゐけ》り。仍《よ》りて暦本《れきほん》と天文《てんもん》・地理《ちり》の書《しよ》、并《あは》せて遁甲《とんかふ》・方術《はうじゆつ》の書とを貢《たてまつ》る。是の時に、書生《しよせい》三四人《みたりよたり》を選《えら》ひて、観勒に学習《まなびなら》はしむ。陽胡史《やこのふびと》が祖《おや》玉陳《たまふる》、暦法《れきはふ》を習《なら》ひ、大友村主高聡《おほとものすぐりかうそう》、天文・遁甲を学《まな》び、山背臣日立《やましろのおみひたち》、方術を学ぶ。皆《みな》学びて業《げふ》を成《な》しつ。（略）

二 冠位十二階と十七条の憲法

十一年（六〇三）十一月の己亥《きがい》朔《ついたち》（一日）に、皇太子は諸々の大夫たちに語って、

「私は尊い仏像を持っている。誰かこの像を引き取って礼拝する者はいないか」と仰せられた。その時、秦造《はだのみやつこ》河勝《かわかつ》が進み出て、「私が礼拝いたしましょう」と申しあげ、仏像を受け取った。そして蜂岡寺《はちおかでら》（今の広隆寺）を造った。

十二月の戊辰《ぼしん》朔の壬申《じんしん》（五日）に、初めて冠位（日本初の冠位制度）を行った。大《だい》徳《とく》・小徳《しょうとく》・大仁《だいにん》・小仁《しょうにん》・大礼《だいらい》・小礼《しょうらい》・大信《だいしん》・小信《しょうしん》・大義《だいぎ》・小義《しょうぎ》・大智《だいち》・小智《しょうち》の合せて十二階で、いずれもその階に相当する色の絁《あしぎぬ》で縫った。頂はつまんで嚢《ふくろ》状にして、縁《ふち》を付けた。ただし元日だけは髻華《うず》（挿頭《かざし》）を挿した。

十二年（六〇四）春正月の戊戌《ぼしゅつ》朔（一日）に、初めて冠位を諸臣に授けられた。それぞれに応じた冠位であった。

夏四月の丙寅《へいいん》朔の戊辰《ぼしん》（三日）に、皇太子はご自分で初めて憲法十七条をお作りになった。

一にいう、和を尊び、逆らい背くことのないようにせよ。人はみな党類を組むが、賢者は少ない。それゆえ、あるいは君父に従わず、あるいは近隣の人と諍《いさか》う。しかし、上下の者が和《なご》み睦《むつ》み合い、事を論じて合意に至れば、事の道理は自然に通る。何事であれ、成就しないものはないと。

二にいう、篤《あつ》く三宝《さんぽう》を敬え。三宝とは仏・法・僧である。すなわち一切の生類の行き着くところであり、すべての国々の究極の教えである。どういう世であれ、どのような人であれ、この法を尊ばないことはない。人は極悪である者は少なく、よく教えると従うものである。そもそも三宝によらずして、いったい何で邪悪を正せようかと。

三にいう、詔《みことのり》を承ったなら、必ず謹んで従え。君は天であり、臣は地である。天は覆い、地は載せる。そうして四季がめぐり、万物が生成するのである。地が天を覆おうとすれば、万物は破滅することになろう。そこで、君が命じ、臣は承る。上が行えば、下は従う。それゆえ、詔を承ったなら、必ず慎んで従うべきである。謹んで従わないならば、自滅することになろうと。

四にいう、群卿《ぐんけい》や百官は、礼をすべての根本とせよ。

五にいう、食を貪《むさぼ》らず、物欲を棄《す》てて、公明に訴訟を裁け。

六にいう、悪を懲《こ》らし善を勧めよというのは、古《いにしえ》の良い教訓である。それゆえ、人の善は隠すことなく、悪を見れば必ず正せ。

七にいう、人にはそれぞれの任務がある。任用に乱れがあってはならない。

八にいう、群卿や百官は、早く出仕して遅く退出せよ。

九にいう、信は道義の根本である。あらゆる事に信がなければならない。

十にいう、心に恨みを抱かず、顔に憤りを表さず、人が自分と違うからといって、怒ってはならない。

十一にいう、功罪をはっきりと見分けて、それに応じた賞罰を行え。

十二にいう、国司・国造は人民から搾取《さくしゅ》してはならない。

十三にいう、諸々の官に任用された者はみな、それぞれの職掌を理解せよ。

十四にいう、群臣や百官は嫉妬《しっと》してはならない。

十五にいう、私心に背いて公事に従うことが、臣としての道である。

十六にいう、民を使うのには時節を考慮せよというのは、古の良い教訓である。

十七にいう、物事を独断で決めてはならない。


十一年の（略）十一月の己亥《きがい》の朔《つきたち》に、皇太子《ひつぎのみこ》、諸大夫《もろもろのまへつきみたち》に謂《かた》りて曰《のたま》はく、「我《われ》、尊《たふと》き仏像《ぶつざう》を有《たも》てり。誰《たれ》か是《こ》の像《ざう》を得《え》て恭拝《ゐやまひをろが》まむ」とのたまふ。時に秦造河勝《はだのみやつこかはかつ》、進《すす》みて曰《まを》さく、「臣《やつかれ》、拝《をろが》みまつらむ」とまをし、便《すなは》ち仏像を受《う》く。因《よ》りて蜂岡寺《はちをかでら》を造《つく》る。（略）

十二月の戊辰《ぼしん》の朔にして壬申《じんしん》に、始《はじ》めて冠位《くわんゐ》を行《おこな》ふ。大徳《だいとく》・小徳《せうとく》・大《だい》仁《にん》・小仁《せうにん》・大礼《だいらい》・小礼《せうらい》・大信《だいしん》・小信《せうしん》・大義《だいぎ》・小義《せうぎ》・大智《だいち》・小智《せうち》、并《あは》せて十二階《かい》、並《ならび》に当色《たうじき》の絁《あしきぬ》を以《も》ちて縫《ぬ》へり。頂《いただき》は撮《と》り総《すべ》て嚢《ふくろ》の如《ごと》くにして、縁《もとほし》を着《つ》く。唯《ただ》し元日《むつきつきたち》にのみ髻華《うず》着《さ》す。

十二年の春正月の戊戌《ぼしゅつ》の朔に、始《はじ》めて冠位《くわんゐ》を諸臣《まへつきみたち》に賜《たま》ふ。各《おのもおのも》差《しな》有《あ》り。夏四月の丙寅《へいいん》の朔にして戊辰《ぼしん》に、皇太子《ひつぎのみこ》、親《みづか》ら肇《はじ》めて憲法《けんぱふ》十七条《でう》を作りたまふ。

一に曰《いは》く、和《わ》を以《も》ちて貴《たふと》しとし、忤《さか》ふること無《な》きを宗《むね》とせよ。人皆党《ひとみなともがら》有《あ》り、亦《また》達《さと》る者《ひと》少《すくな》し。是《ここ》を以《も》ちて、或《ある》いは君父《くんぷ》に順《したが》はず、乍《ある》いは隣里《りんり》に違《たが》ふ。然《しか》れども、上和《かみやはら》ぎ下睦《しもむつ》びて、事《こと》を論《あげつら》ふことに諧《かな》ふときは、事理《じり》自《おの》づからに通《かよ》ふ。何事《なにごと》か成《な》らざらむと。

二に曰く、篤《あつ》く三宝《さむぼう》を敬《ゐやま》へ。三宝とは仏《ぶつ》・法《ほふ》・僧《そう》なり。則《すなは》ち四生《ししやう》の終帰《しゅうき》、万国《ばんこく》の極宗《きょくそう》なり。何《いづれ》の世《よ》、何《いづれ》の人《ひと》か、是《こ》の法を貴《たふと》びずあらむ。人、尤《はなは》だ悪《あ》しきもの鮮《すくな》し、能《よ》く教《をし》ふるをもちて従《したが》ふ。其《そ》れ三宝に帰《よ》りまつらずは、何《なに》を以ちてか枉《まが》れるを直《ただ》さむと。

三に曰く、詔《みことのり》を承《うけたまは》りては必《かなら》ず謹《つつし》め。君《きみ》は天《てん》なり、臣《しん》は地《ち》なり。天は覆《おほ》ひ地は載《の》す。四時《しじ》順行《じゅんかう》して、万気《ばんき》通《かよ》ふこと得《う》。地、天を覆はむとするときは、壊《やぶ》るることを致《いた》さむ。是《ここ》を以ちて、君言《のたま》ふときは臣承《うけたまは》る、上行《かみおこな》ふときは下靡《しもなび》く。故《かれ》、詔を承りては必ず慎《つつし》め。謹《つつし》まずは自《おの》づからに敗《やぶ》れなむと。

四に曰く、群卿百寮《ぐんけいはくれう》、礼《れい》を以ちて本《もと》とせよ。（略）

五に曰く、饕《むさぼり》を絶《た》ち欲《よく》を棄《す》てて、明《あきらか》に訴訟《そしよう》を弁《わきた》めよ。（略）

六に曰く、懲悪勧善《ちようあくくわんぜん》は、古《いにしへ》の良典《りやうてん》なり。是を以ちて、人《ひと》の善《ぜん》を匿《かく》すこと无《な》く、悪《あく》を見ては必ず匡《ただ》せ。（略）

七に曰く、人各任《ひとおのもおのもにん》有り。掌《つかさど》ること濫《みだ》れざるべし。（略）

八に曰く、群卿百寮、早く朝《まゐ》りて晏《おそ》く退《まか》でよ。（略）

九に曰く、信《しん》は是義《これぎ》の本《もと》なり。事毎《ことごと》に信有《あ》るべし。（略）

十に曰く、忿《ふん》を絶《た》ち瞋《しん》を棄てて、人の違《たが》ふことを怒《いか》らざれ。（略）

十一に曰く、功過《こうくわ》を明察《めいさつ》して、賞罰《しやうばつ》は必ず当《あ》てよ。（略）

十二に曰く、国司《こくし》・国造《こくざう》、百姓《はくせい》に斂《をさめと》ること勿《なか》れ。（略）

十三に曰く、諸《もろもろ》の官《くわん》に任《よさせ》る者《ひと》、同《おな》じく職掌《しよくしやう》を知れ。（略）

十四に曰く、群臣百寮《ぐんしんはくれう》、嫉妬《しっと》有《あ》ること無《なか》れ。（略）

十五に曰く、私《わたくし》を背《そむ》きて公《おほやけ》に向《ゆ》くは、是臣《これしん》の道《みち》なり。（略）

十六に曰く、民《たみ》を使《つか》ふに時《とき》を以ちてするは、古の良典《りやうてん》なり。（略）

十七に曰く、夫《そ》れ事《こと》は独断《どくだん》すべからず。（略）

三 仏師鞍作鳥《くらつくりのとり》

十三年（六〇五）夏四月の辛酉朔《しんゆうついたち》（一日）に、天皇は皇太子・大臣《おおおみ》と諸王・諸臣に詔《みことのり》して、共に誓願を立て、初めて銅《あかがね》・繍《ぬいもの》の丈六《じょうろく》の仏像（立てば一丈六尺になる釈迦仏の坐像）各一軀《く》を作ることになった。そこで鞍作鳥《くらつくりのとり》に命じて、造仏の工匠とした。この時、高麗国《こまのくに》の大興王《だいこうおう》は、日本国《やまとのくに》の天皇が仏像をお作りになると聞いて、黄金三百両を貢上した。

冬十月に、皇太子は斑鳩宮《いかるがのみや》（今の夢殿を中心とする東院の地か）に住まわれた。

十四年（六〇六）夏四月の乙酉《いつゆう》朔の壬辰《じんしん》（八日）に、銅・繍の丈六の仏像が共に完成した。この日に、丈六の銅の像を元興寺《がんごうじ》の金堂に安置した（現在の飛鳥寺の本尊がこれであろう）。この時、仏像が金堂の戸よりも高くて、堂に納めることができなかった。そこで工人どもは皆で相談して、「堂の戸を壊して納めよう」と言った。しかし鞍作鳥は秀でた工匠で、戸を壊さずに堂に入れることができた。その日に、設斎《せっさい》（仏事供養）した。この時集った人々は、数えきれないほどであった。

秋七月に、天皇は皇太子に請うて、『勝鬘経《しょうまんぎょう》』を講じるよう仰せられた。皇太子は三日間で説き終えられた。

この年に、皇太子はまた、『法華経《ほけきょう》』を岡本宮《おかもとのみや》（法起寺の地）で講じられた。天皇はたいそう喜ばれ、播磨国《はりまのくに》の水田百町を皇太子に与えられた。皇太子はそれを斑鳩寺《いかるがでら》（法隆寺）に納められた。

十三年の夏四月の辛酉《しんいう》の朔《つきたち》に、天皇《すめらみこと》、皇太子《ひつぎのみこ》・大臣《おほおみ》と諸 王《もろもろのおほきみ》・諸 臣《もろもろのおみ》とに詔《みことのり》して、共同《もろとも》に誓願《せいぐわん》を発《た》てて、始《はじ》めて銅《あかがね》・繍《ぬひもの》の丈六《じやうろく》の仏像《ぶつざう》、各《おのもおのも》一軀《く》を造《つく》る。乃《すなは》ち鞍作鳥《くらつくりのとり》に命《みことおほ》せて造仏《ざうぶつ》の工《たくみ》とす。是《こ》の時に、高麗国《こまのくに》の大《だい》興王《こうわう》、日本国《やまとのくに》の天皇の、仏像を造《つく》りたまふと聞《き》きて、黄金《こがね》三百両《りやう》を貢上《たてまつ》る。

（略）

冬十月に、皇太子、斑鳩宮《いかるがのみや》に居《ま》します。

十四年の夏四月の乙酉《いついう》の朔にして壬辰《じんしん》に、銅・繍の丈六の仏像、並《ならび》に造り竟《をは》りぬ。是の日に、丈六の銅の像《ざう》を元興寺《ぐわんごうじ》の金堂《こむだう》に坐《ま》せしむ。時《とき》に仏像《ぶつざう》、金堂の戸《と》よりも高くして、堂《だう》に納《い》れまつること得《え》ず。是《ここ》に、諸《もろもろ》の工人等《たくみども》、議《はか》りて曰《いは》く、「堂の戸を破《こほ》ちて納《い》れむ」といふ。然《しか》るに鞍作鳥《くらつくりのとり》の秀《すぐ》れたる工《たくみ》、戸を壊《こほ》たずして堂に入《い》ること得《う》。即日《そのひ》に、設斎《せつさい》す。是に会集《つど》へる人《ひと》衆《びと》、勝《あ》げて数《かぞ》ふべからず。（略）

秋七月に、天皇、皇太子《ひつぎのみこ》を請《ま》せて、勝鬘経《しようまんぎやう》を講《こう》ぜしめたまふ。三日《みか》に説《と》き竟《を》へつ。

是《こ》の歳《とし》に、皇太子、亦法華経《またほふくゑきやう》を岡本宮《をかもとのみや》に講じたまふ。天皇、大《おほ》きに喜《よろこ》びて、播磨国《はりまのくに》の水田《た》百町《ちやう》を皇太子に施《おく》りたまふ。因《よ》りて斑鳩寺《いかるがでら》に納《い》れたまふ。

四 遣隋使《けんずいし》小野妹子《おののいもこ》の派遣

十五年（六〇七）秋七月の戊申朔《ぼしんついたち》の庚戌《かうしゆつ》（三日）に、大礼小野臣妹子《だいらいおののおみいもこ》を大唐《もろこし》（中国）

に遣わした。鞍作福利《くらつくりのふくり》を通訳とした。

十六年夏四月に、小野臣妹子が大唐より帰国した。唐国は妹子臣《いもこのおみ》を名付けて蘇因高《そいんこう》といった。大唐の使者裴世清《はいせいせい》と下客《しもべ》十二人が、妹子臣に従って筑紫《つくし》にやって来た。難波吉士雄成《なにわのきしのおなり》を遣わして、大唐の客裴世清らを召した。唐《もろこし》の客のために、また新しい館《むろつみ》（外交使節接待の施設）を難波の高麗館《こまのむろつみ》の傍らに造った。

六月の壬寅《じんいん》朔の丙辰《へいしん》（十五日）に、客たちは難波津《なにわのつ》に停泊した。この日に、飾船《かざりぶね》三十艘《そう》を出して、客らを江口《えぐち》（天満川河口）に迎えて、新しい館に宿泊させた。ここに妹子臣は奏上して、「私が帰還する時、唐帝（隋の煬帝《ようだい》）は書簡を私に授けました。しかし百済国《くだらのくに》を通過する間に、百済人が探して盗み取りました。このために、奉ることができなくなりました」と申しあげた。そこで群臣は相談して、「そもそも使者たる者は、死んでも、任務を遂行するものである。この使者は、どうして怠慢にも大国の書簡を失ったのか」と言い、流刑に処することにした。ここに天皇は勅《みことのり》して、「妹子には書簡を失った罪はあるが、軽々しく断罪してはならない。かの大国の客らがこれを聞いたら、不都合であろう」と仰せられ、赦《ゆる》して罪を問われなかった。

秋八月の辛丑《しんちゅう》朔の癸卯《きぼう》（三日）に、唐の客は京《みやこ》に入った。

壬子《じんし》（十二日）に、唐の客を朝廷に召して、使者の趣旨を奏上させた。この時に、阿《あ》倍鳥臣《へのとりのおみ》・物部依網連抱《もののべのよさみのむらじいだき》の二人を、客の案内役とした。かくて大唐の国の進物を庭に置き、使主《おみ》裴世清《はいせいせい》は自ら書簡を持って二度再拝し、立って使者の趣旨を言上した。その書に、「皇帝はここに倭皇《わこう》への挨拶《あいさつ》を述べる。使者長吏大礼蘇因高《ちょうりだいらいそいんこう》の一行が来て、倭皇の考えを詳しく伝えた。私は謹んで天命を受け、天下に君臨した。徳を広めて人々に及ぼそうと思う。慈《いつく》しみ育《はぐく》む気持には、遠近による隔てなどない。倭皇はひとり海外にあって、民衆を愛《いとおし》み、国内は安泰であり、人々の風習も睦《むつ》まじく、志が深く至誠の心があって、遠くからはるばると朝貢して来たことを知った。その美しい忠誠心を私は嬉《うれ》しく思う。ようやく暖かくなり、私は変りはない。そこで鴻臚寺《こうろじ》（隋で外国の使者の接待を司る官庁）の接待役裴世清らを遣わして、往訪の意を述べ、併せて別に物を送る」という。時に阿《あ》倍臣《へのおみ》が進み出て、その書を受け取って、さらに前へ進んだ。大伴囓連《おおとものくいのむらじ》が迎え出て書を受け取り、大門の前の机上に置いて奏上し、それが終ると退出した。この時、皇子・諸王・諸臣はみな金の挿頭《かざし》を頭に挿した。また衣服はすべて錦《にしき》・紫《むらさき》・繡《ぬいもの》・織《おりもの》と五色の綾羅《あやうすはた》（模様を織りなした薄い絹織物）とを用いていた。

九月の辛未《しんび》朔の辛巳《しんし》（十一日）に、唐の客裴世清《はいせいせい》が帰国した。そこで再び小《お》野妹子臣《ののいもこのおみ》を大使とし、吉士《きしの》雄成《おなり》を小使とし、福利《ふくり》を通訳として、唐の客に添えて遣わした。ここに天皇は唐帝に訪問の挨拶を表し、「東の天皇が謹んで西の皇帝に申しあげます。使者鴻臚寺《こうろじ》の接待役裴世清の一行が来て、長年の思いがまさに解けました。季節は秋で、涼しくなりましたが、皇帝にはお変りありませんか。ご清祥のことと存じます。こちらも変りはございません。このたび大礼《だいらい》蘇因高《そいんこう》・大礼乎那利《おなり》らを遣わします。簡単ではありますが、謹んでご挨拶申しあげます、敬具」と言った。この時、唐国に遣わした学生は、倭漢直《やまとのあやのあたい》福因《ふくいん》・奈羅訳語恵明《ならのおさえみよう》・高向漢人玄理《たかむくのあやひとげんり》・新漢人大国《いまきのあやひとおおくに》、学問僧は、新漢人日《いまきのあやひとにち》文《もん》・南淵漢人請安《みなぶちのあやひとしょうあん》・志賀漢人慧隠《しがのあやひとえおん》・新漢人広済《いまきのあやひとこうさい》ら、合せて八人である。

十八年（六一〇）春三月に、高麗王は僧曇徴《どんちょう》・法定《ほうじょう》を貢上した。曇徴は五経（儒教の五種の経典）に通じており、またよく絵の具や紙墨を作り、そのうえ水臼《みずうす》（水力利用の臼）も作った。

十五年の（略）秋七月の戊申《ぼしん》の朔《つきたち》にして庚戌《かうしゆつ》に、大礼小《だいらいを》野臣妹子《ののおみいもこ》を大唐《もろこし》に遣《つかは》す。鞍作福利《くらつくりのふくり》を以《も》ちて通事《をさ》とす。（略）

十六年の夏四月に、小野臣妹子《をののおみいもこ》、大唐《もろこし》より至《まゐた》る。唐国《もろこしのくに》、妹子臣《いもこのおみ》を号《なづ》けて蘇因高《そいんかう》と曰《い》ふ。即《すなは》ち大唐使人裴世清《もろこしのつかひはいせいせい》・下客《しもべ》十二人、妹子臣に従《したが》ひて筑紫《つくし》に至《いた》る。難波吉士雄成《なにはのきしをなり》を遣して、大唐客《もろこしのまらひと》裴世清等《ら》を召《め》す。唐客《もろこしのまらひと》の為《ため》に、更新《またにひ》しき館《むろつみ》を難波の高麗館《こまのむろつみ》の上《ほとり》に造《つく》る。

六月の壬寅《じんいん》の朔にして丙辰《へいしん》に、客等《まらひとたち》難波津《なにはのつ》に泊《は》つ。是《こ》の日に、飾船《かざりぶね》三十艘《さう》を以《も》ちて、客等を江口《えぐち》に迎《むか》へて新しき館に安置《はべ》らしむ。（略）爰《ここ》に妹子臣、奏《まを》して曰《まを》さく、「臣《やつかれ》、参還《まゐく》る時に、唐帝《もろこしのみかど》、書《ふみ》を以ちて臣に授《さづ》く。然《しか》るに百済国《くだらのくに》を経過《ふ》る日に、百済人《くだらひと》探《さぐ》りて掠取《かすみと》れり。是《ここ》を以ちて上《たてまつ》ること得《え》ず」とまをす。是に群臣《まへつきみたち》、議《はか》りて曰《いは》く、「夫《そ》れ使《つかひ》たる人《ひと》は死《みまか》ると雖《いふと》も、旨《むね》を失《うしな》はず。是《こ》の使《つかひ》、何《いか》にぞ怠《おこた》りて大国《たいこく》の書を失へるや」といふ。則《すなは》ち流《なが》刑《すつみ》に坐《つみ》す。時に天皇《すめらみこと》、勅《みことのり》して曰《のたま》はく、「妹子、書を失へる罪有《つみあ》りと雖《いへど》も、輙《たやす》く罪すべからず。其《そ》の大国の客等《ら》聞《き》かむこと、亦良《またよ》からじ」とのたまふ。乃《すなは》ち赦《ゆる》して坐《つみ》したまはず。

秋八月の辛丑《しんちう》の朔にして癸卯《きばう》に、唐客、京《みやこ》に入《い》る。（略）

壬子《じんし》に、唐客《もろこしのまらひと》を朝庭《みかど》に召して、使の旨《むね》を奏《まを》さしむ。時に阿倍鳥臣《あへのとりのおみ》・物部依網連抱《もののべのよさみのむらじいだき》、二人《ふたり》を客《まらひと》の導者《みちびきひと》とす。是《ここ》に大唐《もろこし》の国信物《くにつかひのもの》を庭中《おほば》に置《お》く。

時に使主《おみ》裴世清《はいせいせい》、親《みづか》ら書《ふみ》を持《も》ちて、両度再拝《ふたたびをろが》みて、使の旨を言上《まを》して立つ。其の書に曰《いは》く、「皇帝《くわうてい》、倭皇《わくわう》を問《と》ふ。使人《しじん》長吏《ちやうり》大礼《だいらい》蘇因高《そいんかう》等、至《まゐた》りて懐《おもひ》を具《つぶさ》にす。朕《われ》、宝命《ほうめい》を欽承《きんしよう》して、区宇《くう》を臨仰《りんぎやう》す。徳化《とくくわ》を弘《ひろ》めて、含霊《がんれい》に覃《およぼ》し被《かがふ》らしめむことを思ふ。愛育《あいいく》の情《こころ》、遐邇《かじ》に隔《へだて》無《な》し。皇《きみ》、海表《かいへう》に介居《かいきよ》して、民庶《みんしよ》を撫寧《ぶねい》し、境内安楽《けいないあんらく》にして、風俗融和《ふうぞくゆうわ》し、深気《しんき》至誠《しせい》ありて、遠《とほ》く朝貢《てうこう》を脩《をさ》むといふことを知りぬ。丹款《たんくわん》の美《び》、朕嘉《われよみ》すること有《あ》り。稍《やくやく》に暄《あたた》かなり。比常《このころつね》の如《ごと》き也《や》。故《かれ》、鴻臚寺《こうろじ》の掌客裴世清等《しやうかくはいせいせいら》を遣し、往意《わうい》を指宣《しめしの》べ、并《あは》せて物《もの》を送《おく》ること別《ことくだり》の如《ごと》し」といふ。時に阿倍臣《あへのおみ》、出《い》で進《すす》みて、其の書《ふみ》を受けて進行《すすみゆ》く。大伴囓連《おほとものくひのむらじ》、迎《むか》へ出《い》でて書を承《う》け、大門《みかど》の前の机《つくゑ》の上《うへ》に置きて奏《まを》し、事畢《ことをは》りて退《まか》づ。是《こ》の時に皇子《みこたち》・諸王《もろもろのおほきみ》・諸臣《もろもろのおみ》、悉《ことごと》に金《こがね》の髻華《うず》を以《も》ちて著頭《かざし》にせり。亦《また》衣服《よそひ》は皆《みな》錦《にしき》・紫《むらさき》・繡《ぬひもの》・織《おりもの》と五色《いついろ》の綾羅《あやうすはた》とを用《もち》ゐたり。（略）

九月の辛未《しんび》の朔にして（略）辛巳《しんし》に、唐　客《もろこしのまらひと》裴世清、罷《まか》り帰《かへ》りぬ。則《すなは》ち復《また》小野妹子臣《をののいもこのおみ》を以ちて大使《たいし》とし、吉士雄成《きしのをなり》は小使《せうし》とし、福利《ふくり》は通事《をさ》とし、唐客に副《そ》へて遣す。爰《ここ》に天　皇《すめらみこと》、唐　帝《もろこしのみかど》を聘《とぶら》ひたまふ。其の辞《ことば》に曰《いは》く、「東《ひむがしの》天皇《てんわう》、敬《つつし》みて西皇帝《にしのくわうてい》に白《まを》す。使人《しじん》鴻臚寺《こうろじ》の掌客《しやうかく》裴世清等至《まゐた》りて、久《ひさ》しき憶《おもひ》方《まさ》に解《と》けぬ。季秋薄冷《きしうはくれい》なり。尊《そん》、何如《いか》に。想《おも》ふに清悆《せいよ》ならむ。此《ここ》にも即《すなは》ち常《つね》の如《ごと》し。今《いま》し大礼蘇因高《だいらいそいんかう》・大礼乎《を》那《な》利《り》等《ら》を遣して往《ゆ》かしむ。謹《つつし》みて白《まを》す、不具《ふぐ》」といふ。是《こ》の時に、唐国《もろこしのくに》に遣す学生《がくしやう》は、倭漢直福因《やまとのあやのあたひふくいん》・奈羅訳語《ならのをさ》恵明《ゑみやう》・高向漢人玄理《たかむくのあやひとげんり》・新漢人大国《いまきのあやひとおほくに》、学問僧《がくもんそう》は、新漢人日文《いまきのあやひとにちもん》・南淵漢人請安《みなぶちのあやひとしやうあん》・志賀漢人慧隠《しがのあやひとゑおん》・新漢人広済等《いまきのあやひとくわうさいら》、并《あは》せて八人《やたり》なり。（略）

（十七年の条、略）

十八年の春三月に、高麗王《こまのこにきし》、僧曇徴《ほふしどむてう》・法定《ほふぢやう》を貢上《たてまつ》る。曇徴は五経《ごきやう》を知れり。且能《またよ》く彩色《さいしき》と紙墨《かみすみ》とを作り、并《あは》せて碾磑《みづうす》を造る。（略）

（十九～二十年の条、略）

五 皇太子と飢者《きしや》。天皇記・国記を録す

二十一年（六一三）十二月の庚午《こうご》朔《ついたち》（一日）に、皇太子は片岡《かたおか》にお出かけになった。その時、飢えた人が道端に倒れていた。そこで姓名をお尋ねになったが、言わなかった。

皇太子はこれをご覧になって、飲物と食物を与えられた。そうして衣服を脱いで、飢えた人に掛けてやり、「安らかに寝ていよ」と仰せられた。そして歌を詠《よ》まれて、

しなてる　片岡山《かたをかやま》に　飯《いひ》に飢《ゑ》て　臥《こや》せる　その田人《たひと》あはれ　親無《おやな》しに　汝生《なれな》りけめや　さす竹《たけ》の　君《きみ》はや無《な》き　飯《いひ》に飢《ゑ》て　臥《こや》せる　その田人《たひと》あはれ

――〈しなてる〉片岡山《かたおかやま》で、飯に飢えて伏せっている、その農夫よ、ああ。親もなしにお前は生れてきたわけではあるまい。〈さす竹《たけ》の〉主君はいないのか。飯に飢えて伏せっている、その農夫よ、ああ

と仰せられた。

辛未《しんび》（二日）に、皇太子は使者を遣《や》って、飢えた人の様子を見に行かせた。使者は戻って来て、「飢えた人はすでに死んでおりました」と申しあげた。すると皇太子はたいそう悲しまれた。その地に埋葬させ、土を固く盛って墓を作らせられた。

数日後、皇太子は側近の者を召して、語って、「先日、道で倒れていた飢えた人は、凡人ではあるまい。きっと真人《ひじり》であろう」と仰せられ、使者を遣って見に行かせられた。

使者が戻って来て、「墓所に行って見ましたら、土を盛って埋めた所は動いておりません。中を開けて見ますと、屍骨《かばね》はすっかりなくなっておりました。ただ衣服だけが、畳んで棺の上に置いてありました」と申しあげた。そこで皇太子は再び使者を返し、その衣服を取って来させて、今までどおりまた着用なさった。時の人はたいそう不思議がって、「聖《ひじり》が聖を知るというのは、本当なのだなあ」と言い、ますます畏《かしこ》んだ。

二十八年（六二〇）に、皇太子と島大臣《しまのおおおみ》（蘇《そ》我馬子《がのうまこ》）は協議して、天皇記（天皇の系譜・治績などを記した書）と国記（国の歴史を記した書）、臣《おみ》・連《むらじ》・伴造《とものみやつこ》・国造《くにのみやつこ》・百《もも》八《や》十部《そとものお》、それに公民どもの本記を記録した。

二十一年の（略）十二月の庚午《かうご》の朔《つきたち》に、皇太子《ひつぎのみこ》、片岡《かたをか》に遊行《い》でます。時に飢者《うゑたるひと》、道《みち》の垂《ほとり》に臥《こや》せり。仍《よ》りて姓名《うぢな》を問《と》ひたまふ。而《しか》るを言《まを》さず。皇太子、視《みそこなは》して飲食《をしもの》を与《あた》へたまふ。即《すなは》ち衣裳《みけし》を脱《ぬ》きて、飢者に覆《おほ》ひて言《のたま》はく、「安《やすらか》に臥《ふ》せれ」とのたまふ。則《すなわ》ち歌《うたよみ》して曰《のたま》はく、

しなてる　片岡山《かたをかやま》に　飯《いひ》に飢《ゑ》て　臥《こや》せる　その田《た》人《ひと》あはれ　親無《おやな》しに

汝《なれ》生りけめや　さす竹《たけ》の　君《きみ》はや無《な》き　飯《いひ》に飢《ゑ》て　臥《こや》せる　その田人《たひと》
あはれ

とのたまふ。

辛未《しんび》に、皇太子《ひつぎのみこ》、使《つかひ》を遣《つかは》して飢者《うゑたるひと》を視《み》しめたまふ。使者《つかひ》、還《かへ》り来《まゐき》て曰《まを》さく、「飢者、既《すで》に死《みまか》りぬ」とまをす。爰《ここ》に皇太子、大《おほ》きに悲《かな》しびたまふ。則ち因《よ》りて当処《そのところ》に葬《をさ》め埋《うづ》ましめ、墓固封《つかつきかた》めしめたまふ。

数日之後《ひをへて》、皇太子、近習《きんじふ》の者《ひと》を召《め》して、謂《かた》りて曰《のたま》はく、「先日《さきのひ》に、道に臥《こや》せし飢者、其《そ》れ凡人《ただひと》に非《あら》じ。必《かなら》ず真人《ひじり》ならむ」とのたまひ、使を遣して視しめたまふ。是《ここ》に使者、還り来て曰さく、「墓所《つかどころ》に到《いた》りて視《み》れば、封《かた》め埋《うづ》みしところ動かず。乃《すなは》ち開《ひら》きて見れば、屍骨《かばね》既《すで》に空《むな》しくなりたり。唯《ただ》し衣服《みけし》のみ畳《たた》みて棺《ひつき》の上《うへ》に置《お》けり」とまをす。是に皇太子、復《また》使者を返《かへ》して、其の衣《みそ》を取《と》らしめたまひ、常《つね》の如《ごと》く且《また》服《き》たまふ。時人《ときのひと》、大《おほ》きに異《あや》しびて曰《いは》く、「聖《ひじり》の聖を知《し》ること、其《そ》れ実《まこと》なるかも」といひて、逾《いよいよ》惶《かしこま》る。


（二十二〜二十七年の条、略）

二十八年（略）是《こ》の歳《とし》に、皇太子《ひつぎのみこ》・島大臣《しまのおほおみ》、共《とも》に議《はか》りて、天皇記《てんわうき》と国記《こくき》、臣《おみ》・連《むらじ》・伴造《とものみやつこ》・国造《くにのみやつこ》・百八十部《ももやそとものを》、并《あは》せて公民《おほみたからども》等の本記《ほんき》を録《しる》す。

六 厩戸《うまやとの》皇《み》子《こ》と馬子の死

二十九年（六二一）春二月の己丑朔《きちゆうついたち》の癸巳《きし》（五日）の夜半に、厩戸豊聡耳皇子命《うまやとのとよとみみのみこのみこと》（聖徳太子）が斑鳩宮《いかるがのみや》で薨去《こうきょ》された。この時に、諸王・諸臣と天下の人民はみな、老人は愛児を失ったように悲しみ、塩や酢の味が口に入れても分らず、幼児は慈父母を亡くしたように悲しみ、泣き叫ぶ声が往来に満ちた。また田を耕す男は耜《すき》を取ることを止《や》め、米を舂《つ》く女は杵《きね》の音をさせなくなった。皆、「日月は光を失い、天地は崩れ去ったようだ。これから先、いったい誰を頼りにすればよいのだろう」と言った。

この月に、上宮皇太子《うえのみやのひつぎのみこ》を磯長陵《しながのみささぎ》（大阪府南河内郡太子町）に葬りまつった。この時にあたり、高麗《こま》の僧慧慈《えじ》は、上宮皇太子が薨去されたと聞いてたいそう悲しみ、皇太子のために僧に頼んで設斎《せつさい》した。そして自ら経を説く日に誓願して、「日本国《やまとのくに》に聖人がおり、上宮豊聡耳皇子《うえのみやのとよとみみのみこ》と申しあげる。まことに生来の優れた資質を持ち、極めて深い玄聖の徳を備えて、日本国にお生れになった。三代の聖天子（古代中国、夏《か》の禹《う》王、殷《いん》の湯《とう》王、周の文《ぶん》王）にも劣らぬ器量で、先帝（歴代の天皇）の宏大な計画を継承され、仏教を敬って、人民の苦しみを救われた。この方こそ本当の大聖である。今ここに太子は薨去された。私は異国の地にあっても、心は太子と堅く結ばれている。ひとり生き残っても、何の益があろうか。私は、来年の二月五日にきっと死ぬであろう。そうして上宮太子と浄土でお会いして、共に衆生《しゆじよう》に仏教を広めるだろう」と言った。かくて慧慈は定めたその日に死んだ。そこで、時の人は誰も彼もみな、「ひとり上宮太子だけが聖《ひじり》であられたのではない。慧慈もまた聖であった」と言った。

三十四年（六二六）夏五月の戊子《ぼし》朔の丁未《ていび》（二十日）に、大臣（蘇我馬子《そがのうまこ》）が薨《こう》じた。そこで桃原墓《ももはらのはか》（明日香村の石舞台古墳か）に葬った。大臣は稲目宿禰《いなめのすくね》の子である。性格は軍略にたけ、また人の議論を弁別する才能があった。仏教を深く敬い、飛鳥川《あすかがわ》の傍らに家を構えた。そうして庭に小さな池を掘り、池の中に小島を造った。それゆえ、時の人は、島大臣《しまのおおおみ》といった。

三十六年（六二八）三月の丁未《ていび》朔の戊申《ぼしん》（二日）に、日蝕《につしよく》があり日がすっかり隠れた。壬子《じんし》（六日）に、天皇は病が重くなられて、手の尽しようもなかった。そこで田村皇《たむらのみ》子《こ》（舒明《じよめい》天皇）をお召しになって、語って、「天位に即《つ》いて大業の基礎を治め整え、国政を統御して人民を養うことは、もとより安易に言うことではない。重大なことである。それゆえ、お前は慎重に考え、軽々しいことを言ってはならない」と仰せられた。その日に、山背大兄《やましろのおおえ》（聖徳太子の子。のちに蘇我入鹿《いるか》に攻められ自殺する）をお召しになって、教えて、「お前は未熟である。もし心に望むことがあっても、あれこれ言ってはならない。必ず群臣の言葉を待って、それに従うがよい」と仰せられた。

癸丑《きちゆう》（七日）に、天皇が崩御された。そこで南庭で殯《もがり》（葬るまでの間、遺体を仮安置すること）をした。

秋九月の己巳《きし》朔の壬辰《じんしん》（二十四日）に、竹田皇子《たけだのみこ》（推古天皇皇子）の陵に葬りまつった（奈良県橿原市の植山古墳か）。

二十九年の春二月の己丑《きちう》の朔《つきたち》にして癸巳《きし》に、半夜《よなか》に厩戸豊聡耳皇子命《うまやとのとよとみみのみこのみこと》、斑鳩宮《いかるがのみや》に薨《かむさ》りましぬ。是の時《とき》に、諸王《もろもろのおほきみ》・諸臣《もろもろのおみ》と天下《あめのした》の百姓《おほみたから》、悉《ことごとく》に長老《おきな》は愛児《めぐきこ》を失《うしな》へるが如《ごと》くして、塩酢《しほす》の味《あぢはひ》、口《くち》に在《あ》れども嘗《な》めず。少幼《わかき》は慈《うつくしび》の父母《ちちはは》を亡《うしな》へるが如くして、哭《な》き泣《いさ》ちる声《こゑ》、行路《みち》に満《み》てり。乃《すなは》ち耕《たかへ》す

夫《をのこ》は耜《すき》を止《や》み、舂《いねつ》く女《をみな》は杵《きねおと》せず。皆曰《みないは》く、「日月《ひつき》輝《ひかり》を失《うしな》ひ、天地既《あめつちすで》に崩《くづ》れぬ。今《いま》より以後《のち》、誰《たれ》をか恃《たの》まむ」といふ。

是《こ》の月に、上宮太子《うへのみやのひつぎのみこ》を磯長陵《しながのみささぎ》に葬《はぶ》りまつる。是《こ》の時に当《あた》りて、高麗《こま》の僧慧慈《ほふしゑじ》、上宮皇太子薨《うへのみやのひつぎのみこかむさ》りましぬと聞《き》きて、大《おほ》きに悲《かな》しび、皇太子の為《みため》に、僧《ほふし》を請《ま》せて設斎《せつさい》す。仍《よ》りて親《みづか》ら経《きやう》を説《と》く日に、誓願《せいぐわん》して曰《いは》く、「日本《やまとの》国《くに》に聖人《せいじんま》有す。上宮豊聡耳皇子《うへのみやのとよとみみのみこ》と曰《まを》す。固《まこと》に天《てん》に縦《ゆる》されたり。玄聖《げんせい》の徳《とく》を以《も》ちて日本国に生《あ》れませり。三統《さむとう》を苞貫《つつみぬ》きて、先聖《せんせい》の宏猷《くわういう》に纂《つ》ぎ、三宝《さむぼう》を恭敬《きようけい》して、黎元《れいげん》の厄《やく》を救《すく》ふ。是実《これまこと》の大聖《だいせい》なり。今《いま》し太子既《ひつぎのみこすで》に薨りましぬ。我《われ》、異国《あたしくに》と雖《いへど》も、心《こころ》は断金《だんきん》に在《あ》り。其《そ》れ独《ひと》り生《い》くとも、何《なに》の益《しるし》か有《あ》らむ。我《われ》、来年《こむとし》の二月の五日を以ちて、必《かなら》ず死《みまか》らむ。因《よ》りて上宮太子に浄土《じやうど》に遇《あ》ひたてまつりて、共《とも》に衆生《しゆじやう》を化《わた》さむ」といふ。是《ここ》に慧慈《ゑじ》、期《ちぎ》りし日に当《あた》りて死《みまか》る。是《ここ》を以ちて、時人《ときのひと》、彼《それ》も此《これ》も共《とも》に言《い》はく、「其れ独り上宮太子の聖《ひじり》にましますのみに非《あら》ず。慧慈も聖なりけり」といふ。（略）

（三十一～三十三年の条、略）

三十四年の（略）夏五月の戊子《ぼし》の朔にして丁未《ていび》に、大臣薨《みう》せぬ。仍《よ》りて桃原墓《ももはらのはか》に葬《はぶ》る。大臣は稲目宿禰《いなめのすくね》の子《こ》なり。性《ひととなり》、武略《ぶりやく》有《あ》りて、亦《また》弁才《べんさい》有り。以《も》ちて三宝《さむぼう》を恭敬《きようけい》して、飛鳥河《あすかがは》の傍《ほとり》に家《いへゐ》せり。乃《すなは》ち庭中《にはのうち》に小池《ちひさきいけ》を開《ほ》れり。仍《よ》りて小島《ちひさきしま》を池《いけ》の中《なか》に興《つ》く。故《かれ》、時人《ときのひと》、島大臣《しまのおほおみ》と曰《い》ふ。（略）

（三十五年の条、略）

三十六年の（略）三月の丁未《ていび》の朔にして戊申《ぼしん》に、日《ひ》、蝕《はつ》え尽きたること有《あ》り。

壬子《じんし》に、天皇《すめらみこと》、病甚《やまひはなはだ》しくして、諱《い》むべからず。則《すなは》ち田村皇子《たむらのみこ》を召《め》して謂《かた》りて曰《のたま》はく、「天位《たかみくら》に昇《のぼ》りて鴻基《こうき》を経綸《をさ》め、万機《ばんき》を馭《し》らして黎元《れいげん》を亭育《ていいく》することは、本《もと》より輙《たやす》く言《い》ふものに非《あら》ず。恒《つね》に重《おも》みする所《ところ》なり。故《かれ》、汝《いまし》慎《つつし》みて察《あきらか》にせよ。輙く言ふべからず」とのたまふ。即日《そのひ》に、山背大兄《やましろのおほえ》を召《め》して教《をし》へて曰《のたま》はく、「汝《いまし》は肝稚《きもわか》し。若《も》し心に望むと雖《いふと》も、諠言《けんげん》すること勿《なか》れ。必ず群言《まへつきみたちのこと》を待《ま》ちて従《したが》ふべし」とのたまふ。

癸丑《きちう》に、天皇崩《かむあが》りましぬ。即《すなは》ち南庭《おほば》に殯《もがり》す。（略）

秋九月の己巳《きし》の朔にして（略）壬辰《じんしん》に、竹田皇子《たけだのみこ》の陵に葬りまつる。

校訂・訳者紹介

小島憲之——こじま・のりゆき

一九一三年、鳥取県生れ。京都大学卒。上代文学専攻。大阪市立大学名誉教授。主著『上代日本文学と中国文学』『萬葉以前』『古今集以前』『日本文学における漢語表現』。一九九八年逝去。

直木孝次郎——なおき・こうじろう

一九一九年、兵庫県生れ。京都大学卒。日本古代史専攻。大阪市立大学名誉教授。主著『日本古代国家の構造』『日本古代の氏族と天皇』『夜の船出』ほか。二〇一九年没。

西宮一民——にしみや・かずたみ

一九二四年、奈良県生れ。京都大学卒。上代文学・語学専攻。皇学館大学名誉教授。主著『日本上代の文章と表記』『上代の和歌と言語』ほか。二〇〇七年逝去。

蔵中 進——くらなか・すすむ

一九二八年、山口県生れ。大阪市立大学大学院修了。上代文学・語学専攻。神戸市外国語大学名誉教授。主著『唐大和上東征伝の研究』『則天文字の研究』ほか。二〇〇八年逝去。

毛利正守——もうり・まさもり

一九四三年、岐阜県生れ。皇学館大学卒。上代文学・語学専攻。大阪市立大学名誉教授・武庫川女子大学教授。主要論文「アマテラスとスサノヲの誓約」「萬葉集に観る字余りの諸相」ほか。

日本の古典をよむ②

日本書紀 上

二〇〇七年九月三〇日　第一版第一刷発行
二〇一九年一〇月二日　第三刷発行

校訂・訳者　小島憲之・直木孝次郎・西宮一民
　　　　　　蔵中 進・毛利正守
発行者　金川 浩
発行所　株式会社 小学館
〒一〇一-八〇〇一
東京都千代田区一ツ橋二-三-一
電話　編集　〇三-三二三〇-五一七〇
　　　販売　〇三-五二八一-三五五五
印刷所　大日本印刷株式会社
製本所　牧製本印刷株式会社

 ISBN978-4-09-362172-4